분노의 포도 2

The Grapes of Wrath

THE GRAPES OF WRATH

by John Steinbeck

세계문학전집 175

분노의 포도 2

The Grapes of Wrath

존 스타인벡

김승욱 옮김

민음사

차례

19장   7

20장   24

21장   107

22장   112

23장   191

24장   202

25장   231

26장   238

27장   346

28장   352

29장   396

30장   402

작품 해설   441

작가 연보   459

1권   1장

2장

3장

4장

5장

6장

7장

8장

9장

10장

11장

12장

13장

14장

15장

16장

17장

18장

19장

한때 캘리포니아는 멕시코의 영토였고, 그 땅은 멕시코인들의 것이었다. 그런데 누더기를 입은 미국인들이 떼를 지어 이 땅으로 마구 몰려 들어왔다. 그들은 땅을 너무나 갈망한 나머지 이 땅을 빼앗아 버렸다. 수터의 땅을 훔치고 게레로의 땅을 훔친 것이다. 그들은 땅을 빼앗아 나눠 가졌으며, 땅을 놓고 서로 으르렁거렸다. 그들은 갈망 때문에 이성을 잃어버린 사람들이었다. 그들은 자기들이 훔친 땅을 총으로 지켰다. 집과 헛간을 세우고, 땅을 갈아엎어 농작물을 심었다. 이런 것이 그들의 소유물이 되고, 소유물은 소유권이 되었다.

멕시코인들은 나약했다. 그들은 저항하지 못했다. 땅을 원하는 미국인들처럼 광적으로 원하는 것이 하나도 없었으므로.

시간이 흐르면서 땅을 무단으로 차지한 사람들은 더 이상 무단 점유자가 아니라 땅의 주인이 되었다. 그들의 자식들이 자라 그 땅에서 또 자식을 낳았다. 이제 그들에게 갈망은 없었다. 땅과 물과 그 위의 아름다운 하늘과 쑥쑥 솟아오르는 초록색 풀과 뚱뚱하게 살이 쪄 가는 식물의 뿌리에 대한 흉포한 갈망, 모든 것을 갉아먹고 찢어 버리는 그 갈망은 사라져 버렸다. 그들은 땅과 그 밖의 것들을 완전히 소유하고 있었으므로 이제는 그것들에 신경을 쓰지 않았다. 비옥한 땅과 그 땅을 갈기 위한 반짝이는 쟁기, 그리고 공중에서 날갯짓을 하는 풍차와 씨앗에 대한, 창자를 찢어발기는 듯한 갈망은 더 이상 존재하지 않았다. 이제는 날이 밝기도 전에 일어나 잠에서 덜 깬 새들이 처음으로 지저귀는 소리를 듣는 사람이 없었다. 집 주위로 불어오는 바람 소리를 들으며 소중한 땅으로 나가기 위해 첫새벽의 빛이 밝아오기를 기다리는 사람도 없었다. 이런 것들은 모두 잊혔고, 농작물은 달러로 계산되었으며, 땅의 가치는 원금과 이자를 합한 금액으로 결정되었고, 농작물은 땅에 심기도 전에 거래되었다. 흉작, 가뭄, 홍수도 이제는 사람이 죽고 사는 문제가 아니라 금전적인 손실을 뜻할 뿐이었다. 그들의 애정은 돈 때문에 점점 식어 갔고, 사나움도 이해타산 속에서 조금씩 사라져 이제 그들은 농부가 아니라 농작물을 파는 장사꾼, 물건을 만들기도 전에 팔아야 하는 소규모 제조업자가 되었다. 장사꾼 노릇을 잘하지 못한 농부들은 장사를 잘한 사람들에게 땅을 잃었다. 아무리 영리해도, 땅과 농작물을 아무리 사랑해도, 장사를 잘하지 못하면 살아남을 수 없었다. 시간이 흐르면서 사업가들이 농장을 소유하게 되었고, 농장은 점점 커져 갔으며, 농장의 숫자가 줄어들었다.

이제는 농업이 산업이 되었다. 지주들은 자기도 모르는 사이에 로마를 흉내 냈다. 그들은 노예를 수입했다. 비록 노예라고 부르지는 않았지만, 중국인, 일본인, 멕시코인, 필리핀인 노예들이었다. 사업가들은 그들이 쌀과 콩만 먹는다고 말했다. 그놈들은 필요한 게 별로 없어. 임금을 많이 줘도 그 돈을 어떻게 해야 할지 모를걸. 그놈들 사는 꼴을 좀 봐. 그놈들이 먹는 음식을 좀 보라고. 놈들이 우스운 짓을 하면 추방해 버리면 돼.

농장은 점점 커지고 지주의 숫자는 계속 줄어들었다. 이제 자기 땅에서 직접 농사를 짓는 사람의 숫자는 한심할 정도로 적었다. 외국에서 수입한 농노들은 매를 맞으며 두려움 속에서 굶주리다가 그냥 고향으로 돌아가기도 했고, 사납게 굴다가 죽임을 당하거나 국외로 추방당하기도 했다. 농장은 점점 커지고 지주의 숫자는 계속 줄어들었다.

농작물의 종류가 바뀌었다. 곡식을 심는 밭이 있던 자리에 과실나무가 자라고, 전 세계로 팔려 나갈 채소들이 계곡 바닥에 퍼져 나갔다. 양상추, 콜리플라워, 아티초크, 감자 등. 모두 사람이 허리를 구부리고 가꿔야 하는 작물이었다. 낫이나 쟁기나 갈퀴를 사용할 때는 그냥 서 있어도 되지만, 줄지어 심어 놓은 양상추들 사이를 지나갈 때는 반드시 벌레처럼 기어야 한다. 목화 줄기 사이를 지나갈 때도 허리를 구부리고 긴 자루를 끌고 다녀야 한다. 또 콜리플라워 밭을 가로지를 때는 참회자처럼 무릎으로 기어 다녀야 한다.

지주들이 더 이상 농장에서 일하지 않는 시대가 왔다. 그들은 서류로 농사를 지었다. 그리고 그들은 땅의 냄새와 느낌을 잊어버렸다. 다만 자신들이 땅을 소유하고 있다는 사실만, 땅을 통해 자신들이 무엇을 얻고 무엇을 잃었는지만 기억할 뿐이었다. 일부 농장들은 상상도 할 수 없을 만큼 커졌다. 소득과 손실을 기록하기 위해 수많은 사람들이 장부 작성에 매달려야 할 정도였다. 토양을 검사해서 복구시키는 데는 화학자가 투입되었고, 허리를 구부린 인부들이 밭에서 가능한 한 빨리 움직이고 있는지 감시하는 데는 십장들이 투입되었다. 이런 농장주들은 사실상 가게를 운영하는 장사꾼이었다. 그는 인부들에게 임금을 지불하고, 그들에게 식량을 팔아 그 돈을 다시 빼앗아 왔다. 얼마 후에는 아예 임금도 지불하지 않아 장부 작성이 훨씬 쉬워졌다. 이런 농장들은 식량을 외상으로 주었다. 인부들은 이곳에서 일을 하면서 식사를 해결하다가 일이 끝나면 자신이 오히려 회사에 빚을 지고 있음을 알게 되었다. 지주들은 직접 농사를 짓지 않았을 뿐만 아니라, 자신이 소유하고 있는 농장을 한 번도 보지 않은 사람도 많았다.

그런데 땅을 빼앗긴 사람들이 서부로 몰려오기 시작했다. 캔자스, 오클라호마, 텍사스, 뉴멕시코, 네바다, 아칸소 등지에서 흙먼지와 트랙터에 밀려난 사람들이 몰려왔다. 자동차에 짐을 가득 싣고 대상(隊商)처럼 길을 나선 이 사람들은 집도 없고 먹을 것도 없었다. 2만 명이 5만 명으로, 10만 명으로, 20만 명으로 불어났다. 그들은 굶주린 배를 안고 불안한 모습으로 끊임없이 산을 넘어왔다. 잠시도 가만히 있지 못하고 일자리를 찾으려고 개미 떼처럼 허둥지둥 돌아다니는 사람들. 그들은 짐을 드는 일이든, 밀거나 잡아당기는 일이든, 과일을 따는 일이든, 작물을 베는 일이든 가리지 않았다. 무슨 짐이라도 지려고 들었다. 먹을 것을 구하기 위해. 아이들이 굶주리고 있어요. 살 곳도 없습니다. 그들은 개미처럼 허둥거리며 일자리와 먹을 것을 구하려 했다. 그리고 무엇보다 땅을 원했다.

우린 외국인이 아닙니다. 7대째 미국에 살고 있는 미국인이에요. 그 전에는 아일랜드, 스코틀랜드, 잉글랜드, 독일에서 살았지만. 우리 조상 중에는 독립전쟁에 참전한 사람도 있습니다. 남북전쟁에 나갔던 사람도 많고요. 남군과 북군 양편에 모두. 미국인이에요.

그들은 굶주렸고, 사나웠다. 그들은 새로운 고향을 찾을 수 있으리라는 희망을 품고 있었지만, 이곳에서 발견한 것은 오로지 증오뿐이었다. 오키들. 지주들은 오키들을 미워했다. 자기들은 연약한 반면 오키들은 강인하다는 것, 자기들은 피둥피둥 살이 쪘지만 오키들은 굶주렸다는 것을 알고 있기 때문에. 사납고 굶주린 사람이 무장을 하면 연약한 사람한테서 얼마나 쉽게 땅을 훔칠 수 있는지를 그들의 할아버지들이 이미 얘기해 주었는지도 모른다. 지주들은 그들을 미워했다. 도시의 장사꾼들도 오키들을 미워했다. 오키들이 빈털터리였기 때문에. 장사꾼들의 경멸을 받는 데 이보다 더 지름길은 없다. 장사꾼들은 정확하게 반대의 조건을 갖춘 사람들에게 찬사를 보낸다. 도시 사람들, 소규모 은행가들도 오키들을 미워했다. 그들에게서 얻어 낼 수 있는 것이 없었기 때문에. 그들은 아무엇도 가진 게 없었다. 노동자들도 오키들을 미워했다. 배고픈 사람은 반드시 일자리를 구하려 할 테니까. 만약 오키들이 무슨 수를 써서든 일자리를 구하려 한다면 임금을 지불하는 사람들은 자동적으로 임금을 깎을 것이다. 그래서 아무도 돈을 더 받지 못하게 될 것이다.

땅을 빼앗긴 이주민들이 캘리포니아로 흘러 들어왔다. 25만 명, 30만 명쯤. 그들이 떠나온 땅에서는 새 트랙터들이 땅 위를 오가고, 소작인들이 강제로 쫓겨났다. 새로운 물결이 움직였다. 땅과 집을 빼앗기고 더 강인해져서 위험해진 사람들의 물결이.

캘리포니아 사람들은 재산, 사회적 성공, 오락, 사치품, 은행 거래의 안전성 등 많은 것을 원했지만, 새로 이주해 온 야만인들이 원하는 것은 두 가지밖에 없었다. 땅과 먹을 것. 그들에게 이 두 가지는 하나였다. 캘리포니아인들이 원하는 것은 한마디로 표현할 수 없었지만, 오키들이 원하는 것은 바로 길가에 널려 있었기 때문에 모두들 눈으로 보면서 갖고 싶어 했다. 파면 물이 나오는 좋은 땅. 푸르른 땅. 손으로 시험 삼아 흙덩이를 부스러뜨릴 수 있는 곳, 냄새를 맡아 볼 수 있는 풀, 목구멍에서 강렬한 단맛이 느껴질 때까지 씹어 볼 수 있는 귀리 줄기. 놀고 있는 땅이 눈에 들어오면 그들은 등을 구부린 채 양배추를 수확하는 모습을, 황금빛 옥수수와 순무와 당근을 수확하는 모습을 머릿속으로 그려 볼 수 있었다.

집도 없고 배고픈 남자가 옆자리와 뒷자리에 각각 아내와 여윈 아이들을 태우고 차를 몰다 보면 놀고 있는 땅이 보였다.

식량을 생산할 수는 있지만 이윤을 만들어 낼 수는 없는 땅을. 그 남자는 그렇게 땅을 놀리는 것이 죄악이며, 여윈 아이들을 해치는 범죄라고 생각할 것이다. 그리고 길을 따라 차를 몰면서 땅이 눈에 띌 때마다 유혹을 느끼고, 이 땅을 차지해 농사를 지어서 아이들을 튼튼하게 만들고 아내를 조금 편안하게 해 주고 싶다는 욕망을 느낄 것이다. 그 유혹은 항상 그의 눈앞에 있었다. 땅이 그를 쿡쿡 찔러 대고, 좋은 물이 흐르는 토지 회사의 수로들도 그를 쿡쿡 찔러 댔다.

남쪽으로 내려오면 나무에 매달린 황금빛 오렌지들이 눈에 들어왔다. 검푸른 나무에 매달린 작은 황금빛 오렌지들. 여윈 자식들을 위해 오렌지를 따 가는 사람들을 막으려고 엽총을 든 경비원들이 순찰을 돌았다. 값이 너무 내리면 오렌지들을 그냥 버릴 거면서.

사람들은 낡은 차를 몰고 시내로 들어왔다. 그리고 일자리를 찾으려고 여러 농장들을 돌아다녔다. 오늘 밤에는 어디서 자야 하나?

강가에 후버빌이 있어요. 거기 가면 오키들이 우글우글해요.

사람들은 낡은 자동차를 후버빌로 몰았다. 다시 사람들에게 물어볼 필요는 없었다. 어느 도시에나 변두리에는 후버빌 같은 곳이 있었으므로.

그 빈민가는 물 가까이에 자리 잡고 있었다. 사람들은 집이 아니라 천막에서 살았다. 잡초를 엮어 만든 울타리, 종이로 만든 집, 커다란 폐물 더미. 새로 온 사람들은 식구들과 함께 차를 몰고 들어가 후버빌의 주민이 되었다. 그런 마을은 항상 후버빌이라고 불렸다. 그들은 가능한 한 물과 가까운 곳에 천막을 세웠다. 천막이 없는 사람들은 도시의 쓰레기장으로 가서 마분지를 가져다가 집을 지었다. 비가 오면 이런 집들은 녹아서 쓸려 가 버렸다. 후버빌에 자리를 잡은 사람들은 일자리를 구하려고 일대를 돌아다녔다. 얼마 남지 않은 돈은 일자리를 구하러 다니는 동안 자동차 휘발유 값으로 들어갔다. 저녁이 되면 남자들이 한데 모여 이야기를 나눴다. 그들은 바닥에 쭈그리고 앉아 자기들이 본 땅에 대해 이야기했다.

여기서 서쪽으로 가면 3만 에이커나 되는 땅이 있어. 그냥 놀고 있더라고. 젠장, 그 땅만 있으면, 땅이 5에이커만 있어도 내가 못할 일이 없는데! 아이고, 먹고 싶은 걸 뭐든지 구할 수 있을 텐데.

그거 알아? 농장에 채소도 없고 닭도 없고 돼지도 없어. 여기 사람들은 딱 한 가지만 기른다고. 예를 들면, 목화나 복숭아나 양상추 같은 걸로. 다른 어디에는 오로지 닭만 키우는 곳도 있겠지. 여기 사람들은 앞마당에서 기를 수 있는 것들을 돈 주고 사 먹는다니까.

젠장, 돼지 두 마리만 있어도 못할 일이 없을 텐데!

그건 자네 것이 아냐. 앞으로도 그럴 거고.

앞으로 어떻게 한다지? 이런 식으로 애들을 키울 수는 없잖아.

천막촌 사람들이 서로 속삭이는 얘기들을 통해 소문이 퍼지는 경우도 있었다. 새프터에 일자리가 있다더라. 그러면 사람들은 밤중에 자동차에 짐을 싣고 너도나도 고속도로로 몰려나왔다. 일자리를 잡으러 달려가는 것이다. 그렇게 달려가보면 필요한 인원보다 다섯 배나 많은 사람들이 몰려 있곤 했다. 일자리를 잡으러 몰려온 사람들. 어떻게 해서든 일자리를 잡으려고 밤중에 몰래 달려온 사람들. 길가에는 그들을 유혹하는 것들이 널려 있었다. 식량을 생산할 수 있는 땅들이.

저건 주인이 있어. 우리 것이 아냐.

그래도 혹시 우리가 저 땅을 조금 얻을 수 있을지도 몰라. 아주 조금만이라도. 바로 저 아래에 밭이 있는데, 지금은 흰독말풀만 자라고 있어. 젠장, 땅만 조금 있으면 온 식구가 충분히 먹을 수 있는 삼사를 기울 수 있을 텐데!

그건 우리 것이 아냐. 저긴 흰독말풀이 자라게 내버려 두는 수밖에 없어.

가끔 시도를 해 보는 사람들이 있었다. 몰래 들어가서 땅을 조금 개간하는 것이다. 그들은 마치 도둑처럼 땅의 비옥함을 조금 훔치려 했다. 잡초 속에 숨은 비밀의 밭이었다. 그들은 당근과 순무를 심고 감자도 심은 다음, 저녁에 그 훔친 땅으로 몰래 들어가서 괭이질을 했다.

가장자리의 잡초는 그냥 놔둬. 그래야 우리가 뭘 하고 있는지 아무도 모를 테니. 중간에도 키가 큰 놈으로 잡초들을 조금 놔둬.

저녁에 몰래 이루어지는 비밀의 밭 가꾸기. 그들은 녹슨 깡통으로 물을 날랐다.

그러다가 어느 날 보안관보가 나타났다.

이게 무슨 짓들이야?

저는 나쁜 짓을 하지 않았습니다요.

내가 네 놈을 감시하고 있었어. 여긴 네 땅이 아니잖아. 넌 지금 남의 땅을 침범한 거야.

여기서 농사를 짓는 사람이 없어서요. 제가 이 땅을 망가뜨린 것도 아니고요.

이 뻔뻔스러운 놈들. 조금 있으면 이 땅이 제 것인 줄 알 테지. 너 혼날 줄 알아. 이 땅이 네 것인 줄 알지? 당장 나가.

초록색 당근 싹들이 발에 채이고 순무 이파리들이 짓밟혔다. 그리고 흰독말풀이 다시 그 자리를 차지했다. 하지만 보안관보의 말이 옳았다. 작물을 기르면 그것으로 주인이 되는 것이다. 괭이로 땅을 일구고 거기서 키운 당근을 먹은 사람은 자신이 식량을 얻은 그 땅을 지키기 위해 싸움을 벌일지도 모른다. 그놈을 빨리 쫓아내 버려! 그놈이 그 땅을 제 것이라고 생각하게 될 거야. 어쩌면 흰독말풀 사이의 그 작은 땅을 지키려고 목숨을 걸지도 몰라.

우리가 순무를 발로 차 버렸을 때 그놈 얼굴 봤어? 아이고, 누구든 눈에 띄는 대로 죽여 버릴 태세던데. 그놈들 기를 죽여 놔야지 안 그러면 그놈들이 이 일대를 다 차지해 버릴 거야. 이 지역을 차지해 버릴 거라고.

다른 데서 온 놈들 주제에.

맞아. 우리랑 같은 말을 쓰기는 하지만 우리하고는 달라. 놈들이 사는 꼬락서니를 좀 봐. 우리더러 그렇게 살라고 하면 살겠어? 천만에, 말도 안 되지!

저녁이 되면 쭈그리고 앉아서 이야기를 나눴다. 어떤 남자가 흥분해서 소리쳤다. 우리 스무 명이 땅뙈기 하나 못 빼앗는단 말이야? 우리한테는 총도 있잖아. 그냥 가서 빼앗아 버리고 이러는 거야. "할 수 있으면 쫓아내 봐." 못할 이유가 없잖아.

놈들이 우리를 쥐새끼처럼 쏴 버릴 거야.

그럼 자네는 어느 쪽이 좋아? 죽는 거, 아니면 여기 있는 거? 땅속에 묻히는 거, 아니면 마대 자루를 이어 붙인 집에서 사는 거? 아이들한테는 어느 쪽이 좋을 것 같아? 지금 죽는 거, 아니면 놈들이 영양실조라고 부르는 병으로 이 년 후에 죽는 거? 일주일 내내 우리가 뭘 먹었는지 알아? 쓰디쓴 쐐기풀하고 밀가루 반죽 튀김이야! 튀김을 만든 밀가루는 어디서 났는지 알아? 화물차 바닥을 쓸어서 가져온 거라고.

천막촌에서 사람들은 이야기를 나누고, 엉덩이가 뚱뚱한 보안관보들은 그 뚱뚱한 엉덩이에 총을 차고 거만한 걸음걸이로 천막촌을 걸어 다녔다. 놈들한테 겁을 줘야 돼. 놈들을 얌전히 눌러 놔야지 그러지 않으면 놈들이 무슨 짓을 할지 아무도 몰라! 젠장, 놈들은 남부의 깜둥이들만큼이나 위험하다고! 놈들이 한데 뭉치는 날에는 무슨 수를 써도 놈들을 막지 못할 거야.

로렌스빌에서 어떤 보안관보가 무단 거주자를 쫓아냈다. 그러나 그 무단 거주자가 저항하는 바람에 보안관보는 무력을 사용할 수밖에 없었다. 무단 거주자의 열한 살짜리 아들이 22구경 소총으로 보안관보를 쏘아 죽였다.

방울뱀 같은 놈들! 놈들을 상대할 때는 설마가 사람 잡는 법이야. 놈들이 뭐라고 떠들어 대면 우선 총부터 쏴. 애가 경찰을 죽이는 마당에 어른은 뭔들 못 하겠어? 요는 놈들보다 더 거칠어져야 한다는 거야. 놈들을 거칠게 다뤄. 겁을 주라고.

놈들이 겁을 먹지 않으면? 놈들이 버티고 서서 같이 총을 쏴 대면? 이놈들은 어릴 때부터 총을 만졌어. 총은 그놈들 몸의 일부야. 놈들이 겁을 먹지 않으면 어떡하지? 언젠가 놈들이 무리를 지어서 이 땅으로 몰려오면 어떡하지? 롬바르드족이 6세기에 이탈리아를 정복한 것처럼, 게르만족이 골에서 그랬던 것처럼, 터키족이 비잔티움에서 그랬던 것처럼. 롬바르드족이나 게르만족이나 터키족도 땅에 굶주려 있었고, 무기도 변변찮았어. 그런데 군대도 그놈들을 막지 못했다고. 학살을 하고 겁을 줘도 놈들을 막을 수 없었단 말이야. 자기뿐만 아니라 애들까지 굶주리고 있는 사람한테 어떻게 겁을 줄 수 있겠어? 그런 사람들은 무슨 일이 있어도 겁을 내지 않아. 그 무엇보다 무서운 게 뭔지 알고 있으니까.

후버빌에서는 남자들이 이야기를 나눴다. 할아버지는 옛날에 인디언들한테서 땅을 빼앗았대.

이런, 그건 옳은 일이 아냐. 우리가 지금 여기서 이야기를 나누고는 있지만, 자네가 말하는 건 도둑질이라고. 난 도둑이 아냐.

그래? 자네 그저께 밤에 남의 집 현관에서 우유를 한 병 훔쳤잖아. 구리줄도 훔쳐다가 팔아서 고기를 샀고.

그래, 하지만 애들이 배를 곯고 있었어.

그래도 그건 도둑질이야.

페어필드 목장 말인데, 그게 어떻게 그놈들 것이 됐는지 알아? 거긴 전부 정부 땅이어서 누구나 가질 수 있었어. 그런데 페어필드 영감이 샌프란시스코로 가서 술집을 돌아다니면서 주정뱅이 300명을 끌어모았지. 그 주정뱅이들이 땅을 차지했어. 페어필드는 그놈들한테 음식하고 술을 대줬고. 그러다가 놈들 덕분에 그 땅이 쓸 만한 곳이라는 걸 알게 되자 페어필드 영감이 놈들한테서 그 땅을 빼앗아 버린 거야. 영감은 그 땅을 사는 데 1에이커당 싸구려 술 1파인트가 들었다고 말하곤 했지. 자네라면 그런 것도 도둑질이라고 하겠어?

글쎄, 옳은 일은 아니지만 그 영감이 그것 때문에 감옥에 가지는 않았잖아.

그렇지. 그 영감은 그 일 때문에 감옥에 가지 않았어. 그리고 짐마차에 배를 싣고 가서 땅이 죄다 물에 잠겨서 배를 타고 왔다고 보고한 놈도 감옥에 가지 않았어. 국회의원이랑 주의회 의원을 매수한 놈들도 감옥에 가지 않았고.

캘리포니아주 곳곳에 있는 후버빌에서 이런 이야기들이 오갔다.

그런데 어느 날 경찰의 기습 단속이 있었다. 보안관보들이 무장을 하고 무단 거주자들의 천막촌을 덮친 것이다. 나가. 보건부의 명령이다. 이 천막촌이 보건에 위협이 되고 있어.

우리더러 어디로 가라는 겁니까?

그건 내 알 바 아니지. 우리는 네놈들을 여기서 쫓아내라는 명령을 받았다. 삼십 분 후에 여기다 불을 지를 거야.

저 아래쪽에 장티푸스 환자가 있어요. 그 병을 사방에 퍼뜨릴 작정입니까?

우리는 네놈들을 여기서 쫓아내라는 명령을 받았다. 나가! 삼십 분 후에 우리가 이 천막촌을 태워 버릴 거야.

삼십 분 후 종이로 만든 집과 잡초를 엮어 만든 오두막들에서 하늘을 향해 연기가 솟아올랐다. 사람들은 각자 자기 자동차를 몰고 고속도로로 나가 또 다른 후버빌을 찾아갔다.

캔자스와 아칸소, 오클라호마와 텍사스와 뉴멕시코에서는 트랙터들이 들어와 소작인들을 쫓아냈다.

캘리포니아에 이미 30만 명이 와 있었고, 지금도 계속 사람들이 밀려오고 있었다. 캘리포니아의 도로들은 물건을 미는 일이든 드는 일이든 가리지 않고 일을 하려고 개미처럼 정신없이 뛰어다니는 사람들로 가득 찼다. 한 사람이 들 수 있을 만한 짐을 들어 올릴 때마다 다섯 명이 그 일을 하겠다고 달려들었다. 한 사람의 배를 채울 수 있는 음식이 있으면 다섯 명이 입을 벌렸다.

대지주들, 소요가 일어나면 땅을 잃을 수밖에 없는 대지주들은 역사를 살펴보고 굉장한 사실을 알아낼 수 있었다. 재물이 소수의 손에 집중되면 반드시 누군가가 그 재물을 빼앗아 간다는 것. 그리고 이와 더불어 대다수의 사람들이 굶주림과 추위에 시달리다 보면 자기들에게 필요한 것을 빼앗기 위해 무력을 동원한다는 사실도 알 수 있었다. 역사를 통틀어 작은 소리로 비명을 질러 대고 있는 또 다른 사실 하나. 억압은 억압받는 자들을 강하게 만들고 단결시킬 뿐이라는 것. 대지주들은 역사의 이 세 가지 외침을 무시했다. 땅은 더욱더 소수의 손에 집중되었고, 재산을 빼앗긴 사람들의 숫자는 점점 늘어났다. 대지주들은 사람들을 억압하는 데 온 힘을 쏟았다. 엄청난 재산을 보호하는 데 필요한 무기와 독가스를 사는 데 많은 돈을 썼다. 혹시 사람들 사이에서 불온한 소리들이 오가지는 않는지 감시하기 위해 첩자들도 보냈다. 폭동이 일어나면 짓밟아 버리기 위해서였다. 대지주들은 경제적 변화도 무시했고, 변화를 위한 계획도 무시했다. 폭동의 원인이 계속 존재하는데도 대지주들은 폭동을 분쇄할 방법만 생각했다.

사람들에게서 일을 빼앗아 버린 트랙터, 짐을 운반하는 기계, 물건을 생산하는 기계, 이 모든 것들이 점점 증가했다. 그래서 고속도로 위에서 허둥거리는 사람들의 숫자가 점점 늘어났다. 그들은 대지주들에게서 빵 부스러기나마 얻어먹을 수 있는 길을 찾아 헤매며 길가에 널려 있는 땅을 갈망했다. 대지주들은 스스로를 보호하기 위해 연합회를 만들어 사람들을 위협하고 죽이고 독가스를 뿌리는 방법들을 논의했다. 그들은 항상 주동자를 두려워했다. 30만 명이나 되는 사람들 사이에서 지도자가 하나라도 나오는 날에는 끝장이었다. 30만 명이나 되는 사람들이 굶주림 속에서 비참한 생활을 하고 있었다. 만약 그들의 의식이 깨어난다면 땅은 그들의 것이 될 것이다. 그때는 이 세상의 모든 독가스와 총을 동원해도 그들을 막을 수 없을 터였다. 엄청난 재산 때문에 인간보다 더 위대한 존재이자 더 못한 존재가 되어 버린 대지주들은 자신들의 파멸을 향해 달음질치며, 궁극적으로 자신들을 파괴해 버릴 모든 수단을 다 사용했다. 모든 수단, 모든 폭력, 후버빌에 대한 모든 기습 단속, 초라한 천막촌을 으쓱거리며 돌아다니는 모든 보안관보들은 운명의 날을 조금씩 미루면서 결국 그날이 올 수밖에 없다는 사실을 더욱 확고한 사실로 만들었다.

바닥에 쭈그리고 앉은 남자들, 날카로운 표정의 남자들. 그들의 몸은 굶주림 때문에 여위었으며, 허기에 맞서 싸우느라 단단해져 있었다. 눈은 음침하고, 턱은 단단했다. 그들 주위에는 풍요로운 땅이 있었다.

저 아래 네 번째 천막에 사는 아이 얘기 들었어?

아니. 내가 방금 돌아왔거든.

그 아이가 자다가 울면서 데굴데굴 구르더래. 식구들은 기생충이 생긴 줄 알고 약을 먹였는데 애가 죽어 버렸다는구먼. 혀가 까맣게 되는 병이었대. 영양가 있는 음식을 먹지 못해서 생기는 병이라더군.

애가 불쌍하네.

그렇지. 그런데 식구들이 그 애를 묻어 줄 수가 없어서 애가 군립(郡立) 공동묘지에 묻혔대.

아이고, 젠장.

사람들이 주머니에서 동전들을 조금 꺼냈다. 아이가 죽은 천막 앞에는 작은 동전 더미가 생겼다. 가족들이 그것을 발견했다.

여기 사람들은 좋은 사람들이야. 우리는 착한 사람들이야. 하느님, 착한 사람들이 전부 가난해지지 않는 세상이 오게 해 주세요. 아이들이 음식을 제대로 먹을 수 있는 세상이 오게 해 주세요.

지주 연합회는 언젠가 이런 기도가 멈추리라는 것을 알고 있었다.

그때가 그들에게는 끝장이었다.

20장

식구들은 짐 위에 올라가 있었다. 아이들과 코니와 샤론의 로즈와 목사는 비좁은 곳에서 뻣뻣한 몸을 웅크리고 있었다. 그들은 베이커즈필드에서 아버지와 어머니와 큰아버지가 검시관 사무실에 들어가 있는 동안 그 앞에서 더위 속에 계속 앉아 있었다. 잠시 후 바구니가 하나 들려 나오고 이불로 싼 길쭉한 꾸러미가 트럭에서 내려졌다. 사람들이 시신을 검사하는 동안, 사인을 밝혀내서 사망 증명서에 서명하는 동안, 식구들은 햇빛 속에 앉아 있었다.

앨과 톰은 한가로이 거리를 걸으며 상점의 진열장을 들여다 보기도 하고 거리의 낯선 사람들을 지켜보기도 했다.

마침내 아버지와 어머니와 큰아버지가 나왔다. 모두들 침울한 표정으로 말이 없었다. 큰아버지는 짐 위로 기어 올라갔고,

아버지와 어머니는 앞좌석에 앉았다. 톰과 앨도 어슬렁어슬렁 돌아왔다. 톰이 운전석에 앉았다. 그는 말없이 앉아서 뭔가 지시를 기다리고 있었다. 아버지는 검은 모자를 깊숙이 눌러쓰고 똑바로 앞만 바라보았다. 어머니는 손가락으로 입가를 문질렀다. 어머니의 눈은 멍하니 초점이 없었고, 피로 때문에 생기도 없었다.

아버지가 깊이 한숨을 내쉬었다.

"달리 도리가 없었어." 아버지가 말했다.

"알아요. 하지만 어머님은 근사한 장례식을 원하셨을 텐데. 항상 그런 장례식을 바라셨거든요." 어머니가 말했다.

톰이 곁눈질로 두 사람을 바라보았다.

"군립 묘지예요?"

"그래."

아버지가 빠르게 고개를 흔들었다. 마치 현실로 돌아오려는 것처럼.

"돈이 모자라서 어쩔 수 없었다."

아버지는 어머니에게 고개를 돌렸다.

"너무 속상해하지 마. 우리가 아무리 애를 써도, 무슨 짓을 해도 어쩔 수 없었으니까. 돈이 없는 걸 어떡해. 방부 처리를 하고, 관을 사고, 목사도 부르고, 묘지도 사야 하는데. 그러려면 지금 가진 돈의 열 배가 필요할 거야. 우린 최선을 다했어."

"알아요. 어머님이 근사한 장례식을 아주 중요하게 생각하시던 모습이 머리에서 떠나지 않아서 그래요. 잊어버려야 하는데."

어머니는 깊이 한숨을 내쉬며 입가를 문질렀다.

"저기 있던 사람은 꽤 친절하던데요. 엄청 으스대기는 했지만, 꽤 친절했어요."

"그래. 우리한테 아주 솔직하게 얘기를 해 줬지." 아버지가 말했다.

어머니가 손등으로 머리를 쓸어 올리고 턱을 굳게 다물었다.

"이제 가야죠. 어딘가 머물 곳을 찾아야지. 일자리를 찾아서 정착을 해야지. 어린 것들 배를 곯게 만들 수는 없으니까. 어머님이라면 절대 그렇게 하지 않으셨을 테니까. 어머님은 장례식에서 항상 좋은 음식을 드셨어요."

"어디로 가죠?" 톰이 물었다.

아버지가 모자를 들어 올리고 머리카락 사이를 긁었다.

"천막촌으로. 일자리를 얻을 때까지 얼마 남지도 않은 돈을 쓸 수는 없잖니. 도시 밖으로 나가자."

톰은 차에 시동을 걸고 거리를 지나 도시 밖으로 차를 몰았다. 다리 옆에 천막과 판잣집들이 모여 있는 것이 보였다.

톰이 말했다. "여기에 차를 세워도 괜찮겠는데요. 형편이 어떤지, 일자리가 어디 있는지 한번 물어보죠."

그는 가파른 흙길을 내려가 천막촌 가장자리에 차를 세웠다.

천막촌에는 질서가 전혀 없었다. 작은 회색 천막들, 판잣집들, 자동차들이 아무렇게나 흩어져 있었다. 제일 앞에 있는 집은 도무지 뭐라고 설명할 길이 없었다. 남쪽 벽은 녹슨 골함석 세 장을 붙여 만든 것이었고, 동쪽 벽은 널빤지 두 개 사이에 곰팡이가 핀 카펫을 고정시켜 만든 것이었으며, 북쪽 벽은 지붕을 덮을 때 쓰는 종이 조각과 너덜거리는 캔버스로 되어 있었다. 그리고 서쪽 벽은 마대 자루 여섯 장을 이어 붙인 것이었다. 이 사각형 벽 위에 다듬지 않은 버드나무 가지들이 놓여 있고 그 위에 풀이 쌓여 있었다. 풀을 엮은 것이 아니라 그냥 작은 둔덕처럼 쌓아 올린 모양이었다. 마대 자루를 이어 붙인 서쪽 벽에 나 있는 입구에는 이런저런 살림살이가 어지럽게 흩어져 있었다. 5갤런들이 휘발유 통이 풍로 역할을 하는지, 옆으로 누워 있는 휘발유 통의 한쪽 끝에서 녹슨 연통(煙筒)이 불쑥 튀어나와 있었다. 벽에는 빨래를 삶는 그릇이 기대어져 있었고, 이런저런 상자들이 주위에 놓여 있었다. 의자와 식탁 대용으로 쓰이는 상자들이었다. 이 판잣집 옆에는 모델 T 포드 세단과 2륜 트레일러 한 대가 주차되어 있었다. 전체적으로 지저분하고 절망적인 분위기였다.

오두막 옆에는 작은 천막이 하나 있었다. 낡아서 회색으로 변했지만 깔끔하게 제대로 세운 천막이었다. 천막 앞의 상자들도 천막 벽을 따라 놓여 있었다. 입구의 휘장에는 풍로 연통이 튀어나와 있었고, 천막 앞의 흙바닥에는 누군가가 비질을 하고 물을 뿌려 놓은 흔적이 있었다. 그리고 빨래를 담가 둔 양동이는 상자 위에 놓여 있었다. 이 천막은 깔끔하고 튼튼했다. 모델 A 무개 자동차와 집에서 만든 작은 침대 트레일러가 천막 옆에 서 있었다.

이 천막 옆에는 커다란 천막이 있었다. 누더기가 다 되어서 너덜너덜해진 것을 철사로 기워 놓은 천막이었다. 입구의 휘장은 열려 있고, 안에는 널찍한 매트리스 네 개가 바닥에 놓여 있었다. 벽에 매달아 놓은 빨랫줄에는 분홍색 면 원피스와 작업복이 몇 벌씩 걸려 있었다. 전체적으로 천막과 판잣집이 사십 채나 되었다. 그리고 그 천막이나 판잣집 옆에는 각각 자동차가 서 있었다. 저 아래쪽에 아이들 몇 명이 서서 새로 도착한 트럭을 지켜보다가 다가오기 시작했다. 작업복 차림에 맨발인 사내아이들이었다. 흙먼지 때문에 아이들의 머리가 회색으로 변해 있었다.

톰은 트럭을 세우고 아버지를 바라보았다.

"별로 좋아 보이지 않는데요. 어디 다른 데로 갈까요?"

"여기가 어딘지 알기 전에는 아무 데도 갈 수 없지. 일자리에 대해서도 물어봐야 하고."

톰은 문을 열고 차에서 내렸다. 식구들이 짐 위에서 내려와 신기한 듯 천막촌을 바라보았다. 루티와 윈필드는 여행을 하면서 생긴 버릇대로 양동이를 가지고 내려와 버드나무 숲으로 걸어갔다. 그곳에 물이 있을 테니까. 줄지어 서 있던 아이들이 루티와 윈필드를 위해 길을 내주었다가 다시 자리를 메웠다.

첫 번째 판잣집의 입구 휘장이 열리더니 어떤 여자가 밖을 내다보았다. 반백의 머리를 땋아서 묶은 그녀는 더러운 꽃무늬 옷을 입고 있었다. 그녀의 얼굴은 몹시 여위고 무표정했으며, 텅 빈 눈 아래로 처진 살은 짙은 회색이었다. 입가도 느슨하게 풀려 있었다.

아버지가 말했다. "그냥 아무 데나 차를 세우고 천막을 쳐도 되나요?"

여자가 판잣집 안으로 들어가 버렸다. 잠시 침묵이 이어지더니 입구 휘장이 열리면서 수염을 기른 남자가 셔츠 바람으로 나왔다. 여자는 그의 뒤에서 밖을 내다보았지만 밖으로 나오지는 않았다.

수염을 기른 남자가 말했다. "안녕하슈?"

그는 검은 눈동자를 부지런히 굴리며 식구들 하나하나를 살펴보고는 트럭과 살림살이까지 살펴보았다.

아버지가 말했다. "아무 데나 천막을 쳐도 되는지 방금 부인에게 물어봤소."

수염을 기른 남자가 강렬한 눈빛으로 아버지를 바라보았다. 마치 아버지가 깊이 생각을 해 봐야만 이해할 수 있는 현명한 말을 한 것 같았다.

"여기서 아무 데나 천막을 친다고?" 그가 물었다.

"그렇소. 혹시 우리가 천막을 치기 전에 만나 봐야 하는 주인이 있는 거요?"

수염을 기른 남자가 한쪽 눈을 거의 감은 것처럼 가늘게 뜨고 아버지를 유심히 살펴보았다.

"여기다 천막을 치고 싶수?"

아버지가 슬슬 짜증을 내기 시작했다. 반백의 여자가 판잣집 안에서 밖을 내다보았다.

"내가 한 말을 어디로 들은 거요?" 아버지가 말했다.

"뭐, 여기다 천막을 치고 싶다면 그냥 그렇게 하슈. 난 말리지 않을 테니."

톰이 웃음을 터뜨렸다. "이제 알아들은 모양인데요."

아버지는 화를 눌렀다. "난 혹시 주인이 있느냐고 물었을 뿐이오. 우리가 돈을 내야 하는지 몰라서."

수염을 기른 남자가 턱을 불쑥 내밀었다.

"주인이 있냐고?"

아버지는 고개를 돌렸다. "관둡시다."

여자의 머리가 판잣집 안으로 다시 쏙 들어갔다.

수염을 기른 남자가 위협적인 태도로 다가섰다.

그가 다그치듯 물었다. "주인이 있냐고? 누가 우리를 여기서 쫓아낸단 말이야? 당신 알아?"

톰이 아버지 앞으로 나섰다. "댁은 가서 잠이나 푹 자지 그래요."

수염을 기른 남자가 입을 떡 벌리더니 더러운 손가락으로 아래쪽 잇몸을 만졌다. 그는 잠시 생각에 잠긴 표정으로 톰을 바라보다가 몸을 홱 돌려 판잣집 안으로 들어가 버렸다.

톰이 아버지에게 말했다. "도대체 뭐 하는 놈이에요?"

아버지가 어깨를 으쓱했다. 아버지는 야영지 저편을 바라보고 있었다. 어떤 천막 앞에 낡은 뷰익 한 대가 서 있는데, 지붕이 날아가고 없었다. 어떤 젊은 남자가 밸브를 이리저리 비틀면서 돌리다가 고개를 들어 조드 일가의 트럭을 바라보았다. 식구들은 그 남자가 혼자 웃고 있다는 것을 알 수 있었다. 수염을 기른 남자가 사라지자 젊은 남자가 일을 그만두고 어슬렁거리며 다가왔다.

"안녕하세요?" 그가 말했다. 그의 푸른 눈이 재미있다는 듯 반짝이고 있었다. "방금 시장님과 만나는 걸 봤어요."

"도대체 그 사람 왜 그래요?" 톰이 다그치듯 물었다.

남자가 쿡쿡 웃었다. "당신들이나 나처럼 제정신이 아니라서 그래요. 아냐, 나보다 조금 더 미쳤나? 나도 몰라요."

아버지가 말했다. "난 우리가 여기다 천막을 쳐도 되냐고 물어봤을 뿐이네."

남자가 기름 묻은 손을 바지에 닦았다.

"되고말고요. 안 될 거 뭐 있어요? 이제 막 도착하신 거예요?"

톰이 말했다. "그래요. 오늘 아침에 도착했어요."

"후버빌에 가 본 적이 한 번도 없어요?"

"후버빌이 어딘데요?"

"여기가 거기죠."

"아! 우린 방금 도착했다니까요."

윈필드와 루티가 물을 채운 양동이를 양쪽에서 들고 돌아왔다.

어머니가 말했다. "천막을 세우자. 아주 피곤해 죽겠어. 이제 다들 좀 쉴 수 있겠다."

아버지와 큰아버지가 방수포와 매트리스를 내리려고 트럭 위로 올라갔다.

톰은 어슬렁거리는 걸음걸이로 젊은 남자에게 다가가 그가 손보고 있던 자동차로 함께 걸어갔다. 밸브를 가는 가죽 띠가 받침대 위에 놓여 있고, 밸브를 갈 때 쓰는 약품이 담긴 작은 노란색 깡통이 진공 탱크 위에 끼워져 있었다.

톰이 물었다. "저 수염 난 늙은이는 왜 저러는 거예요?"

남자는 가죽 띠를 집어 들고 밸브를 이리저리 비틀어 가며 갈기 시작했다.

"시장님 말이에요? 그걸 누가 알겠어요. 어쩌면 경찰 공포증인지도 모르죠."

"경찰 공포증?"

"경찰들한테 하도 시달려서 시장님이 아직도 정신을 못 차린 모양이라고요."

"경찰이 왜 저런 사람을 괴롭혀요?"

남자는 일을 멈추고 톰의 눈을 들여다보았다.

"그걸 누가 알겠어요? 방금 도착했다고 했죠? 어쩌면 당신이 스스로 알아낼 수 있을지도 모르죠. 사람마다 얘기가 달라요. 하지만 한곳에서 천막을 치고 어느 정도 지내다 보면 보안관보들이 얼마나 사람을 못살게 구는지 금방 알 수 있을 겁니다."

그는 밸브를 하나 들어 올려 밸브가 들어갈 자리에 약품을 발랐다.

"도대체 왜 사람을 못살게 구냐고요?"

"모른다고 했잖아요. 어떤 사람들 말로는 우리한테 투표권을 주기 싫어서 그런대요. 한곳에 머물러 있지 못하게 해서 투표를 못 하게 하려고. 하지만 우리가 구호 기관의 도움을 못 받게 하려고 그런다는 사람도 있어요. 우리가 한곳에 자리를 잡으면 조직을 갖출까 봐 그런다는 사람도 있고. 난 모르겠어요. 내가 아는 거라고는 우리가 항상 시달리고 있다는 것뿐. 두고 봐요. 당신도 알게 될 테니."

"우린 부랑자가 아니에요." 톰이 고집스럽게 말했다. "우린 일자리를 찾고 있어요. 우린 무슨 일이든 할 겁니다."

남자가 가죽 띠를 밸브 구멍에 맞춰 넣다가 손을 멈췄다. 그리고 놀랍기 그지없다는 표정으로 톰을 바라보았다.

"일자리를 찾는다고요?" 그가 말했다. "일자리를 찾는단 말이죠? 그럼 여기 있는 다른 사람들은 뭘 찾고 있는 것 같아요? 다이아몬드? 내가 녹초가 될 때까지 찾아다니는 게 뭘 것 같아요?"

그는 가죽 띠를 앞뒤로 비틀었다.

톰은 더러운 천막들과 낡아 빠진 살림살이, 낡은 자동차, 햇빛을 받고 있는 우툴두툴한 매트리스, 사람들이 요리를 하면서 불을 피울 때 썼던 구덩이에 놓인 불길에 검게 그을린 깡통 등을 둘러보았다.

톰이 조용히 물었다. "일자리가 없나요?"

"몰라요. 있겠죠. 지금 이 근처에는 수확할 농작물도 없어요. 포도를 따려면 조금 더 있어야 하고, 목화도 그렇고. 우린 떠날 거예요. 여기 밸브를 다 고치는 대로. 나와 아내와 애들이 다 같이. 저 위 북쪽에 일자리가 있다고 하던데. 우린 북쪽으로 설리너스 근처까지 갈 겁니다."

큰아버지와 아버지와 목사가 천막 기둥에 방수포를 올리는 모습과 어머니가 그 안에서 무릎을 꿇고 바닥에 놓인 매트리스의 먼지를 털어 내는 모습이 보였다. 아이들이 둥그렇게 둘러서서 새로 도착한 가족이 자리를 잡는 모습을 말없이 지켜보고 있었다. 맨발에 얼굴이 더러운 아이들이었다.

톰이 말했다. "고향에 있을 때 어떤 사람들이 전단을 가져왔어요. 오렌지색 전단. 여기서 농사를 지을 사람이 많이 필요하다고 하던데."

남자가 웃음을 터뜨렸다. "여기 우리 같은 사람들이 30만 명이나 된대요. 그런데 그 사람들이 전부 그 전단을 봤을걸요."

"그렇겠죠. 하지만 사람이 필요하지 않다면, 뭐 하러 그런 전단을 일부러 찍어서 돌리겠어요?"

"머리를 좀 써요."

"그거야 그렇지만 난 사실을 알고 싶어요."

"이봐요, 일자리가 있고, 그 자리를 원하는 사람이 한 명 있다고 칩시다. 그러면 그 사람이 달라는 대로 돈을 줘야겠죠. 하지만 일자리를 원하는 사람이 100명이라면 어떻게 될까요?"

그는 연장을 내려놓았다. 그의 눈빛이 강렬해지고 목소리도 날카로워졌다.

"그 일자리를 원하는 사람이 100명이라고 생각해 봐요. 그 사람들한테 전부 딸린 애들이 있고, 그 애들이 굶주리고 있다면? 10센트만 있으면 아이들에게 옥수수 죽을 사 먹일 수 있다면? 5센트만 있어도 아이들에게 뭐든 사 줄 수 있다면? 그런 사람이 100명이나 돼요. 그럴 때 그냥 5센트만 주겠다고 한다면? 다들 그 5센트 때문에 아귀다툼을 벌이겠죠. 내가 마지막으로 일했던 곳에서 품삯이 얼마였는지 알아요? 한 시간에 15센트였어요. 열 시간 일하면 1달러 50센트. 하지만 거기서 숙식까지 해결할 수는 없으니 자동차 기름을 써 가며 거기까지 가야 했죠." 그는 화가 나서 씩씩거리고 있었다. 그의 눈이 증오로 번득였다. "여기 사람들이 전단을 돌린 이유가 바로 그거예요. 인부들한테 시간당 15센트를 주면서 절약한 품삯으로 전단지쯤은 얼마든지 찍을 수 있으니까."

톰이 말했다. "정말 구린 놈들이네요."

남자가 거친 웃음을 터뜨렸다. "여기 살면서 혹시 향기로운 냄새가 나거든 나한테도 알려 줘요."

"하지만 일자리가 분명히 있잖아요." 톰이 고집스럽게 말했다. "젠장, 농사짓는 데가 이렇게 많은데. 과수원도 있고, 포도도 있고, 채소도 있고. 오면서 봤어요. 거기서 틀림없이 사람들이 일하고 있을 거예요. 나도 다 봤다고요."

자동차 옆의 천막 안에서 아이 울음소리가 났다. 젊은 남자가 천막 안으로 들어가고, 캔버스 사이로 그의 목소리가 부드럽게 들려왔다. 톰은 가죽 띠를 집어 들어 밸브 구멍에 맞춰넣은 다음 손을 앞뒤로 움직이면서 밸브를 갈았다. 아이의 울음소리가 그쳤다. 젊은 남자가 밖으로 나와 톰을 지켜보았다.

"어떻게 하는지 아는군요. 다행이네요. 앞으로 그 기술이 필요해질 테니까."

"아까 내가 한 말 어떻게 생각해요?" 톰이 다시 이야기를 시작했다. "오면서 수많은 밭을 봤어요."

젊은 남자가 쪼그리고 앉았다.

"잘 들어요." 그가 조용히 말했다. "난 커다란 복숭아 과수원에서 일했어요. 일 년 내내 인부가 아홉 명만 있으면 되는 곳이죠."

그는 이야기를 강조하려는 듯 잠시 말을 멈췄다.

"그런데 복숭아가 익었을 때는 이 주일 동안 3000명이 필요해요. 인부들을 구하지 못하면 복숭아가 썩어 버리죠. 그래서 그 사람들이 어떻게 하는지 알아요? 사방에 전단지를 뿌려요. 그러면 필요한 사람은 3000명인데, 실제로는 6000명이 몰려오죠. 과수원 쪽에서는 자기들이 원하는 품삯으로 사람들을 골라 쓸 수 있어요. 그 사람들이 주는 품삯이 맘에 들지 않더라도 어쩔 수 없어요. 1000명이나 되는 사람들이 그 일자리를 얻으려고 기다리고 있으니까. 그래서 복숭아를 따고 또 따죠. 일이 끝날 때까지. 그 일대가 온통 복숭아밭 천지예요. 그 밭의 복숭아들이 전부 한꺼번에 익죠. 복숭아를 하나도 남김없이 다 따고 나면 그 지역에서는 할 일이 하나도 없어요. 과수원 주인들은 인부들을 더 이상 원하지 않죠. 사람이 3000명이나 되는데. 일이 다 끝나 버렸으니까. 거기서 일했던 사람들이 도둑질을 할 수도 있고, 술을 퍼마실 수도 있고, 소란을 피울 수도 있거든. 게다가 꼬락서니도 별로 좋지 않고 낡은 천막에서 사는 사람들이니. 아름다운 고장이 그 인부들 때문에 고약해진다 이거예요. 그래서 인부들이 근처에 있는 걸 싫어해요. 어디 다른 데로 가라고 내쫓아 버리는 거지. 여기 사정이 그래요."

톰은 식구들의 천막을 바라보았다. 어머니가 피곤에 지친 몸으로 느릿느릿 움직이며 쓰레기를 모아다가 작게 불을 지피고 그 위에 냄비를 올려놓는 것이 보였다. 둥글게 둘러서 있던 아이들이 좀 더 가까이 다가들어 눈을 휘둥그렇게 뜬 채 어머니의 손놀림을 하나도 빼놓지 않고 지켜보았다. 나이가 아주 많아서 등이 굽어 버린 노인이 어떤 천막에서 나와 코를 콩콩 거리며 가까이 다가왔다. 그리고 뒷짐을 진 자세로 아이들과 함께 어머니를 지켜보기 시작했다. 루티와 윈필드는 어머니 옆에 서서 호전적인 표정으로 낯선 사람들을 바라보았다.

톰이 성난 목소리로 말했다. "지금이 바로 복숭아를 따는 철이잖아요, 안 그래요? 복숭아가 언제 익죠?"

"지금이 그때예요."

"그렇다면 사람들이 한데 모여서 복숭아가 썩게 내버려두자고 하면요? 그러면 품삯이 금방 올라갈 거 아니에요!"

젊은 남자가 시선을 들어 조롱하는 듯한 표정으로 톰을 바라보았다.

"뭔가 생각을 해내긴 하셨군. 머리를 좀 쓰셨어."

톰이 말했다. "난 지금 피곤해요. 밤새 운전을 해서. 당신하고 말싸움하고 싶지 않아. 지금 너무 피곤해서 누가 조금만 뭐라고 해도 싸움을 벌일 것 같아. 나한테 잘난 척하지 말아요. 부탁이에요."

남자가 히죽 웃었다. "나도 그럴 생각은 아니었어요. 당신은 여기 없었으니까. 다른 사람들도 그 생각을 했죠. 복숭아 과수원 주인들도 그 생각을 해냈고. 이봐요, 사람들이 한데 모인다면 반드시 지도자가 있게 마련이에요. 앞에 나서서 이야기를 하는 사람. 그런데 그 사람이 입을 열자마자 여기 사람들이 그 사람을 붙들어다가 감옥에 넣어 버려요. 또 다른 지도자가 나타나면 그 사람도 감옥에 처넣어 버리고."

톰이 말했다. "감옥에 들어가면 어쨌든 밥은 먹을 수 있잖아요."

"그 사람 애들은 아니지. 당신이 감옥에 있는 동안 애들이 굶어 죽는다면 어떻겠어요?"

"그렇군요." 톰이 천천히 말했다. "그래요."

"문제가 또 있어요. 블랙리스트라고 들어 봤어요?"

"그게 뭔데요?"

"다 함께 모이자는 얘기를 한번 해 봐요. 그러면 알게 될 테니. 여기 사람들이 당신 사진을 찍어서 사방에 퍼뜨리는 거예요. 그러면 당신은 어디서도 일자리를 구할 수 없어요. 만약 당신한테 애들이 있다면……."

톰은 모자를 벗어 손으로 비틀었다.

"그러니까 주는 대로 그냥 받든지 아니면 굶어 죽는 길밖에 없다? 소리를 지르면 굶어 죽는다?"

젊은 남자가 손을 휘저어 천막촌 일대를 가리켰다. 초라한 천막들과 녹슨 자동차들도 그가 가리킨 범위 안에 포함되었다.

톰은 다시 어머니를 바라보았다. 어머니는 앉아서 감자 껍질을 벗기고 있었다. 둥글게 늘어선 아이들이 더 가까이 다가와 있었다.

톰이 말했다. "난 그렇게 못 해요. 젠장, 나랑 우리 식구들은 겁쟁이가 아냐. 누구든 냅다 걷어차 줄 거야."

"경찰들처럼?"

"경찰이든 뭐든 상관없어요."

"미쳤군. 그랬다간 그 사람들한테 당장 찍힐 거예요. 당신은 유명하지도 않고 부자도 아니죠. 코와 입에 피가 말라붙은 모

38

습으로 도랑에 누워 있게 될걸요. 그리고 신문에 짧게 한 줄 실리겠죠. 신문에서 뭐라고 할지 알아요? '부랑자 시체 발견.' 그게 다예요. 앞으로 그런 기사를 아주 많이 보게 될 거예요. '부랑자 시체 발견.'"

톰이 말했다. "그럼 그 부랑자 바로 옆에서 다른 사람 시체도 발견될 거예요."

"미쳤군. 그래 봤자 아무 소용없어요."

"그럼 어떻게 하겠다는 거예요?"

그는 기름때가 묻어 줄무늬가 생긴 남자의 얼굴을 들여다보았다. 남자의 눈에 베일이 한 꺼풀 씌워진 듯했다.

"아무것도. 어디서 왔죠?"

"우리 말이에요? 오클라호마 샐리소 근처예요."

"방금 도착했다고요?"

"오늘."

"여기 오래 있을 건가요?"

"모르겠어요. 어디든 일자리를 구할 수 있는 곳에 머무를 거니까. 왜요?"

"아무것도 아니에요."

남자의 눈에 다시 베일이 씌워졌다.

톰이 말했다. "가서 좀 자야겠어요. 내일 나가서 일자리를 찾아볼 거예요."

"시도는 해 봐야겠죠."

톰은 몸을 돌려 식구들이 세워놓은 천막으로 향했다.

남자는 약품이 든 깡통을 들고 그 안에 손가락을 집어넣었다.

"이봐요!" 그가 소리쳤다.

톰이 몸을 돌렸다. "왜 그래요?"

"말해 주고 싶은 게 있어요." 그가 약품이 묻은 손가락으로 손짓을 했다. "말해 주고 싶은 게 있어요. 공연히 문제 일으키지 말아요. 아까 경찰 공포증에 걸린 사람 기억나요?"

"저쪽 천막에 있던 사람?"

"그래요. 멍청해 보이고, 머리도 정상이 아닌 것 같죠?"

"그 사람이 어쨌다는 거예요?"

"경찰들이 왔을 때, 경찰들은 항상 오지만, 어쨌든 그럴 때 그 사람처럼 굴어요. 아무것도 모르는 멍청이처럼. 아무것도 이해하지 못하는 것처럼. 그게 경찰들이 우리한테서 바라는 모습이니까. 절대 경찰을 때리면 안 돼요. 그건 자살행위야. 경찰 공포증에 걸린 사람처럼 굴어요."

"그 망할 놈의 경찰들이 날 제멋대로 다루게 내버려 두고 아무 짓도 하지 말라고요?"

"그래요. 잘 들어요. 오늘 밤에 내가 당신한테 갈게요. 어쩌면 내가 틀렸을지도 모르지만, 경찰 끄나풀들이 항상 돌아다니니까. 이건 나한테도 모험이에요. 나한테는 애도 있는데. 그래도 내가 당신한테 갈게요. 만약 경찰을 보거든 정말로 멍청한 오키처럼 구는 거예요. 알았어요?"

"우리가 뭐라도 하는 거라면 그래도 괜찮겠죠." 톰이 말했다.

"걱정 말아요. 우리 나름대로 뭔가 하고 있는 거니까. 다만 날 잡아가라고 목을 내밀지 않을 뿐이지. 애들은 빨리 굶어 죽어요. 이삼 일밖에 안 걸리니까."

그는 다시 일을 시작해 밸브가 들어갈 자리에 약품을 발랐다. 가죽 띠 위에서 그의 손이 빠르게 앞뒤로 움직이고, 그의 얼굴은 둔하고 멍청해 보였다.

톰은 천천히 천막으로 걸어갔다.

"경찰 공포증이라." 그는 작은 소리로 중얼거렸다.

아버지와 큰아버지가 천막으로 다가왔다. 마른 버드나무 가지를 한 아름 안고 온 두 사람은 불 옆에 나뭇가지를 던져 놓고 바닥에 앉았다.

아버지가 말했다. "장작을 꽤 많이 주워 왔어. 나무를 구하려고 멀리까지 갔다 왔지."

아버지는 둥글게 둘러서서 식구들을 빤히 쳐다보고 있는 아이들을 올려다보았다.

"이런 세상에! 너희들 어디서 온 거냐?"

아이들은 다들 어색한 표정으로 자기 발을 내려다보았다.

어머니가 말했다. "음식 냄새를 맡은 모양이에요. 윈필드, 좀 비켜라."

어머니는 앞에서 거치적거리는 윈필드를 밀어냈다.

"스튜를 좀 만들어야겠다. 집 떠난 후로 제대로 된 요리를 전혀 먹지 못했어. 여보, 저기 가게로 가서 목살 좀 사다 줘요. 맛있는 스튜를 만들게."

아버지가 자리에서 일어나 어슬렁어슬렁 걸어갔다.

앨은 자동차의 엔진 뚜껑을 열고 기름투성이 엔진을 내려다보고 있었다. 그는 톰이 다가오는 소리를 듣고 고개를 들었다.

그가 말했다. "말똥가리처럼 기분 좋아 보이네."

"그래, 봄비 맞은 두꺼비처럼 기분 좋다." 톰이 말했다.

"엔진 좀 봐." 앨이 손가락으로 엔진을 가리켰다. "아주 좋아, 그렇지?"

톰이 안을 들여다보았다. "내가 보기에도 괜찮은 것 같다."

"괜찮아? 세상에, 이 정도면 굉장한 거야. 기름도 안 새고, 다른 문제도 없다고."

그는 점화전을 풀어서 뽑은 다음 구멍 속에 검지를 집어넣었다.

"찌꺼기가 조금 끼었지만 바싹 말랐어."

톰이 말했다. "그래, 차를 잘 골랐어. 나한테서 이 말을 듣고 싶었던 거지?"

"그야 뭐, 오는 동안 내내 걱정을 했거든. 자동차가 고장 나면 다 내 탓이다 싶어서."

"아냐, 잘 골랐어. 차 손질 잘 해 놔. 내일 일자리를 찾으러 나갈 거니까."

"문제없이 달릴 거야. 걱정 같은 건 전혀 하지 마시라고요."

앨은 주머니칼을 꺼내 점화전 끝을 긁었다.

톰은 천막 옆을 돌아가다가 바닥에 앉아 있는 케이시를 발견했다. 그는 생각에 잠긴 표정으로 한쪽 맨발을 내려다보고 있었다. 톰은 그의 옆에 털썩 주저앉았다.

"괜찮을 것 같아요?"

"뭐?"

"그 발가락 말이에요."

"아! 그냥 앉아서 생각 좀 하고 있었어."

"항상 그렇게 태평하고 기분이 좋은가 봐요."

케이시는 엄지발가락과 둘째 발가락을 꼼지락거리며 조용히 미소를 지었다.

"억지로 뭔가를 생각하려고 하는 건 힘든 일이야."

"며칠째 아무 말씀도 안 하셨잖아요. 항상 생각만 하고 계시는 거예요?"

"그래, 항상 생각을 하지."

톰은 천으로 만든 모자를 벗었다. 모자는 이제 더럽고 너절하게 변해 있었다. 차양이 새의 부리처럼 뾰족했다. 그는 땀을 흡수하는 띠를 뒤집어서 길게 접은 신문을 꺼냈다.

그가 말했다. "땀을 하도 흘려서 오그라져 버렸네." 그는 꼼지락거리는 케이시의 발가락을 바라보았다. "잠깐 생각을 그만두고 얘기 좀 들어 줄 수 있어요?"

케이시는 길쭉한 목을 돌려 그를 바라보았다. "항상 얘기를 듣고 있지. 그래서 생각을 하는 거야. 사람들이 하는 얘기를 듣다 보면, 금방 사람들의 기분을 알 수 있게 되거든. 항상 그래. 사람들 얘기를 듣고, 그 사람들의 기분을 느껴. 사람들은 다락방에 갇힌 새처럼 날개를 퍼덕거리고 있지. 밖으로 나가려다가 먼지투성이 창문에 부딪혀서 날개가 부서져 버릴 걸세."

톰은 눈을 휘둥그렇게 뜨고 그를 바라보다가 고개를 돌려 20피트 거리에 있는 회색 천막을 바라보았다. 천막을 지탱하는 밧줄에 빨아 널어 놓은 청바지, 셔츠, 원피스가 걸려 있었다.

톰이 조용히 말했다. "제가 말하려던 게 바로 그거예요. 이미 알고 계셨군요."

케이시가 말했다. "알고 있네. 우리 같은 사람들이 아무 장비도 없이 우글거리고 있지." 그는 고개를 숙이며 손을 뻗어서 천천히 이마를 쓸어 올렸다. "오는 동안 계속 알고 있었어. 우리가 멈출 때마다 그게 보였어. 굶주린 사람들. 고기를 얻더라도 충분히 먹질 못하지. 참을 수 없을 만큼 배가 고파지면 나한테 기도를 해 달라고 했어. 가끔 내가 기도를 해 준 적도 있고."

그는 끌어 올린 무릎을 팔로 감싸 안고 깍지를 낀 다음 다리를 더욱 안쪽으로 잡아당겼다.

"난 그러면 될 줄 알았네. 기도를 제물로 삼은 거지. 끈끈이에 파리가 달라붙듯이 모든 근심이 기도에 달라붙고, 기도가 하늘로 날아가면서 근심도 같이 가져간다고 말이야. 하지만 이제는 그게 소용없어."

"기도 덕분에 고기가 생긴 적은 없어요. 고기를 구하려면 돼지 새끼가 필요하죠."

"그래. 그리고 전능하신 하느님이 품삯을 올려 주신 적도 없지. 여기 이 사람들은 점잖게 살면서 애들을 점잖게 키우고 싶어 해. 늙어서는 문간에 앉아 지는 해를 바라보면 좋겠다고 생각하지. 젊었을 때는 춤추고 노래하고 같이 자고 싶어 하고 말이야. 음식을 먹고, 술을 마시고, 일을 하고 싶어 해. 그게 다야. 이 사람들은 그저 피곤해질 때까지 그 빌어먹을 근육을 움직이고 싶어 한다고. 젠장! 내가 지금 무슨 소리를 하고 있는 거야?"

"모르겠는데요. 괜찮은 얘기 같은데. 언제쯤이나 돼야 일거리를 얻어서 생각하는 걸 그만둘 수 있을 것 같아요? 우린 일자리를 구해야 돼요. 돈이 거의 다 떨어졌거든요. 페인트칠한 판자를 사서 할머니 무덤에 세우느라고 아버지가 5달러를 썼어요. 이제 남은 돈이 얼마 안 돼요."

여윈 갈색 잡종 개가 코를 킁킁거리며 천막 옆을 돌아 나왔다. 녀석은 겁을 집어먹고 도망칠 준비를 한 채 코를 킁킁거리며 다가오다가 두 남자의 존재를 알아차렸다. 녀석은 고개를 들어 두 사람을 바라보더니 펄쩍 옆으로 뛰어 비쩍 마른 꼬리를 말고 달아나 버렸다. 케이시는 녀석이 어떤 천막 옆을 돌아 시야에서 사라지는 모습을 지켜보았다.

그가 한숨을 쉬었다. "난 아무 짝에도 쓸모없는 인간이야. 나한테나 다른 사람한테나. 그냥 혼자서 떠날 생각을 했네. 내가 자네 식구들 음식을 축내면서 자리를 차지하고 있으니 말이야. 그러면서 자네 식구들한테 아무것도 해 준 게 없잖아. 혹시 안정적인 일을 구한다면 자네 식구들이 나한테 해 준 걸 조금이나마 갚을 수 있을지도 모르지."

톰은 입을 벌리고 아래턱을 앞으로 불쑥 내밀었다. 그리고 마른 겨자 줄기로 아랫니를 두드렸다. 그는 천막촌과 회색 천막들, 잡초와 양철과 종이로 지은 판잣집들을 바라보고 있었다.

"담배가 좀 있으면 좋을 텐데. 담배를 피워 본 게 언젠지. 맥알레스터에 있을 때는 담배를 구할 수 있었는데. 정말이지 그리로 다시 돌아가고 싶을 정도라니까요."

그는 다시 이를 두드리다가 갑자기 목사에게 시선을 돌렸다.

"감옥에 들어가 본 적 있어요?"

"아니. 한 번도 없어." 케이시가 말했다.

"아직은 떠나지 마세요…… 아직은." 톰이 말했다.

"일자리를 빨리 찾으러 나설수록 일을 빨리 구할 수 있을 텐데."

톰은 반쯤 감은 눈으로 그를 유심히 바라보다가 다시 모자를 썼다.

"케이시. 여긴 목사들이 말하는 젖과 꿀이 흐르는 땅이 아니에요. 여기선 비열한 일들이 벌어지고 있다고요. 여기 사람들은 우리처럼 서부로 오는 사람들을 겁내고 있어요. 그래서 우리한테 겁을 줘서 돌려보내려고 경찰을 보내죠."

케이시가 말했다. "그래. 나도 알아. 그런데 왜 나더러 감옥에 가 본 적이 있냐고 물은 건가?"

톰이 천천히 말했다. "감옥에 있으면, 뭐랄까, 육감이 날카로워져요. 거기 사람들은 죄수들이 많이 모여서 이야기를 나누게 내버려 두질 않으니까. 기껏해야 두 명쯤 모일 수 있을까. 그래서 느낌으로 많은 걸 알아내게 되죠. 뭔가 일이 터지려고 할 때, 예를 들어 누군가가 살짝 돌아서 걸레 자루로 간수한테 대드는 일이 터지려고 할 때, 우리는 그걸 미리 알 수 있어요. 탈옥이나 폭동이 일어나는 경우에도 굳이 누구한테 미리 얘기를 들을 필요가 없죠. 이미 육감으로 알고 있으니까."

"그래?"

"여기 계세요. 어쨌든 내일까지는 여기 계세요. 뭔가 일이 터질 것 같아요. 저기 저쪽에서 어떤 젊은 친구하고 얘기를 했는데, 녀석이 코요테처럼 교활하고 영리하더라고요. 하지만 너무 영리해요. 코요테는 자기 일만 신경 쓰면서 순진하고 즐겁게 지내는 척, 남한테 해를 끼칠 생각이 전혀 없는 척하지만, 웬걸, 바로 옆에 닭장이 있지요."

케이시는 그를 유심히 살펴보면서 뭔가 물어보려다가 입을 꾹 다물어 버렸다. 그는 천천히 발가락을 꼼지락거리면서 무릎을 펴서 다리를 뻗었다.

"그래. 당장 떠나지는 않겠네."

"사람들이, 착하고 조용한 사람들이 아무것도 모르고 있을 때, 그때 뭔가 일이 일어나고 있는 거예요."

"여기 있을게."

"내일 트럭을 타고 나가서 일자리를 찾아볼 거예요."

"그렇지!"

케이시는 이렇게 말하고 나서 발가락을 위아래로 꼼지락거리며 진지한 표정으로 유심히 살펴보았다. 톰은 팔꿈치를 바닥에 짚고 뒤로 몸을 기대며 눈을 감았다. 천막 안에서 뭐라고 중얼거리는 샤론의 로즈의 목소리와 코니가 대답하는 소리가 들려왔다.

방수포가 어둠침침한 그림자를 만들었기 때문에 양쪽 끝에 빛이 비치는 부분이 쐐기 모양으로 선명하게 드러났다. 샤론의 로즈는 매트리스 위에 누워 있고 코니는 그녀 옆에 앉아 있었다.

"엄마를 도와야 되는데." 샤론의 로즈가 말했다. "노력은 해 봤는데 몸을 움직일 때마다 구역질이 나."

코니의 눈은 우울해 보였다. "이럴 줄 알았으면 여기 안 왔을 거야. 고향에서 밤에 트랙터 공부를 해서 3달러짜리 일자리를 구했을 거야. 하루에 3달러면 진짜 잘살 수 있어. 매일 밤 영화도 보러 갈 수 있고."

샤론의 로즈는 걱정스러운 표정이었다. "밤에 라디오를 공부한다고 했잖아."

그러나 그는 한참 동안 대답하지 않았다.

"아냐?" 그녀가 다그치듯 물었다.

"그래, 해야지. 조금 여유가 생기는 대로. 돈이 조금 생기면."

그녀는 팔꿈치로 바닥을 짚고 몸을 일으켰다. "공부를 포기할 거 아니지?"

"그럼, 당연히 아니지. 하지만 우리가 이런 데서 살게 될 줄은 몰랐어."

로저샨의 눈빛이 딱딱해졌다.

"어쩔 수 없는 일이야." 그녀가 조용히 말했다.

"그래, 그래, 나도 알아. 어떻게든 여유를 만들어야지. 돈을 조금 벌어야 해. 고향에 남아서 트랙터 공부를 하는 편이 더 나았을 텐데. 거기 사람들은 하루에 3달러를 벌잖아. 가욋벌이도 할 수 있고."

샤론의 로즈의 눈이 뭔가를 열심히 계산하고 있었다. 그는 그녀의 눈에서 자신을 평가하는 듯한, 자신의 가치를 계산해 보는 듯한 표정을 보았다.

그가 말했다. "공부할 거야. 여유가 생기는 대로."

그녀가 사나운 표정으로 말했다. "아이가 태어나기 전에 집을 구해야 돼. 천막에서 아이를 낳을 생각은 없어."

"물론이지. 여유가 생기는 대로."

그는 천막 밖으로 나가 웅크린 자세로 모닥불을 들여다보고 있는 어머니를 내려다보았다. 샤론의 로즈는 몸을 돌려 똑바로 누운 채 천막 천장을 뚫어지게 바라보았다. 그러다가 엄지손가락을 재갈처럼 입 안에 집어넣고 소리 없이 울었다.

어머니는 불가에 무릎을 꿇고서 스튜 냄비 밑의 불길을 유지하기 위해 나뭇가지들을 꺾고 있었다. 불길은 솟아올랐다가 수그러지고, 다시 솟아올랐다가 수그러지기를 반복했다. 열다섯 명이나 되는 아이들이 말없이 서서 그 모습을 지켜보았다. 스튜 냄새가 나기 시작하자 아이들의 콧잔등에 살짝 주름이 잡혔다. 흙먼지 때문에 황갈색으로 변한 아이들의 머리에서 햇빛이 반짝였다. 아이들은 거기 그렇게 서 있는 것을 창피하게 생각했지만 그 자리를 떠나지는 않았다. 둥글게 늘어서서 음식을 먹고 싶어 애를 태우는 그 아이들 중 원 안쪽에 서 있는 어린 여자아이에게 어머니가 조용히 뭐라고 얘기를 했다. 그 아이는 다른 아이들보다 나이가 많았다. 아이는 한쪽 발로 서서 아무것도 신지 않은 발등으로 종아리를 문지르고 있었다. 팔은 뒷짐을 진 채였다. 아이는 흔들리지 않는 작은 회색 눈으로 어머니를 지켜보았다.

아이가 제 의견을 말했다. "괜찮다면 제가 나무를 꺾어 드릴 수 있어요, 아줌마."

어머니가 요리를 하다가 시선을 들었다. "음식을 같이 먹고 싶어서 그러지?"

"예, 아줌마." 아이가 흔들림 없이 말했다.

어머니가 나뭇가지들을 냄비 밑으로 밀어 넣자 불에서 탁탁 소리가 났다.

"아침을 못 먹었니?"

"예, 아줌마. 이 근처에는 일자리가 없어요. 아빠는 뭐든 물건을 팔아서 휘발유를 사 가지고 여길 떠날 거래요."

어머니가 시선을 들었다. "너희들 전부 아침을 못 먹은 거야?"

둥그렇게 늘어선 아이들이 불안한 표정으로 웅성거리며 끓고 있는 냄비에서 시선을 돌렸다.

자그마한 남자아이 하나가 자랑하듯이 말했다. "전 먹었어요. 저랑 동생하고. 그리고 저기 두 명도 먹었어요. 제가 봤거든요. 우린 잘 먹어요. 오늘 밤에 남쪽으로 떠날 거예요."

어머니는 미소를 지었다. "그럼 너희는 배가 안 고프겠구나. 음식이 부족해서 다 나눠 줄 수 없거든."

남자아이가 입술을 내밀었다.

"우린 잘 먹어요."

아이는 이렇게 말하고 나서 몸을 돌려 뛰어가더니 어떤 천막 안으로 뛰어들었다. 어머니가 그 아이의 모습을 한참 동안 지켜보았기 때문에 가장 나이가 많은 여자아이가 어머니의 주의를 돌려놓았다.

"불길이 작아졌어요, 아줌마. 괜찮다면 제가 불을 볼 수 있어요."

루티와 윈필드는 원 안에 서서 냉담하고 위엄 있는 표정을 짓고 있었다. 두 아이는 무관심한 듯하면서도 자기 것을 지키려는 욕망을 강하게 드러냈다. 루티는 차가운 시선에 분노를 담아 여자아이를 노려보았다. 그리고 바닥에 앉아 어머니 대신 나뭇가지들을 꺾기 시작했다.

어머니가 냄비 뚜껑을 열고 막대기로 스튜를 저었다.

"너희들 중에 배가 안 고픈 사람이 있다니 정말 다행이다. 어쨌든 아까 그 아이는 배가 안 고프다니 말이야."

여자아이가 코웃음을 쳤다. "아, 걔요! 걔 허풍 떤 거예요. 잘난 척하느라고. 걔가 저녁을 못 먹었을 때 어떻게 하는지 아세요? 어젯밤에 밖으로 나와서 닭고기를 먹었다고 하더라고요. 쳇, 걔네 식구들이 밥 먹을 때 제가 다 봤는데요, 다른 사람들하고 똑같이 밀가루 튀김을 먹고 있었어요."

"저런!"

어머니는 남자아이가 뛰어 들어간 천막 쪽을 바라보더니 다시 여자아이에게 시선을 돌렸다.

"너 캘리포니아에 온 지 얼마나 됐니?"

"음, 한 여섯 달쯤이요. 한동안 국영 천막촌에 있다가 북쪽으로 갔어요. 그런데 다시 돌아와 보니까 거기가 꽉 차 있더라고요. 살기 좋은 덴데."

"그게 어딘데?"

어머니는 이렇게 묻고 나서 루티의 손에서 나뭇가지를 받아 불 속에 집어넣었다. 루티는 증오가 깃든 눈으로 여자아이를 노려보았다.

"저쪽 위드패치 근처예요. 화장실하고 목욕탕도 있고요, 빨래통에서 빨래도 할 수 있어요. 물도 아주 많아요. 먹는 물이 진짜 좋아요. 밤이 되면 사람들이 음악을 연주하고, 토요일 밤에는 춤도 춰요. 아, 그렇게 좋은 데는 아줌마도 본 적이 없을 거예요. 애들이 놀 데도 있고요. 화장실에 휴지도 있어요. 줄을 잡아당기면 물이 변기 속으로 곧장 쏟아져요. 그리고 아무 때나 찾아와서 천막 안을 들여다보는 경찰도 없어요. 그 천막촌을 이끄는 사람들은 진짜 점잖아요. 가끔 찾아와서 얘기를 하는데 잘난 척은 절대 안 해요. 다시 거기서 살 수 있으면 좋겠어요."

어머니가 말했다. "난 한 번도 못 들어 본 얘긴데. 나도 빨래통을 쓸 수 있다면 정말 좋겠다."

아이는 신이 나서 말을 계속했다. "그리고요, 파이프 안에 뜨거운 물이 있어서 샤워장에 가면 따뜻한 물이 나와요. 그런 데는 한 번도 못 봤어요."

"지금은 거기가 꽉 찼다고?"

"예. 지난번에 우리가 물어봤을 때 그렇다고 했어요."

"돈이 많이 들겠구나."

"음, 돈이 들긴 해요. 하지만 돈이 없는 사람도 일하면서 갚을 수 있어요. 일주일에 두 시간 정도 청소를 하거나 쓰레기통을 비우거나, 뭐 그런 일을 하면 돼요. 밤이 되면 음악이 흘러나오고 사람들이 같이 이야기를 하고 파이프 안에 뜨거운 물이 있어요. 그렇게 좋은 데는 한 번도 못 봤어요."

"우리도 거기 갈 수 있다면 좋겠다."

루티는 더 이상 참을 수가 없었다. 루티가 사나운 목소리로 불쑥 입을 열었다.

"할머니는 트럭 꼭대기에서 돌아가셨어."

여자아이는 무슨 소린지 모르겠다는 표정으로 루티를 바라보았다.

"그래, 정말이야. 그리고 검시관이 할머니를 데려갔어."

루티는 입을 꾹 다물고 나뭇가지 더미를 허물어 버렸다.

윈필드가 이 대담한 공격에 놀라 눈을 깜박거렸다.

"그래 트럭 위에서." 그가 누나의 말을 되풀이했다. "검시관이 할머니를 커다란 바구니에 넣었어."

"그만해라, 둘 다. 안 그러면 쫓아 버릴 거야." 그리고 어머니는 불 속에 나뭇가지를 던져 넣었다.

저 아래쪽에서는 앨이 밸브를 갈고 있는 사람에게 어슬렁어슬렁 다가가 그 사람을 지켜보고 있었다.

"거의 다 끝난 것 같네요." 그가 말했다.

"두 개가 더 있어."

"여기 천막촌에 아가씨들이 있나요?"

"난 유부남이야. 아가씨들한테 신경 쓸 시간 없어."

"전 항상 시간이 있거든요. 다른 일에 신경 쓸 시간은 전혀 없지만." 앨이 말했다.

"배를 좀 곯아 보면 달라질걸."

앨은 소리 내어 웃었다. "그럴지도 모르죠. 하지만 아직은 그대로예요."

"조금 아까 어떤 사람하고 얘길 했는데, 자네 식구지?"

"맞아요! 우리 형 톰이죠. 형한테는 공연한 수작 같은 거 안 부리는 게 좋아요. 사람을 죽인 적이 있거든요."

"그래? 뭣 때문에?"

"싸우다가요. 그놈이 형한테 칼을 들이댔어요. 형은 삽으로 놈을 박살 내 버렸죠."

"허참, 그래? 그래서 재판은 어떻게 됐는데?"

"물론 석방됐죠. 싸움이었으니까." 앨이 말했다.

"싸움 같은 걸 하는 사람 같지는 않던데."

"그럼요, 그런 사람 아니에요. 하지만 형은 남이 함부로 날뛰는 걸 그냥 두고 보지 않아요." 몹시 자랑스러운 목소리였다. "형은 조용한 사람이지만, 조심해야 돼요."

"뭐, 자네 형하고 얘길 해 봤는데 나쁜 사람 같지는 않았어."

"당연하죠. 평소 때는 파이처럼 부드럽지만 일단 화가 나면 진짜 조심해야 돼요."

젊은 남자는 마지막 밸브를 갈기 시작했다.

"밸브 끼우는 걸 도와 드릴까요?"

"그래, 달리 할 일이 없다면."

"잠을 좀 자야 되는데. 하지만, 젠장, 뜯어 놓은 차만 보면 가만히 있을 수가 없다니까요. 그러니 끼어들 수밖에요."

"뭐, 나도 도움을 얻어서 좋아. 내 이름은 플로이드 놀스야."

"전 앨 조드예요."

"만나서 반갑네."

"저도요. 같은 개스킷을 쓸 건가요?"

"그럴 수밖에 없어." 플로이드가 말했다.

앨은 주머니칼을 꺼내 기계를 긁었다. "아이고! 자동차 엔진만큼 좋은 게 없다니까."

"아가씨들은 어쩌고?"

"맞아, 아가씨들도 좋아요! 롤스로이스를 분해해서 다시 조립할 수 있다면 얼마나 좋을까. 캐딜락 16의 엔진 뚜껑 밑을 한 번 들여다본 적이 있는데, 세상에 평생 그렇게 예쁜 건 처음 봤어요. 샐리소에 있을 때, 그 캐딜락이 어떤 식당 앞에 서 있길래 내가 엔진 뚜껑을 열어 봤거든요. 그런데 어떤 남자가 나오더니 '너 뭐 하는 거냐?' 이러더라고요. 그래서 내가 그랬죠. '그냥 보는 거예요. 정말 멋진 차 아니에요?' 그랬더니 그 남자는 그냥 가만히 서 있더라고요. 아마 그 사람은 자동차 안을 들여다본 적이 한 번도 없었을 거예요. 그냥 가만히 서 있기만 했으니까. 밀짚모자를 쓴 부자였는데. 줄무늬 셔츠를 입고 안경을 썼더라고요. 우린 아무 말도 안 하고 그냥 자동차만 봤어요. 조금 있다가 그 사람이 이랬죠. '그 차 한번 운전해 볼래?'"

"세상에!" 플로이드가 말했다.

"맞아요. '그 차 한번 운전해 볼래?'라니. 뭐, 난 그때 더러운 청바지를 입고 있었어요. 그래서 나 때문에 차가 더러워질 거라고 했죠. 그런데 그 사람이 '괜찮아! 그냥 이 근처를 한 바퀴 돌아 봐.' 이러는 거예요. 그래서 그 차를 타고 그 근처를 여덟 바퀴나 돌았어요. 야아, 얼마나 근사했는지!"

"좋던가?"

"그걸 말이라고 해요? 그 차를 분해해 볼 수만 있다면 뭐든 다 내놓을 거예요."

플로이드는 팔을 움직이는 속도를 늦췄다. 그리고 마지막 밸브를 들어 올려 살펴보았다.

"털털거리는 낡은 자동차에 익숙해지는 게 좋을 거야. 캐딜락 16을 운전할 일이 없을 테니까."

그는 가죽 띠를 자동차 발판에 놓고 끌로 기계에 딱딱하게 들러붙은 기름때를 긁어내기 시작했다. 뚱뚱한 여자 두 명이 맨머리에 맨발로 두 사람 옆을 지나갔다. 두 여자는 우윳빛이 도는 물이 담긴 양동이를 함께 들고 있었다. 그들은 양동이 무게 때문에 느릿느릿 걸으면서 단 한 번도 땅에서 시선을 들지 않았다. 오후의 태양이 반쯤 기울어져 있었다.

앨이 말했다. "아저씨는 좋아하는 게 별로 없죠?"

플로이드는 끌로 더 세게 기름때를 긁어냈다.

"내가 여기 온 지 육 개월 됐어. 일자리를 구하려고 여기 캘리포니아주를 헤집고 돌아다녔지. 나와 집사람과 애들이 먹을 고기와 감자를 구하려고 정신없이 돌아다녔어. 산토끼처럼 뛰어다녔다고. 그런데 방법이 없었어. 내가 무슨 짓을 해도 먹을 걸 충분히 구할 수가 없는 거야. 난 이제 지쳤어. 그뿐이야. 너무 지쳐서 잠을 자도 몸이 풀리지 않아. 이젠 정말 어떻게 해야 할지 모르겠어."

"안정적인 일자리가 없는 거예요?"

"없어. 안정적인 일자리는 없어."

그는 끌로 기름때를 밀어낸 다음 기름투성이 걸레로 광택이 사라진 금속 표면을 닦았다.

녹슨 자동차 한 대가 천막촌 안으로 들어왔다. 차 안에는 남자 네 명이 타고 있었다. 갈색으로 그을린 딱딱한 표정의 남자들. 자동차가 천천히 천막촌을 통과했다. 플로이드가 그들에게 소리쳤다.

"어떻게 됐어?"

운전을 하던 사람이 자동차를 멈추고 말했다. "사방을 돌아다녔는데 이 일대에는 일자리가 하나도 없어. 떠나야겠어."

"어디로요?" 앨이 소리쳤다.

"그걸 누가 알아? 이제 여기서는 할 만큼 했어." 그는 클러치에서 발을 떼고 천천히 차를 움직였다.

앨은 그들의 뒷모습을 바라보았다. "한 명씩 돌아다니는 편이 더 낫지 않을까요? 그러면 일자리가 하나 있을 때 한 사람이라도 일할 수 있을 텐데."

플로이드는 끌을 내려놓고 쓴웃음을 지었다. "아무것도 모르는구먼. 돌아다니려면 기름값이 들잖아. 휘발유 1갤런에 15센트라고. 그러니 네 명이 자동차 네 대를 가지고 나갈 수는 없지. 그래서 각자 10센트씩 내서 휘발유를 사는 거야. 자네도 알아 둬."

"형!"

앨이 아래를 내려다보니 윈필드가 잘난 척하는 표정으로 옆에 서 있었다.

"형, 엄마가 스튜를 그릇에 담고 있어. 형도 와서 먹으래."

앨은 바지에 손을 닦았다.

"아직 식사를 못 했거든요." 그가 플로이드에게 말했다. "밥 먹고 나서 도와드리러 올게요."

"하기 싫으면 안 해도 돼."

"아니에요, 도와드릴게요."

앨은 윈필드를 따라 자기네 천막으로 갔다.

조드 일가의 천막에는 사람이 많았다. 낯선 아이들이 스튜 냄비 근처에 서 있었는데, 하도 바짝 달라붙어 있어서 어머니가 팔을 움직일 때마다 팔꿈치가 아이들에게 스칠 정도였다. 톰과 큰아버지는 어머니 옆에 서 있었다.

어머니가 난처한 표정으로 말했다. "어떻게 해야 좋을지 모르겠다. 식구들을 먹여야 되는데. 이 애들을 어쩐다지?"

아이들은 뻣뻣하게 서서 어머니를 바라보고 있었다. 아이들의 얼굴은 딱딱하게 굳어서 무표정했고, 눈은 어머니가 들고 있는 양철 접시와 냄비 사이를 기계적으로 오갔다. 어머니가 김이 피어오르는 접시를 큰아버지에게 주자 아이들의 눈이 접시를 따라갔다. 그리고 존이 숟가락으로 스튜를 뜨자 줄지어 늘어선 아이들의 눈이 숟가락의 움직임을 따라 위로 올라갔다. 존이 감자 한 조각을 입에 넣었을 때 아이들은 그의 얼굴을 바라보며 그가 어떤 반응을 보이는지 주시하고 있었다. 감자가 맛있을까? 저 아저씨가 감자를 좋아할까?

존은 그제서야 그 아이들의 존재를 깨달은 모양이었다. 그는 음식을 천천히 씹으면서 톰에게 말했다.

"이거 네가 먹어라. 난 별로 배 안 고파."

"오늘 아무것도 안 드셨잖아요."

"그래. 하지만 배가 아파서 말이야. 배 안 고파."

톰이 조용히 말했다. "천막 안으로 접시를 가져가서 드세요."

"배 안 고프다니까." 존이 고집을 부렸다. "천막 안에 있어도 저 애들 모습이 보일 것 같아."

톰은 아이들에게 시선을 돌렸다. "그만 가 봐. 어서."

줄지어 늘어선 아이들의 눈이 스튜 냄비를 떠나 톰의 얼굴로 옮겨왔다. 무슨 소리인지 영문을 모르겠다는 시선이었다.

"어서 가 봐. 너희들이 여기 있어 봤자 소용없어. 너희들한테 다 나눠 줄 만큼은 안 돼."

어머니가 국자로 스튜를 아주 조금 퍼서 양철 접시에 담아 바닥에 놓고 말했다.

"난 저 애들을 쫓아 버릴 수가 없어. 어떻게 해야 좋을지 모르겠다. 네 접시를 들고 안으로 들어가. 내가 남은 걸 저 애들한테 줄 테니. 자, 이 접시를 로저산한테 갖다줘라."

어머니는 아이들에게 미소를 지어 보였다. "얘들아, 너희들이 가서 각자 납작한 막대기를 하나씩 갖고 오면 내가 남은 음식을 줄게. 하지만 서로 싸우면 안 된다."

아이들은 아무 소리도 없이 무서울 정도로 신속하게 흩어졌다. 각자 막대기를 찾으러 뛰어가기도 하고, 자기네 천막으로 가서 숟가락을 가져오기도 했다. 어머니가 접시에 음식을 다 나눠 담기도 전에 아이들은 벌써 돌아와서 말없이 굶주린 표정을 짓고 있었다. 어머니는 고개를 절레절레 저었다.

"어떻게 해야 좋을지 모르겠네. 식구들 먹을 걸 뺏어 줄 수도 없고. 식구들을 먹여야 되는데. 루티, 윈필드, 앨." 어머니는 거친 목소리로 소리를 질렀다. "너희들 접시를 가져가. 어서. 빨리 천막 안으로 들어가라."

어머니는 기다리고 있는 아이들을 미안한 표정으로 바라보왔다.

"음식이 충분하지 않아." 어머니가 풀 죽은 목소리로 말했다. "여기다 냄비를 놔 둘 테니까 와서 맛만 좀 봐라. 하지만 별로 배가 부르지는 않을 거야." 어머니는 말을 더듬었다. "나도 어쩔 수가 없구나. 너희들을 그냥 둘 수도 없고."

어머니는 냄비를 들어 바닥에 내려놓았다.

"잠깐 기다려. 너무 뜨거우니까."

어머니는 아이들의 모습을 보지 않으려고 재빨리 천막 안으로 들어갔다. 식구들이 모두 접시를 하나씩 들고 바닥에 앉아 있었다. 밖에서 아이들이 막대기나 숟가락이나 녹슨 양철 조각을 냄비에 넣는 소리가 들려왔다. 아이들이 한꺼번에 몰려드는 바람에 냄비는 아예 보이지도 않았다. 아이들은 말도 하지 않고, 서로 싸우지도 않았다. 그러나 모두들 조용하면서도 강렬했고, 무표정하면서도 사나웠다. 어머니는 그 모습을 보지 않으려고 등을 돌렸다.

"앞으로도 계속 이럴 수는 없어. 우리끼리만 먹어야겠다."

냄비를 긁는 소리가 들려오더니 아이들이 뿔뿔이 흩어져 갔다. 땅바닥에는 아이들이 박박 긁어 놓은 냄비만 남았다. 어머니는 텅 빈 접시들을 바라보았다.

"다들 간에 기별도 안 갔겠지."

아버지가 일어서서 대답 없이 천막을 나갔다. 목사는 혼자 미소를 지으며 깍지 낀 손으로 머리를 받치고 바닥에 드러누웠다. 앨이 자리에서 일어섰다.

"자동차 고치는 걸 도와줘야 돼요."

어머니는 설거지를 하려고 접시를 모아 밖으로 가지고 나
가며 소리쳤다.

"루티, 윈필드. 가서 빨리 물 좀 길어 와라."

어머니가 양동이를 건네주자 두 아이는 강을 향해 터벅터
벅 걸어갔다.

몸집이 크고 힘이 세 보이는 여자가 다가왔다. 그녀의 옷에
는 흙먼지와 자동차 기름이 덕지덕지 묻어 있었다. 그녀는 턱
을 오만하게 치켜든 자세로 약간 떨어진 곳에 서서 적의 어린
시선으로 어머니를 바라보았다. 마침내 그녀가 더 가까이 다
가왔다.

"안녕하세요?" 그녀가 차갑게 말했다.

"안녕하세요?" 어머니는 이렇게 말하고 나서 무릎을 짚으며
일어나 상자를 앞으로 밀었다. "앉으세요."

여자가 더 가까이 다가왔다. "아뇨, 앉기 싫어요."

어머니는 이해할 수 없다는 표정으로 그녀를 바라보았다.
"무슨 일이시죠?"

여자가 양손으로 엉덩이를 짚었다. "당신 애들이나 잘 돌보
고 우리 애들은 그냥 내버려 두세요."

어머니의 눈이 휘둥그레졌다. "내가 뭘……"

여자가 어머니에게 험악한 표정을 지었다. "우리 애가 스튜
냄새를 풍기면서 왔습디다. 아주머니가 애한테 스튜를 줬죠?
애한테 들었어요. 스튜 좀 있다고 잘난 척하지 말아요. 절대.
그게 아니라도 골치 아픈 일이 많으니까. 애가 나한테 와서 뭐
랬는지 알아요? '왜 우리 집에는 스튜가 없어?'" 여자의 목소

리가 분노 때문에 가늘게 떨렸다.

어머니가 가까이 다가섰다. "좀 앉으세요. 앉아서 얘기합시다."

"아뇨, 앉기 싫어요. 난 우리 식구들을 어떻게든 먹이려고 애를 쓰고 있는데 당신이 스튜를 가지고 나타난 거예요."

"좀 앉으세요. 우리도 일자리를 구할 때까지 다시는 스튜를 먹을 형편이 못 돼요. 아주머니가 스튜를 끓이고 있는데 애들이 둘러서서 멍하니 보고 있다면 어떻게 하시겠어요? 우리도 제대로 못 먹었어요. 하지만 애들이 그렇게 보고 있는데 안 줄 수는 없는 법이죠."

여자가 엉덩이를 짚고 있던 손을 아래로 떨어뜨렸다. 그녀는 잠시 질문을 던지는 듯한 시선으로 어머니를 바라보다가 몸을 돌려 재빨리 멀어져 갔다. 그녀는 어떤 천막 안으로 들어가 입구 휘장을 내려 버렸다. 어머니는 그녀를 뚫어지게 바라보다가 다시 접시 더미 옆에 무릎을 꿇었다.

앨이 서둘러 달려왔다.

"형." 그가 소리쳤다. "엄마, 형 안에 있어요?"

톰이 고개를 내밀었다. "왜 그래?"

"이리 좀 와 봐." 앨이 흥분한 표정으로 말했다.

두 사람은 함께 걷기 시작했다.

"너 왜 그래?" 톰이 물었다.

"두고 보면 알아."

앨은 톰을 분해해 놓은 자동차로 데리고 갔다.

"이분은 플로이드 놀스야."

"그래, 아까 얘기했어. 잘돼 가요?"

"막 조립하고 있던 참이에요." 플로이드가 말했다.

톰은 실린더 블록 위를 손가락으로 쓸었다.

"뭐가 문젠데 그래, 앨?"

"플로이드 씨한테 방금 들은 얘긴데, 얘기해 보세요, 플로이드 씨."

"안 해야 될 것 같은데, 하지만…… 에이, 얘기하지 뭐. 어떤 사람이 와서 북쪽에 일자리가 생길 것 같다고 했어요."

"북쪽이요?"

"그래요. 산타클라라 계곡이라는 덴데, 북쪽으로 한참 가면 있어요."

"그래요? 무슨 일인데요?"

"자두 따기예요. 배밭이랑 통조림 공장도 있고. 금방 일이 시작될 것 같다고 하던데요."

"얼마나 멀어요?" 톰이 다그치듯 물었다.

"아이고, 그걸 누가 알겠어요? 한 200마일쯤 되려나."

"멀기는 정말 머네요." 톰이 말했다. "우리가 거기 도착했을 때 정말로 일자리가 있을까요?"

"글쎄, 그건 모르죠. 하지만 여긴 아무것도 없으니까. 그리고 그 사람 말이 자기 형한테서 편지를 받았대요. 그 사람은 이미 떠났습니다. 아무한테도 말하지 말라고 하더군요. 사람들이 너무 많이 몰려올 거라고. 우린 밤에 떠나야 돼요. 거기 가서 그 일자리를 잡아야죠."

톰은 그를 유심히 살펴보았다. "왜 몰래 떠나야 하는 거죠?"

"뭐, 모두들 그리로 몰려오면 아무도 일자리를 얻지 못할 테니까."

"거리가 엄청나게 멀어요."

플로이드는 기분이 상한 모양이었다. "난 지금 당신한테 좋은 정보를 주고 있는 거예요. 당신이 반드시 내 말을 믿을 필요는 없죠. 당신 동생이 날 도와줬으니까 정보를 주는 것뿐입니다."

"정말로 여기에 일자리가 없어요?"

"이봐요, 내가 삼 주 동안 이 일대를 샅샅이 돌아다녔어요. 그런데 일자리라고는 구경도 못 해 봤습니다. 기름값을 써가면서 이 근처를 돌아다니고 싶다면 마음대로 해요. 내가 뭐 당신한테 같이 가자고 애원을 하는 것도 아니니까. 떠나는 사람이 많아질수록 내가 일자리를 얻을 가능성이 줄어들기만 할 텐데 뭐."

"내가 괜히 트집을 잡으려고 이러는 게 아니에요. 그냥 거기까지 거리가 너무 멀어서 그래요. 우린 여기서 일자리를 얻고 살 집을 구할 수 있을 거라고 생각했거든요."

플로이드가 참을성 있게 말했다. "당신들이 여기 방금 도착했다는 건 나도 알아요. 그런데 당신들이 알아 둬야 할 게 있어요. 내 얘기를 듣는다면 당신들이 그만큼 고생을 덜 하게 될 겁니다. 하지만 내 얘기를 안 듣는다면, 여기서 알아 둬야 할 것들을 힘들게 배우게 되겠죠. 여기 정착할 수는 없어요. 일자리가 없으니까. 배가 고파서라도 여기 정착할 수 없을 겁니다. 이건 내가 아주 툭 까놓고 하는 얘기예요."

"먼저 이 근처를 돌아볼 수 있다면 좋겠는데." 톰이 불안한 표정으로 말했다.

세단 한 대가 천막촌 안으로 들어와서 이웃 천막 앞에 멈췄다. 작업복과 파란색 셔츠를 입은 남자가 차에서 내렸다.

플로이드가 그에게 소리쳤다. "어떻게 됐어요?"

"이 망할 놈의 동네에는 일자리가 하나도 없어요. 목화를 딸 때가 되기 전에는." 그리고 그는 낡은 천막 안으로 들어가 버렸다.

"봤죠?" 플로이드가 말했다.

"예, 봤어요. 하지만 200마일이라니, 세상에!"

"어찌 됐든 당분간은 어디에도 정착할 수 없을 겁니다. 미리 각오를 해 두는 게 좋을 거예요."

"우리도 그리로 가는 게 좋겠어." 앨이 말했다.

"이 근처에서는 언제 일이 시작돼요?" 톰이 물었다.

"글쎄, 한 달 후면 목화 따기가 시작될 거예요. 돈이 많다면 그때까지 기다려도 돼요."

톰이 말했다. "어머니는 더 이상 움직이는 걸 싫어하세요. 완전히 녹초가 되셨거든요."

플로이드는 어깨를 으쓱했다. "난 당신을 억지로 북쪽으로 밀어낼 생각은 없어요. 마음대로 하세요. 난 그냥 들은 얘기를 해 준 것뿐이니까."

그는 자동차 발판에서 기름이 묻은 개스킷을 들어 실린더 블록에 조심스레 끼운 다음 아래로 눌렀다.

그가 앨에게 말했다. "자. 엔진 헤드 끼우는 것 좀 도와줄래?"

톰은 두 사람이 무거운 엔진 헤드를 나사 위에 부드럽게 내려놓고 수평을 맞추는 모습을 지켜보았다.

"얘기를 좀 해 봐야겠어요." 톰이 말했다.

플로이드가 말했다. "당신 식구들 말고 다른 사람들한테 얘기하면 안 돼요. 당신들만 알고 있어요. 당신 동생이 날 도와주지 않았다면 당신들한테도 얘기하지 않았을 겁니다."

톰이 말했다. "얘기해 주셔서 정말 고마워요. 가족들하고 의논을 해 봐야겠어요. 어쩌면 우리가 그리로 떠날지도 모르겠습니다."

앨이 말했다. "젠장, 다른 식구들이 가든 말든 난 갈 거야. 남의 차를 얻어 타고서라도."

"식구들하고 헤어지겠다고?" 톰이 물었다.

"그래. 그리고 바지 주머니에다 돈을 가득 채워 가지고 돌아올 거야. 못 할 게 뭐 있어?"

"어머니는 그런 얘기 좋아하시지 않을걸. 아버지도 싫어하실 거고." 톰이 말했다.

플로이드는 고정 나사를 끼우고 손가락으로 최대한 돌렸다.

"나랑 집사람도 식구들하고 같이 떠나왔어요. 고향에 있었다면 식구들하고 헤어질 생각 같은 건 하지 않았을 겁니다. 정말 생각도 안 했을 거야. 하지만 식구들이 전부 북쪽에 있을 때 난 이리로 내려왔죠. 식구들도 다른 데로 떠났고. 지금은 식구들이 어디 있는지 몰라요. 그 후로 계속 식구들 소식을 수소문하고 있죠."

그는 렌치로 나사들을 모두 고르게 죄었다. 나사를 각각 한 번씩 돌리기를 반복하는 식이었다.

톰은 자동차 옆에 쭈그리고 앉아 눈을 가늘게 뜬 채 줄지어 늘어서 있는 천막들을 바라보았다. 작은 그루터기 하나가 천막들 사이의 땅에 박혀 있었다.

"그래, 어머니는 네가 떠나는 걸 싫어하실 거야."

"하지만 내 생각에는 혼자 가는 편이 일자리를 구하기에 더 쉬울 것 같은데."

"그럴지도 모르지. 하지만 어머니가 아주 싫어하실걸."

수심에 잠긴 남자들을 태운 자동차 두 대가 천막촌 안으로 들어왔다. 플로이드는 시선을 들었지만 그들에게 어떻게 됐느냐고 묻지는 않았다. 그들의 먼지투성이 얼굴은 슬프고 반항적인 표정을 하고 있었다. 이제 태양이 가라앉고 있어서 노란색 햇빛이 후버빌과 그 뒤에 있는 버드나무 숲을 비췄다. 아이들이 천막에서 나와 천막촌 안을 돌아다니기 시작했다. 여자들도 천막에서 나와 각자 작은 불을 피웠다. 남자들은 여기저기 모여 앉아서 이야기를 나눴다.

신품 쉐보레 쿠페 한 대가 고속도로를 벗어나 천막촌으로 들어오더니 천막촌 중앙에 멈춰 섰다.

톰이 말했다. "저건 누구죠? 여기 사람들이 아닌 것 같은데."

플로이드가 말했다. "나도 몰라요. 경찰들인가."

자동차 문이 열리고 어떤 남자가 차에서 내려 차 옆에 섰다. 그의 일행은 여전히 차 안에 앉아 있었다. 이제 바닥에 앉아 있던 남자들이 모두 새로 나타난 사람들을 바라보았다. 남자들이 나누던 대화도 멈췄다. 불을 피우던 여자들도 번쩍거리는 자동차를 몰래 훔쳐보았다. 아이들은 길게 곡선을 그리며 살금살금 자동차로 다가갔다.

플로이드가 렌치를 내려놓았다. 톰은 자리에서 일어섰다. 앨은 바지에 손을 닦았다. 그리고 세 사람은 쉐보레를 향해 어슬렁어슬렁 걸어갔다. 자동차 옆에 서 있는 사람은 카키색 바지와 플란넬 셔츠를 입고, 챙이 평평한 모자를 쓰고 있었다. 그의 셔츠 주머니에는 울타리처럼 촘촘히 꽂힌 만년필과 노란색 연필들과 함께 종이 한 묶음이 꽂혀 있었다. 그리고 그의 엉덩이 주머니에는 금속 표지가 달린 수첩이 삐죽 나와 있었다. 그가 바닥에 모여 앉아 있던 남자들에게 다가가자 남자들이 의심을 담은 시선으로 조용히 그를 쳐다보았다. 그들은 그를 지켜보기만 할 뿐 조금도 움직이지 않았다. 그들의 눈동자 밑으로 흰자위가 드러났다. 그들이 고개를 들지 않은 채 눈만 치켜떠서 그 남자를 바라보고 있기 때문이었다. 톰과 앨과 플로이드는 천연덕스럽게 그들에게 다가갔다.

자동차 옆에 서 있던 남자가 말했다. "일하고 싶나?"

그래도 남자들은 의심을 담은 시선으로 조용히 그를 바라보기만 했다. 그러다가 천막촌 사방에서 남자들이 그 남자 주위로 몰려들었다. 마침내 바닥에 앉아 있던 남자들 중 하나가 입을 열었다.

"물론 일하고 싶죠. 일자리가 있는 데가 어딥니까?"

"톨레어 카운티. 과일 따기가 시작될 거거든. 인부가 아주 많이 필요해."

플로이드가 목소리를 높였다. "당신이 고용주입니까?"

"음, 나는 하청업자야."

이제는 남자들이 빽빽하게 모여 있었다. 작업복을 입은 남자 하나가 검은 모자를 벗고 손가락으로 길고 검은 머리를 빗었다.

"품삯이 얼마죠?"

"글쎄, 아직 정확히 말할 수는 없어. 아마 한 30센트쯤 될걸."

"왜 말할 수 없다는 거죠? 당신이 하청을 맡았다면서요?"

"그래. 하지만 그게 과일 시세에 따라 달라지는 거라서. 품삯이 조금 더 많아질 수도 있고, 조금 줄어들 수도 있어." 카키색 바지를 입은 남자가 말했다.

플로이드가 앞으로 나서서 조용한 목소리로 말했다. "난 가겠습니다. 당신이 하청업자라면 허가증을 갖고 있겠죠. 허가증을 보여 주십시오. 그러고 나서 우리한테 어디서 언제 일을 하게 될 것인지, 품삯은 얼마나 될 것인지 얘기해요. 그다음에 그걸 문서로 만들어서 서명해 주면 우리가 일하러 가겠습니다."

하청업자가 험악한 표정으로 플로이드를 바라보았다. "나한테 사업을 어떻게 해야 하는지 가르칠 참인가?"

플로이드가 말했다. "우리가 당신 밑에서 일하게 되면, 그 사업은 곧 우리 일이기도 합니다."

"나한테 이래라저래라 하지 않는 게 좋을 거야. 내가 인부가 필요하다고 했잖아."

플로이드가 성난 목소리로 말했다. "필요한 게 몇 명인지는 말하지 않았습니다. 품삯이 얼마인지도 말하지 않았고."

"젠장, 나도 아직 몰라."

"그걸 모른다면, 당신은 사람을 고용할 권리가 없어요."

"내 사업을 내 마음대로 운영하는 건 내 권리야. 여기 그냥 앉아 있고 싶으면 마음대로 하라고. 다른 데 가서 사람을 알아볼 테니까. 사람이 아주 많이 필요하거든."

플로이드는 모여 있는 사람들에게 시선을 돌렸다. 사람들은 이제 모두 일어서서 두 사람의 대화를 말없이 지켜보고 있었다.

플로이드가 말했다. "내가 두 번이나 이런 수법에 넘어갔습니다. 어쩌면 저 사람한테 인부가 1000명쯤 필요한 건지도 모르죠. 하지만 저 사람은 인부를 5000명쯤 구해서 품삯을 시간당 15센트밖에 안 줄 겁니다. 그러면 우리 같은 사람들은 그걸 그냥 받을 수밖에 없어요. 배가 고프니까. 저 사람이 인부를 고용하고 싶다면 품삯을 얼마나 줄 건지 문서로 작성하게 해야 합니다. 허가증도 보여 달라고 해야 하고요. 원래 허가증 없이는 사람을 고용할 수 없게 돼 있습니다."

하청업자가 쉐보레 쪽으로 시선을 돌리며 소리쳤다.

"조!"

그의 일행이 밖을 내다보더니 자동차 문을 열고 밖으로 나왔다. 그는 승마용 바지를 입고 끈으로 묶게 되어 있는 부츠를 신은 차림이었다. 허리에 두른 탄띠에는 무거운 총집이 매달려 있고, 갈색 셔츠 위에는 그가 보안관보임을 나타내는 별 모양 배지가 꽂혀 있었다. 그가 사람들이 있는 쪽으로 느릿느릿 걸어왔다. 그의 얼굴에 희미한 미소가 떠올라 있었다.

"왜 그래?"

총잡이 그의 엉덩이에서 앞뒤로 흔들렸다.

"전에 이 녀석 본 적 있어, 조?"

"어떤 녀석?"

"이 녀석."

하청업자가 플로이드를 가리켰다.

"저자가 뭘 어쨌는데?" 보안관보는 플로이드에게 미소를 지어 보였다.

"빨갱이 같은 얘기를 하면서 사람들을 선동하잖아."

"흐음."

보안관보가 천천히 옆으로 돌아와서 플로이드의 옆얼굴을 보았다. 플로이드의 얼굴이 서서히 붉게 상기되기 시작했다.

플로이드가 소리쳤다. "봤죠? 만약 이자가 정직한 사람이라면 경찰을 데려왔겠습니까?"

"저 녀석 본 적 있어?" 하청업자가 고집스레 물었다.

"흐음, 본 적이 있는 것 같아. 지난주에 그 중고차 판매장이 습격당했을 때. 그때 저 녀석이 근처에 있었던 것 같은데. 맞아! 그놈이 분명해."

갑자기 그의 얼굴에서 미소가 사라졌다.

"저 차에 타."

그는 이렇게 말하고 나서 자동 권총의 손잡이를 싸고 있던 가죽 띠를 벗겼다.

톰이 말했다. "이 사람은 아무 짓도 안 했어요."

보안관보가 휙 몸을 돌렸다. "너도 같이 들어가고 싶으면,

어디 한 번만 더 지껄여 봐. 그 판매장에 두 녀석이 얼씬거리고 있었거든."

"난 지난주에는 캘리포니아에 있지도 않았어요." 톰이 말했다.

"그럼 어딘가 다른 데서 수배 중인 놈인지도 모르지. 입 닥치고 있어."

하청업자가 다시 남자들에게 시선을 돌렸다. "이런 망할 놈의 빨갱이들 말은 듣지 마. 말썽만 피우는 놈들 같으니. 이런 놈들 때문에 당신들도 곤란해질 거야. 난 당신들이 전부 툴레어 카운티에서 일하게 해 줄 수 있어."

남자들은 대답하지 않았다.

보안관보가 다시 남자들에게 시선을 돌렸다. "여길 떠나는 편이 나을걸." 그의 얼굴에 또다시 희미한 미소가 떠올랐다. "보건 위원회가 우리더러 이 천막촌을 깨끗이 치워 버리라고 했거든. 그런데 이 동네에 빨갱이가 있다는 소문이 퍼지면, 뭐 누군가가 다칠 수도 있어. 다들 툴레어로 떠나는 게 현명하지. 이 근처에는 할 일이 하나도 없다고. 다 내가 좋은 사람이니까 이런 얘기도 해 주고 그러는 거야. 당신들이 떠나지 않으면 사람들이 몰려올 거야. 어쩌면 그 사람들이 곡괭이 자루를 들고 있을지도 모르지."

하청업자가 말했다. "난 인부가 필요하다고 말했어. 일하기 싫다면, 뭐 그거야 당신들 맘이지."

보안관보가 미소를 지으며 말했다. "일하기 싫다면, 이 일대에는 저자들이 있을 곳이 없지. 우리가 저자들을 곧장 쫓아내

버릴 테니까."

플로이드는 보안관보 옆에 꼿꼿하게 서 있었다. 양쪽 엄지 손가락을 구부려 허리띠에 걸친 자세였다. 톰은 그를 한번 훔쳐보고는 계속 땅바닥만 바라보았다.

"내 얘긴 끝났어. 툴레어 카운티에 인부들이 필요해. 일자리가 아주 많다고." 하청업자가 말했다.

톰은 천천히 시선을 들어 플로이드의 손을 바라보았다. 그의 손목 피부 밑에 힘줄이 솟아 있는 것이 보였다. 톰도 양손을 올려 엄지손가락을 허리띠에 걸쳤다.

"그래, 내 얘긴 끝났어. 내일 아침이 되면 여기 있는 사람들은 한 명도 필요 없게 될 거야."

하청업자가 자동차에 올라탔다.

보안관보가 플로이드에게 말했다. "야, 너. 저 차에 타."

그는 커다란 손을 들어 올려 플로이드의 왼팔을 잡았다. 플로이드가 홱 방향을 틀었다. 그의 주먹이 보안관보의 커다란 얼굴에 떨어짐과 동시에 그는 보안관보의 손아귀를 벗어나 줄지어 늘어선 천막들 사이로 도망쳤다. 보안관보가 비틀거리며 그의 뒤를 쫓았고, 톰은 발을 내밀어 그를 넘어뜨렸다. 보안관보는 커다란 소리를 내며 넘어졌지만 그대로 몸을 굴리면서 총을 잡으려고 손을 뻗었다. 플로이드는 천막들 사이에서 보였다 안 보였다 하며 도망치고 있었다. 보안관보가 총을 발사했다. 어떤 천막 앞에 있던 여자가 비명을 지르더니 관절이 날아가 버린 자신의 손을 바라보았다. 손가락이 힘줄에 매달린 채 손바닥에 늘어져 있었고, 찢어진 살은 하얗게 질려서 피한 방울 흐르지 않았다. 저 아래쪽에 플로이드가 나타났다. 그는 버드나무 숲을 향해 죽어라고 달려가고 있었다. 보안관보가 바닥에 앉은 채로 다시 총을 들어 올렸다. 그런데 그때 사람들 사이에서 케이시 목사가 갑자기 튀어나왔다. 그는 보안관보의 목을 발로 차고는 뒤로 물러섰다. 보안관보의 육중한 몸이 의식을 잃고 허물어졌다.

쉐보레가 우르릉거리는 엔진 소리와 함께 흙먼지를 자욱하게 일으키며 번개처럼 달아나 고속도로로 올라서더니 쌩하고 사라져 버렸다. 총에 맞은 여자는 천막 앞에서 여전히 산산조각 난 자신의 손을 바라보고 있었다. 작은 핏방울이 상처에서 배어 나오기 시작했다. 그녀의 목구멍에서 신경질적인 웃음소리가 울려 나왔다. 마치 흐느끼는 듯한 그 웃음소리는 그녀가 숨을 내쉴 때마다 더 크고 날카로워졌다.

보안관보는 흙바닥에 얼굴을 묻고 입을 벌린 채 모로 쓰러져 있었다. 톰은 그의 자동 권총을 집어 들어 탄창을 빼서 덤불 속에 던져 버렸다. 그리고 약실에서 총알을 빼냈다.

"이런 녀석은 총을 가질 권리가 없어."

그는 이렇게 말하고 나서 자동 권총을 땅바닥에 던져 버렸다.

손에 총을 맞은 여자 주위에 많은 사람들이 모여 있었다. 그녀의 신경질적인 웃음소리가 점점 높아져서 마치 비명을 지르는 것 같았다.

케이시가 톰에게 가까이 다가왔다. "자네 도망쳐야 돼. 저기 버드나무 숲으로 가서 기다리게. 저자는 내가 자기를 차는 건 못 봤지만, 자네가 빌을 내미는 건 봤어."

"전 도망치고 싶지 않아요." 톰이 말했다.

케이시가 머리를 가까이 갖다 대고 속삭이듯이 말했다. "저 놈들이 자네의 지문을 찍을 거야. 자네는 가석방 조건을 어겼 잖아. 그러니까 저놈들이 자네를 다시 감옥으로 보낼 거야."

톰은 조용히 숨을 들이쉬었다. "젠장! 그걸 잊고 있었다니."

케이시가 말했다. "빨리 가. 저자가 정신을 차리기 전에."

"저놈 총을 가져가고 싶은데요."

"안 돼. 놔두고 가. 자네가 돌아와도 괜찮다 싶으면 내가 휘 파람을 네 번 불겠네."

톰은 아무 일도 없었다는 듯이 태평하게 걷기 시작했다. 그 러나 모여 있는 사람들에게서 떨어지자마자 그는 발걸음을 서 둘러 강가에 늘어선 버드나무들 사이로 사라져 버렸다.

앨이 쓰러진 보안관보에게 다가섰다.

"세상에." 그가 감탄 섞인 목소리로 말했다. "아주 축 늘어졌 네요!"

사람들은 의식을 잃은 보안관보를 계속 뚫어져라 바라보고 있었다. 저 멀리에서 사이렌 소리가 높아졌다가 잦아들더니 다시 비명 같은 소리를 질러 대기 시작했다. 이번에는 거리가 좀 더 가까웠다. 사람들이 갑자기 긴장하기 시작했다. 그들은 잠시 머뭇거리다가 각자 자신의 천막으로 돌아갔다. 앨과 목 사만 그 자리에 남았다.

케이시가 앨에게 말했다. "너도 가. 어서. 천막으로 가라. 넌 아무것도 모른다고 해."

"예? 목사님은 어쩌고요?"

케이시가 그에게 히죽 웃어 보였다. "누군가가 책임을 짊어 져야지. 나한텐 아이들도 없으니. 저놈들은 기껏해야 날 감옥 에 집어넣기만 할 거다. 감옥에서는 아무 일도 안 하고 그냥 앉아 있기만 하면 돼."

"그럴 이유가……."

"어서 가. 너까지 이 일에 말려들면 안 돼." 케이시가 단호하 게 말했다.

앨은 벌컥 화를 냈다. "나한테 명령하지 마요."

케이시가 부드러운 목소리로 말했다. "네가 이 일에 말려들 면 너희 식구들이 전부 곤란해질 거다. 네가 어떻게 되든 난 상관없어. 하지만 네 어머니랑 아버지가 곤란해질 거야. 어쩌 면 저놈들이 톰을 맥알레스터에 다시 처넣을지도 모르고."

앨은 잠시 생각해 본 뒤 말했다. "알았어요. 하지만 목사님 은 진짜 바보 같아요."

케이시가 말했다. "맞아. 왜 아니겠니?"

사이렌이 거듭 비명을 질러 댈 때마다 점점 거리가 가까워 졌다. 케이시는 보안관보 옆에 무릎을 꿇고 그의 몸을 뒤집었 다. 보안관보는 신음 소리를 내면서 눈꺼풀을 퍼덕거리며 앞 을 보려고 애썼다. 케이시는 그의 입술에 묻은 흙을 닦아 주 었다. 이제 사람들은 천막 안에 들어가 있었고, 천막의 휘장도 내려져 있었다. 지는 해 때문에 사방이 붉게 변하고, 회색 천 막들이 청동색으로 보였다.

고속도로에서 끽 하는 소리가 나더니 무개차(無蓋車)가 빠르게 천막촌 안으로 들어왔다. 소총으로 무장한 남자 네 명이 차에서 내렸다. 케이시는 자리에서 일어나 그들에게 걸어갔다.

"도대체 무슨 일이냐?"

케이시가 말했다. "내가 당신네 사람을 쓰러뜨렸소."

무장한 남자들 중 하나가 보안관보에게 갔다. 이제 그는 정신을 차리고 어떻게든 일어나 앉으려고 애쓰고 있었다.

"무슨 일이 있었던 거야?"

"그게, 저 사람이 못되게 굴길래 내가 때렸소. 그랬더니 저 사람이 총을 쏘기 시작했지. 저 아래쪽에 있던 여자가 총에 맞았어요. 그래서 내가 저자를 다시 때렸소."

"애당초 당신이 무슨 짓을 했는데?"

"말대꾸를 했지."

"차에 타."

"그럽시다."

케이시는 이렇게 말하고 나서 뒷좌석에 올라탔다. 남자 두 명이 보안관보를 부축해 일으켜 세웠다. 보안관보가 조심스레 자신의 목을 만져 보았다.

케이시가 말했다. "저놈이 총을 마구 쏘아 대는 바람에 저 아래 있던 여자가 피를 흘리고 있소. 죽을지도 몰라요."

"그 일은 나중에 처리할 거다. 마이크, 이놈이 자네를 쳤나?"

아직 정신이 완전히 돌아오지 않은 보안관보가 환자 같은 시선으로 케이시를 바라보았다.

"저자가 아닌 것 같아."

"나였소. 당신이 괜히 엉뚱한 사람을 못살게 군 거지." 케이시가 말했다.

마이크가 천천히 고개를 흔들었다. "내가 보기엔 당신이 아냐. 젠장, 이러다 앓아눕겠어!"

케이시가 말했다. "내가 순순히 따라갈 테니 총에 맞은 여자가 얼마나 다쳤는지 가 보는 게 좋을 거요."

"그 여자가 어디 있는데?"

"저 아래 저 천막이오."

보안관 대장이 소총을 들고 그 천막으로 걸어갔다. 그는 천막 천을 사이에 두고 뭐라고 말을 한 다음 안으로 들어갔다. 잠시 후 그가 다시 천막에서 나와 자동차로 돌아왔다. 그리고 약간 으스대며 말했다.

"세상에, 45구경이 굉장한걸! 지혈대를 대 놨더라고. 나중에 의사를 보내지 뭐."

보안관보 두 명이 케이시의 양편에 앉았다. 보안관 대장은 호각을 불었다. 천막촌은 쥐 죽은 듯 조용했다. 천막 입구 휘장은 모두 닫혀 있었고, 사람들은 각자 자기 천막에 들어가 있었다. 보안관보 일행은 엔진에 시동을 걸고 차를 회전시켜 천막촌을 빠져나갔다. 두 감시인 사이에서 케이시는 고개를 쳐들고 당당하게 앉아 있었다. 목의 단단한 근육이 두드러졌다. 그의 입술에는 희미한 미소가, 얼굴에는 묘하게 정복자 같은 표정이 걸렸다.

보안관보들이 사라지자 사람들이 천막에서 나왔다. 이제 해가 완전히 져서 부드러운 파란색의 저녁 빛이 천막촌을 감싸고 있었다. 그러나 동쪽의 산들은 아직도 햇빛을 받아 노랗게 보여다. 여자들은 이미 죽어 버린 불을 다시 피우기 시작했다. 남자들은 한데 모여 앉아 조용히 얘기를 나눴다.

앨은 천막에서 나와 버드나무 숲으로 가서 톰을 부르는 휘파람을 불었다. 어머니가 밖으로 나와서 나뭇가지로 작은 불을 피웠다.

"여보. 많이 먹으면 안 되겠어요. 아까 밥을 늦게 먹었으니까." 어머니가 말했다.

아버지와 큰아버지는 천막 근처에서 어머니를 지켜보았다. 어머니는 감자의 껍질을 벗긴 다음 얇게 저며서 기름을 부어 놓은 프라이팬에 넣었다.

아버지가 말했다. "목사가 도대체 왜 그랬을까?"

루티와 윈필드가 가까이 기어와 몸을 웅크리고 어른들의 이야기에 귀를 기울였다.

존이 빨갛게 녹슨 긴 못으로 땅을 깊게 긁었다. "목사는 죄에 대해 알고 있었어. 내가 죄에 대해 물었더니 목사가 얘기해 줬거든. 하지만 목사의 말이 옳은지는 모르겠어. 죄인은 스스로 죄를 지었다고 생각하는 사람이라고 목사가 말했거든." 존의 눈에는 피로와 슬픔이 깃들어 있었다. "지금까지 평생 동안 나한테는 비밀이 있었어. 내가 저지른 짓 중에 아무한테도 말하지 못한 것들이 있지."

어머니가 불에서 시선을 돌렸다. "말하지 마세요, 아주버님. 하느님께만 말하세요. 아주버님이 지은 죄의 무게를 다른 사람들 어깨에 올려놓으면 안 돼요. 그건 올바르지 않아요."

"내가 지은 죄가 나를 괴롭히고 있어요." 존이 말했다.

"그래도 말하지 마세요. 강가로 가서 물속에 머리를 박고 물한테 속삭이세요."

아버지가 어머니의 말을 들으며 천천히 고개를 끄덕였다. "저 사람 말이 맞아요. 말하고 나면 속은 후련하겠지만, 그건 그저 죄를 퍼뜨리는 짓밖에 안 돼요."

존은 시선을 들어 황금빛 햇살 속에 잠긴 산을 바라보았다. 그의 눈에 그 산들의 모습이 비쳤다.

"나도 그런 생각을 몰아내고 싶지만 그럴 수가 없어. 죄가 내 창자를 물어뜯는 것 같아."

그의 뒤에서는 샤론의 로즈가 어지럼증 때문에 비틀거리면서 천막을 나왔다.

"코니는 어디 있어요?" 그녀가 초조한 목소리로 물었다. "코니를 본 지 한참 됐어요. 어디로 갔죠?"

"나도 못 봤다. 코니를 보면 네가 찾더라고 얘기해 줄게." 어머니가 말했다.

"몸이 안 좋아요. 코니가 날 혼자 두다니." 샤론의 로즈가 말했다.

어머니가 눈을 들어 딸의 부어오른 얼굴을 바라보았다. "너 울었구나."

샤론의 로즈의 눈에서 새로이 눈물이 흘러내리기 시작했다.

어머니가 단호한 목소리로 이어 말했다. "마음을 다잡아야지. 다른 사람들도 많은데. 마음을 다잡아야 돼. 이리 와서 감자나 좀 까라. 괜히 비참하다는 생각이나 하면서 슬퍼하지 말고."

샤론의 로즈는 다시 천막 안으로 들어가려고 했다. 그녀는 어머니의 엄격한 시선을 피하고 싶었지만, 결국 그 시선을 이 기지 못해 천천히 불 가로 다가왔다.

"코니가 날 두고 어딜 간 건지 모르겠어요." 그녀가 말했다. 그러나 이제 눈물은 나오지 않았다.

"넌 일을 해야 돼. 천막 안에 앉아 있으니까 비참하다는 생 각만 들지. 지금까지는 내가 널 가르칠 겨를이 없었지만 이제 부터는 그렇게 할 거다. 자, 이 칼로 감자를 까."

샤론의 로즈는 무릎을 꿇고 앉아 시키는 대로 하면서 사나 운 목소리로 말했다. "코니가 돌아오면 두고 봐요. 내가 코니한 테 다 이를 거야."

어머니가 조용히 미소를 지었다. "그러다 코니한테 얻어맞 을지도 몰라. 징징거리고 돌아다니면서 엄살이나 떨고 있으니 맞아도 싸지. 만약 코니가 널 때려서 정신을 좀 차리게 만든 다면 난 코니를 칭찬할 거다."

샤론의 로즈는 화가 나서 눈을 부릅떴지만 아무 말도 하지 않았다.

존이 널찍한 엄지손가락으로 녹슨 못을 땅속 깊숙이 밀어 넣었다. "말해야겠어."

"아이고, 그래, 해 버려요! 형님, 도대체 누굴 죽인 겁니까?" 아버지가 말했다.

존은 청바지 주머니에 엄지손가락을 넣어 꼬깃꼬깃 접힌 더러운 지폐를 꺼냈다. 그리고 그것을 펼쳐 식구들에게 보여 주었다.

"5달러야."

"훔친 거예요?" 아버지가 물었다.

"아니, 내 거야. 몰래 갖고 있었지."

"정말 형님 거예요?"

"그래. 하지만 난 이걸 몰래 갖고 있을 권리가 없어."

"난 그게 무슨 죄가 되는지 모르겠는데요. 아주버님 돈이라
면서요." 어머니가 말했다.

존이 느릿느릿 말했다. "난 그냥 몰래 갖고 있기만 한 게 아
니에요. 술을 먹으려고 이 돈을 감춰둔 게 문제죠. 언젠가 술
을 잔뜩 먹고 취해야 할 때가 올 거라는 걸 알고 있었어요. 가
슴이 너무 아파서 술을 먹고 취해야 할 때가. 아직은 그때가
아니라고 생각했는데…… 목사가 톰을 구하려고 자신을 내놨
잖아요."

아버지는 고개를 끄덕이더니 머리를 약간 기울이고 그의
이야기를 들었다. 루티는 마치 강아지처럼 팔꿈치로 기어서
더 가까이 다가왔고, 윈필드가 그 뒤를 따랐다. 샤론의 로즈
는 칼끝으로 감자의 씨눈을 도려냈다. 저녁 빛이 더욱 깊어지
면서 파란색이 한층 더 짙어졌다.

어머니가 날카롭고 냉정한 목소리로 말했다. "목사가 톰을
구했다고 해서 왜 아주버님이 술에 취해야 하죠?"

존이 슬픈 목소리로 말했다. "그건 말할 수 없어요. 견디기
가 너무 힘들어요. 목사는 너무 쉽게 그 일을 해치웠어요. 그
냥 앞으로 나가서 자기가 때렸다고 말해 버렸으니까. 그래서
그놈들이 목사를 데려갔고요. 난 술을 마시고 취해야겠어요."

아버지는 계속 고개를 끄덕이면서 말했다. "형님이 왜 이런 이야기를 하는지 모르겠어요. 나라면, 꼭 술을 마셔야 한다면, 그냥 어디론가 가서 술을 마셨을 텐데."

"내가 어떻게든 이 커다란 죄를 내 영혼에서 벗겨 낼 수 있는 기회였어." 존이 슬프게 말했다. "그런데 난 그 기회를 그냥 놓쳐 버렸어. 기회를 냉큼 잡지 않았다고. 그래서 기회가 사라져 버렸어. 톰! 돈 있지? 2달러만 줘."

아버지는 마지못해 주머니에서 가죽 자루를 꺼냈다. "술에 취하는 데 7달러나 필요하진 않아요. 꼭 샴페인을 마셔야 하는 것도 아니잖아요."

존이 자신의 지폐를 내밀었다. "이걸 가져가고 2달러를 줘. 2달러면 충분히 취할 수 있으니까. 낭비의 죄까지 저지르고 싶지는 않아. 난 뭐든 내 수중에 있는 걸 다 써 버리거든. 항상 그래."

아버지는 더러운 지폐를 받고 존에게 1달러짜리 동전 두 개를 주었다. "자, 받아요. 꼭 그래야겠다면 어쩔 수 없지 뭐. 형님한테 이래라저래라 할 만큼 세상일을 다 아는 사람은 없으니까."

존은 동전을 받았다. "화 안 낼 거지? 내가 이럴 수밖에 없다는 거 알지?"

"아이고, 그래요. 형님이 이럴 수밖에 없으니까 그러는 거겠죠."

"이러지 않고는 오늘 밤을 견뎌 낼 수 없을 것 같아." 존은 이렇게 말하고 나서 어머니에게 시선을 돌렸다. "제수씨도 화

안 내실 거죠?"

어머니는 시선을 들지 않았다.

"그래요. 화 안 났어요. 어서 가 보세요." 어머니가 부드러운 목소리로 말했다.

존은 자리에서 일어나 저녁 풍경 속으로 쓸쓸히 걸어갔다. 그는 콘크리트로 지은 고속도로로 올라가 길을 가로질러 식품점으로 향했다. 방충망 문 앞에서 그는 모자를 벗어 땅바닥에 던지더니 자신을 짓밟듯이 발꿈치로 모자를 짓밟았다. 그리고 구겨지고 더러워진 검은 모자를 그 자리에 버려두었다. 그는 가게 안으로 들어가 쇠그물 뒤에 위스키 병들이 놓여 있는 선반으로 다가갔다.

아버지와 어머니와 아이들은 큰아버지가 멀어져 가는 것을 지켜보았다. 그러나 샤론의 로즈는 화가 나서 감자만 바라보고 있었다.

"아주버님도 참 안됐어요. 저게 좀 도움이 될지…… 아냐, 그렇지 않을 거예요. 자기 감정에 저렇게 시달리는 사람은 처음 봤어요." 어머니가 말했다.

루티는 흙먼지 속에서 옆으로 몸을 돌렸다. 그리고 윈필드의 머리에 자신의 머리를 갖다 대고 그의 귀를 자신의 입 쪽으로 잡아당기며 속삭였다.

"난 술을 먹고 취할 거야."

윈필드는 웃음을 참으려고 입을 꽉 다물었다. 두 아이는 숨을 참으며 살금살금 그 자리를 떠났다. 웃음을 참느라고 얼굴이 자주색으로 변해 있었다. 그들은 천막 뒤로 기어가서 펄쩍 뛰어 일어나더니 새된 소리를 질러 대면서 뛰어갔다. 버드나무 숲으로 가서 일단 사람들 눈에 띄지 않게 되자 두 아이는 정신없이 웃음을 터뜨렸다. 루티는 눈을 사팔뜨기처럼 만들고 온몸의 힘을 뺐다. 그리고 혀를 내민 채 비틀거리다가 발을 헛디뎌 힘없이 넘어졌다.

"난 취했어." 그녀가 말했다.

"날 봐. 내가 큰아버지야." 윈필드가 소리쳤다.

그는 팔을 퍼덕거리며 후후 숨을 내쉬었다. 그리고 어지러워질 때까지 빙글빙글 돌았다.

"아냐. 이렇게 하는 거야. 잘 봐. 내가 큰아버지야. 난 지금 무지무지 취했어." 루티가 말했다.

앨과 톰이 버드나무 숲을 헤치며 조용히 걸어오다가 미친 사람처럼 비틀거리고 있는 두 아이를 발견했다. 이제 날이 상당히 어두워져 있었다. 톰이 걸음을 멈추고 두 아이를 바라보았다.

"쟤네들 루티랑 윈필드 아냐? 쟤들 도대체 왜 저래?"

두 사람은 아이들에게 더 가까이 다가왔다.

"너희들 미쳤니?" 톰이 물었다.

아이들은 당황해서 장난을 그만두었다.

"우린 그냥…… 놀고 있었어." 루티가 말했다.

"무슨 장난이 그래? 미친 것 같잖아." 앨이 말했다.

루티가 건방지게 말했다. "이것보다 더 황당한 일도 많아."

앨은 다시 걸으면서 톰에게 말했다. "루티가 아주 건방져졌어. 벌써 한참 전부터. 혼을 내 줘야겠어."

루티는 그의 등을 향해 얼굴을 찌푸리며 집게손가락으로 자신의 입술을 잡아 빼고 혀를 내밀었다. 자기가 아는 모든 방법을 동원해 약을 올린 것이다. 그러나 앨은 뒤를 돌아보지 않았다. 그녀는 다시 장난을 시작하려고 윈필드에게 시선을 돌렸지만, 이제는 흥이 나지 않았다. 두 아이 모두 흥이 깨져 버렸다는 걸 알고 있었다.

"우리 강으로 가서 머리를 집어넣자." 윈필드가 제안했다.

두 아이는 버드나무 숲을 헤치며 강가로 내려갔다. 둘 다 앨에게 화가 나 있었다.

앨과 톰은 어둠 속에서 조용히 걸었다.

톰이 말했다. "케이시가 그럴 필요는 없었는데. 어쩐지 그럴 것 같더라니. 자기가 우리한테 해 준 게 하나도 없다는 얘기를 했거든. 참 웃기는 사람이야. 항상 생각만 하고 있으니."

"목사라서 그런 거지 뭐. 목사들은 원래 이런저런 일로 정신이 없잖아."

"코니는 어디로 간 걸까?"

"똥 싸러 간 거겠지 뭐."

"글쎄, 아주 멀리 가는 것 같던데."

두 사람은 천막에 바싹 몸을 붙여 가며 천막들 사이를 걸었다. 플로이드의 천막에서 누군가가 부드러운 목소리로 그들을 불러 세웠다. 두 사람은 천막 휘장으로 다가가서 주저앉았다. 플로이드가 휘장을 살짝 들쳤다.

"여길 떠날 겁니까?"

"모르겠어요. 떠나는 게 나을까요?" 톰이 말했다.

플로이드가 쓴웃음을 지으며 말했다. "그 경찰 놈이 하는 말 들었잖아요. 우리가 떠나지 않으면 그놈들이 불을 질러서 우릴 쫓아낼 겁니다. 그놈들이 얻어맞고도 앙갚음을 안 할 거라고 생각한다면, 당신은 제정신이 아니에요. 노름판에서 빈둥거리는 놈들이 오늘 밤에 불을 지르러 올 거예요."

"그럼 떠나는 게 낫겠네요." 톰이 말했다. "어디로 갈 생각입니까?"

"뭐, 북쪽으로 가야죠. 아까 말했잖아요."

앨이 말했다. "저기, 이 근처에 국영 천막촌이 있다고 하던데. 그건 어디 있어요?"

"거긴 아마 꽉 찼을걸."

"어쨌든, 어디 있어요?"

"99번 도로를 타고 남쪽으로 12마일이나 14마일쯤 가다가 위드패치를 향해 동쪽으로 꺾으면 바로 거기야. 하지만 거긴 꽉 찼을 거야."

"누가 그러는데, 거기가 아주 좋대요." 앨이 말했다.

"그럼, 좋지. 사람을 개처럼 취급하지도 않고 인간답게 대해주니까. 경찰도 없고. 하지만 거긴 꽉 찼어."

톰이 말했다. "아까 그 경찰이 왜 그렇게 못되게 굴었는지 이해가 안 돼요. 일부러 문제를 일으키려고 하는 것 같던데. 마치 말썽을 좀 부리라고 사람을 선동하는 것 같더라고요."

플로이드가 말했다. "여긴 어떤지 잘 모르겠지만, 북쪽에 있을 때 경찰관 한 명을 사귀었어요. 좋은 친구였죠. 그 친구 말로는 보안관보들이 사람을 잡아넣어야 한대요. 사람을 하나 잡아넣으면 보안관이 매일 75센트를 받는데, 그중에 25센트만 죄수들 밥값으로 쓴다고 하더군요. 죄수가 없으면 수입을 올릴 수가 없는 거죠. 그 친구 말로는 자기가 일주일 동안 아무도 잡아 오지 않았더니 보안관이 사람을 잡아 오지 않을 거면 배지를 내놓으라고 하더래요. 오늘 왔던 그놈은 정말로 어떻게 해서든 사람을 잡아가려고 나온 것 같았어요."

"이제 가 봐야겠어요. 잘 가요, 플로이드." 톰이 말했다.

"잘 가요. 아마 또 만날 날이 있겠죠. 또 만났으면 좋겠어요."

"안녕히 가세요." 앨이 말했다.

두 사람은 짙은 회색 어둠에 잠긴 천막들을 지나 자기네 천막으로 걸어갔다.

감자를 넣은 프라이팬이 지글지글 소리를 내고, 불길 위로 기름이 튀었다. 어머니는 두껍게 잘린 조각들을 숟가락으로 뒤적였다. 아버지는 무릎을 끌어안은 채 근처에 앉아 있었고, 샤론의 로즈는 방수포 아래에 앉아 있었다.

"톰이 왔어요! 하느님 감사합니다." 어머니가 소리쳤다.

"여길 떠나야 돼요." 톰이 말했다.

"이번엔 또 뭐가 문젠데?"

"플로이드 말이, 사람들이 오늘 밤에 여길 불태울 거래요."

"도대체 왜? 우린 아무 짓도 안 했는데." 아버지가 물었다.

"그저 경찰관을 때려 줬을 뿐이죠." 톰이 말했다.

"우리가 한 짓이 아니잖아."

"그 경찰관이 한 말을 생각해 보면, 놈들이 우릴 쫓아내고 싶어 하는 것 같아요."

샤론의 로즈가 다그치듯 물었다. "코니 못 봤어?"

"봤어. 저기서 강을 따라 걸어가던데. 남쪽으로 갔어." 앨이 말했다.

"코니가…… 코니가 떠난 거야?"

"나야 모르지."

어머니가 샤론의 로즈에게 말했다. "로저샨, 이상한 소리 좀 그만해. 코니가 너더러 뭐라고 하던?"

샤론의 로즈가 뚱한 표정으로 말했다. "고향에 남아서 트랙터를 공부하는 편이 더 나았을 거라고 했어요."

다들 말이 없었다. 샤론의 로즈는 모닥불을 바라보았다. 그녀의 눈이 불빛을 받아 반짝였다. 프라이팬에서 감자가 지글거렸다. 샤론의 로즈는 코를 훌쩍거리며 손등으로 코를 닦았다.

아버지가 말했다. "코니는 쓸모없는 놈이었지. 벌써 옛날에 알아봤다. 배짱도 없는 놈이 제 분수도 모르고 눈만 높아 가지고."

샤론의 로즈가 자리에서 일어나 천막 안으로 들어갔다. 그리고 매트리스에 엎드려 팔에 얼굴을 묻었다.

앨이 말했다. "매형을 잡으러 가 봤자 소용없겠죠?"

아버지가 대답했다. "그래. 쓸모없는 놈이니까 우리 집엔 필요 없어."

어머니가 샤론의 로즈가 누워 있는 천막 안을 들여다보았다.

"쉬, 그런 말 하지 말아요."

"그놈은 쓸모없는 놈이야." 아버지가 고집을 피웠다. "항상 앞으로 이렇게 할 거라느니, 저렇게 할 거라느니 얘기만 하고 아무것도 안 했잖아. 그놈이 여기 있을 때는 나도 별로 얘기하고 싶지 않았지만, 이제 그놈이 도망쳤으니……."

"쉿!" 어머니가 작은 소리로 말했다.

"왜? 왜 내가 입을 다물어야 되는데? 그놈이 도망친 건 맞잖아."

어머니는 숟가락으로 감자를 뒤집었다. 기름이 지글거리면서 튀었다. 어머니가 불 속에 나뭇가지를 집어넣자 불길이 솟아오르면서 천막을 밝게 비췄다.

"로저산이 낳을 아이의 절반은 코니한테서 왔어요. 제 아비가 쓸모없는 놈이었다는 얘길 들으면서 아이가 자라는 건 좋지 않아요." 어머니가 말했다.

"거짓말하는 것보다는 낫지 뭐." 아버지가 말했다.

"아니, 안 그래요." 어머니가 아버지의 말을 잘랐다. "코니는 죽은 걸로 해요. 그놈이 죽었다면 당신도 그놈에 대해 나쁜 소리를 하지 않을 테니까."

톰이 끼어들었다. "아니, 무슨 소리들이에요? 코니가 아주 도망친 건지 아직 확실히 알지도 못하는데. 지금은 얘기하고 있을 시간이 없어요. 빨리 먹고 떠나야 한다고요."

"떠나? 여기 도착한 지 얼마나 됐다고." 어머니가 어둠 속에서 모닥불 빛 사이로 톰을 바라보았다.

그가 조심스레 설명했다. "사람들이 오늘 밤에 이 천막촌을 불태울 거예요, 어머니. 우리 물건이 타는데 제가 가만히 서 있기만 하겠어요? 아버지나 큰아버지가 가만히 서 있기만 하겠어요? 우린 싸움을 벌일 테고, 전 다시 붙잡힐 거예요. 그럴 수는 없잖아요? 오늘도 벌써 붙잡힐 뻔했어요. 목사님이 나서 주셨으니 망정이지."

어머니는 뜨거운 기름 속에서 감자를 튀기며 뒤집고 있었다. 이제 어머니도 결심이 선 모양이었다.

"서둘러!" 어머니가 소리쳤다. "빨리 먹자. 서둘러야 돼."

어머니는 양철 접시를 꺼냈다.

"형님은 어떻게 하고?" 아버지가 말했다.

"큰아버지가 어디 계시는데요?" 톰이 물었다.

아버지와 어머니는 잠시 말이 없었다.

마침내 아버지가 말했다. "술 마시러 갔다."

"세상에! 하필 이런 때! 어디로 갔는데요?"

"그거야 모르지." 아버지가 말했다.

톰이 자리에서 일어섰다. "다들 식사하고 짐을 챙기세요. 제가 가서 큰아버지를 찾아볼게요. 아마 길 건너편 식품점에 갔을 거예요."

톰이 빠른 걸음으로 멀어져 갔다. 요리를 위해 피워 놓은 작은 모닥불들이 천막과 판잣집 앞에서 타오르고, 그 불빛에 사람들의 초라한 얼굴과 아이들의 웅크린 모습이 드러났다. 몇몇 천막에서는 등유 램프의 불빛이 새어 나오면서 천막 천에 사람들의 거대한 그림자를 만들어 냈다.

톰은 흙먼지가 이는 길을 올라가 콘크리트로 만든 고속도로를 건너 식품점으로 향했다. 그리고 방충망 문 앞에 서서 안을 들여다보았다. 눈에는 물기가 어리고 턱수염은 제멋대로 헝클어진 반백의 주인이 카운터에 자그마한 몸을 기댄 채 신문을 읽고 있었다. 가느다란 팔은 맨살을 드러내고 몸에는 긴 하얀색 앞치마를 두른 주인의 뒤에는 통조림이 산처럼, 피라미드처럼, 벽처럼 쌓여 있었다. 톰이 안으로 들어가자 주인이 눈을 들었다. 그리고 마치 엽총으로 목표물을 겨냥하듯 눈을 가늘게 떴다.

"안녕하시오? 뭐가 떨어지셨나?"

"저희 큰아버지가 사라져서요. 도망쳤는지 어쨌는지 모르겠어요." 톰이 말했다.

주인은 어리둥절하면서도 걱정스러운 표정을 지었다. 그는 코가 간지러운지 코끝을 잡고 흔들어댔다.

"어째 사람들이 항상 일행을 잃어버리는 것 같네. 하루에도 열두 번씩 사람들이 들어와서 이러저러한 사람을 못 봤느냐고 묻는가 하면, '그런 사람을 보거든 우리가 북쪽으로 갔다고 전해 주실래요?' 이러니 원. 항상 그래."

톰은 소리 내어 웃었다. "그럼 혹시 코니라는 젊은이를 보시거든, 콧물이 줄줄 흐르고 어쩐지 코요테 같이 생긴 녀석인데, 그런 놈을 보시거든 꺼져 버리라고 말해 주세요. 우리가 남쪽으로 갔다고. 하지만 제가 찾는 건 그놈이 아니에요. 한 예순 살쯤 된 분이 반백의 머리에 검은 바지를 입고 들어와 위스키를 사 가지 않았나요?"

주인의 눈빛이 밝아졌다. "아, 그랬지. 내 그런 사람은 처음 봤어. 문 앞에 서서 모자를 바닥에 던지더니 발로 밟더라고.

자, 여기 이 모자 가져가게."

그는 카운터 밑에서 잔뜩 구겨진 먼지투성이 모자를 꺼냈다.

톰은 그 모자를 받았다. "바로 그분이에요."

"음, 위스키 2파인트를 샀는데 아무 말도 안 하더라고. 병마개를 열고 병을 기울이는데, 여기서 술을 마시면 안 되거든. 나한테 허가증이 없으니까. 그래서 내가 그랬지. '이봐요, 여기서 마시면 안 돼요. 밖으로 나가슈.' 그랬더니 그냥 밖으로 나갔어. 그 양반 그 병을 금방 다 비워 버렸지. 그러고서 병을 던져 버리더니 문에 기대고 섰는데, 눈이 좀 흐릿했어. 나한테 고맙다고 하고는 가 버렸어. 내 평생 그렇게 술 마시는 사람은 처음 봤다니까."

"가 버려요? 어느 쪽으로요? 큰아버지를 찾아야 돼요."

"내가 자네한테 말해 줄 수 있어서 다행이구먼. 그렇게 술을 마시는 사람을 처음 봤기 때문에 그 양반이 가는 모습을 계속 지켜봤거든. 그 양반 북쪽으로 갔어. 그런데 자동차 한 대가 달려오면서 불빛을 비추니까 그 양반이 둑으로 내려갔지. 다리가 조금 풀리기 시작했더라고. 남은 위스키 한 병은 벌써 마개가 열려 있었지. 멀리 못 갔을 거야. 그런 꼴로는."

"고맙습니다. 큰아버지를 꼭 찾아야 하거든요."

"자네 큰아버지 모자 가져갈 건가?"

"그럼요! 그럼요! 큰아버지한테 모자가 필요할 거예요. 고맙습니다."

"자네 큰아버지한테 무슨 일이 있었나? 술을 마시는 게 전혀 즐거워 보이지 않던데."

"아, 조금…… 우울해서 그러신 거예요. 안녕히 계세요. 그리고 혹시 그 시건방진 코니 녀석을 보거든 우리가 남쪽으로 갔다고 전해 주세요."

"나더러 사람을 찾아달라는 사람도 많고, 전해 달라는 말도 많아서 난 다 기억 못해."

"너무 신경 쓰지 마세요."

톰은 큰아버지의 먼지투성이 검은 모자를 들고 문밖으로 나왔다. 그리고 도로를 건너 도로 가장자리를 따라 걸었다. 아래쪽의 움푹 들어간 땅에 후버빌이 있었다. 작은 모닥불들이 깜박거리고 천막 안에서 램프 빛이 새어 나왔다. 천막촌 어딘가에서 기타 소리가 들려왔다. 누군가가 천천히 순서도 없이 코드를 연습하고 있는 모양이었다. 톰은 걸음을 멈추고 귀를 기울이다가 도로 가장자리를 따라 다시 천천히 걸었다. 그리고 몇 걸음마다 멈춰 서서 다시 귀를 기울였다. 4분의 1마일쯤 갔을 때 그가 기다리던 소리가 들렸다. 둑 밑에서 누군가가 탁한 목소리로 곡조도 잘 맞지 않는 노래를 단조롭게 부르고 있었다. 톰은 그 소리를 좀 더 잘 들으려고 고개를 한쪽으로 살짝 기울였다.

그 단조로운 목소리가 부르는 노래는 이런 것이었다. "내 마음을 예수님께 바치니 예수님이 나를 집으로 데려다주시는도다. 내 영혼을 예수님께 바치니 예수님이 곧 나의 집이로다."

노랫소리가 점점 잦아들면서 웅얼거리는 소리로 변하더니 이내 딱 그쳐 버렸다. 톰은 노랫소리가 들리는 쪽을 향해 서둘러 둑을 내려갔다. 잠시 후 그는 다시 걸음을 멈추고 귀를 기울였다. 이번에는 좀 더 가까운 곳에서 그 목소리가 들렸다. 아까와 마찬가지로 느릿느릿 곡조도 잘 맞지 않는 노래를 부르는 목소리였다.

"매기가 죽던 날, 나를 옆으로 불러 자기가 입고 있던 낡은 빨간색 플란넬 속옷을 주었지. 무릎이 불룩한……."

톰은 조심스레 앞으로 나아갔다. 검은 형체가 땅바닥에 앉아 있는 것이 보였다. 그는 살금살금 다가가서 바닥에 앉았다. 존이 술병을 기울이자 병에서 술이 콸콸 쏟아져 나왔다.

톰이 조용히 말했다. "잠깐만요! 저도 마셔야죠."

존이 고개를 돌렸다. "너 누구야?"

"저를 벌써 잊어버리셨어요? 큰아버지가 네 번이나 마시는 동안 저는 한 번밖에 못 마셨어요."

"아냐, 톰. 날 속일 생각은 마라. 여긴 나 혼자야. 넌 여기 없었어."

"뭐, 지금은 분명히 여기 있잖아요. 저한테도 한 모금 주세요."

존이 다시 술병을 들어 올리자 위스키가 다시 콸콸 쏟아졌다. 큰아버지가 병을 흔들어 보였다. 병은 비어 있었다.

"이제 없어. 정말 죽고 싶다. 콱 죽어 버렸으면 좋겠어. 조금씩 죽어 가고 있지. 그럴 수밖에 없어. 마치 잠을 자는 것처럼. 조금씩 죽어 가고 있어. 너무 피곤해. 지쳤어. 어쩌면…… 이제는 날 깨우지 마라." 그의 목소리가 점점 잦아들었다. "왕관을 쓸 거다. 황금 왕관을."

"제 말 좀 들어 보세요, 큰아버지. 우린 떠날 거예요. 저랑 같이 가요. 가서 짐 위에서 곧장 잘 수 있어요."

존은 고개를 저었다. "아냐. 너희들이나 떠나. 난 안 간다. 여기 남을 거야. 내가 돌아가 봤자 아무 소용이 없어. 아무한테도 도움이 못 돼. 그저 착한 사람들 사이에서 내 죄를 더러운 속옷처럼 끌고 다닐 뿐이지. 난 안 간다."

"같이 가요. 큰아버지가 안 가면 우리도 못 가요."

"그냥 떠나 버려. 난 쓸모없는 인간이니까. 난 쓸모없는 인간이야. 그저 내 죄를 끌고 다니면서 다른 사람들을 더럽힐 뿐이지."

"그렇게 따지면 다른 사람들도 죄인이긴 마찬가지예요."

존은 톰에게 머리를 바짝 갖다 대고 모든 걸 다 안다는 듯이 한쪽 눈을 찡긋했다. 별빛 속에서 그의 얼굴이 희미하게 보였다.

"아무도 내 죄를 몰라. 예수님만 빼고. 예수님은 알고 계시지."

톰은 무릎을 꿇고 손으로 큰아버지의 이마를 짚어 보았다. 뜨겁고 건조했다. 존이 서투른 몸짓으로 그의 손을 치워 버렸다.

톰이 애원하듯 말했다. "어서 가요. 빨리 가요, 큰아버지."

"안 가. 너무 지쳤어. 여기서 그냥 쉴 거다. 바로 여기서."

톰은 큰아버지에게 아주 가까이 다가가 있었다. 그가 존의 턱 끝에 주먹을 갖다 댔다. 그리고 거리를 가늠하느라 작은 원호를 그리며 두 번 연습을 한 후 어깨를 휘두르며 섬세하고 완벽하게 큰아버지의 턱을 쳤다. 존의 턱이 획 위로 젖혀지면서 그가 뒤로 쓰러졌다. 큰아버지는 다시 일어나 앉으려고 했지만 톰이 그의 몸 위에 앉아 버렸다. 존이 한쪽 팔꿈치를 들어 올렸을 때 톰은 다시 그를 때렸다. 존은 이제 땅바닥에 누운 채 꼼짝도 하지 않았다.

톰은 자리에서 일어나 축 늘어진 큰아버지의 몸을 들어 어깨에 멨다. 큰아버지의 무게 때문에 다리가 휘청거렸다. 그가 훅훅 숨을 내쉬며 둑을 올라가 고속도로로 향하는 동안 축 늘어진 큰아버지의 손이 그의 등을 두드렸다. 자동차 한 대가 도로를 지나가자 축 늘어진 사람을 짊어진 톰의 모습이 헤드라이트 불빛에 드러났다. 그 자동차는 잠시 속도를 늦추더니 부르릉 소리를 내며 그냥 가 버렸다.

톰은 숨을 헐떡이며 후버빌로 돌아와 트럭으로 갔다. 존의 의식이 돌아오고 있었다. 그가 약하게 몸부림을 쳤다. 톰은 그를 바닥에 조심스레 내려놓았다.

그가 큰아버지를 데리러 간 사이에 천막은 이미 걷혀 있었다. 앨이 짐 꾸러미들을 트럭 위로 전달하는 중이었다. 짐 위에 묶을 방수포도 준비되어 있었다.

앨이 말했다. "왜 이렇게 오래 걸렸어?"

톰이 사과하듯 말했다. "큰아버지가 안 오려고 해서 내가 한 대 쳤어. 큰아버지가 참 안됐어."

"큰아버지한테 상처를 입힌 건 아니지?" 어머니가 물었다.

"그럴 거예요. 지금 정신이 돌아오나 봐요."

존은 왠지 토할 것 같은 기분이었다. 속에서 토기가 계속 올라왔다.

어머니가 말했다. "너 먹으라고 감자 한 접시 남겨 뒀다, 톰."

톰은 쿡쿡 웃었다. "지금은 별로 먹고 싶지 않아요."

아버지가 소리쳤다. "다 됐다, 앨. 방수포를 덮어."

이제 떠날 준비가 다 되었다. 존은 잠들어 있었다. 톰과 앨이 그를 짐 위로 밀어 올리는 동안 윈필드가 트럭 뒤에서 토하는 소리를 흉내 냈다. 루티는 웃음을 참으려고 손으로 입을 막았다.

"다 됐다." 아버지가 말했다.

톰이 물었다. "로저샨은 어디 있어요?"

"저쪽에. 어서 와라, 로저샨. 이제 떠나야지." 어머니가 말했다.

로저샨은 가슴에 턱을 파묻고 앉은 채 꼼짝도 하지 않았다. 톰이 그녀에게 다가갔다.

"빨리 와."

"난 안 가." 그녀가 고개도 들지 않은 채 말했다.

"가야 돼."

"코니가 있어야 돼. 코니가 돌아올 때까지 난 여기 있을 거야."

자동차 세 대가 천막촌을 빠져나가 고속도로로 올라갔다. 천막과 사람들을 실은 낡은 자동차들이었다. 그들은 절거덕거리며 고속도로로 올라가 점점 멀어져 갔다. 희미한 헤드라이트 불빛이 길을 비췄다.

톰이 말했다. "코니가 우릴 찾아낼 거야. 내가 저쪽 가게에다가 우리가 어디로 가는지 얘기해 놨어. 코니가 우릴 찾아낼 거야."

어머니가 다가와서 톰의 옆에 섰다.

"빨리 일어나, 로저샨. 어서." 어머니가 부드럽게 말했다.

"난 기다릴래요."

"우린 기다릴 수 없어." 어머니가 몸을 숙여 딸의 팔을 잡고 일으켰다.

"코니가 우릴 찾아낼 거야." 톰이 말했다. "걱정 마. 코니가 우릴 찾아낼 거야."

톰과 어머니는 로저샨을 가운데 두고 걸었다.

"어쩌면 공부할 책을 사러 간 건지도 몰라요. 우리를 놀래 주려고 그런 건지도 몰라요." 샤론의 로즈가 말했다.

"그래, 그럴지도 모르지." 어머니가 말했다.

톰과 어머니는 로저샨을 트럭으로 데려와 짐 위로 올라갈 수 있도록 부축해 주었다. 로저샨은 방수포 밑으로 기어 들어가 어두운 동굴 같은 그림자 속으로 모습을 감춰 버렸다.

잡초를 엮어 만든 오두막집에서 수염을 기른 남자가 쭈뼛거리며 트럭으로 다가왔다. 그리고 뒷짐을 진 채 주위를 서성거렸다.

그가 마침내 입을 열었다. "혹시 쓸 만한 물건 중에 버리고 가는 것 없수?"

아버지가 말했다. "그런 건 없는 것 같은데. 버리고 자시고 할 것도 없소."

톰이 물었다. "안 떠나세요?"

수염을 기른 남자는 오랫동안 그를 빤히 바라보다가 한참 만에 말했다. "안 떠나."

"하지만 여기다 불을 질러서 사람들을 쫓아낼 거라고 하던 데요."

남자의 불안한 시선이 땅으로 떨어졌다. "나도 알아. 전에도 그런 적이 있었으니까."

"그런데도 안 떠난다고요?"

남자가 당혹스러운 시선으로 잠시 톰을 올려다보다가 다시 시선을 떨어뜨렸다. 꺼져 가는 모닥불이 남자의 눈에 빨갛게 비쳤다.

"나도 몰라. 짐을 꾸리려면 시간이 아주 많이 걸리거든."

"놈들이 여기다 불을 지르면 남아나는 게 없을 거예요."

"알아. 뭐 쓸 만한 물건 중에 버리고 가는 것 없어?"

"짐을 깨끗이 다 쌌소." 아버지가 말했다.

수염을 기른 남자는 넋 나간 사람처럼 정처 없는 발걸음으로 그냥 가 버렸다.

"저 사람 왜 저래?" 아버지가 물었다.

"경찰이 무서워서 저런대요. 누가 그러는데, 경찰 공포증이래요. 머리를 너무 많이 맞아서 그렇다고." 톰이 말했다.

자동차 몇 대가 또다시 천막촌을 빠져나가 도로로 들어서 더니 멀어져 갔다.

"아버지, 우리도 가요. 잠깐만요, 아버지. 아버지랑 저랑 앨이 앞에 타죠. 어머니는 짐 위에 타셔도 되니까. 아냐, 어머니가 중간에 타세요. 앨."

톰은 좌석 밑으로 손을 넣어 커다란 스패너를 꺼냈다.

"앨, 네가 뒤로 올라가라. 이걸 갖고 가. 혹시 모르니까. 누가 올라오려고 하면 한 대 먹여 줘."

앨은 스패너를 받아 들고 트럭 뒤로 올라가 책상다리로 자세를 잡았다. 스패너는 여전히 그의 손에 들려 있었다. 톰은 좌석 밑에서 쇠로 만든 잭핸들을 꺼내 브레이크 밑의 바닥에 놓았다.

"됐어요. 가운데로 타세요, 어머니." 그가 말했다.

"나한테는 아무것도 없는데." 아버지가 말했다.

"아버지가 손을 뻗으면 이 잭핸들에 닿을 거예요. 정말이지 아버지가 이걸 쓰실 일이 없다면 좋을 텐데."

톰이 시동 발판에 발을 올리자 속도 조절 바퀴가 절거덕거리며 돌아가고 엔진에 시동이 걸렸다가 꺼지더니 다시 시동이 걸렸다. 톰은 헤드라이트를 켜고 기어를 낮게 놓은 채 천막촌을 빠져나갔다. 희미한 불빛이 불안하게 길을 비췄다. 그들은 고속도로로 올라가 남쪽으로 방향을 틀었다.

톰이 말했다. "사람이 살다 보면 미쳐 버릴 때가 있죠."

어머니가 끼어들었다. "톰, 너는 그런 사람이 아니라고 했잖아. 안 그러겠다고 약속했잖니."

"알아요, 어머니. 저도 노력하고 있어요. 하지만 그 보안관보들은…… 보안관보치고 안 뚱뚱한 놈 보셨어요? 그놈들 그 뚱뚱한 엉덩이를 흔들면서 총을 휘둘러 대잖아요, 어머니. 놈들이 법을 지켜가며 일한다면 우리도 받아들일 수 있어요. 하지만 그건 법이 아니에요. 놈들은 우리 정신을 부숴 버리려 한다고요. 우리가 매 맞은 강아지처럼 굽실거리면서 설설 기게 만들려고. 놈들은 우리를 짓밟으려고 해요. 젠장, 어머니, 사람이 경찰을 혼내 주지 않고서는 품위를 지킬 수 없을 때도 있다고요. 놈들이 우리를 인간 이하로 취급하잖아요."

"넌 나랑 약속했어, 톰. 그 무법자 플로이드도 바로 그런 짓을 했지. 난 그 애 어머니를 알아. 사람들이 그 애를 해쳤어."

"저도 노력하고 있어요, 어머니. 하느님의 이름을 걸고 정말로 노력하고 있다고요. 제가 매 맞은 강아지처럼 땅바닥에 엎드려서 설설 기면 좋겠어요?"

"난 기도하고 있다. 네가 골치 아픈 일에 휘말리면 안 돼, 톰. 가족들이 뿔뿔이 흩어지고 있어. 너까지 골치 아픈 일에 휘말리면 안 된다."

"노력할게요, 어머니. 하지만 그 돼지 같은 놈들이 저를 건드리면 참기가 힘들어요. 놈들이 법을 지킨다면 얘기가 다르지만. 천막촌을 태우는 건 법에 어긋난다고요."

차는 덜컹거리며 앞으로 나아갔다. 자동차 꽁무니의 빨간 불빛들이 앞으로 길게 늘어서 있었다.

"돌아가는 길인가 봐요." 톰이 말했다.

그는 자동차의 속도를 점점 늦춰 차를 세웠다. 그런데 차가 서자마자 사람들이 트럭 주위로 몰려들었다. 곡괭이와 엽총으로 무장한 사람들이었다. 머리에 참호용 안전모를 쓴 사람도 있었고, 재향군인회 모자를 쓴 사람도 있었다. 한 사람이 창에 몸을 기대자 뜨끈한 위스키 냄새가 먼저 풍겨왔다.

"당신들 어디 가는 거야?" 그가 톰의 얼굴 가까이로 붉은 얼굴을 불쑥 들이밀었다.

톰의 안색이 굳었다. 그는 손을 슬금슬금 바닥으로 뻗어 잭핸들을 찾았다. 어머니가 그의 팔을 꽉 붙들었다.

톰이 말했다. "그게……." 그의 목소리가 비굴하고 애처로운 소리로 바뀌었다. "여기 길을 잘 몰라서요. 툴레어라는 곳에 일자리가 있다고 들었거든요."

"젠장, 길을 잘못 들었어. 이 마을에 망할 놈의 오키들은 필요 없어."

톰의 어깨와 팔에 뻣뻣하게 힘이 들어가고, 몸이 부르르 떨렸다. 어머니는 그의 팔에 매달렸다. 무장한 사람들이 트럭 앞쪽을 포위하고 있었다. 그중 일부는 군인처럼 보이기 위해서 짧은 웃옷에 장교들이 매는 허리띠를 매고 있었다.

톰이 처량하게 말했다. "그럼 어느 길로 가야 되죠, 선생님?"

"뒤로 돌아서 북쪽으로 가. 그리고 목화 딸 때가 되기 전에는 절대 다시 오지 마."

톰의 온몸이 부르르 떨렸다.

"그럴게요."

그는 후진 기어를 넣고 차를 후진시켜서 방향을 돌렸다. 그리고 온 길을 되짚어 가기 시작했다. 어머니가 그의 팔을 놓고 가볍게 토닥거렸다. 톰은 흐느낌이 터져 나오려는 걸 참으려고 안간힘을 썼다.

어머니가 말했다. "저런 놈들한테는 신경 쓰지 마라. 신경 쓰지 마."

톰은 창밖으로 코를 풀고 소매로 눈을 훔쳤다.

"개자식들……."

"잘했어. 정말 잘했어." 어머니가 부드럽게 말했다.

톰은 비포장 곁길로 방향을 꺾어 100야드를 달린 다음 헤드라이트와 시동을 껐다. 그리고 잭핸들을 들고 차에서 내렸다.

"어디 가는 거냐?" 어머니가 물었다.

"그냥 좀 살펴보려고요. 우린 북쪽으로는 안 갈 거예요."

자동차 꽁무니의 빨간 불빛들이 고속도로를 따라 움직였다. 톰은 그 불빛들이 비포장도로의 입구를 지나 계속 달려가는 것을 지켜보았다. 잠시 후 고함 소리와 비명 소리가 들려오더니 후버빌 방향에서 불길이 치솟아 올랐다. 불길이 점점 커지며 번져 나가고, 멀리서 탁탁 불타는 소리가 들려왔다. 톰은 다시 트럭에 탔다. 그리고 방향을 돌려 불도 켜지 않은 채 비포장도로를 달렸다. 고속도로에서 그는 다시 남쪽으로 방향을 잡고 헤드라이트를 켰다.

어머니가 머뭇거리며 물었다. "어디로 가는 거니, 톰?"

"남쪽으로요. 그 새끼들한테 그렇게 밀려날 수는 없어요. 그럴 수는 없어요. 그 마을을 통과하지 않고 돌아서 갈 거예요."

"그건 알겠는데, 어디로 가는 거야? 그걸 알고 싶구나." 아버지가 처음으로 입을 열었다.

"정부에서 운영한다는 천막촌을 찾아볼 거예요. 거긴 보안관보들이 못 들어온대요. 어머니, 전 그놈들을 피해야 돼요. 제가 그놈들을 죽여 버릴 것 같아서 무서워요."

"진정해라, 톰. 진정해, 토미. 아까도 잘했잖니. 앞으로도 잘할 수 있을 거야." 어머니가 그를 달랬다.

"그렇게 시간이 흐르고 나면 저한테 품위 같은 건 남지도 않겠죠."

"진정해. 인내심을 가져. 톰, 저놈들이 모두 없어지더라도 우리 같은 사람들은 계속 살아갈 거야. 톰, 살아남을 사람은 바로 우리야. 놈들은 우리를 쓸어 버리지 못한다. 그럼, 우리가 살아남을 거야. 계속."

"우린 항상 얻어맞기만 하잖아요."

어머니가 쿡쿡 웃었다. "그렇지. 어쩌면 그래서 우리가 강해진 건지도 몰라. 부자들은 조금 있으면 죽어 버리고, 그 자식들은 아무짝에도 쓸모가 없어. 게다가 그놈들도 그냥 죽어 버리지. 하지만 말이다, 톰, 우리 같은 사람들은 계속 새로 나타나. 절대 불안해 하지 마라, 톰. 다른 시대가 오고 있어."

"그걸 어머니가 어떻게 알아요?"

"어떻게 아는지는 나도 몰라."

자동차가 마을로 들어서자 톰은 중심가를 피하기 위해 곁길로 들어섰다. 그는 거리의 불빛에 의지해서 어머니를 바라보았다. 어머니의 얼굴은 차분했고, 눈에는 묘한 표정이 떠올라 있었다. 시간을 초월한 조각상의 눈 같았다. 톰은 오른손을 뻗어 어머니의 어깨를 만져 보았다. 그렇게 해야만 할 것 같았다. 그가 다시 손을 내렸다.

"어머니가 이렇게 말씀을 많이 하는 거 처음 봐요."

"말을 많이 할 이유가 없었으니까."

그는 곁길을 따라 차를 몰아서 마을을 벗어났다. 그리고 다시 원래 도로로 돌아갔다. 교차로에 '99'라는 표지판이 붙어 있었다. 그는 그 앞에서 남쪽으로 방향을 틀었다.

"어쨌든 놈들이 우리를 북쪽으로 쫓아내지는 못했어요." 그가 말했다. "우린 계속 가고 싶은 곳으로 갈 거예요. 설사 기어가는 한이 있더라도."

희미한 헤드라이트 불빛이 어둠 속에서 앞쪽의 널찍한 고속도로를 더듬었다.

21장

이주민들이 계속 움직이면서 살 곳을 찾아 헤매고 있었다. 자그마한 땅에서 농사를 지으며 살던 사람들, 40에이커의 땅에 의지해서 살아온 사람들, 40에이커의 땅에서 나는 음식으로 배불리 먹거나 굶주려 온 사람들, 그 사람들이 이제 서부 전역에서 유랑하고 있었다. 그들은 일자리를 찾아 이리저리 허둥지둥 돌아다녔다. 고속도로를 따라 사람들이 개울처럼 흘러 다녔고, 도랑 둑에는 사람들이 줄지어 늘어서 있었다. 그리고 그들 뒤로 더 많은 사람들이 오고 있었다. 커다란 고속도로에 이주하는 사람들이 가득 찼다. 중서부와 남서부에는 소박한 농사꾼들이 살고 있었다. 그들은 산업화의 물결에도 변하지 않았고, 농사에 기계를 사용한 적도 없었으며, 기계가 개인의 손에 들어갔을 때의 힘과 위험을 모르고 있었다. 그들은 자라면서 산업화의 모순을 경험한 적이 없었다. 그들의 감각은 산업화된 삶이 터무니없다는 사실을 여전히 예리하게 감지하고 있었다.

그런데 갑자기 기계들이 그들을 밀어내자 그들은 고속도로로 몰려나왔다. 이러한 이주의 경험이 그들을 변화시켰다. 고속도로, 길을 따라 생겨난 야영지들, 굶주림에 대한 두려움과 굶주림 그 자체, 이런 것들이 그들을 바꿔 놓았다. 아이들에게 저녁을 먹일 수 없다는 사실이 그들을 바꿔 놓았다. 끝없이 떠돌아다녀야 하는 생활이 그들을 바꿔 놓았다. 그들은 이주민이었다. 또한 사람들의 적의가 그들을 바꿔 놓고, 그들을 하나로 뭉치게 했다. 작은 도시에 사는 사람들은 마치 침입자를 물리칠 때처럼 무리 지어 무장을 했다. 곡괭이를 들고 나온 사람들, 엽총을 들고 나온 사무원들과 가게 주인들. 그들은 자신과 같은 사람들에게 맞서서 세계를 지킨다고 생각했다.

고속도로로 몰려나온 이주민들의 숫자가 늘어나자 서부 사람들은 겁에 질렸다. 재산을 가진 사람들은 자기 재산이 어떻게 될까 봐 무서워했다. 배를 곯은 적이 없는 사람들은 배고픈 자의 눈을 처음으로 보았다. 뭔가를 간절히 원해 본 적이 없던 사람들은 이주민들의 눈에서 욕망의 불꽃을 보았다. 도시 사람들과 온화한 교외의 시골 사람들은 스스로를 지키기 위해 한데 모였다. 그리고 자기들이 좋은 사람이고 침입자들이 나쁜 사람이라며 스스로를 달랬다. 원래 싸우기 전에는 반드시 이렇게 스스로를 달래야 하는 법이다. 그들은 이렇게 말했다. 저 망할 놈의 오키들은 더럽고 무식해. 놈들은 타락한

색광들이야. 저 망할 놈의 오키들은 도둑이야. 놈들은 뭐든지 훔칠 거야. 놈들은 소유권이라는 걸 전혀 몰라.

마지막 얘기는 사실이었다. 재산을 갖지 않은 사람이 재산을 가진 사람의 고통을 어찌 알겠는가? 마을을 지키러 나선 사람들은 이렇게 말했다. 놈들이 병을 퍼뜨려. 놈들은 더러워. 놈들이 학교에 다니게 내버려 둘 수는 없어. 놈들은 이방인이야. 자네 누이가 그런 놈하고 데이트를 한다면 어떻겠어?

사람들은 스스로를 다그쳐 잔인한 사람이 되었다. 그리고 무리 지어 무장을 했다. 곤봉, 독가스, 총으로. 여긴 우리 땅이야. 저 오키들이 멋대로 돌아다니게 내버려 둘 수는 없어. 사실 무장한 사람들도 지주는 아니었지만, 그들 자신은 이 땅이 자기 소유라고 믿었다. 밤에 훈련을 받는 사무원들도 가진 것이 없는 사람들이었다. 또한 작은 가게 주인들이 가진 것이라고는 서랍에 가득 든 차용증뿐이었다. 하지만 빚이라도 있다는 것은, 일자리가 있다는 것은 굉장한 일이다. 사무원은 이렇게 생각했다. 난 일주일에 15달러를 받아. 망할 놈의 오키들이 12달러에 일을 하겠다고 나선다면? 작은 가게 주인들은 이렇게 생각했다. 내가 빚이 없는 사람하고 어떻게 경쟁할 수 있겠어?

이주민들은 고속도로를 타고 계속 흘러 들어왔다. 그들의 눈 속에는 굶주림이 있었고, 욕망이 있었다. 그들에게는 주장도 없고 체계도 없었다. 그들이 엄청난 숫자로 몰려온다는 것. 그들에게 욕망이 있다는 것. 그뿐이었다. 일자리가 하나 생기면 열 명이 그 자리를 잡으려고 싸웠다. 낮은 품삯을 무기로 싸웠다. 저 사람이 30센트를 받는다면, 나는 25센트만 받겠다는 식이었다.

저 사람이 25센트를 받는다면 난 20센트만 받겠소.

아냐, 나는 지금 배고파 죽겠어. 그러니 15센트만 받겠소. 나는 먹을 것을 구하기 위해, 아이들을 위해 일을 할 거요. 당신도 우리 애들을 한번 봐야 해요. 몸에는 부스럼이 생기고, 제대로 뛰어놀지도 못해요. 바람에 떨어진 과일이라도 하나 쥐여 주면, 아주 우쭐해져서 난리지. 난 고기 한 점이라도 사기 위해 일을 할 거요.

이건 좋은 일이었다. 품삯은 내려가고, 물가는 계속 높았으니까. 대지주들은 기뻐서 더 많은 사람들을 끌어 모으려고 더 많은 전단지를 뿌렸다. 그래서 품삯은 내려가고 물가는 계속 높았다. 오래지 않아 우린 다시 농노를 거느리게 될 거야.

대지주들과 기업들은 또 다른 방법을 고안해 냈다. 대지주가 통조림 공장을 사는 것이다. 복숭아와 배가 익으면 지주는 과일 값을 키우는 값보다 싸게 후려쳤다. 통조림 공장 사장 자격으로 과일을 싼값에 사들인 다음 통조림 가격을 높게 유지해 이윤을 올리기 위해서였다. 그래서 통조림 공장을 소유하지 못한 소규모 농부들은 농장을 잃어버렸고, 그 작은 농장들은 대지주와 은행과 역시 통조림 공장을 소유한 기업들 차지가 되었다. 시간이 흐르면서 농장의 숫자가 적어졌다. 소규모 농부들은 도시로 이주했지만, 어느 정도 시간이 흐르자 돈을 빌려 쓸 곳도, 그들을 도와줄 친구나 친지도 더 이상 구할 수 없게 되었다. 그래서 그들 역시 고속도로로 나섰다. 도로는 일자리를 구하기 위해 살인이라도 저지를 사람들로 북적거렸다.

기업들, 은행들도 스스로 파멸을 향해 가고 있었지만, 그들은 그것을 몰랐다. 농사는 잘되었지만 굶주린 사람들은 도로로 나섰다. 곡식 창고는 가득 차 있어도 가난한 집의 아이들은 구루병에 걸렸고 펠라그라병 때문에 옆구리에서는 종기가 솟아올랐다. 대기업들은 굶주림과 분노가 종이 한 장 차이라는 것을 몰랐다. 그들은 어쩌면 품삯으로 지불할 수도 있었을 돈을 독가스와 총을 사들이는 데, 공작원과 첩자를 고용하는 데, 블랙리스트를 만들고 사람들을 훈련하는 데 썼다. 고속도로에서 사람들은 개미처럼 움직이며 일자리와 먹을 것을 찾아다녔다. 분노가 끓어오르기 시작했다.

22장

늦은 시간에 톰 조드는 시골길을 따라 차를 몰며 위드패치 천막촌을 찾아 헤맸다. 시골에는 불빛이 거의 없었다. 등 뒤에서 빛나는 하늘만이 베이커즈필드 방향을 비춰 주었다. 트럭은 가볍게 흔들거리며 느린 속도로 움직였고, 사냥에 나선 고양이들이 도로에 나와 있다가 트럭 앞에서 몸을 피했다. 교차점에 이르자 하얀 목조 건물들 몇 채가 옹기종기 모여 있었다.

어머니는 자리에 앉은 채 자고 있었고, 아버지는 오랫동안 말이 없었다.

톰이 말했다. "그게 어디 있는지 모르겠네요. 날이 밝을 때까지 기다렸다가 사람들한테 물어보는 편이 나을 것 같아요."

그는 신호등 앞에서 차를 세웠다. 다른 차 한 대가 교차로에 멈춰 섰다. 톰이 창밖으로 몸을 내밀고 말했다.

"저기요, 커다란 천막촌이 어디 있는지 아세요?"

"똑바로 쭉 가요."

톰은 교차로를 건너 반대편 도로로 접어들었다. 그리고 몇백 야드를 더 가서 차를 세웠다. 높은 철조망이 도로 쪽으로 둘러져 있고, 널찍한 문안으로 진입로가 뻗어 있었다. 문 약간 안쪽에는 창에 불이 밝혀진 작은 집 한 채가 있었다. 톰은 문안으로 들어갔다. 갑자기 트럭이 송두리째 공중으로 떴다가 쿵 하고 내려앉았다.

"제길! 도로에 턱이 있는 걸 몰랐네." 톰이 말했다.

경비원이 집 현관 베란다에 있다가 트럭 쪽으로 걸어왔다. 그가 차에 비스듬히 몸을 기대며 말했다.

"너무 빨리 달려서 그래요. 다음부터는 살살 몰아요."

"도대체 저게 뭐죠?"

경비원은 소리 내어 웃었다. "이 안에서 애들이 많이 놀거든요. 그런데 사람들한테 천천히 다니라고 해도 금방 잊어버려요. 하지만 저 방지턱에 한번 부딪히고 나면 절대 안 잊어버리죠."

"아! 그렇군요. 혹시 내가 뭘 망가뜨린 건 아니죠? 저, 여기 혹시 우리가 묵을 만한 자리가 있을까요?"

"하나 있죠. 식구가 얼마나 돼요?"

톰은 손가락을 꼽았다.

"나와 아버지, 어머니, 앨, 로저샨, 큰아버지, 루티, 윈필드. 끝의 둘은 아이들이에요."

"음, 그 자리에 들어갈 수 있을 것 같은데요? 야영 도구는 갖고 있어요?"

"커다란 방수포랑 매트리스가 있어요."

경비원이 자동차 발판 위로 올라섰다.

"저쪽 줄 끝까지 내려가서 오른쪽으로 돌아요. 4번 위생반으로 들어가면 돼요."

"그게 뭔데요?"

"화장실하고 샤워실하고 빨래통이에요."

어머니가 급히 물었다. "빨래통이 있어요? 수돗물도?"

"물론이죠."

"아이고! 하느님 감사합니다."

톰은 길게 늘어선 어두운 천막들을 따라 차를 몰았다. 위생실 건물 안에서는 희미한 불빛이 타오르고 있었다.

"여기 차를 세워요." 경비원이 말했다. "좋은 곳이죠. 여기 있던 사람들이 방금 나갔어요."

톰은 차를 세웠다.

"저기 말이에요?"

"예. 이제 내가 서류를 만드는 동안 식구들더러 짐을 내리라고 하세요. 그러고 나서 자면 되니까. 천막촌 위원회가 아침에 댁을 불러서 수속을 해 줄 거예요."

톰이 눈을 내리깔았다. "경찰들인가요?"

경비원이 소리 내어 웃었다. "경찰 아니에요. 여긴 여기만의 경찰이 있으니까. 여기 사람들이 스스로 경찰을 선출하죠. 이리 오세요."

앨이 트럭에서 내려 앞으로 걸어왔다. "여기 머무는 거야?"

"응. 내가 사무실에 가 있는 동안 아버지하고 같이 짐이나 내려." 톰이 말했다.

"가능하면 조용히 해 주세요. 지금 자고 있는 사람들이 많으니까." 경비원이 말했다.

톰은 어둠 속에서 경비원을 따라 사무실 계단을 올라가서 작은 방으로 들어갔다. 낡은 책상과 의자 하나가 있는 방이었다. 경비원이 책상에 앉아 서류를 꺼냈다.

"이름은?"

"톰 조드."

"저분이 아버지예요?"

"예."

"아버지 성함은?"

"역시 톰 조드예요."

이런 식으로 질문이 계속되었다. 어디서 왔느냐, 캘리포니아주에 들어온 지 얼마나 됐느냐, 무슨 일을 했느냐. 경비원이 시선을 들었다.

"내가 괜히 참견을 하고 싶어서 이러는 게 아니에요. 반드시 서류를 작성해야 하니까."

"알아요."

"그럼…… 돈은 좀 있어요?"

"조금."

"아주 궁핍한 건 아니죠?"

"조금 그래요. 왜요?"

"천막촌 사용료가 일주일에 1달러거든요. 하지만 쓰레기를 치운다든지, 청소를 한다든지 해서 그 비용을 지불할 수 있어요."

"그럼 그렇게 할게요."

"내일 위원회를 만나게 될 거예요. 위원회 사람들이 천막촌 사용법하고 여기 규칙들을 말해 줄 거예요."

"저, 그게 뭐죠? 위원회라는 게 뭐예요?"

경비원이 의자 등받이에 몸을 기댔다. "위원회가 일을 꽤 잘해요. 위생반이 다섯 개 있는데, 각 반에서 중앙위원을 한 명씩 뽑죠. 그리고 위원회가 여기 규칙을 만들어요. 그 사람들 말이 규칙이죠."

"그 사람들이 거칠게 굴면?"

"투표로 사람을 뽑듯이, 투표로 쫓아낼 수도 있어요. 지금까지는 위원회가 일을 잘했어요. 무슨 일을 했는지 알아요? 홀리 롤러[1] 목사들이 항상 사람들 꽁무니를 쫓아다니면서 설교를 하고 헌금을 받는 거 알죠? 그 사람들이 예전에 여기 천막촌 안에서도 설교를 하고 싶어 했어요. 여기서 사는 나이 많은 분들 중에도 홀리 롤러의 설교를 듣고 싶어 하는 사람들이 많았고요. 결정권은 중앙위원회가 쥐고 있었죠. 위원회는 회의를 열고 이런 결정을 내렸어요. '어떤 목사든 이 천막촌 안에서 설교할 수 있다. 그러나 여기서는 아무도 헌금을 걷을 수 없다.' 나이 많은 분들에게는 조금 슬픈 일이었죠. 그 후로는 여기에 목사가 온 적이 없으니까."

---

1) 예배나 집회 등에서 흥분한 나머지 광적인 행동을 보이는 종파.

톰은 소리 내어 웃으면서 물었다. "이 천막촌을 운영하는 사람들이 우리처럼 천막에 사는 사람들이라는 얘기예요?"

"맞아요. 그런데 그런 방법이 효과가 있다니까요."

"아까 경찰들 얘기도 했는데……."

"중앙위원회가 질서를 지키고 규칙을 만들어요. 그리고 여기 사는 부인들이 댁의 어머니를 만나러 갈 거예요. 부인들은 아이들을 돌보고 위생실도 관리하죠. 어머니가 다른 일을 하지 않으신다면, 일하는 부인들을 위해 아이들을 돌보게 될 거예요. 그리고 어머니가 일자리를 찾으면, 뭐 또 다른 사람들이 이 집 아이들을 돌봐 주겠죠. 부인들은 바느질도 하고, 가끔 그중에 간호사가 나서서 부인들을 가르치기도 해요. 모든 게 다 그런 식이에요."

"그러니까, 경찰이 없단 말인가요?"

"맞아요. 영장 없이는 그 어떤 경찰도 여기 못 들어오거든요."

"그럼, 어떤 사람이 아주 못되게 굴거나, 술에 취해서 시비를 걸면, 그러면 어떡하죠?"

경비원은 연필로 서류를 쿡쿡 찔렀다.

"처음에는 중앙위원회가 그 사람한테 경고를 하죠. 그 사람이 그런 짓을 또다시 저지르면 위원회가 정말로 심각하게 경고를 해요. 그리고 세 번째에는 아주 쫓아내 버리죠."

"세상에, 정말 믿을 수 없는 얘기예요! 오늘 밤에 보안관보랑 모자를 쓴 사람들이 저기 강가에 있는 천막촌을 불태워 버렸는데."

"그 사람들은 여기 못 와요. 가끔은 밤에 젊은이들이 울타리를 순찰하기도 해요. 특히 무도회가 열리는 밤에.”

“무도회라고요? 세상에!”

“토요일 밤마다 이 일대에서 제일 즐거운 무도회가 여기서 열려요.”

“아이고, 세상에! 이런 곳이 왜 더 없는 거죠?”

경비원은 울적한 표정을 지었다.

“그건 댁이 스스로 알아봐요. 이제 가서 눈 좀 붙여요.”

“그래요, 가 볼게요. 어머니가 아주 좋아하실 거예요. 오랫동안 제대로 된 대접을 못 받으셨거든요.”

“가서 주무세요. 눈 좀 붙여요. 여기 천막촌 사람들은 일찍 일어나니까.”

톰은 천막들 사이의 길을 걸었다. 그의 눈이 별빛에 점점 익숙해졌다. 천막들이 일직선으로 곧게 늘어서 있고, 주위에는 쓰레기가 하나도 없었다. 길바닥은 누군가가 깨끗이 비질을 하고 물까지 뿌려 놓은 상태였다. 천막들 안에서 코 고는 소리가 들려왔다. 천막촌 전체가 코를 골며 잠들어 있었다. 톰은 천천히 걸었다. 4번 위생실이 가까워졌을 때, 그는 그 건물을 신기한 듯 바라보았다. 대충 지은 듯 페인트칠도 하지 않은 나지막한 건물이었다. 지붕은 있었지만 옆구리는 트여 있었으며, 그곳에 빨래통들이 줄지어 늘어서 있었다. 그는 근처에 자신의 트럭이 서 있는 것을 보고 조용히 그쪽으로 걸어갔다. 식구들의 천막은 이미 세워져 있었고, 천막 안은 조용했다. 가까이 다가가자 트럭 그림자 속에서 누군가가 그에게 다가왔다.

어머니가 조용히 말했다. “톰, 너니?”

"예."

어머니가 말했다. "쉬! 다들 잠들었어. 완전히 녹초가 돼서."

"어머니도 주무셔야죠."

"너랑 얘기를 하고 싶어서. 다 잘됐니?"

"잘됐어요. 지금은 말 안 할 거예요. 여기 사람들이 내일 아침에 얘기해 준대요. 들으면 어머니도 좋아하실 거예요."

어머니가 속삭이듯 말했다. "여기 뜨거운 물도 있다고 하더라."

"예. 이제 눈 좀 붙이세요. 어머니가 마지막으로 주무신 게 언젠지 기억도 안 나요."

어머니가 애원하듯 말했다. "왜 지금 얘길 안 해 주겠다는 거야?"

"말 안 할 거예요. 가서 눈 좀 붙이세요."

갑자기 어머니가 소녀 같은 표정을 지었다. "네가 왜 얘기를 안 해 주는지 생각하느라고 잠이나 오겠어?"

"그런 건 생각하지 마세요. 아침에 일어나자마자 옷을 갈아입고 나면, 다 알게 되실 거예요."

"이렇게 어정쩡한 상태로는 잠 못 자."

"주무셔야 해요." 톰이 즐거운 듯 쿡쿡 웃었다. "주무셔야 해요."

"그래, 너도 자라."

어머니가 조용히 말했다. 그리고 몸을 숙이며 어두운 방수포 밑으로 들어갔다.

톰은 트럭 뒤쪽의 가로대를 타고 올라갔다. 그리고 나무 바닥 위에 드러누워 깍지 낀 손을 베개 삼아 머리를 받쳤다. 그의 팔뚝이 귀를 눌렀다. 밤공기가 점점 차가워졌다. 톰은 가슴까지 겉옷 단추를 채우고 다시 자리를 잡았다. 머리 위에서 별들이 깨끗하고 선명하게 빛나고 있었다.

아직 날이 새기도 전에 그는 잠에서 깨었다. 뭔가가 부딪히는 것 같은 작은 소리 때문이었다. 톰이 귀를 기울이자 쇠와 쇠가 맞부딪혀 긁히는 소리가 또다시 들려왔다. 그는 뻣뻣한 몸을 움직이며 차가운 새벽 공기에 몸을 떨었다. 천막촌은 여전히 잠들어 있었다. 톰은 자리에서 일어나 트럭 옆을 내다보았다. 동쪽의 산들이 검푸르게 보였다. 그가 산들을 지켜보는 동안 산 뒤에서 희미한 빛이 나타나 산 가장자리를 연한 붉은색으로 물들이다가 점점 더 차갑고 어두운 색으로 변하며 위로 올라왔다. 그리고 마침내 서쪽 지평선 근처까지 이르러서는 순수한 밤의 어둠과 합쳐져 버렸다. 저 아래 계곡은 새벽빛을 받아 라벤더 빛깔이 섞인 회색을 띠었다.

쇠붙이 부딪히는 소리가 다시 들려왔다. 톰은 줄지어 늘어선 천막들을 바라보았다. 천막들은 땅바닥보다 약간 더 밝은 회색이었다. 어떤 천막 옆에서 쇠로 된 낡은 풍로 틈새로 오렌지색 불빛이 새어 나오는 것이 보였다. 회색 연기가 뭉뚝한 연통에서 솟아올랐다.

톰은 트럭 옆으로 내려가 땅바닥에 섰다. 그리고 풍로를 향해 천천히 움직였다. 풍로 옆에서 어떤 젊은 여자가 움직이고 있었다. 그녀가 팔을 구부려 아기를 안고 있는 것이 보였다. 아기는 여자의 블라우스 밑에 머리를 집어넣고 젖을 먹고 있었다. 여자가 이리저리 움직이면서 불을 쑤시기도 하고, 공기가 잘 통하게 하려고 녹슨 풍로 뚜껑을 움직이기도 하고, 오븐을 열기도 했다. 그동안 아기는 젖을 빨았고, 어머니는 아기를 능숙하게 팔에서 팔로 옮겨 안았다. 아기를 안고 있는데도 그녀는 아무렇지도 않게 일을 하면서 빠르고 우아하게 움직였다. 오렌지색 불꽃이 풍로의 틈 사이로 새어 나와 천막에 너울거리는 그림자를 던졌다.

톰은 가까이 다가갔다. 베이컨 튀기는 냄새와 빵 굽는 냄새가 풍겨왔다. 동쪽 하늘이 점점 더 빠르게 밝아오고 있었다. 톰은 풍로 가까이 다가가 풍로를 향해 손을 뻗었다. 여자가 그를 보고 고개를 끄덕했다. 두 가닥으로 땋은 그녀의 머리카락도 함께 흔들렸다.

"안녕하세요?"

그녀는 이렇게 말하고 나서 프라이팬의 베이컨을 뒤집었다.

천막의 휘장이 갑자기 열리더니 젊은 남자가 나오고, 조금 더 나이 든 남자가 그 뒤를 따랐다. 그들은 올이 굵은 무명으로 만든 파란색 새 작업복과 역시 같은 천으로 된 재킷을 입고 있었다. 옷은 풀을 먹여서 빳빳했고 놋쇠 단추가 번쩍거렸다. 두 남자 모두 얼굴선이 날카로웠으며, 닮은 데가 아주 많았다. 젊은 남자의 수염 자국은 검은색이었고, 나이 든 남자의 수염 자국은 하얀색이었다. 두 사람의 머리와 얼굴은 젖어 있었으며, 머리카락에서도 물이 뚝뚝 떨어졌다. 빳빳한 수염에 물방울이 맺혔다. 두 사람의 뺨이 물에 젖어 번들거렸다. 두 사람은 조용히 서서 밝아오는 동쪽 하늘을 바라보았다. 그리고 함께 하품을 하더니 산 가장자리의 빛을 지켜보았다. 마침내 그들이 시선을 돌려 톰을 보았다.

"안녕하시오?"

나이 든 남자가 말했다. 그의 얼굴은 상냥하지는 않았지만 그렇다고 적의가 있는 것 같지도 않았다.

"안녕하세요?" 톰이 말했다.

"안녕하세요?" 젊은 남자가 말했다.

두 사람의 얼굴에 묻은 물기가 천천히 말라갔다. 두 사람은 풍로로 다가와서 손을 녹였다.

젊은 여자는 계속 일을 했다. 중간에 그녀는 아기를 바닥에 내려놓고 두 갈래로 땋은 머리를 뒤에서 하나로 묶었다. 그녀가 일을 하는 동안 두 갈래로 나뉜 머리카락이 이리저리 흔들렸다. 그녀는 커다란 포장용 상자 위에 양철 컵을 놓고 양철 접시와 칼과 포크를 꺼냈다. 그리고 깊은 기름 속에 잠긴 베이컨을 꺼내 접시에 놓았다. 베이컨이 오그라지면서 점점 바삭하게 변했다. 여자는 녹슨 오븐을 열고 큼직한 빵이 가득 담긴 사각형 팬을 꺼냈다.

빵 냄새가 공중에 퍼지자 두 남자 모두 깊이 숨을 들이쉬었다.

"아이고!" 젊은 남자가 조용히 말했다.

나이 든 남자가 톰에게 말했다. "아침은 먹었나?"

"아뇨, 안 먹었어요. 하지만 저희 식구들이 저쪽에 있거든요. 식구들은 아직 자고 있어요. 잠이 모자라서."

"그럼 우리랑 같이 먹지. 음식은 많으니까. 아이고, 얼마나 다행인지!"

"예, 감사합니다. 냄새가 너무 좋아서 거절을 못 하겠는데요."

"그렇죠? 평생 이렇게 좋은 냄새를 맡아 본 적 있어요?" 젊은 남자가 말했다.

세 사람은 포장 상자로 다가가서 둘러앉았다.

"일터가 이 근처인가요?" 젊은 남자가 말했다.

"이 근처에서 일할 생각이에요. 어젯밤에야 여기 도착했거든요. 아직 근처를 돌아보지 못했어요." 톰이 말했다.

"우린 열이틀짜리 일을 했어요." 젊은 남자가 말했다.

풍로 옆에서 아직 움직이고 있던 여자가 말했다. "우리한테 새 옷까지 주더라니까요."

두 남자 모두 빳빳하게 풀을 먹인 파란색 옷을 내려다보며 약간 수줍은 듯이 미소를 지었다. 여자가 베이컨과 갈색 빵을 담은 접시와 베이컨 소스 그릇, 그리고 커피 한 주전자를 내놓았다. 그리고 그녀도 상자 옆에 쭈그리고 앉았다. 아기는 여전히 그녀의 블라우스 밑에서 젖을 빨고 있었다.

다들 자신의 접시에 베이컨을 옮겨 담고, 빵 위에 베이컨 소스를 뿌리고, 커피에 설탕을 넣었다.

나이 든 남자는 입 안 가득 음식을 집어넣고 씹고 또 씹다가 꿀꺽 삼켰다.

"아이고, 정말 맛있다!"

그는 이렇게 말하고 나서 다시 입 안 가득 음식을 집어넣었다.

젊은 남자가 말했다. "벌써 열이틀째 좋은 음식을 먹고 있어요. 열이틀 동안 끼니를 거른 적이 없다니까요. 우리 식구들 전부. 일을 해서 품삯을 받아가지고 음식을 먹는 거죠."

그는 다시 음식을 먹기 시작했다. 거의 미친 듯이 접시를 비우고는 접시에 새로 음식을 담았다. 그들은 혀가 델 것처럼 뜨거운 커피를 마시고 커피 찌꺼기를 땅바닥에 버리고는 다시 잔에 커피를 따랐다.

이제 하늘에서는 불그스름한 빛이 반짝이고 있었다. 아버지와 아들은 식사를 멈췄다. 그들이 동쪽을 향하고 있었기 때문에 새벽빛이 그들의 얼굴을 밝혀 주었다. 산 위로 빛이 솟아오르는 광경이 그들의 눈에 비쳤다. 그들은 커피 찌꺼기를 땅바닥에 버리고 함께 자리에서 일어섰다.

"이제 그만 가 봐야지." 나이 든 남자가 말했다.

젊은 남자가 톰에게 시선을 돌렸다. "이봐요, 우린 파이프 까는 일을 하고 있는데, 우리하고 같이 가면 일자리를 얻을 수 있을지도 몰라요."

"그래 주시면 정말 고맙죠. 아침 식사도 정말 잘 먹었습니다."

"우리도 즐거웠네. 자네가 원한다면 일자리를 얻도록 우리가 힘을 좀 보태 주지." 나이 든 남자가 말했다.

"그렇게 해 주신다면 정말 좋죠. 잠깐만 기다려 주세요. 식구들한테 얘기하고 올게요."

그는 서둘러 자기네 천막으로 가서 허리를 숙이고 안을 들여다보았다. 방수포 밑의 어둠 속에서 자고 있는 식구들의 모습이 희미하게 보였다. 그러나 이불 안에서 뭔가가 조금씩 움

직이기 시작했다. 루티가 뱀처럼 꿈틀거리며 이불 속을 빠져
나왔다. 머리카락이 눈 위까지 내려와 있고, 옷은 잔뜩 구겨지
고 뒤틀려 있었다. 루티는 조심스레 이불 속에서 기어 나와 일
어섰다. 잠을 잘 잔 덕분에 그녀의 회색 눈은 맑고 차분했다.
장난기는 보이지 않았다. 톰은 천막에서 멀어져 가면서 그녀
에게 따라오라고 손짓을 했다. 그가 몸을 돌리자 그녀가 그를
쳐다보았다.

"이야, 너 많이 자랐구나."

그녀는 갑자기 쑥스러워져서 시선을 피했다.

"잘 들어." 톰이 말했다. "아무도 깨우지 마. 나중에 식구들
이 일어났을 때 내가 일자리를 잡을 기회를 얻었다고 말해.
내가 그 일자리를 잡으러 간다고 말이야. 어머니한테는 내가
이웃들하고 같이 아침 식사를 먹었다고 전해 주고. 알았어?"

루티는 고개를 끄덕이고 시선을 돌렸다. 그녀의 눈은 아직
어린 여자아이의 눈이었다.

"식구들 깨우지 마."

톰은 이렇게 주의를 주고 나서 서둘러 새로 사귄 친구들에
게로 돌아갔다. 루티는 조심스레 위생실로 다가가서 열려 있
는 문안을 들여다보았다.

톰이 이웃의 천막으로 가 보니 두 남자가 그를 기다리고 있
었다. 여자는 매트리스를 하나 꺼내 그 위에 아이를 놓아두고
설거지를 하고 있었다.

톰이 말했다. "식구들한테 제가 어디로 가는지 얘길 하려고
했는데, 아직 다들 자고 있네요."

세 사람은 천막들 사이로 난 길을 걸어 내려갔다.

천막촌은 이제 활기를 띠고 있었다. 새로 피운 불 앞에서 여자들이 아침에 먹을 빵을 반죽하고 고기를 자르면서 일을 하고 있었다. 남자들은 천막과 자동차 주위에서 분주하게 움직였다. 이제 하늘은 장밋빛이었다. 사무실 앞에서는 여윈 몸집의 노인이 조심스레 갈퀴질을 하고 있었다. 그가 정성 들여 갈퀴질을 했기 때문에 땅바닥에 갈퀴 자국이 깊고 곧게 나 있었다.

"일찍 나오셨네요, 아저씨." 젊은 남자가 지나가면서 말했다.

"그래, 그래. 천막촌 사용료를 벌어야지."

"사용료라니, 쳇! 지난 토요일 밤에 저 아저씨가 술에 취해서 밤새도록 천막에서 노래를 불렀거든요. 그래서 위원회가 저 아저씨한테 일을 시킨 거예요."

그들은 기름이 밴 길 가장자리를 따라 걸었다. 길가에는 호두나무들이 일렬로 늘어서 있었다. 태양이 산 위로 얼굴을 내밀기 시작했다.

"생각해 보니 우습네요. 아침 식사를 대접 받았는데, 여태껏 이름조차 말하지 않았으니. 두 분도 이름을 얘기하지 않았고요. 전 톰 조드예요."

나이 든 남자가 그를 바라보더니 살짝 미소를 지었다.

"여기 온 지 얼마 안 됐지?"

"예! 겨우 이틀밖에 안 됐어요."

"내 그럴 줄 알았지. 우습지만, 통성명하는 습관은 버려. 사람이 워낙 많거든. 그냥 이 사람, 저 사람이라고 하면 돼. 어쨌든, 난 티모시 월러스일세. 그리고 이쪽은 내 아들 윌키고."

"두 분을 알게 돼서 정말 기뻐요. 여기 오래 계셨나요?"

윌키가 말했다. "열 달 됐어요. 작년에 홍수가 난 뒤에 곧장 이리로 왔죠. 세상에! 얼마나 고생을 했는지 몰라요! 거의 굶어 죽을 뻔했다니까요."

기름이 밴 길 위에서 세 사람이 걸음을 내디딜 때마다 터벅 터벅 소리가 났다. 사람을 가득 채운 트럭 한 대가 지나갔다. 트럭에 탄 사람들은 모두 깊은 생각에 잠겨 있었다. 다들 트럭 안에서 잔뜩 긴장한 채 찡그린 얼굴을 수그리고 있었다.

"가스 회사로 일하러 가는 거야. 벌이가 괜찮지." 티모시가 말했다.

"우리 집 트럭을 끌고 올걸 그랬어요." 톰이 말했다.

"아닐세."

티모시가 몸을 숙여 초록색 호두 한 알을 집어 들었다. 그는 엄지손가락으로 호두 껍질을 만져보더니 철조망 위에 앉아 있는 찌르레기에게 호두를 던졌다. 새가 위로 날아올랐다가 호두가 제 몸 밑으로 지나간 뒤에 다시 철조망에 앉아 부리로 반짝이는 깃털을 다듬었다.

톰이 물었다. "두 분은 차가 없어요?"

두 사람 모두 대답이 없었다. 톰이 두 사람의 얼굴을 보니 부끄러워하는 기색이었다.

윌키가 말했다. "우리가 일하는 데는 도로를 따라 겨우 1마 일 거리예요."

티모시가 성난 목소리로 말했다. "그래, 우린 차가 없어. 차를 팔아 버렸다고. 그럴 수밖에 없었네. 먹을 것도 떨어지고, 다른 것도 죄다 떨어져서. 일자리도 구할 수 없었지. 매주 사람들이 와서 자동차를 사 간다네. 배고픈 사람들의 차를 사는 거야. 정말로 굶주린 사람들한테서는 돈도 주지 않고 그냥 차를 가져가. 우리도 그 정도로 굶주리고 있었네. 그놈들이 자동차 값으로 10달러를 주더군."

그가 길에 침을 뱉었다.

윌키가 조용히 말했다. "난 지난주에 베이커즈필드에 있었어요. 우리 자동차가 중고차 판매장에 있더군요. 바로 거기 있었어요. 75달러라는 가격표를 매달고."

티모시가 말했다. "어쩔 수 없었어. 녀석들이 우리 차를 그냥 훔쳐 가든지, 우리가 녀석들한테서 뭐라도 얻어 내든지, 둘 중 하나였으니까. 우린 아직 도둑질을 해야 하는 지경까지 가 본 적은 없지만, 젠장, 거의 그렇게 될 뻔했어!"

톰이 말했다. "고향을 떠나기 전에 저희는 여기에 일자리가 아주 많다는 얘기를 들었어요. 사람들더러 서부로 오라고 선전하는 전단지를 봤거든요."

티모시가 말했다. "맞아. 우리도 봤어. 그런데 일자리가 별로 없어. 품삯은 계속 내려가기만 하고. 어떻게 하면 한 끼를 해결할 수 있을지 궁리하는 데 아주 지쳐 버렸네."

"지금은 일을 하고 계시잖아요."

"그렇지. 하지만 오래가진 못할 거야. 우리한테 일을 시키는 사람은 좋은 사람이야. 작은 농장을 갖고 있는데, 그 사람도 우리하고 같이 일하거든. 하지만 이 일도 오래가진 못할 거야."

"왜 저한테 일자리를 얻어 주겠다고 하신 거죠? 저 때문에 일을 할 수 있는 기간이 짧아질 텐데요. 이건 두 분이 스스로 목을 자르는 짓이잖아요."

티모시가 천천히 고개를 흔들었다. "나도 몰라. 아무 생각이 없었던 거겠지. 우린 각자 모자를 하나씩 살 생각이었는데, 아마 못 살 거야. 여기서 오른쪽으로 꺾어진 데가 농장일세. 품삯도 후해. 한 시간에 30센트거든. 주인도 착한 사람이고."

그들은 고속도로를 벗어나 자갈길을 따라 작은 텃밭을 지나갔다. 나무들 뒤로 하얀 농가와 그늘을 드리운 나무 몇 그루, 헛간 등이 나타났다. 헛간 뒤에는 포도밭과 목화밭이 있었다. 세 사람이 농가 옆을 지나갈 때 방충망 문에서 쾅 소리가 나더니 햇볕에 그을린 땅딸막한 남자가 계단을 내려왔다. 햇볕을 가리기 위해 종이로 된 모자를 쓴 그는 뜰을 가로지르며 소매를 걷어 올렸다. 햇볕에 탄 짙은 눈썹이 한데 모여 험악한 인상을 풍기고 있었다. 그의 뺨도 햇볕에 타서 쇠고기처럼 시뻘겋다.

"안녕하세요, 토머스 씨." 티모시가 말했다.

"안녕하시오." 남자가 좋지 않은 표정으로 말했다.

티모시가 말했다. "이쪽은 톰 조드입니다. 혹시 이 사람도 여기서 일을 할 수 있을까요?"

토머스는 인상을 쓰며 톰을 바라보았다. 그러더니 짧게 웃음을 터뜨렸다. 눈썹을 여전히 찡그린 채였다.

"할 수 있고말고요! 내 그 사람 자리를 마련해 드리죠. 누가 오든 나는 다 받아 주니까. 이러다가 여기서 100명이 일을 하게 될지도 몰라요."

"우리 생각에는……." 티모시가 변명조로 말을 꺼냈다.

토머스가 그의 말을 잘랐다. "그래요, 나도 생각을 좀 했죠." 그가 휙 몸을 돌려 그들을 마주 보았다. "당신들한테 말할 게 있어요. 내가 당신들한테 지금까지 시간당 30센트를 줬죠?"

"그럼요, 토머스 씨. 하지만……."

"그리고 당신들은 30센트만큼 일을 했어요."

그가 두툼하고 단단한 양손을 모아 쥐었다.

"저희도 열심히 일하려고 애썼습니다."

"그래요, 젠장. 하지만 오늘 아침부터는 시간당 25센트예요. 그걸 받아들이든지, 아니면 그만두든지 맘대로 해요."

안 그래도 빨갛던 얼굴이 분노 때문에 더욱 붉어졌다.

티모시가 말했다. "저희는 열심히 일했습니다. 토머스 씨도 그렇게 말씀하셨고요."

"나도 알아요. 그런데 이제는 내가 사람도 마음대로 못 쓰게 된 것 같아요." 그가 침을 꿀꺽 삼켰다. "여기 있는 내 땅은 65에이커예요. 혹시 농업조합이라고 들어봤어요?"

"그럼요."

"나도 거기 회원이에요. 어젯밤에 회의가 있었는데, 지금 농업 조합을 좌지우지하는 게 누군 줄 알아요? 웨스트 은행이에요. 그 은행이 이 계곡을 대부분 소유하고 있어요. 그리고 자기네 소유가 아닌 땅에 대해서는 대출을 해 주고 있고. 그래서 어젯밤에 은행에서 나온 사람이 나더러 이러더라고요. '시간당 30센트를 지불하고 계시는데, 25센트로 깎는 게 좋을 겁니다.' 그래서 내가 그랬죠. '인부들이 일을 잘해요. 30센트를 받을 만합니다.' 그랬더니 그 사람이 '그런 얘기가 아닙니다. 이제는 품삯이 25센트로 정해져 있어요. 당신이 30센트를 지불하면 상황이 어지러워질 뿐입니다. 그건 그렇고, 내년에도 예년만큼 대출을 받으실 건가요?' 이러더라고요." 토머스는 말을 멈추고 숨을 몰아쉬었다. "아시겠어요? 이젠 시세가 25센트예요. 그래요."

"저희는 열심히 일했습니다." 티모시가 힘없이 말했다.

"아직도 모르겠어요? 은행이 고용하는 사람은 2000명인데, 내 밑에서 일하는 사람은 고작 세 명이에요. 갚아야 할 대출금도 있고. 그러니까 뭔가 좋은 생각이 있으면 한번 말해 봐요. 내 그대로 할 테니! 놈들이 내 목덜미를 잡고 있다고요."

티모시가 고개를 저었다. "드릴 말씀이 없네요."

"여기서 잠깐 기다려요."

토머스가 재빨리 집 쪽으로 걸어갔다. 문이 그의 등 뒤에서 쾅 하고 닫혔다. 잠시 후 그가 손에 신문을 들고 돌아왔다.

"이거 봤어요? 여기, 내가 읽어 줄게요. '빨갱이 선동가들에게 분노한 시민들이 무단 거주자들의 천막촌을 불태웠다. 어젯밤 일단의 시민들이 무단 거주자들의 천막촌에서 벌어지는 선동 행위에 격분해 천막들을 불태우고 선동가들에게 떠나라고 경고했다.'"

톰이 입을 열었다. "세상에, 제가……." 그러나 그는 그냥 입을 다물고 침묵을 지켰다.

토머스가 신문을 조심스레 접어 주머니에 넣었다. 그는 다시 차분해져 있었다.

그가 조용히 말했다. "그 사람들은 농업조합이 보낸 사람들이에요. 내가 이 사실을 발설했다는 게 알려지면, 난 내년에 농장을 잃어버릴 거예요."

"정말 무슨 말을 해야 할지 모르겠습니다. 그 사람들이 선동가였다면, 사람들이 화를 낼 만도 하죠." 티모시가 말했다.

토머스가 말했다. "난 오랫동안 지켜봤어요. 품삯을 깎기 직전에 항상 빨갱이 선동가들 얘기가 나오죠. 항상. 젠장, 놈들이 나를 함정에 빠뜨렸다고요. 이제 어떻게 할 거예요? 25센트로 일할 건가요?"

티모시가 땅바닥을 내려다보았다.

"일하겠습니다." 그가 말했다.

"저도요." 윌키가 말했다.

톰이 말했다. "제가 뭔가 굉장한 일에 끼어든 것 같네요. 저도 일할 거예요. 일을 해야 합니다."

토머스는 엉덩이 쪽에 있는 주머니에서 수건을 꺼내 입과 턱을 닦았다.

"이런 상태가 얼마나 계속될지 나도 몰라요. 이런 품삯으로 당신들이 식구들을 어떻게 먹여 살릴 수 있을지."

"일자리만 있으면 먹고살 수 있습니다. 문제는 일이 없을 때죠." 윌키가 말했다.

토머스가 시계를 보았다. "이제 나가서 도랑을 좀 파죠. 아이고, 이 얘기를 해야겠네. 세 분 다 국영 천막촌에서 살죠?"

"예." 티모시가 긴장하며 대답했다.

"거기서 토요일 밤마다 무도회를 열죠?"

월키가 미소를 지었다. "물론이죠."

"그럼, 요번 토요일 밤에 조심하세요."

갑자기 티모시가 몸을 꼿꼿이 세우고 한 발짝 다가섰다. "무슨 뜻입니까? 제가 중앙위원이라서 반드시 알아야겠습니다."

토머스는 걱정스러운 기색이었다. "나한테 들었다는 얘기 아무한테도 하면 안 돼요."

"무슨 일인데요?" 티모시가 다그치듯 물었다.

"그게, 농업조합은 국영 천막촌을 싫어해요. 그 안에 보안관보가 들어갈 수 없으니까. 거기 사람들은 스스로 규칙을 만든다면서요? 영장이 없으면 경찰이 사람을 체포할 수도 없고. 그런데 만약 커다란 싸움이 일어나서 혹시 누가 총을 쏘기라도 한다면, 보안관보들이 안으로 들어가서 천막촌을 쓸어 버릴 수 있겠죠."

티모시는 완전히 다른 사람이 돼 있었다. 어깨가 똑바르게 펴졌고, 눈은 냉정했다.

"무슨 뜻입니까?"

"나한테 들었다는 얘기 아무한테도 하면 안 돼요." 토머스가 불안한 표정으로 말했다. "토요일 밤에 천막촌에서 싸움이 벌어질 거예요. 그리고 보안관들이 그 안으로 들어가려고 대기하고 있을 겁니다."

"도대체 왜요? 그 사람들은 아무도 해치지 않는데." 톰이 다그치듯 물었다.

"왜냐고요? 그 천막촌 사람들은 인간 대접을 받는 데 익숙해져 있어요. 그러니 그 사람들이 무단 거주자들의 천막촌으로 돌아오면 다루기가 힘들 겁니다."

토머스는 다시 얼굴을 닦았다. "이제 일하러 가세요. 세상에, 이 얘기 때문에 내가 농장을 잃어버리면 안 되는데. 하지만 난 여러분들이 좋아요."

티모시가 그의 앞으로 다가가 홀쭉하고 단단한 손을 내밀었다. 토머스가 그 손을 잡았다.

"토머스 씨한테 들었다는 얘기는 아무한테도 안 하겠습니다. 고맙습니다. 싸움은 일어나지 않을 겁니다."

"이제 일하러 가세요. 시간당 25센트입니다." 토머스가 말했다.

"그 돈이라도 괜찮아요. 토머스 씨라면." 윌키가 말했다.

토머스는 집 쪽으로 걸어갔다. "나도 곧 나갈게요. 먼저 일을 시작하세요."

방충망 문이 그의 등 뒤에서 쾅 하고 닫혔다.

세 사람은 회반죽을 칠한 작은 헛간을 지나 밭 가장자리를 따라 걸었다. 곧이어 길고 좁은 도랑이 나왔다. 도랑 옆에는 콘크리트 관들이 놓여 있었다.

"여기가 우리가 일하는 곳이에요." 윌키가 말했다.

티모시가 헛간 문을 열고 곡괭이 두 자루와 삽 세 개를 꺼내 나눠 주었다.

그가 톰에게 말했다. "자, 이게 자네 색시야."

톰은 곡괭이의 무게를 가늠해 보았다.

"세상에! 느낌이 아주 좋은데요!"

"11시만 돼 봐요. 그때도 그렇게 느낌이 좋은지." 윌키가 말했다.

세 사람은 도랑 끝으로 걸어갔다. 톰은 겉옷을 벗어 흙더미 위에 놓았다. 그리고 모자 차양을 밀어 올리고 도랑 안으로 들어가 손바닥에 침을 뱉었다. 곡괭이가 공중으로 치솟아 올랐다가 번개처럼 아래로 내려왔다. 톰은 약하게 끙 소리를 냈다. 곡괭이가 올라갔다 내려와서 땅속으로 파고 들어가 흙을 파헤칠 때마다 그의 입에서는 계속 끙 소리가 났다.

윌키가 말했다. "아버지, 이 사람 최고인데요. 저 곡괭이랑 결혼이라도 한 모양이에요."

톰이 말했다. "나도 옛날에 일을 좀 했어요. (끙!) 그럼요, 그렇고말고요. (끙!) 몇 년이나 일을 했다고요. (끙!) 이 느낌이 좋아요. (끙!)"

그의 앞에서 땅이 파헤쳐졌다. 이제 태양은 과실나무를 벗어나 있었고, 덩굴에 매달린 포도 나무 잎들은 황금빛이 감도는 초록색을 띠고 있었다. 6피트를 파헤친 후 톰은 옆으로 물러서서 이마의 땀을 닦았다. 윌키가 그의 뒤에서 일을 시작했다. 그가 삽을 들어 올렸다가 내릴 때마다 긴 도랑 옆의 흙더미에 흙이 점점 쌓였다.

"중앙위원회가 있다는 얘기는 들었는데, 아저씨가 거기 위원이셨군요." 톰이 말했다.

"그래. 이건 책임을 져야 하는 자리야. 천막촌 사람들 전부에 대해서. 우린 최선을 다하고 있네. 천막촌 사람들도 최선을 다하고 있고. 큰 농장을 가진 사람들이 우리를 그렇게 괴롭히지 않으면 좋으련만. 정말 괴롭히지 않았으면 좋겠어."

톰이 다시 도랑 안으로 내려가자 윌키가 옆으로 물러났다.

톰이 말했다. "아까 여기 주인이 말한 (끙!) 그 싸움이라는 게 뭐예요? (끙!) 뭣 때문에 그런 짓을 하는 거죠?"

티모시가 윌키의 뒤를 따르면서 삽으로 도랑 바닥을 비스듬하게 다듬었다. 파이프를 묻기 위해서였다.

"우리를 쫓아내려는 거겠지. 우리가 조직을 만들까 봐 겁이 나는 모양이야. 어쩌면 그 사람들 생각이 옳을지도 모르고. 여기 천막촌은 조직이거든. 사람들이 모든 걸 스스로 알아서 하니까. 이 일대에서 제일 좋은 현악단도 있고, 배고픈 사람들은 가게에서 외상도 조금 그을 수 있다네. 5달러 정도. 음식을 사면서 그 정도 외상을 그어도 천막촌은 끄떡없어. 우린 절대 법적인 문제를 일으킨 적도 없지. 큰 농장을 가진 사람들이 아마 그걸 무서워하는 것 같아. 우릴 감옥에 집어넣을 수 없으니까, 그게 무서운 거지. 우리가 그렇게 스스로 알아서 할 수 있다면 다른 일도 해낼지 모른다는 생각이 든 모양일세."

톰은 도랑에서 나와 눈에 들어간 땀을 닦았다.

"아까 북쪽 베이커즈필드에서 선동가가 어쩌고저쩌고 하는 신문 기사 얘기 들었죠?"

"그럼요. 그 사람들 하는 짓이 항상 그래요." 윌키가 말했다.

"내가 거기 있었어요. 그 사람들은 절대 선동가가 아니에요. 놈들은 그걸 빨갱이라고 부르던데. 도대체 빨갱이가 뭐죠?"

티모시는 도랑 바닥에서 약간 솟아 있던 부분을 평평하게 다듬었다. 그의 뻣뻣한 하얀색 수염이 햇빛에 반짝였다.

"도대체 빨갱이가 뭔지 궁금하다는 사람이 아주 많지." 그가 웃음을 터뜨렸다. "그런데 우리 천막촌의 젊은 녀석 하나가 그걸 알아냈어."

그는 삽으로 흙더미를 가볍게 두드렸다.

"하인즈라는 친구가 있었는데, 3만 에이커쯤 되는 땅에 복숭아하고 포도를 기르고, 통조림 공장이랑 와인 양조장도 갖고 있었다네. 그놈은 항상 '망할 놈의 빨갱이'라는 말을 입에 달고 다녔어. '망할 놈의 빨갱이들이 이 나라를 무너뜨리고 있다.' '우리가 이 빨갱이 놈들을 몰아내야 한다.' 그런데 그때 여기 서부로 온 지 얼마 안 된 젊은이가 하나 있었네. 그 친구가 어느 날 그런 말을 듣더니 머리를 긁적이면서 이렇게 말했지. '하인즈 씨, 제가 여기 온 지 얼마 안 돼서 그러는데요, 그 망할 놈의 빨갱이라는 게 뭐죠?' 그랬더니 하인즈가 대답을 했지. '우리가 시간당 25센트를 주겠다고 할 때 30센트를 달라고 하는 개자식들이 다 빨갱이야!' 이 젊은 친구는 그 말을 좀 생각해 보다가 다시 머리를 긁적이면서 말했지. '세상에, 하인즈 씨, 전 개자식이 아니지만 만약 빨갱이가 그런 거라면 저도 시간당 30센트를 받고 싶은걸요. 다들 그래요. 하인즈 씨, 그럼 우리는 전부 빨갱이에요.'"

티모시는 도랑 바닥을 따라 삽을 움직였다. 삽으로 흙을 퍼낸 부분에서 단단한 흙이 반짝였다.

톰이 웃음을 터뜨렸다. "그럼 저도 빨갱이겠는데요."

그의 곡괭이가 호선을 그리며 올라갔다 내려오고, 그 밑에서 흙이 부서졌다. 이마에서 흘러 내려온 땀이 코의 양옆을 타고 내려가 그의 목에서 번들거렸다.

"젠장, 곡괭이는 좋은 물건이에요. (끙!) 곡괭이를 억지로 다루려고 하지만 않는다면. (끙!) 곡괭이하고 (끙!) 협력을 해야 돼요. (끙!)"

세 사람은 한 줄로 늘어서서 일했다. 도랑이 조금씩 더 길어졌고, 태양은 시간이 흐를수록 더욱 뜨겁게 그들을 내리쬐었다.

톰이 떠난 후 루티는 한동안 위생실 문 옆에서 안을 들여다보았다. 옆에서 자랑을 들어 줄 윈필드가 없으면 그녀의 용기도 별것 아니었다. 그녀는 문안의 콘크리트 바닥에 맨발을 살짝 댔다가 다시 빼냈다. 저 아래의 천막에서 어떤 여자가 나오더니 양철로 만든 야외용 풍로에 불을 붙였다. 루티는 그 방향으로 몇 발짝 걸음을 떼었지만 그 자리를 떠날 수 없었다. 그녀는 자기네 천막 입구로 살금살금 다가가서 안을 들여다보았다. 안쪽 옆에서는 큰아버지가 입을 벌린 채 바닥에 누워 있었다. 코를 골다 못해 목구멍에서 골골거리는 소리까지 났다. 어머니와 아버지는 빛을 피해 이불을 머리 위까지 덮고 있었다. 앨은 큰아버지와 반대편에 누워서 눈 위에 팔을 얹은 채로 자고 있었다. 천막 입구 근처에는 샤론의 로즈와 윈필드가 누워 있었고, 윈필드 옆에 루티가 누웠던 자리는 비어 있었다. 루티는 쭈그리고 앉아 천막 안을 들여다보았다. 그녀의 시선이 윈필드의 연한 갈색 머리카락에 머물렀다. 그녀가 그렇게 바라보고 있는 동안 윈필드가 눈을 뜨더니 그녀를 마주 바라보았다. 그의 시선은 엄숙했다. 루티는 손가락을 입술에 대고 다른 손으로 그에게 손짓을 했다. 윈필드가 눈동자를 굴려 샤론의 로즈를 바라보았다. 분홍색으로 달아오른 그녀의 뺨이 그와 가까운 곳에 있었고, 그녀의 입은 약간 벌어져 있었다. 윈필드는 조심스레 담요를 들치고 빠져나왔다. 그리고 살금살금 천막 밖으로 나와 루티와 합류했다.

"언제 일어났어?" 그가 속삭이듯 물었다.

그녀는 그를 데리고 천막에서 살금살금 멀어졌다. 마침내 안전한 거리에 이르렀을 때 그녀가 말했다.

"난 잠 안 잤어. 밤새 깨어 있었어."

"아냐. 누나는 더러운 거짓말쟁이야." 윈필드가 말했다.

"그래, 그래. 나더러 거짓말쟁이라고 했으니까 무슨 일이 있었는지 너한테 절대 얘기 안 해 줄 거야. 어떤 사람이 칼에 찔려 죽은 얘기도 안 해 주고, 곰이 와서 어린애를 물어간 얘기도 안 해 줄 거야."

"곰은 안 왔어."

윈필드가 자신 없는 목소리로 말했다. 그는 손가락으로 머리카락을 쓸어 올린 다음, 작업복 가랑이를 아래로 잡아당겼다.

"그래, 곰은 안 왔어." 루티가 비웃듯이 말했다. "그리고 카탈로그에 나오는 것처럼, 접시 만드는 걸로 만든 하얀 물건도 없어."

윈필드가 진지한 표정으로 그녀를 바라보다가 손가락으로 위생실을 가리켰다.

"저 안에 있어?" 그가 물었다.

"나더러 더러운 거짓말쟁이라며? 너한테 무슨 얘기를 해 줘 봤자 아무 소용없는데 뭐."

"우리 가서 한번 보자."

"난 벌써 갔다 왔어. 벌써 그 위에 앉아 봤다고. 거기다 오 줌도 쌌는걸."

"거짓말 마."

두 아이는 위생실로 갔다. 이제는 루티도 무섭지 않았다. 그 녀는 앞장서서 용감하게 건물 안으로 들어갔다. 커다란 공간 한쪽에 변기가 줄지어 늘어서 있었는데, 변기마다 각각 문이 달린 칸막이가 있었다. 도자기로 만든 변기가 하얗게 반짝였 다. 또 다른 벽에는 세면대가 늘어서 있었고, 그 옆의 벽에는 샤워실 네 개가 있었다.

"자. 저게 변기야. 내가 카탈로그에서 봤어." 루티가 말했다.

두 아이는 변기로 다가갔다. 루티가 갑자기 허세를 부리면 서 치마를 걷어 올리고 그 위에 앉았다.

"내가 벌써 여기 와 봤다고 했지?"

그녀의 말을 증명하듯이 변기 안에서 졸졸 물소리가 났다.

윈필드는 당황했다. 그가 손으로 물을 내리는 손잡이를 비 틀자 갑자기 물이 콸콸 쏟아지는 소리가 났다. 루티는 펄쩍 뛰 어 일어났다. 두 아이는 위생실 한가운데에 서서 변기를 바라 보았다. 물 내려오는 소리가 계속 들려왔다.

"네가 그랬어. 네가 망가뜨린 거야. 내가 다 봤어." 루티가 말했다.

"안 그랬어. 정말이야."

"내가 다 봤어. 너한테는 좋은 물건을 주면 안 된다니까."

윈필드가 고개를 푹 숙였다가 시선을 들어 루티를 쳐다보았다. 눈에 눈물이 그렁그렁하고 턱이 가늘게 떨리고 있었다. 루티는 금방 잘못했다는 생각이 들었다.

"걱정하지 마. 아무한테도 말 안 할게. 저 변기가 원래부터 고장나 있었던 척하면 돼. 여긴 와 본 적도 없는 척하면 돼."

그녀는 윈필드를 데리고 건물 밖으로 나갔다.

이제 해가 산 위로 솟아올라 다섯 채의 위생실 건물을 덮고 있는 골함석 지붕과 회색 천막들과 깨끗이 비질이 되어 있는 천막들 사이의 길을 비췄다. 천막촌이 깨어나고 있었다. 야외용 풍로에서 불이 타올랐다. 등유 통과 금속판으로 만든 풍로였다. 연기 냄새가 허공을 떠돌았다. 천막 휘장이 위로 젖혀져 있고, 사람들이 길에서 돌아다녔다. 조드네 천막 앞에서는 어머니가 좌우를 두리번거리며 서 있었다. 어머니는 두 아이를 발견하고 아이들에게 다가왔다.

"걱정했잖니. 너희들이 어디 갔나 하고."

"그냥 구경하고 있었어요." 루티가 말했다.

"톰은 어디 갔니? 오빠 못 봤어?"

루티가 뭔가 중요한 얘기를 할 것 같은 표정을 지었다.

"봤어요. 오빠가 나를 깨우더니 엄마한테 말을 전해 달라고 했어요."

그녀는 자기 말이 얼마나 중요한지 과시하려고 일부러 잠시 말을 멈췄다.

"그래, 뭐라든?" 어머니가 다그치듯 말했다.

"오빠가……."

그녀는 다시 말을 멈추고 윈필드를 바라보았다. 누나가 이렇게나 중요한 인물이라는 사실을 윈필드가 제대로 알고 있는지 확인하기 위해서였다.

어머니가 손을 들어 올려 루티에게 손등을 돌리며 말했다. "뭐?"

"일자리를 찾았대요." 루티가 재빨리 말했다. "일하러 갔어요."

그녀는 들어 올려진 어머니의 손을 두려운 듯 바라보았다. 손이 아래로 내려오더니 루티를 향해 뻗어왔다. 어머니는 마치 발작처럼 재빨리 루티의 어깨를 안아 주고 손을 놓았다.

루티는 당황해서 땅바닥만 바라보다가 화제를 바꿨다.

"저기 화장실이 있어요. 하얀 거예요."

"거기 갔었어?" 어머니가 다그치듯 물었다.

"윈필드랑 같이 갔어요."

그녀는 이렇게 말하고 나서 아까 윈필드와 했던 약속을 배반했다.

"윈필드가 변기를 망가뜨렸어요."

윈필드의 얼굴이 빨개졌다. 그가 루티를 노려보았다.

"누나가 거기다 오줌을 쌌어요." 그가 심술궂게 말했다.

어머니는 걱정스러운 표정이었다. "너희들 무슨 짓을 한 거야? 어디, 가서 좀 보자."

어머니는 아이들을 억지로 끌고 가서 위생실 안으로 들어갔다.

"뭘 어떻게 한 거야?"

루티가 손가락으로 변기를 가리켰다. "저기서 쏴쏴, 쉭쉭 소리가 났어요. 지금은 안 나지만."

"너희가 어떻게 했는지 말해 봐." 어머니가 두 아이를 다그쳤다.

윈필드가 마지못해 변기로 다가갔다.

"세게 밀지도 않았어요. 그냥 여기 이걸 조금 만졌는데……."

다시 물이 쏟아져 나왔다. 윈필드는 펄쩍 뛰어서 뒤로 물러났다. 어머니가 고개를 젖히고 웃음을 터뜨렸다. 루티와 윈필드는 원망스러운 표정으로 어머니를 바라보았다.

"이건 원래 이런 거야. 전에 본 적이 있어. 일을 다 본 다음에 이걸 미는 거야."

아이들은 자기들이 그토록 무식했다는 사실이 창피해서 참을 수가 없었다. 두 아이는 밖으로 뛰어나가 거리를 따라 내려가서 어떤 대가족이 아침 먹는 광경을 빤히 바라보았다.

어머니는 아이들이 문밖으로 나가는 것을 지켜보다가 위생실을 둘러보았다. 그녀는 샤워실로 가서 안을 들여다보았다. 세면대로 가서 하얀 도자기로 만든 세면대 표면을 손가락으로 쓸어 보기도 했다. 그리고 물을 조금 틀어 손가락을 갖다 댔다. 물이 점점 뜨거워지자 그녀는 깜짝 놀라 손을 뺐다. 어머니는 잠시 세면대를 바라보다가 세면대 배수구를 막고 더운물 수도꼭지와 찬물 수도꼭지에서 조금씩 물을 받았다. 그리고 따뜻한 물로 손과 얼굴을 씻었다. 어머니가 물을 묻힌 손가락으로 머리를 빗고 있을 때 뒤쪽에서 콘크리트 바닥을 밟는 발소리가 들려왔다. 어머니는 재빨리 돌아섰다. 나이 지긋한 남자가 경악을 금치 못하는 표정으로 그녀를 바라보고 있었다.

그가 딱딱한 목소리로 말했다. "여긴 어떻게 들어왔어?"

어머니는 침을 꿀꺽 삼켰다. 턱에서 물이 뚝뚝 떨어져 옷을 흠뻑 적시는 것이 느껴졌다. 그녀가 사과하듯이 말했다.

"저는 잘 몰랐어요. 여기 사람들이 써도 되는 건 줄 알고."

노인이 그녀에게 인상을 찌푸렸다.

"여긴 남자들만 쓰는 데야." 그가 엄한 표정으로 말하고 나서 문으로 걸어가 '신사용'이라고 적혀 있는 표지판을 가리켰다. "자, 내 말이 맞지? 이거 못 봤어?"

"못 봤어요. 그럼 제가 들어가도 되는 곳이 따로 있나요?" 어머니가 부끄러워하면서 말했다.

노인의 얼굴에서 분노가 사라졌다. "새로 들어온 사람이오?" 그가 좀 더 친절한 말투로 물었다.

"어제 한밤중에 도착했어요."

"그럼 아직 위원회하고 얘기도 안 해 본 거야?"

"무슨 위원회요?"

"이런, 부녀 위원회 말이야."

"아뇨, 아직."

노인이 자랑스레 말했다. "부녀 위원회 사람들이 곧 당신을 찾아가서 돌봐줄 거요. 여기서는 새로 들어온 사람들을 돌봐주게 돼 있거든. 숙녀용 화장실에 가고 싶다면, 이 건물 뒤편으로 가요. 그쪽이 여자들 거니까."

어머니가 불안한 듯이 물었다. "부녀 위원회가…… 우리 천막으로 올 거라고요?"

노인이 고개를 끄덕였다. "아마 곧 갈걸."

"고맙습니다."

어머니는 이렇게 말하고 나서 서둘러 밖으로 나가 뛰다시피 천막으로 갔다.

"여보." 어머니가 소리쳤다. "아주버님, 일어나요! 너도, 앨. 일어나서 얼른 씻어."

식구들이 깜짝 놀라서 졸린 눈으로 어머니를 바라보았다.

"전부 일어나서 얼른 세수해요. 머리도 좀 빗고."

존은 어디가 아픈 사람처럼 창백했다. 턱에는 빨갛게 멍이 들어 있었다.

아버지가 다그치듯 물었다. "왜 그래?"

어머니가 소리쳤다. "위원회. 부녀 위원회가 있는데, 그 사람들이 우릴 만나러 올 거예요. 얼른 일어나서 씻어요. 그리고 우리가 코를 골면서 자는 동안 톰은 밖에 나가서 일자리를 얻었대요. 얼른 일어나요."

식구들이 졸린 표정으로 천막에서 나왔다. 존은 약간 휘청거렸다. 고통스러운 표정이었다.

"저기 저 건물로 가서 씻어요." 어머니가 명령했다. "빨리 아침을 먹고 위원회 사람들을 맞을 준비를 해야 돼요."

어머니는 공터에 있는 작은 장작더미로 가서 불을 피우고 요리 도구를 꺼냈다.

"옥수수 빵." 어머니가 혼잣말을 했다. "옥수수 빵하고 그레이비. 그게 빠르니까. 빨리 만들어서 먹어야 돼."

어머니는 계속 혼잣말을 했고, 루티와 윈필드는 이상하다는 표정으로 옆에 서 있었다.

아침 식사를 준비하느라 천막촌 여기저기서 연기가 피어오르고 사방에서 이야기 소리가 들려왔다.

샤론의 로즈가 헝클어진 머리에 졸린 눈으로 천막에서 기어 나왔다. 어머니는 주먹으로 옥수수 가루를 옮겨 담다가 고개를 돌렸다. 잔뜩 구겨지고 더러워진 딸의 옷과 헝클어진 곱슬머리가 눈에 들어왔다.

어머니가 기운차게 말했다. "너 좀 씻어야겠다. 얼른 가서 씻어. 옷도 깨끗한 걸로 갈아입고. 내가 빨아 놨어. 머리도 좀 빗어라. 눈에서 눈곱도 떼고."

어머니는 흥분한 기색이었다.

샤론의 로즈는 뚱한 표정이었다.

"기분이 좋지 않아요. 코니가 와 주면 좋을 텐데. 코니가 없으니 아무것도 하고 싶지 않아요."

어머니가 몸을 돌려 딸을 정면으로 바라보았다. 노란 옥수수 가루가 어머니의 손과 손목에 묻어 있었다. 어머니가 엄한 표정으로 말했다.

"로저샨, 정신 좀 차려. 그만하면 됐잖아. 위원회 사람들이 올 거야. 그 사람들이 왔을 때 식구들이 너절하게 있을 수는 없어."

"그래도 기분이 안 좋단 말이에요."

어머니가 옥수수 가루가 묻은 손을 뻗은 채 딸에게 다가갔다.

"정신 차려. 기분 같은 걸 겉으로 드러내지 말아야 할 때도 있는 법이야."

"토할 것 같아요." 로저샨이 우는소리를 했다.

"그럼 가서 토해. 당연히 메스껍겠지. 누구나 다 그러니까. 얼른 가서 토하고 좀 씻어. 다리도 좀 씻고, 신발 신고 나와." 어머니는 다시 일을 시작했다. "머리도 땋고."

기름을 두른 프라이팬이 불 위에서 지글지글 소리를 냈다. 어머니가 옥수수 반죽을 숟가락으로 떠 넣자 프라이팬에서 기름이 튀면서 쉿쉿 소리가 났다. 어머니는 솥 안에서 밀가루와 기름을 섞은 다음 물과 소금을 넣고 계속 저어서 그레이비소스를 만들었다. 커피가 끓기 시작하면서 커피 냄새가 났다.

아버지가 위생실에서 어슬렁어슬렁 돌아왔다. 어머니는 마치 검사를 하는 사람처럼 아버지를 바라보았다.

"톰이 일자리를 얻었다고 했어?" 아버지가 말했다.

"그래요. 우리가 일어나기도 전에 나갔대요. 저기 상자 안에 깨끗한 작업복하고 셔츠가 있으니까 꺼내 입어요. 그리고 내가 지금 엄청 바쁘니까 루티랑 윈필드 귀 좀 씻어 줘요. 저기서 뜨거운 물이 나와요. 해 줄 거죠? 귀하고 목하고 깨끗이 좀 씻겨요. 뽀득뽀득하게 씻어야 돼요."

"당신이 이렇게 기운찬 건 처음 봤어."

어머니가 소리쳤다. "오늘은 온 식구가 다 깨끗하고 점잖게 보여야 돼요. 그동안 길에서 헤매느라 그럴 겨를이 없었지만, 지금은 그럴 수 있잖아요. 그 더러운 작업복은 천막 안에 던져 놔요. 내가 빨 테니까."

아버지는 천막 안으로 들어가서 연한 파란색의 깨끗한 작업복과 셔츠를 입고 금방 다시 나왔다. 그리고 날벼락을 맞은 듯이 서 있는 아이들을 위생실로 데려갔다.

어머니가 아버지의 뒤에서 소리쳤다. "귀를 깨끗하게 박박 씻겨요."

존은 신사용 위생실 문간에 나타나 밖을 내다보다가 다시 안으로 들어가더니 변기에 앉아 욱신거리는 머리를 한참 동안 손으로 감싸고 있었다.

어머니는 갈색 옥수수 빵을 프라이팬으로 가득 구워 내고 다시 반죽을 떠 넣었다. 그때 어머니 옆의 땅바닥에 그림자가 나타났다. 어머니는 어깨 너머로 뒤를 돌아보았다. 머리부터 발끝까지 하얀 옷을 입은 자그마한 남자가 어머니의 뒤에 서 있었다. 갸름하고 주름이 진 갈색 얼굴에 눈이 즐거워 보이는 사람이었다. 마치 말뚝처럼 몸이 호리호리하고 깨끗한 하얀 옷은 솔기 부분이 해져 있었다. 그가 어머니에게 미소를 지었다.

"안녕하세요?"

어머니는 남자의 하얀 옷을 보고 의심스러운 표정으로 안색을 굳혔다.

"안녕하세요?" 어머니가 말했다.

"조드 부인이신가요?"

"예."

"전 짐 롤리입니다. 천막촌 관리자죠. 별문제는 없는지 한번 들러 봤어요. 뭐 부족한 건 없으세요?"

어머니가 의심스러운 표정으로 남자를 자세히 살펴보았다.

"없어요."

"어젯밤 이 댁 식구들이 도착했을 때 전 자고 있었어요. 마침 자리가 있어서 다행이네요." 롤리가 따뜻한 목소리로 말했다.

"좋은 곳이에요. 특히 빨래통이 있는 게." 어머니는 간단히 대답했다.

"여자들이 빨래하러 올 때 한번 보세요. 금방 올 겁니다. 얼마나 소란스러운지 몰라요. 여자들이 어제 뭘 했는지 아세요, 조드 부인? 합창을 했답니다. 계속 찬송가를 부르면서 빨래를 했어요. 굉장했죠."

어머니의 얼굴에서 의심이 걷혔다.

"정말 좋았겠네요. 댁이 여기 우두머리세요?"

"아뇨. 여기 사람들이 너무 잘해서 제가 할 일이 없어요. 다들 천막촌을 깨끗이 사용하고, 질서를 지키고, 뭐든 다 알아서 한답니다. 이런 사람들을 본 적이 없어요. 회당에서 옷도 만들고, 장난감도 만들죠. 정말 이런 사람들을 본 적이 없어요."

어머니는 자신의 더러운 옷을 내려다보았다.

"저희는 아직 깨끗하게 씻지를 못했어요. 여행을 할 때는 깨끗이 씻을 수가 없어서."

"저도 잘 알죠."

그는 이렇게 말하고 나서 허공을 향해 코를 쿵쿵거리며 냄새를 맡았다.

"아이고, 이 좋은 냄새는 댁의 커피 냄새인가요?"

어머니가 미소를 지었다. "냄새가 정말 좋죠? 밖에서 끓이면 항상 좋은 냄새가 나요." 어머니는 자랑스럽게 말을 이었다. "저희하고 아침 식사를 같이하신다면 영광이겠어요."

그는 불 가로 와서 바닥에 앉았다. 조금 남아 있던 어머니의 반감이 말끔히 사라져 버렸다.

"같이 식사를 하신다면 기쁠 거예요. 음식은 변변찮지만 같이 드세요."

남자가 어머니를 향해 활짝 웃었다. "아침은 벌써 먹었습니다. 하지만 커피는 한 잔 마시고 싶군요. 냄새가 하도 좋아서."

"아이고, 드리고말고요."

"서두르지 않으셔도 돼요."

어머니는 양철 컵에 커피를 따랐다.

"아직 설탕이 없어요. 오늘쯤 설탕을 좀 살까 하는데. 원래 설탕을 넣어 드시는 편이라면 맛이 별로일 거예요."

"설탕은 안 넣습니다. 좋은 커피 맛을 망쳐 버리니까."

"저는 설탕을 조금 넣어서 먹거든요."

어머니는 이렇게 말하고 나서 갑자기 남자를 자세히 살펴보았다. 이 남자가 어떻게 이리도 빨리 이토록 가깝게 다가왔는지 알고 싶어서였다. 어머니는 그에게 다른 저의가 있는가 싶어서 그의 얼굴을 살펴보았지만 친절한 표정 외에는 아무것도 찾을 수 없었다. 어머니는 그가 입고 있는 하얀 겉옷의 해진 솔기를 보고 마음이 놓였다.

그가 커피를 홀짝거렸다.

"위원회 사람들이 오늘 아침에 부인을 만나러 오겠군요."

"아직 깨끗하게 씻지도 못했는데. 우리가 좀 씻고 난 다음에 오시면 좋을 텐데."

"사정이 어떤지 그분들도 다 아시는걸요. 그분들도 여기 올 때 같은 형편이었으니까. 그럼요. 여기 위원회가 그토록 일을 잘하는 것도 다 사정을 알기 때문이에요."

그는 커피를 다 마시고 자리에서 일어섰다.

"이제 그만 가 봐야겠습니다. 뭐든 필요한 게 있으면 사무실로 오세요. 제가 항상 거기 있으니까 커피 정말 잘 마셨어요. 고맙습니다."

그는 다른 컵들이 놓여 있는 상자 위에 컵을 내려놓고 손을 흔들어 인사한 다음 천막들 사이를 걸어 내려갔다. 그가 다른 사람들과 이야기를 나누는 소리가 들려왔다.

어머니는 고개를 숙이고 애써 울음을 참았다.

아버지가 아이들을 데리고 돌아왔다. 귀를 박박 씻는 게 아팠는지 아이들 눈에 아직도 눈물이 고여 있었다. 아이들은 풀이 죽어 있었지만, 깨끗하게 씻은 얼굴에서는 빛이 났다. 햇볕에 탄 윈필드의 콧등은 껍질이 벗겨져 있었다.

아버지가 말했다. "이것 좀 봐. 아주 때가 두 겹으로 끼었더라고. 잠시도 가만히 있지를 않아서 하마터면 한 대 때려 줄뻔했다니까."

어머니가 아이들을 살펴보았다.

"이제 좀 봐 줄 만하네요. 가서 옥수수 빵하고 소스 가져다 먹어요. 물건이랑 천막을 빨리 정리해야 하니까."

아버지가 아이들에게 음식을 담아 주고 자기 접시에도 음식을 담았다.

"톰이 어디서 일자리를 얻었다는 거야?"

"나도 몰라요."

"그 애가 일자리를 구할 수 있다면, 우리도 할 수 있겠네."

앨이 흥분한 기색으로 천막으로 돌아왔다.

"정말 굉장해요!"

그는 음식을 접시에 담고 커피도 한 잔 따랐다.

"제가 뭘 본지 아세요? 어떤 사람이 이동 주택을 짓고 있었어요. 바로 저기, 저 천막들 뒤에서. 침대도 있고, 풍로도 있고, 없는 게 없어요. 그 사람은 거기서 산대요. 아유, 사람은 그렇게 살아야 되는 건데! 어디든 발길이 멈추는 데서. 그렇게 살아야 되는데."

어머니가 말했다. "난 그보다 작은 집이 한 채 있었으면 좋겠다. 여유가 생기는 대로 작은 집을 한 채 사고 싶어."

아버지가 말했다. "앨, 식사하고 나서 나하고 큰아버지하고 같이 트럭을 끌고 나가서 일자리를 찾아보자."

"그래야죠. 가능하면 자동차 정비소에서 일하고 싶어요. 그러면 정말 좋을 텐데. 그래서 싸구려 포드를 한 대 살 거예요. 그걸 노란색으로 칠하고 마구 돌아다녀야지. 예쁜 여자가 보이면 진하게 윙크도 한번 해 주고. 아이고, 정말 좋겠다."

아버지가 엄한 표정으로 말했다. "여자 꽁무니나 따라다니기 전에 일자리부터 구해."

존이 화장실에서 나와 느릿느릿 다가왔다. 어머니가 그를 향해 인상을 찌푸렸다.

"안 씻었잖아요……."

어머니는 뭐라고 잔소리를 하려다가 그가 병자처럼 약하고 슬퍼 보인다는 사실을 깨달았다.

"천막 안으로 들어가서 좀 누우세요. 몸이 안 좋은 것 같아요."

그는 고개를 저었다. "아뇨. 난 죄를 지었으니까 벌을 받아야 돼요."

그는 슬픈 얼굴로 바닥에 앉아 커피를 한 잔 따랐다.

어머니가 프라이팬에서 마지막으로 구운 옥수수 빵을 꺼냈다. 그리고 아무 일도 아니라는 듯이 말했다.

"천막촌 관리자가 여기서 커피를 한 잔 마시고 갔어요."

아버지가 천천히 시선을 돌려 어머니를 바라보았다.

"그래? 벌써부터 우리한테 뭘 내놓으라는 거야?"

"그냥 들른 거예요." 어머니가 우아하게 말했다. "그냥 여기 앉아서 커피만 한 잔 마셨다고요. 좋은 커피를 자주 마실 수가 없었는데, 우리 집 커피 냄새를 맡았대요."

"우리한테 뭘 내놓으라고 했어?" 아버지가 다시 다그치듯 물었다.

"그런 소리는 하지도 않았어요. 우리가 잘 지내는지 보러 온 거라고요."

"말도 안 돼. 아마 염탐을 하러 왔을걸."

"아니라니까요!" 어머니가 화난 목소리로 소리쳤다. "염탐이나 하고 다니는 사람이라면 나도 누구 못지않게 금방 알아볼 수 있다고요."

아버지가 커피 찌꺼기를 바닥에 버렸다.

어머니가 말했다. "그런 짓은 이제 그만둬요. 여긴 깨끗한 곳이에요."

"사람이 살지도 못할 만큼 깨끗하기야 하겠어?" 아버지가 심술궂게 말했다. "서둘러라, 앨. 일자리를 찾으러 나가야지."

"전 준비 다 됐어요." 앨이 손으로 입을 닦으며 말했다.

아버지가 존에게 시선을 돌렸다. "형님도 갈 거예요?"

"응, 나도 갈 거야."

"얼굴이 안 좋은데."

"몸이 별로 좋지는 않지만, 그래도 갈 거야."

앨이 트럭에 올라탔다. "기름도 넣어야겠어요."

그는 엔진에 시동을 걸었다. 아버지와 큰아버지가 그의 옆자리에 올라탄 후 트럭은 거리를 따라 움직이기 시작했다.

어머니는 멀어지는 차를 지켜보았다. 그리고 양동이를 들고 나와 위생실 건물 중 지붕이 없는 곳에 있는 개수대로 갔다. 그녀는 양동이에 뜨거운 물을 가득 채워 다시 천막으로 돌아왔다. 그녀가 양동이에 담긴 물로 설거지를 하고 있을 때 샤론의 로즈가 돌아왔다.

"네 음식을 접시에 담아 놨다."

어머니는 이렇게 말하고 나서 딸을 유심히 살펴보았다. 물이 뚝뚝 떨어지는 로저샨의 머리카락은 빗질이 되어 있었고, 피부는 밝은 분홍색을 띠었다. 그녀는 작은 하얀색 꽃무늬가 있는 파란 원피스를 입고 있었다. 발에는 결혼식 때 신었던 굽

있는 신발을 신었다. 그녀가 어머니의 시선 때문에 얼굴을 붉혔다.

"목욕을 한 모양이구나."

샤론의 로즈가 갈라진 목소리로 말했다. "내가 저기 있는데 어떤 여자가 들어와서 목욕을 했어요. 어떻게 하는 건지 알아요? 칸막이가 된 곳에 들어가서 손잡이를 돌리면 물이 쏴 하고 쏟아져 내려요. 뜨거운 물이든 찬물이든 마음대로 조절할 수도 있고. 그래서 나도 목욕을 했어요!"

"나도 씻어야지!" 어머니가 소리쳤다. "여기 일이 끝나는 대로. 네가 방법을 좀 가르쳐 줘."

"난 매일 할 거예요. 그 여자가 나를 보고, 내 배를 보고 뭐라고 했는지 알아요? 매주 간호사가 온대요. 내가 간호사를 만나서 물어보면 어떻게 해야 아기를 튼튼하게 만들 수 있는지 가르쳐 줄 거예요. 여기 있는 여자들은 다 그렇게 한대요. 나도 그렇게 할 거야." 로저샨은 신이 나서 쉬지 않고 말을 했다. "그리고 있죠, 지난주에 어떤 애가 태어났는데 천막촌 사람들이 전부 파티를 열어 줬대요. 아기한테 옷도 주고 이런저런 물건도 주고. 커다란 유모차까지. 고리버들로 만든 거요. 새것은 아니었지만 새로 칠을 해서 새것이랑 똑같았대요. 아기한테 이름도 지어 주고, 케이크도 만들고. 세상에!"

그녀가 숨을 가쁘게 몰아쉬며 마음을 가라앉혔다.

"정말 다행이다. 고향에 있을 때와 똑같아. 나도 목욕을 좀 해야겠다."

"진짜 좋아요."

어머니는 양철 접시를 닦아 차곡차곡 쌓아 두었다.

"우리는 조드 집안이야. 우린 아무도 우러러보지 않아. 네 할아버지의 할아버지는 독립전쟁에 참전하셨지. 빚을 지기 전까지 우리는 농사를 짓는 사람들이었다. 그런데 그놈들이 왔어. 그놈들이 우리를 바꿔 놓은 거야. 놈들이 올 때마다 마치 채찍질을 하는 것 같더라. 우리 모두를 후려치는 것 같았어. 니들스의 그 경찰은 또 어떻고. 그놈도 우리를 바꿔 놓았지. 그놈 때문에 내가 나쁜 사람이 된 것 같았어. 괜히 수치스럽다는 생각도 들고. 하지만 지금은 하나도 안 창피해. 여기 사람들은 우리 식구들이나 같아. 그리고 그 관리자라는 사람이 여기 와서 커피를 마시면서 나한테 말을 할 때마다 꼬박꼬박 조드 부인, 조드 부인, 이러더라. '불편한 건 없으세요, 조드 부인?'"

어머니는 말을 멈추고 한숨을 쉬었다.

"이제야 다시 사람이 된 것 같다."

어머니는 마지막 접시를 치웠다. 그리고 천막 안으로 들어가서 옷상자를 뒤져 신발과 깨끗한 옷을 찾았다. 귀고리가 들어 있는 작은 종이 꾸러미도 찾아냈다. 어머니가 샤론의 로즈 옆을 지나가면서 말했다.

"위원회 사람들이 오거든, 내가 금방 돌아올 거라고 해."

위생실 모퉁이 뒤로 어머니의 모습이 사라졌다.

샤론의 로즈는 무거운 몸으로 상자 위에 앉아 결혼식 때 신었던 신발을 내려다보았다. 검은 에나멜가죽에 검은 리본이 달린 구두였다. 그녀는 손가락으로 신발 코를 닦은 다음 치마 안쪽에 손가락을 닦았다. 배가 점점 불러오고 있었기 때문에 몸을 숙이기가 힘들었다. 그녀는 꼿꼿하게 앉아 손가락으로 자신의 몸을 여기저기 만져 보며 살짝 미소를 지었다.

길을 따라 땅딸막한 여자가 걸어왔다. 더러운 옷가지가 든 사과 상자를 들고 빨래통으로 가는 길이었다. 그녀의 얼굴은 햇볕에 타서 갈색으로 변해 있었고, 검은 눈빛이 강렬했다. 그녀는 줄무늬 원피스 위에 목화 자루로 만든 커다란 앞치마를 걸치고, 발에는 갈색 남자 신발을 신고 있었다. 샤론의 로즈가 자신의 몸을 만지며 살짝 미소 짓고 있는 모습이 그 여자의 눈에 띄었다.

"그렇지!" 그녀가 기쁜 듯이 웃음을 터뜨리며 소리쳤다. "아기는 어느 쪽일 것 같아?"

샤론의 로즈는 얼굴을 붉히며 땅바닥을 바라보다가 살짝 고개를 들었다. 까맣게 빛나는 여자의 눈동자가 그녀를 사로잡았다.

"모르겠어요." 그녀가 중얼거렸다.

여자가 사과 상자를 바닥에 쿵하고 내려놓았다.

"배가 꽤 부르네."

그녀는 이렇게 말하고 나서 기분 좋은 암탉처럼 째지는 듯한 소리로 웃어 댔다.

"어느 쪽이면 좋겠어?" 그녀가 물었다.

"모르겠어요. 아들 같기도 하고. 맞아요, 전 아들이 좋아요."

"여기 온 지 얼마 안 됐지?"

"어젯밤에 늦게 왔어요."

"계속 있을 거야?"

"모르겠어요. 일자리를 구한다면 아마 그렇게 되겠죠."

여자의 얼굴에 그늘이 스쳐 가고, 검은 눈이 매서워졌다.

"일자리를 구한다면. 다들 그렇게 말하지."

"우리 오빠는 오늘 아침에 벌써 일자리를 구했어요."

"그래? 운이 좋은 모양이네. 하지만 행운을 조심해야 해. 행운은 믿을 수가 없으니까." 그녀가 가까이 다가섰다. "행운은 한 가지밖에 얻을 수 없어. 그 이상은 안 돼. 착하게 살아." 그녀가 무서운 표정으로 말했다. "착하게 살아. 혹시 죄를 짓는다면…… 아기를 위해서라도 조심하는 게 좋을 거야."

그녀는 샤론의 로즈 앞에 쭈그리고 앉았다.

"여기 천막촌에서 추잡한 일들이 벌어지고 있어." 그녀가 음울한 목소리로 말했다. "토요일 밤마다 무도회가 열리는데, 스퀘어댄스만 추는 게 아냐. 서로 꼭 끌어안고 추는 사람들도 있다고! 내가 다 봤어."

샤론의 로즈가 경계심이 가득한 표정으로 말했다. "전 춤을 좋아해요. 스퀘어댄스." 그리고 얌전하게 말을 덧붙였다. "다른 춤은 춰 본 적 없어요."

여자가 음산한 표정으로 고개를 끄덕였다. "그런 사람도 있다는 얘기야. 주님은 그런 인간들을 그냥 내버려 두지 않아. 그런 건 생각지도 말라고."

"그럼요." 로저샨이 조용히 말했다.

여자가 주름진 갈색 손을 샤론의 로즈의 무릎 위에 올려놓았다. 여자의 손이 닿자 로저샨이 몸을 움찔했다.

"내가 지금 말해 두는데, 마음속 깊숙이 예수님을 사랑하는 사람들은 이제 얼마 남지 않았어. 토요일 밤마다 현악단이 연주를 시작하면, 원래 찬송가를 불러야 하는데 다들 비틀거리면서 춤을 춘다고. 그래, 춤을 춰. 내가 봤어. 난 그 근처에도 안 가지. 우리 식구들도 못 가게 하고. 서로 꼭 끌어안고 춤을 춘다니까." 그녀는 자신의 말을 강조하기 위해 잠시 쉬었다가 갈라진 목소리로 속삭이듯 말을 이었다. "그뿐만이 아냐. 연극도 해."

그녀는 뒤로 물러나서 고개를 살짝 기울이고 샤론의 로즈가 자신의 말을 어떻게 받아들이는지 살펴보았다.

"배우들이 있어요?" 로저샨이 놀란 목소리로 말했다.

여자가 벌컥 화를 냈다. "천만에! 배우가 아냐. 이미 저주를 받은 그런 사람들이 아니라고. 우리와 같은 사람들이야. 아무것도 모르는 어린애들까지 나와서 다른 사람 행세를 한다니까. 난 근처에도 안 갔어. 하지만 사람들이 하는 얘기를 들었지. 악마가 이 천막촌 안을 우쭐거리며 돌아다니고 있어."

샤론의 로즈는 눈을 휘둥그렇게 뜨고 입을 벌린 채 열심히 귀를 기울였다.

"학교에 다닐 때 크리스마스 날 어린이 연극을 한 적이 있어요. 크리스마스에."

"내가 뭐 그게 좋다거나 나쁘다고 하는 건 아냐. 크리스마스 아동극이 괜찮다는 사람도 있지. 나라면 딱히 그렇게 말하지는 않겠지만. 하지만 여기서 하는 건 크리스마스 아동극이 아냐. 여기서 하는 건 죄악이고, 망상이고, 악마의 짓이야. 사람들이 다른 사람 행세를 하면서 우쭐거리며 떠들어 대는 꼴이니. 꼭 끌어안고 춤을 추는 것도 그렇고."

샤론의 로즈가 한숨을 쉬었다.

"그것도 몇 사람만 그러는 게 아냐. 그런 사람이 하도 많아서 마음이 양처럼 순한 사람은 거의 발가락으로 꼽을 정도니까. 그 죄인들한테 하느님이 속아 넘어가는 줄 알면 안 되지. 하느님은 그 사람들의 죄를 하나하나 표시해 놓고, 이 이상 넘어가면 안 된다고 선을 그은 다음에 죄를 하나하나 다 더하고 계셔. 하느님이 지켜보고 계신단 말이야. 나도 지켜보고 있고. 하느님은 벌써 그런 사람을 둘이나 쫓아내셨어."

"그래요?" 샤론의 로즈가 숨을 가쁘게 몰아쉬며 말했다.

여자의 목소리가 점점 더 격해졌다. "내가 봤어. 너처럼 아기를 가진 젊은 여자였지. 그 여자는 연극도 하고, 남자랑 끌어안고 춤도 추고 그랬는데……." 여자의 목소리가 점점 더 냉혹하고 음산해졌다. "점점 몸이 약해져서 비쩍 마르더니 그만…… 죽은 애를 낳았어."

"어머나!" 로저샨의 얼굴이 창백해졌다.

"죽은 애가 피투성이로 태어났더라고. 물론 그 후로는 그 여자한테 말을 거는 사람이 없었지. 그래서 여길 떠났어. 죄를 지은 사람이랑 같이 있으면 죄가 옮는 법이니까. 또 다른 여자도 같은 짓을 했는데, 몸이 점점 마르더니 어떻게 됐는지 알아? 어느 날 밤에 사라져 버렸어. 그러고 나서 이틀 후에 돌아왔는데, 누굴 찾아갔대. 하지만…… 배 속의 아기가 없어져 버린 거야. 내 생각을 말해 줄까? 내 생각에는 말이지, 그 관리자라는 사람이 여자를 데리고 가서 애를 떼어 버린 것 같아. 그놈은 죄를 무서워하지를 않거든. 그놈이 나한테 직접 한 말이야. 굶주리는 게 죄고, 추위에 떠는 게 죄라는 거야. 분명히 말하지만, 그놈이 직접 말한 거야. 헐벗고 굶주리는 사람들한테서는 하느님의 손길을 볼 수가 없다나. 그 여자들이 비쩍 마른 건 먹을 것이 충분하지 않아서래. 그래서 내가 그놈을 혼내 줬지."

그녀가 일어서서 뒤로 물러났다. 눈빛이 날카로웠다. 그녀는 집게손가락을 뻗어 샤론의 로즈의 얼굴을 가리켰다.

"내가 그랬어. '썩 물러가라! 악마가 여기 천막촌에서 날뛴다는 걸 나는 알고 있었다. 이제 그 악마가 누군지 알겠다. 썩 물러가라, 이 악마야!' 그랬더니 세상에, 그놈이 정말로 물러가는 거야! 부들부들 떨면서 살금살금. '제발! 제발 사람들을 불행하게 만들지 말아 주세요.' 이러면서. 그래서 내가 그랬지. '불행? 그럼 그 사람들 영혼은 어쩌고? 죽은 아기들이랑 연극 때문에 파멸한 그 불쌍한 죄인들은 어쩌고?' 그놈은 날 가만히 보기만 하다가 기분 나쁜 웃음을 짓고는 가 버렸어. 자기가 주님의 진짜 증인을 만났다는 걸 안 거지. 그래서 내가 그랬어. '난 세상 돌아가는 걸 지켜보며 예수님을 돕고 있다. 너 같은 죄인들은 절대 무사히 넘어가지 못할 거다.'"

그녀는 더러운 옷가지가 든 상자를 집어 들었다.

"너도 조심해. 내가 분명히 경고했어. 배 속의 그 불쌍한 아기를 생각해서 죄를 짓지 마."

그녀는 거인처럼 우쭐대며 가 버렸다. 자기가 아주 훌륭한 사람이라는 자부심으로 그녀의 눈이 반짝거렸다.

샤론의 로즈는 멀어지는 그녀의 모습을 지켜보다가 손에 얼굴을 묻고 훌쩍거렸다. 그녀의 옆에서 부드러운 목소리가 들려왔다. 그녀는 창피해하며 고개를 들었다. 하얀 옷을 입은 작은 몸집의 관리자였다.

그가 말했다. "걱정 말아요. 걱정 말아요."

그녀는 눈물 때문에 앞을 볼 수 없었다.

"하지만 나도 그걸 했는걸요." 그녀가 소리쳤다. "저도 끌어 안고 추는 춤을 췄어요. 아까 저분한테 말은 안 했지만. 샐리 소에 있을 때 나도 그랬어요. 코니하고."

"걱정 말아요." 관리자가 말했다.

"저분은 내가 유산할 거라고 그랬어요."

"그 얘기는 나도 알아요. 내가 저 부인을 계속 지켜보고 있으니까. 좋은 사람인데, 다른 사람들을 불행하게 만드는 게 문제예요."

샤론의 로즈가 코를 훌쩍거렸다. "여기 천막촌에서 여자 두 명이 아기를 잃어버렸대요."

관리자가 그녀 앞에 쭈그리고 앉았다.

"잘 들어요. 내 말 잘 들어요. 나도 그 부인들을 알아요. 두 사람 다 너무 굶주린 데다 너무 지쳐 있었어요. 일도 너무 많이 했고. 게다가 덜컹거리는 길에서 트럭을 타고 달려왔고. 그래서 병이 든 거예요. 그 사람들 잘못이 아니에요."

"하지만 저분 얘기로는……."

"걱정 말아요. 저 부인은 문제를 일으키는 걸 좋아하는 사람이니까."

"하지만 당신이 악마라고 했어요."

"나도 알아요. 저 부인이 사람들을 불행하게 만드는 걸 내가 가만두지 않으니까 그러는 거예요."

그가 그녀의 어깨를 가볍게 두드렸다.

"걱정 말아요. 저 부인은 아무것도 몰라요."

그리고 그는 재빨리 사라져 버렸다.

샤론의 로즈는 그의 뒷모습을 바라보았다. 그는 여윈 어깨를 들썩이며 걸어가고 있었다. 어머니가 깨끗하게 몸을 씻고 돌아왔을 때에도 그녀는 여전히 호리호리한 그의 모습을 지켜보고 있었다. 어머니의 살결은 분홍빛이었고, 젖은 머리는 잘 빗어서 하나로 묶은 모습이었다. 어머니는 무늬가 있는 원피스에 낡아서 여기저기가 갈라진 구두를 신고 있었다. 귀에는 작은 귀고리가 매달려 있었다.

"나도 했다. 거기 서서 뜨거운 물을 듬뿍 뒤집어썼지. 어떤 부인이 그러는데, 원한다면 매일 해도 상관없다더라. 위원회 사람들은 아직 안 왔니?"

"어, 예."

"그럼 여기 가만히 앉아서 천막을 치우지도 않았단 말이야?" 어머니가 양철 접시를 주섬주섬 모으면서 말했다. "깨끗이 하고 있어야 한단 말이야. 빨리 움직여! 침낭도 치우고 바닥도 좀 쓸어."

어머니는 살림살이를 집어 들어 상자 안에 넣은 다음, 상자를 천막 안에 들여놓았다.

"침대 좀 깨끗이 정리해라." 어머니가 지시했다. "저기 저 물만큼 기분 좋은 건 처음이야."

샤론의 로즈는 멍하니 어머니의 지시를 따랐다.

"오늘 코니가 돌아올까요?"

"그럴지도 모르지. 안 돌아올 수도 있고. 나도 모르겠다."

"우리가 어디 있는지 코니가 정말 알까요?"

"그럼."

"엄마, 설마…… 거길 태울 때 죽어 버린 건……."

"그놈은 아냐." 어머니가 자신 있게 말했다. "그놈은 언제든 마음 내킬 때 떠날 수 있는 놈이니까. 산토끼처럼 빠르고, 여우처럼 약았지."

"코니가 왔으면 좋겠어요."

"때가 되면 올 거다."

"엄마……."

"이제 일이나 해."

"저, 춤을 추고 연극을 하는 게 죄라고 생각해요? 그래서 내가 유산을 하게 될 거라고?"

어머니는 일을 멈추고 양손으로 엉덩이를 짚었다.

"이건 또 무슨 소리야? 넌 연극을 한 적이 없잖니."

"그게, 여기 사람들 중에 그걸 한 사람이 있대요. 그런데 어떤 여자가 유산을 했대요. 아기가 죽어서…… 피투성이로, 꼭 심판을 받은 것처럼."

어머니가 로저샨을 빤히 바라보았다.

"누가 그런 얘기를 하던?"

"지나가던 부인이요. 그런데 하얀 옷을 입은 작은 남자는 여길 지나다가 그것 때문에 아기를 유산한 게 아니라고 했어요."

어머니가 인상을 찌푸렸다.

"로저샨, 제발 스스로 들볶지 좀 말아라. 혼자 속을 끓이다가 울고불고하니 원. 도대체 네가 왜 그러는지 모르겠다. 다른 식구들은 그런 적이 없는데. 무슨 일이 생기든 다들 울지 않고 잘 받아들였는데. 아무래도 코니가 너한테 그런 생각들을 심어 준 게 틀림없어. 아주 잘난 척만 하는 놈이었으니." 어머니가 엄한 표정으로 말을 이었다. "로저샨, 넌 그냥 한 사람이야. 세상에는 다른 사람들이 아주 많아. 그러니까 넌 네 분수만 지키면 돼. 괜히 자기 죄를 만들어서는 자기가 주님 앞에서 아주 몹쓸 놈이라고 생각하는 사람들도 있더라만."

"하지만 엄마……."

"헛소리 그만하고 일이나 해. 넌 하느님 속을 썩일 만큼 대단한 사람도 아니고 못된 인간도 아냐. 너 그렇게 계속 자신을 들볶다가는 나한테 맞을 줄 알아."

어머니는 불을 피웠던 구멍 안으로 재를 쓸어 넣고 구멍 가장자리의 돌에도 빗질을 했다. 부녀 위원회 사람들이 길을 따라 걸어오고 있는 것이 보였다.

"서둘러. 위원회 사람들이 온다. 얼른 일해. 그래야 내가 저 사람들을 떳떳하게 만나지."

어머니는 위원회 사람들을 다시 바라보지 않았지만 그들이 다가오는 것을 의식하고 있었다.

그들은 틀림없는 위원회 사람들이었다. 깨끗이 세수를 하고 제일 좋은 옷을 차려입은 부인 세 명. 머리칼이 억세고 얼굴에는 철테 안경을 쓴 마른 여자, 반백의 곱슬머리에 입이 작고 귀여운 땅딸막한 여자, 다리도 엉덩이도 가슴도 크고 짐마차를 끄는 말처럼 근육이 발달한 몸에 힘과 자신감이 넘치는 거대한 여자. 그 사람들이 위엄 있게 길을 따라 걸어왔다.

어머니는 그들이 도착하는 순간에 맞춰 등을 돌렸다. 그들이 걸음을 멈추더니 휙 방향을 돌려 한 줄로 늘어섰다. 몸집이 큰 여자가 우렁찬 목소리로 말했다.

"안녕하세요, 조드 부인이시죠?"

어머니가 마치 세 사람의 존재를 전혀 모르고 있었다는 듯이 깜짝 놀라서 돌아섰다.

"아, 예, 예. 제 이름을 어떻게 아세요?"

"위원회에서 나왔어요. 4번 위생반의 부녀 위원회죠. 사무실에서 부인의 이름을 들었습니다." 몸집이 큰 여자가 말했다.

어머니가 허둥거렸다. "아직 제대로 정리도 못 했는데. 잠깐 좀 앉아 계세요. 제가 커피를 끓여 올게요."

땅딸막한 여자가 말했다. "우리 소개를 해요, 제시. 조드 부인한테 우리 이름도 알려 드려야죠. 제시가 회장이에요."

제시가 딱딱한 말투로 말했다. "조드 부인, 이쪽은 애니 리틀필드와 엘라 서머스입니다. 저는 제시 불릿이고요."

"이렇게 찾아 주셔서 고맙습니다. 좀 앉으세요, 아직 앉을 만한 데가 없어서……. 그래도 커피를 좀 끓여 올게요." 어머니가 말했다.

"아, 아닙니다. 신경 쓰지 마세요. 그냥 불편한 점은 없는지 살펴보고, 마음 편하게 계시라는 얘기를 하려고 들른 거니까요." 애니가 딱딱한 말투로 말했다.

"애니, 내가 회장이라는 걸 기억해 주면 고맙겠어요." 제시 불릿이 엄한 표정으로 말했다.

"아! 그럼요, 그럼요. 하지만 다음 주에는 내가 회장이에요."

"그럼 다음 주까지 가만히 계세요. 저희 위원회에서는 매주 회장이 바뀐답니다."

"정말로 커피 생각 없으세요?" 어머니가 난처한 표정으로 물었다

"예, 괜찮아요." 제시가 회장답게 나섰다. "우선 위생실에 대해 알려 드릴게요. 그리고 원하신다면 부인을 부인 클럽에 입회시켜서 일을 정해 드리겠어요. 물론 반드시 가입하실 필요는 없어요."

"그게…… 돈이 많이 드나요?"

애니가 갑자기 끼어들면서 말했다. "돈은 한 푼도 안 들어요. 일만 하면 되니까. 그리고 사람들과 얼굴을 익히면 부인이 위원으로 선출될 수도 있어요. 여기 제시는 천막촌 전체를 대표하는 위원회에도 소속되어 있어요. 아주 높은 분이랍니다."

제시가 자랑스러운 미소를 지었다. "만장일치로 선출됐죠. 어쨌든, 조드 부인, 이제 이 천막촌이 어떻게 운영되는지 이야기해 드릴게요."

"여긴 제 딸 로저샨이에요."

"안녕하세요?" 세 사람이 말했다.

"따님도 우리랑 같이 가시죠."

거대한 몸집의 제시가 본격적인 이야기를 시작했다. 위엄과 다정함이 흘러넘치는 태도였다. 그녀의 연설은 마치 여러 번 연습한 것 같았다.

"우리가 댁의 일에 간섭한다고 생각하지는 마세요, 조드 부인. 여기 천막촌에는 모든 사람들이 다 같이 사용하는 물건이 많아요. 우리가 직접 만든 규칙도 있고. 자, 이제 위생실로 가시죠. 위생실은 다 같이 사용하는 곳이니까 모든 사람이 관리해야 하는 곳이기도 합니다."

그들은 위생실 건물 중 지붕이 없는 곳, 즉 개수대 스무 개가 마련되어 있는 곳으로 천천히 걸어갔다. 개수대 여덟 개는 사람이 사용 중이었다. 여자들이 허리를 숙인 채 빨래를 비비고 있었고, 깨끗한 콘크리트 바닥에는 물기를 짠 옷가지들이 쌓여 있었다.

"언제든 마음대로 이곳을 사용하실 수 있습니다. 다만, 이곳을 다 쓰고 나서 깨끗하게 치우기만 하면 돼요." 제시가 말했다.

빨래를 하던 여자들이 흥미롭다는 듯 시선을 들었다.

제시가 큰 소리로 말했다. "이쪽은 우리 천막촌에서 살게 된 조드 부인과 로저샨입니다."

여자들이 한목소리로 어머니에게 인사했고, 어머니는 그들을 향해 고개를 숙이면서 말했다.

"만나서 반갑습니다."

제시가 위원회 사람들을 이끌고 화장실과 샤워실로 들어갔다.

"여긴 벌써 와 봤어요. 목욕까지 했는걸요." 어머니가 말했다.

제시가 말했다. "원래 그러라고 만든 곳이에요. 여기서도 규칙은 똑같아요. 다 쓴 다음에 깨끗이 치워 놓으셔야 합니다. 매주 새로운 위원회가 만들어져서 하루에 한 번씩 걸레질을 하게 되어 있어요. 어쩌면 부인도 그 위원회에 들어가게 될지도 몰라요. 청소할 때 비누는 직접 갖고 오셔야 합니다."

"비누를 좀 사야 하는데. 비누를 다 썼거든요." 어머니가 말했다.

제시의 목소리가 거의 경건하게 들릴 만큼 겸손해졌다. "여기 있는 이런 거 써 보신 적 있어요?" 그녀가 변기를 가리키며 물었다.

"예. 바로 오늘 아침에."

제시가 한숨을 쉬었다. "그거 다행이군요."

엘라 서머스가 말했다. "지난주만 해도……."

제시가 엄한 표정으로 말을 잘랐다. "서머스 부인…… 내가 얘기할게요."

"아, 그래요." 엘라가 물러났다.

제시가 말했다. "지난주에, 서머스 부인이 회장일 때, 부인이 모든 걸 다 했죠. 이번 주에는 저에게 맡겨 주시면 고맙겠어요."

"그 부인이 뭘 했는지나 얘기해요." 엘라가 말했다.

"그게, 수다나 떨고 다니는 건 우리 위원회가 할 일이 아니지만, 그 부인의 이름은 말하지 않을게요. 지난주에 어떤 부인이 천막촌에 새로 들어와서 위원회를 만나기 전에 여기로 들어왔어요. 그 부인이 변기 속에 남편 바지를 집어넣고서 한다는 말이, '높이도 너무 낮고 크기도 작아요. 허리가 아프겠어요. 더 높게 좀 만들지.' 이랬답니다."

위원회 사람들이 우쭐거리며 미소를 지었다.

엘라가 끼어들었다. "'한 번에 빨래를 많이 넣을 수 없잖아.' 이러더래요." 엘라는 제시의 엄격한 시선을 이겨냈다.

제시가 말했다. "휴지 때문에도 문제가 있었어요. 규칙에 따르면, 여기서 휴지를 갖고 나갈 수 없어요." 그녀가 혀를 끌끌 차자 날카로운 소리가 났다. "천막촌 사람들이 전부 돈을 모아서 휴지를 사는 거거든요." 그녀는 잠시 침묵을 지키다가 마치 고백하듯이 말했다. "4번 위생실이 다른 곳보다 휴지를 많이 쓰고 있어요. 누군가가 훔쳐 가는 거지. 이 문제가 부녀회 총회에서 거론됐어요. 4번 위생실의 부인실에서 휴지를 너무 많이 쓴다고. 총회에서 문제가 됐다고요!"

어머니는 숨가쁘게 이야기를 듣고 있다 되물었다. "훔치다니요…… 뭣 때문에?"

"전에도 문제가 있었어요. 지난번에는 여자아이 세 명이 휴지를 잘라다가 인형을 만들었죠. 그러다가 우리한테 잡혔고. 하지만 이번에는 아직 누구 짓인지 몰라요. 새 휴지를 걸어 놓자마자 사라져 버리니. 총회에서까지 문제가 되고. 어떤 부인은 두루마리 휴지가 돌아갈 때마다 소리가 나게 종을 매달아 두자는 얘기도 했어요. 그러면 사람들이 각자 휴지를 얼마나쓰는지 헤아릴 수 있으니까." 그녀는 고개를 저었다. "정말 모르겠어요. 일주일 내내 얼마나 걱정을 했는지. 누군가가 4번 위생실에서 휴지를 훔쳐 가고 있어요."

문간에서 누군가가 우는소리로 말했다. "불릿 부인."

위원회 사람들이 고개를 돌렸다.

"불릿 부인, 지금 하신 얘기 들었어요." 어떤 여자가 벌겋게 달아오른 얼굴에 식은땀을 흘리며 문간에 서 있었다. "총회 때는 제가 나설 수가 없었어요, 불릿 부인. 그럴 수가 없었어요. 사람들이 비웃을까 봐."

"무슨 소리예요?" 제시가 앞으로 나섰다.

"그게, 우리 식구가…… 아마…… 우리 식구들 짓인 것 같아요. 하지만 훔친 건 아니에요, 불릿 부인."

제시가 그녀에게 다가가자 곤혹스러운 표정을 짓고 있던 여자의 얼굴에 땀방울이 맺히기 시작했다.

"어쩔 수가 없었어요, 불릿 부인."

"차분히 얘길 해 봐요. 우리 반이 휴지 때문에 망신을 당했다고요." 제시가 말했다.

"일주일 내내 그랬죠, 불릿 부인. 어쩔 수가 없었어요. 우리 집에 딸이 다섯인 거 아시잖아요."

"딸들이 휴지로 뭘 했는데요?" 제시가 험악한 표정으로 다그쳤다.

"그냥 사용했어요. 정말이에요. 그냥 사용했어요."

"무슨 권리로! 너덧 칸만 잘라가면 충분할 텐데. 도대체 왜 그런 거예요?"

여자가 우는소리를 했다. "설사를 했어요. 다섯 명이 전부.

돈이 없어서 덜 익은 포도를 먹었거든요. 그랬더니 다섯 아이가 전부 심한 설사를 하기 시작한 거예요. 십 분마다 아이들이 뛰어나갔죠." 여자가 아이들을 변호했다. "하지만 훔친 건 아니에요."

제시가 한숨을 쉬었다. "그러면 그렇다고 얘기를 했어야죠. 부인이 말을 안 해서 우리 반이 망신을 당했잖아요. 설사병은 누구나 걸릴 수 있는 건데."

여자가 힘없는 목소리로 울먹거렸다. "애들이 덜 익은 포도를 먹는 걸 말릴 수가 없었어요. 그래서 시간이 갈수록 애들이 점점 악화되기만 하고."

엘라 서머스가 불쑥 말했다. "원조금. 저 부인한테 원조금을 줘야 해요."

"엘라 서머스. 내 마지막으로 말하는데, 부인은 이제 회장이 아니에요." 제시는 얼굴이 벌겋게 달아오른 여자에게 다시 시선을 돌렸다. "돈이 한 푼도 없나요, 조이스 부인?"

여자가 수치심에 고개를 숙였다. "예. 하지만 곧 일자리를 구할 수 있을 거예요."

"고개를 드세요. 그건 죄가 아니니까. 지금 당장 위드패치 가게로 가서 음식을 좀 사세요. 천막촌에서 20달러까지 외상을 보장해 주니까. 부인은 아직 5달러어치 외상을 그을 수 있어요. 나중에 일자리를 구한 다음에 중앙위원회에 돈을 갚으면 돼요. 조이스 부인, 그걸 아실 텐데." 제시가 엄한 표정으로 말했다. "왜 아이들을 굶긴 거죠?"

"저희는 자선 같은 건 받지 않아요." 조이스 부인이 말했다.

"이건 자선이 아니에요. 부인도 아시잖아요." 제시가 벌컥 화를 냈다. "사람들한테 전부 얘기했는데. 우리 천막촌에 자선 따위는 없어요. 당장 가서 음식을 좀 사세요. 그리고 전표를 나한테 가져와요."

조이스 부인이 쭈뼛거리며 말했다. "혹시 우리가 그 돈을 갚지 못하면요? 저희는 오랫동안 일을 못 했어요."

"갚을 수 있을 때 갚아요. 갚을 수 없어도 걱정할 필요 없어요. 부인이 걱정할 일이 아니니까. 어떤 사람은 여길 떠났다가 두 달 후에 돈을 보내온 적도 있어요. 여기 천막촌에서 아이들을 굶기는 건 허락할 수 없어요."

"예." 조이스 부인이 겁먹은 목소리로 말했다.

"치즈를 좀 사다가 애들한테 먹이세요. 그럼 설사가 멈출 테니." 제시가 명령하듯 말했다.

"예." 조이스 부인은 허둥지둥 문밖으로 나갔다.

제시가 성난 얼굴로 위원들을 바라보았다. "저렇게 고집을 피우다니. 다 같은 사람들 앞에서."

애니 리틀필드가 말했다. "여기 온 지 얼마 안 됐잖아요. 그런 게 있는지 몰랐나 보죠. 전에 자선을 받은 적이 있는지도 모르고. 내 입을 막을 생각은 하지 말아요, 제시. 나한테도 말할 권리가 있으니까." 그녀는 어머니를 향해 반쯤 몸을 돌리며 말을 이었다. "누구든 한 번이라도 자선을 받으면 겉으로 드러나지는 않지만 속에 상처가 생기죠. 이건 자선이 아니에요. 하지만 자선을 한번 받으면 결코 잊지 못하죠. 틀림없이 제시는 자선을 받아 본 적이 없을 거예요."

"그래요, 없어요." 제시가 말했다.

"난 있어요." 애니가 말했다. "지난겨울에. 나랑 남편이랑 애들이 전부 굶고 있었죠. 게다가 비까지 내리는 날이었어요. 어떤 사람이 구세군에 가 보라고 하더군요." 그녀의 눈빛이 사나워졌다. "우린 배가 고팠어요. 그런데 거기 사람들은 저녁 식사 때문에 우리가 설설 기게 만들었어요. 그 사람들이 우리 체면을 짓밟았다고요. 그놈들, 그놈들이 얼마나 미운지! 아마 조이스 부인도 자선을 받아 본 적이 있을 거예요. 이게 자선이 아니라는 걸 몰랐을 거예요. 조드 부인, 여기 천막촌에서는 어느 누구도 그런 식으로 우쭐거릴 수 없어요. 어느 누구도 다른 사람한테 물건을 줄 수 없어요. 대신 천막촌에 물건을 기부하면 천막촌이 나눠 줘요. 여긴 자선 기관 같은 건 없어요!" 그녀의 목소리가 사납고 거칠었다. "그놈들이 얼마나 미운지 몰라요. 남편이 비굴해지는 걸 본 적이 없는데, 그놈들이, 그놈의 구세군이 내 남편을 그렇게 만들었다고요."

제시가 고개를 끄덕였다. "알았어요." 그녀가 부드럽게 말했다. "알았어요. 이제 조드 부인한테 계속 안내를 해 줘야죠."

어머니가 말했다. "고마워요."

"재봉실로 가요. 재봉틀이 두 대 있어요. 거기서 누비이불도 만들고 옷도 만들죠. 부인도 거기서 일하고 싶은 마음이 들 거예요." 애니가 제의했다.

위원회 사람들이 어머니를 찾아왔을 때 루티와 윈필드는 아무도 몰래 사람들 손이 닿지 않는 곳으로 숨었다.

"우리도 같이 가서 듣자." 윈필드가 말했다.

루티가 그의 팔을 세게 움켜쥐며 말했다. "안 돼. 아버지가 우릴 씻긴 게 저 할망구들 때문이잖아. 난 같이 안 갈 거야."

"누나가 변기 일을 고자질했지? 그러니까 누나가 저 아줌마들을 뭐라고 불렀는지 나도 이를 거야."

두려움의 그림자가 루티의 얼굴을 스치고 지나갔다.

"그러지 마. 네가 사실은 변기를 망가뜨린 게 아니라는 걸 알기 때문에 그 얘기를 한 거야."

"웃기지 마."

"우리 천막촌 구경하러 가자."

두 아이는 줄지어 늘어선 천막들 사이를 걸으며 멍하니 넋을 잃은 표정으로 천막들 안을 전부 들여다보았다. 4번 위생반이 끝나는 곳에 크로케 경기장으로 꾸며진 평지가 있었다. 아이들 여섯 명이 진지하게 경기를 하고 있었다. 어떤 천막 앞에서 나이 지긋한 부인이 긴 의자에 앉아 경기를 지켜보았다. 루티와 윈필드는 종종걸음을 치기 시작했다.

"우리도 끼워 줘. 우리랑 같이 놀자." 루티가 소리쳤다.

아이들이 시선을 들었다.

머리를 땋아 늘인 여자아이가 말했다. "다음 경기 때 끼워 줄게."

"지금 하고 싶어." 루티가 소리쳤다.

"지금은 안 돼. 다음 경기까지 기다려."

"난 할 거야." 루티가 위협적인 표정으로 경기장 안으로 들어갔다.

머리를 땋아 늘인 여자아이가 나무망치를 단단히 움켜쥐었다. 루티가 그 아이에게 달려들어 손으로 때리고 몸을 밀치면서 나무망치를 빼앗았다.

"내가 지금 할 거라고 그랬지?" 그녀가 의기양양하게 말했다.

나이 지긋한 부인이 자리에서 일어나 경기장 안으로 들어왔다. 루티는 사나운 표정을 지으며 나무망치를 꼭 쥐었다.

부인이 말했다. "저 아이가 하게 해 줘. 네가 지난주에 랠프한테 한 것처럼."

아이들은 바닥에 나무망치를 내려놓고 말없이 경기장 밖으로 몰려 나갔다. 그리고 멀찍이 서서 무표정한 눈으로 경기장을 바라보았다. 루티는 아이들이 나가는 것을 지켜보다가 나무망치로 공을 친 다음 그 뒤를 쫓아 달리기 시작했다.

"빨리 와, 윈필드. 망치를 잡아."

루티는 이렇게 소리치다가 깜짝 놀랐다. 윈필드가 지켜보는 아이들과 함께 서 있었다. 윈필드 역시 무표정한 눈으로 루티를 바라보고 있었다. 루티는 일부러 보란 듯이 공을 쳤다. 발로 땅을 차서 커다란 먼지구름을 일으키기도 했다. 그녀는 재미있게 노는 척하고 있었다. 아이들은 가만히 서서 지켜보았다. 루티는 공 두 개를 나란히 놓고 한꺼번에 친 다음 자신을 지켜보는 아이들에게 등을 돌렸다가 다시 방향을 바꿨다. 갑자기 그녀가 나무망치를 든 채 아이들에게 다가가기 시작했다.

"너희들도 와서 놀아." 그녀가 명령했다.

그녀가 다가가자 아이들은 말없이 뒤로 물러났다. 그녀는 잠시 아이들을 노려보다가 망치를 던져 버리고 울면서 집으로 뛰어갔다. 아이들이 다시 경기장으로 들어왔다.

머리를 땋아 늘인 여자아이가 윈필드에게 말했다. "다음 경기에 널 끼워 줄게."

지켜보고 있던 부인이 아이들에게 주의를 주었다. "저 여자아이가 다시 와서 얌전하게 굴거든 그 아이도 끼워 줘라. 너도 못되게 군 적이 있잖니, 에이미."

경기가 계속되었다. 조드네 천막에서는 루티가 서럽게 울고 있었다.

트럭이 아름다운 도로를 따라 달리며 복숭아가 이제 막 제 색깔을 띠기 시작한 과수원과 초록색 포도송이들이 모여 있는 포도원을 지나 도로를 반쯤 덮고 있는 호두나무 가지 밑을 지나갔다. 입구가 나올 때마다 앨이 속도를 늦췄지만, 입구마다 표지판이 붙어 있었다.

'일손 필요 없음. 무단 침입 금지.'

앨이 말했다. "아버지, 과일이 다 익으면 틀림없이 일자리가 생길 거예요. 웃기는 곳이네요. 우리가 묻지도 않았는데 일자리가 없다고 미리 써 놨으니."

그는 천천히 차를 몰았다.

아버지가 말했다. "무작정 안으로 들어가서 어디서 일자리를 구할 수 있는지 물어보면 어떨까? 그래도 될 것 같은데."

파란 작업복에 파란 셔츠를 받쳐 입은 남자가 도로를 따라 걸어가고 있었다. 앨이 그의 옆에 차를 세웠다.

"저기, 잠깐만요. 일자리를 어디서 구할 수 있는지 아세요?"

남자가 걸음을 멈추고 씩 웃었다. 앞니가 없었다.

"아니. 댁은 아시오? 일주일 내내 걸어 다니고 있는데 하나도 못 구했소."

"국영 천막촌에 사세요?" 앨이 물었다.

"그래요!"

"그럼 타세요. 뒤에 올라타요. 같이 찾아보죠 뭐."

남자가 가로대를 넘어 화물칸에 올라탔다.

아버지가 말했다. "아무래도 일자리를 못 찾을 것 같아. 그래도 찾는 봐야지. 어디서 뭘 찾아야 하는지도 모르고 있으니."

"천막촌 사람들하고 얘길 해 봐야겠어요." 앨이 말했다. "좀 어떠세요, 큰아버지?"

"아프다. 온몸이 다 아파. 다 내 죄지. 식구들한테까지 벌이 미치지 않는 곳으로 떠나 버려야 하는데." 존이 말했다.

아버지가 존의 무릎에 손을 얹었다. "그런 소리 하지 말아요. 안 그래도 식구들이 줄어들고 있는데. 아버지와 어머니는 돌아가셨지, 노아와 코니는…… 달아나 버렸지, 목사는…… 감옥에 있지."

"그 목사는 다시 만나게 될 것 같은 예감이 들어." 존이 말했다.

앨이 기어의 동그란 손잡이를 만지작거렸다.

"몸도 안 좋으신 분이 예감은 무슨 예감이에요. 젠장. 천막촌으로 돌아가서 사람들하고 얘길 좀 해 보자고요. 일자리가 어디 있는지 물어봐야죠. 이건 마치 물속에서 스컹크를 쫓아다니는 꼴이잖아요."

그는 차를 세우고 창밖으로 몸을 내밀더니 뒤를 향해 소리쳤다.

"이봐요! 아저씨! 우린 천막촌으로 돌아가서 일자리가 어디 있는지 알아볼 거예요. 이런 식으로 기름만 낭비해 봤자 소용이 없으니까."

남자가 트럭 옆으로 몸을 내밀었다.

"좋아요. 나도 아주 발바닥에 불이 날 지경이오. 게다가 오늘 음식을 한 입도 못 먹었어요."

앨은 도로 한가운데서 차를 돌려 다시 달리기 시작했다.

아버지가 말했다. "네 엄마가 많이 속상해 하겠다. 톰은 그렇게 쉽게 일자리를 얻었는데."

"형도 일자리를 못 구했는지도 몰라요. 그냥 일자리가 있는지 보러 간 건지도 모른다고요. 정비공장에서 일을 구할 수 있다면 좋겠는데. 일도 빨리 배우고 재미도 있을 텐데."

아버지가 끙 하는 소리를 냈다. 그들은 침묵 속에서 천막촌을 향해 차를 몰았다.

위원회 사람들이 떠난 후 어머니는 천막 앞의 상자에 앉아 힘없는 표정으로 샤론의 로즈를 바라보았다.

"아이고…… 이렇게 기운이 나는 게 몇 년만인지 모르겠다. 그 부인들 정말 좋은 사람들이었지?"

"난 탁아소에서 일할래요. 그 부인들한테 들었어요. 아이를 어떻게 키워야 하는지 배울 수 있을 거예요."

어머니가 감탄하면서 고개를 끄덕였다.

"남자들이 전부 일자리를 구할 수 있다면 얼마나 좋을까. 남자들이 일을 해서 돈이 좀 들어오면 좋을 텐데." 어머니는 허공을 바라보며 말을 이었다. "남자들도 일을 하고, 우리도 여기서 일을 하고. 여긴 전부 좋은 사람들뿐이니. 우선 여유가 생기면 조그마한 풍로를 하나 사야겠다. 좋은 걸로. 그런 건 별로 안 비싸. 그다음에는 큰 천막을 사고. 어쩌면 침대에 쓸 중고 스프링을 살 수 있을지도 모르지. 그러면 지금 이 천막은 식사할 때만 쓰는 거야. 토요일 밤에는 모두 다 같이 춤추러 나가고. 원한다면 손님을 초대해도 된다고 하더라. 초대할 친구가 있다면 좋을 텐데. 어쩌면 남자들이 초대할 만한 사람을 사귀게 될지도 모르지."

샤론의 로즈가 길 아래쪽을 바라보았다.

"아까 그 부인은 내가 아기를 잃어버릴 거라고……."

"그런 얘긴 그만해." 어머니가 주의를 주었다.

샤론의 로즈가 작은 소리로 말했다. "그 부인을 봤어요. 이리로 오고 있는 것 같아요. 맞아! 저기 오잖아요. 엄마, 저 사람 들여놓지 말아요……."

어머니가 고개를 돌려 점점 가까워지고 있는 사람을 바라보았다.

"안녕하세요? 저는 샌드리 부인이에요. 리즈베스 샌드리. 댁의 따님하고는 오늘 아침에 만났죠."

"안녕하세요?" 어머니가 말했다.

"주님 안에서 행복하신가요?"

"아주 행복해요."

"구원받으셨나요?"

"구원받았어요." 어머니는 굳은 표정으로 상대가 과연 무슨 말을 할지 기다리고 있었다.

"그거 잘됐네요. 여기선 죄인들의 힘이 끔찍이도 강해요. 정말 끔찍한 곳에 오신 거예요. 사방에서 놈들의 사악함을 볼 수 있죠. 사악한 사람들이 사악한 일을 벌이고 있어요. 어린 양의 피를 받은 기독교인들은 도저히 참을 수 없을 정도로. 죄인들이 사방에 있어요."

어머니의 얼굴이 살짝 상기되었다. 어머니는 입을 꾹 다물고 있다가 짧게 한마디 했다. "제가 보기에는 다 좋은 사람들 같던데요."

샌드리 부인이 어머니를 빤히 바라보았다. "좋은 사람이라니! 서로 끌어안고 춤을 추는데도 좋은 사람들이라고요? 분명히 말하지만, 이 천막촌에서는 불멸의 영혼이 도저히 구원받을 수 없어요. 어젯밤에 위드패치에서 열린 예배에 갔는데, 목사님이 뭐라고 하신 줄 아세요? '이 천막촌에 사악함이 퍼져 있습니다. 가난한 사람들이 부자가 되려 하고 있어요. 죄에 울고 죄에 신음해야 할 때에 서로 끌어안고 춤을 추고 있습니다.' 이렇게 말씀하셨어요. '지금 이 자리에 없는 사람들은 모두 사악한 죄인들입니다.' 목사님 말씀을 듣고 있으니까 얼마나 기분이 좋아지던지. 우리가 안전하다는 걸 알 수 있었거든요. 우리는 춤을 추지 않았으니까."

어머니의 얼굴은 이제 완전히 빨간색이었다. 어머니가 천천히 일어서서 샌드리 부인을 정면으로 바라보았다.

어머니가 말했다. "나가! 당장 나가. 내가 욕하게 만들지 말고. 나도 죄인이 되고 싶지는 않으니까. 너나 가서 울든지 신음하든지 해."

샌드리 부인이 놀라서 입을 쩍 벌린 채 뒷걸음질을 쳤다. 그러나 곧 사나운 표정으로 변했다.

"당신이 기독교인인 줄 알았어."

"그래, 기독교인이야."

"아냐. 넌 지옥에서 불타게 될 죄인이야. 너희 모두! 내가 예배 드릴 때 이 일을 얘기할 테다. 네 사악한 영혼이 불타는 게 보여. 저 아이의 배 속에 있는 죄 없는 아이가 불타는 게 보여."

샤론의 로즈의 입에서 나지막하게 흐느끼는 소리가 새어나왔다. 어머니는 몸을 숙여 나무 막대기를 하나 집어 들었다.

"나가!" 어머니가 차가운 목소리로 말했다. "다시는 얼씬도 하지 마. 너 같은 인간들을 전에도 봤어. 너희들은 재미로 이러고 다니는 거지?"

어머니가 샌드리 부인에게 다가갔다.

여자가 잠시 뒷걸음질을 치더니 갑자기 고개를 뒤로 젖히고 울부짖었다. 눈동자가 위로 올라가 사라져 버리고, 어깨와 팔이 축 늘어지고, 입가에서 두꺼운 밧줄 같은 침이 흘러내렸다. 그녀는 울부짖고 또 울부짖었다. 짐승처럼 길고 묵직한 소리로. 다른 천막에 있던 사람들이 달려 나와 겁먹은 표정으로 조용히 근처에서 그녀를 구경했다. 여자가 천천히 무릎을 꿇자 울부짖음이 떨리는 신음 소리로 잦아들었다. 여자가 모로 쓰러지고 팔과 다리가 움찔거렸다. 눈꺼풀 아래로 흰자위가 드러났다.

"성령이야. 성령을 받은 거야." 어떤 남자가 작은 소리로 말했다.

어머니는 가만히 서서 움찔움찔 경련하는 여자의 몸을 내려다보았다.

몸집이 작은 천막촌 관리자가 아무 일도 없는 것처럼 한가롭게 다가왔다.

"무슨 문제라도 있습니까?" 그가 물었다.

사람들이 그가 지나갈 수 있도록 길을 터 주었다. 그는 여자를 내려다보았다.

"아이고, 이런. 이분을 천막으로 데려다줘야 하는데, 누가 좀 도와주겠어요?"

사람들은 말없이 제자리에서 발만 꼼지락거렸다. 남자 두 명이 몸을 숙여 여자를 들어 올렸다. 한 명은 여자의 겨드랑이를 잡고 나머지 한 명은 여자의 발을 잡았다. 그들이 여자를 데리고 가자 사람들이 천천히 그 뒤를 따랐다. 샤론의 로즈는 방수포 밑으로 들어가 매트리스에 누워 담요를 얼굴까지 뒤집어썼다.

관리자가 어머니의 얼굴을 보고, 어머니의 손에 들린 막대기를 내려다보았다. 그가 피곤한 미소를 지었다.

"저 부인을 때리셨어요?" 그가 물었다.

어머니는 점점 멀어지는 사람들을 계속 노려보다가 천천히 고개를 저었다.

"아뇨. 그럴 뻔했지만. 오늘 벌써 두 번이나 우리 딸한테 겁을 주잖아요."

관리자가 말했다. "가능하면 때리지는 마세요. 저 부인은 병자예요. 아파서 그래요." 그리고 그가 부드러운 목소리로 덧붙였다. "저 부인이 여길 떠났으면 좋겠어요. 식구들도 다 같이. 이 천막촌에서 저 부인이 다른 사람들을 다 합한 것보다 더 골치를 썩이고 있으니."

어머니는 마음을 가라앉혔다. "저 여자가 다시 오면 내가 때려 줄지도 몰라요. 나도 장담할 수 없어요. 저 여자가 내 딸한테 겁주는 걸 다시는 가만두지 않을 테니까."

"그건 걱정 마세요, 조드 부인. 다시는 저 부인을 볼 일이 없을 겁니다. 저 부인은 항상 새로 온 사람들을 노리거든요. 다시는 이 댁을 찾아오지 않을 거예요. 부인이 죄인이라고 생각하니까."

"맞아요, 죄인이에요."

"그럼요, 누구나 다 죄인이죠. 하지만 저 부인이 생각하는 죄인하고는 달라요. 저 부인은 병자예요, 조드 부인."

어머니는 감사의 표정으로 관리자를 바라보았다. 그리고 큰 소리로 말했다.

"너도 들었지, 로저샨? 저 여자는 병자야. 미쳤다고."

하지만 로저샨은 고개를 들지 않았다.

"명심하세요, 선생님. 만약 저 여자가 또 우릴 찾아오면 내가 무슨 짓을 할지 몰라요. 저 여자를 때릴 거예요." 어머니가 말했다.

그가 쓴웃음을 지었다. "부인 기분은 잘 알아요. 하지만 가능하면 때리지는 마세요. 그것만 부탁드리겠습니다. 때리지는 마세요."

그는 사람들이 샌드리 부인을 데리고 간 천막으로 서서히 걸음을 옮겼다.

어머니는 천막 안으로 들어가 샤론의 로즈 옆에 앉았다.

"고개 들어라." 어머니가 말했다.

로저샨은 꼼짝도 하지 않았다. 어머니는 딸의 얼굴에서 부드럽게 담요를 들어 올렸다.

"저 여자는 미쳤어. 저 여자 말은 절대 믿지 마."

샤론의 로즈가 겁에 질린 목소리로 속삭였다. "저 여자가 불탄다는 얘기를 했을 때, 정말로 불타는 느낌이 들었어요."

"그렇지 않아."

"너무 지쳤어요. 이런저런 일 때문에 피곤해요. 자고 싶어요. 자고 싶어요." 로저샨이 작은 소리로 말했다.

"그래, 그럼 좀 자라. 여긴 좋은 곳이야. 그러니 자도 돼."

"하지만 그 여자가 또 올지도 모르잖아요."

"안 올 거다. 내가 바로 바깥에 앉아서 그 여자가 못 들어오게 할 거야. 이제 좀 쉬어. 곧 탁아소에서 일을 시작해야 하잖니."

어머니는 힘겹게 일어나서 천막 입구로 가 앉았다. 상자 위에 앉아 무릎에 팔꿈치를 대고 양손으로 턱을 고인 자세였다.

어머니는 천막촌에서 움직이는 사람들을 보고, 아이들의 목소리와 쇠 두드리는 소리를 들었다. 그러나 눈은 똑바로 앞만 바라보고 있었다.

길을 걸어오던 아버지가 어머니를 발견하고 어머니와 가까운 곳에 쭈그리고 앉았다. 어머니가 천천히 고개를 돌려 그를 바라보았다.

"일자리는 찾았어요?" 어머니가 물었다.

"아니……. 찾는 봤어." 아버지가 면목 없다는 표정으로 말했다.

"앨이랑 아주버님이랑 트럭은 어디 있어요?"

"앨이 뭘 좀 고치고 있어. 연장을 좀 빌려야 돼서. 그 사람이 앨더러 그 자리에서 차를 고치라고 했거든."

어머니가 슬픈 표정으로 말했다. "여긴 좋은 곳이에요. 여기서 한동안 행복하게 지낼 수 있을 거야."

"일자리를 구할 수 있다면."

"그래요! 당신이 일자리를 구할 수 있다면."

아버지는 어머니가 슬퍼하고 있음을 눈치 채고 어머니의 얼굴을 유심히 살펴보았다.

"왜 그렇게 풀이 죽었어? 여기가 좋은 곳이라면서 왜 그렇게 울적해 하는 거야?"

어머니는 아버지를 응시하다가 천천히 눈을 감았다.

"우습지 않아요? 여행을 하는 동안에는 아무 생각도 안 들었는데. 여기 사람들은 우리한테 잘해 줘요. 너무나 잘해 줘. 그런데 내가 제일 먼저 생각한 게 뭔지 알아요? 슬픈 일들……. 아버님이 돌아가셔서 우리가 아버님을 땅에 묻던 일. 여행을 하면서 이리저리 부딪히고 흔들리면서 여행에 싫증을 내고 있을 때도 별로 나쁘지 않았는데. 여기 도착하고 보니 어째 더 심란해요. 어머님 생각도 나고…… 노아 녀석 그렇게 가 버리다니! 그냥 강을 따라서 가 버렸잖아요. 그런 여러 가지 일들이 한꺼번에 생각나네요. 어머님은 거지처럼 땅에 묻히셨죠. 그게 가슴 아파요. 너무 가슴이 아파. 노아는 그냥 강을 따라서 가 버렸고. 거기가 어딘지도 모르면서. 아무것도 모르면서. 우리도 모르는데. 그 녀석이 죽었는지 살았는지 앞으로 절대 알 수 없을 거예요. 절대. 코니는 몰래 가 버렸죠. 전에는 이런 생각을 안 했는데, 지금 모든 일이 한꺼번에 되살아나요. 좋은 곳에 왔으니 기뻐해야 하는데."

어머니가 말을 하는 동안 아버지는 어머니의 입을 지켜보았다. 어머니는 계속 눈을 감은 채였다.

"그 산들이 기억나요. 노아가 가 버린 강가에 묵은 이빨처럼 날카롭게 솟아 있던 것. 아버님을 묻은 땅 위에 그루터기가 있던 것도 기억나요. 고향에서 고기를 썰던 도마도 기억나고. 거기 깃털이 하나 붙어 있었는데. 칼자국이 얼기설기 나 있고, 닭 피 때문에 검은색이었죠."

아버지가 어머니와 비슷한 어조로 입을 열었다.

"오늘 오리를 봤어. 쐐기 모양으로 늘어서서 남쪽으로 가더라고…… 저 하늘 높은 데서. 아주 쪼끄맣게 보였어. 전깃줄에 앉은 찌르레기도 봤어. 울타리에 앉아 있는 비둘기도 있었고."

어머니가 눈을 뜨고 아버지를 바라보았다. 아버지가 말을 계속했다.

"조그만 회오리바람도 봤어. 사람이 빙글빙글 돌면서 들판을 가로지르는 것 같더군. 오리들은 계속 날아가고. 쐐기 모양으로 늘어서서 계속 남쪽으로."

어머니가 미소를 지었다. "기억나요? 고향에서 우리가 항상 하던 말? 겨울이 일찍 올 거라고 그랬죠. 오리들이 날아가면. 항상 그 말을 했어요. 겨울은 때가 되면 오는 건데. 그래도 우리는 항상 그런 얘기를 했죠. 겨울이 일찍 올 거라고. 우리가 무슨 뜻으로 그런 소리를 했을까?"

"전깃줄에 앉은 찌르레기를 봤어. 서로 다닥다닥 붙어 앉아 있었지. 비둘기도 보고. 비둘기처럼 가만히 앉아 있는 놈들은 없어. 울타리 철사 줄에 앉아 있었는데, 두 마리쯤 됐던 것 같아. 나란히. 그리고 그 작은 회오리바람은…… 사람 몸만 한 크기로 춤을 추면서 들판을 가로질렀지. 항상 그래. 크기는 어른만 한 게 아이처럼 굴지."

"고향 생각이 안 나면 좋을 텐데. 여긴 고향이 아니잖아요. 고향 일을 잊어버리면 좋을 텐데. 노아도."

"그 애는 항상 정상이 아니었어…… 내 말은…… 그래, 내 잘못이지."

"그런 말 하지 말라고 했잖아요. 어쩌면 그때 그 애가 죽었을지도 몰라요."

"하지만 내가 더 신중했어야 하는데."

"그만. 노아는 이상한 아이였어요. 어쩌면 강가에서 즐겁게 지낼지도 모르죠. 그편이 나을지도 몰라요. 우린 지금 걱정할

형편도 아니고. 여긴 좋은 곳이에요. 아마 금방 일자리를 구할
수 있을 거예요."

아버지가 하늘을 가리켰다.

"봐…… 오리들이 또 나타났어. 꽤 많은데. 여보, 겨울이 빨
리 오겠어."

어머니가 쿡쿡 웃음을 터뜨렸다. "또 그 얘기예요? 이유도
모르면서."

"형님이 오네. 이리 와서 앉아요, 형님."

존이 디기와 어머니 앞에 앉았다. "아무 소득도 없었어. 그
냥 돌아다니기만 했지. 앨이 너와 할 얘기가 있다고 하던데.
타이어를 사야 한다고. 타이어 껍질이 한 층밖에 안 남았대."

아버지가 일어섰다. "타이어를 싸게 사야 하는데. 돈이 얼마
안 남았어요. 앨은 어디 있어요?"

"저 아래쪽에. 다음 교차로에서 오른쪽으로 꺾어져. 새 타
이어를 안 사면 타이어가 터져서 튜브가 망가진대."

아버지는 천천히 걸어갔다. 눈으로는 거대한 쐐기 모양으로
날아가는 오리들을 뒤쫓고 있었다.

존이 바닥에서 돌멩이를 하나 집어 들어 손바닥에서 떨어
뜨렸다가 다시 집어 들었다. 그는 어머니를 바라보지 않았다.

"일자리가 없어요." 그가 말했다.

"샅샅이 찾아본 건 아니잖아요." 어머니가 말했다.

"그렇죠. 하지만 푯말이 붙어 있었어요."

"그래도 톰은 일자리를 잡은 모양이에요. 아직 돌아오지 않
은 걸 보면."

"어디로 가 버린 건지도 모르죠. 코니나 노아처럼." 존이 다른 의견을 내놓았다.

어머니가 날카로운 눈으로 그를 힐끗 바라보았다. 그러나 곧 눈빛이 부드러워졌다.

"세상엔 분명한 일이 있는 법이에요. 분명히 장담할 수 있는 일. 톰은 일자리를 얻었어요. 그리고 저녁에 이리로 돌아올 거예요. 틀림없어요." 어머니는 만족스러운 미소를 지었다. "정말 훌륭한 아이예요! 정말 훌륭한 아이야!"

자동차와 트럭들이 천막촌 안으로 들어오기 시작하고, 남자들이 떼 지어 위생실로 몰려갔다. 각자 깨끗한 작업복과 셔츠를 들고 있었다.

어머니가 기운을 되찾았다. "아주버님, 가서 애들 아버지 좀 찾아보세요. 가게 좀 갔다 오라고. 콩하고 설탕하고…… 튀김용 고기와 당근이 필요해요……. 그리고 애들 아버지한테 뭔가 근사한 걸 좀 사 오라고 하세요……. 뭐든 좋으니까…… 근사한 걸로…… 오늘 밤에 먹게. 오늘 밤에는…… 뭔가 근사한 걸…… 먹어야겠어요."

23장

일을 찾아 허둥지둥 돌아다니고, 먹고살려고 사방을 뒤지는 이주민들은 항상 즐거움을 추구하고, 즐거운 일을 만들어 냈다. 그들은 오락에 굶주려 있었다. 때로는 말에서 즐거움을 찾아 농담을 주고받으며 삶을 이어 나갔다. 길을 따라 늘어선 천막에서도, 개울가에서도, 플라타너스 나무 밑에서도 이야기꾼들이 생겨나 희미한 모닥불 빛 속에 사람들이 모여들었다. 그들은 이야기꾼의 이야기에 귀를 기울였다. 그들 덕분에 이야기가 근사해졌다.

난 제로니모[2] 토벌전 때 신병이었습니다…….

사람들은 귀를 기울였다. 조용히 앉아 있는 그들의 눈에 꺼

---

2) 북아메리카 인디언 아파치족의 추장.

져 가는 모닥불 빛이 비쳤다.

인디언들은 영리했죠…… 뱀처럼 교활했어요. 필요할 때는 침묵을 지킬 줄도 알고. 낙엽을 밟으면서도 바스락 소리 하나 내지 않았으니까. 여러분은 그렇게 못 할 겁니다.

사람들은 귀를 기울이며 낙엽을 밟을 때의 바스락 소리를 기억해 냈다.

계절이 바뀌고 구름이 일었죠. 시기가 안 좋았어요. 군대가 뭐든 제대로 했다는 얘기 들어 본 적 있습니까? 기회를 열 번을 줘도 군대는 그저 비틀거리기만 할 겁니다. 3개 연대를 동원해야 인디언 전사 100명을 죽일 수 있었으니까…… 항상.

사람들은 귀를 기울였다. 열심히 이야기를 듣느라 모두들 조용했다. 이야기꾼들은 사람들이 이야기에 집중하게 하려고 거창한 단어를 써 가며 리듬에 맞춰 이야기를 했다. 이야기가 거창한 것이었으므로, 이야기를 듣는 사람들도 이야기 덕분에 거창해졌다.

어떤 인디언 전사가 태양을 등지고 산마루 위에 서 있었습니다. 자기가 눈에 띈다는 걸 그놈도 알고 있었죠. 팔을 활짝 펼치고 서 있었으니까. 아침 해처럼 벌거벗은 몸으로 아침 해를 등지고 서 있었어요. 어쩌면 미친놈이었는지도 모르죠. 거기 서서 팔을 활짝 펼치고 있었으니까. 마치 십자가 같았습니다. 거리는 400야드. 군인들은 조준기를 들어 올리고 손가락으로 풍향을 가늠했죠. 그런데 그렇게 엎드려 있기만 할 뿐 총을 쏘지 못했어요. 그 인디언은 애당초 뭘 알고 있었는지도 모르죠. 우리가 쏘지 못하리라는걸. 그냥 엎드려서 소총을 들고 있을 뿐, 총을 어깨에 올려놓지도 못했으니까요. 그 인디언을 바라보면서. 인디언은 깃털을 하나 꽂은 머리띠를 하고 있었습니다. 그게 보였어요. 태양처럼 벌거벗은 몸도. 우리는 거기 한참 동안 엎드려서 바라보고 있었어요. 인디언은 꼼짝도 하지 않았죠. 그러다가 우리 대장이 벌컥 화를 내면서 소리를 질렀습니다. "쏴, 이 멍청한 새끼들아. 쏴!" 그래도 우리는 그냥 엎드려 있기만 했어요. "다섯을 셀 때까지 안 쏘면 가만 안 둘 거야." 대장이 말했어요. 그래서 우리는 천천히 총을 들어 올렸죠. 다들 누군가 다른 사람이 먼저 쏴 주기를 바라면서. 내 평생 그렇게 슬펐던 적이 없습니다. 나는 놈의 배를 겨냥했어요. 다른 데를 쏘면 절대 인디언을 쓰러뜨릴 수 없으니까. 그랬더니, 놈이 쿵 하고 쓰러져서 바닥을 뒹굴더군요. 우리는 산으로 올라갔죠. 놈은 그렇게 몸집이 크지 않았어요⋯⋯. 산 위에 서 있을 때는 아주 굉장한 사람처럼 보였는데. 몸이 갈기갈기 찢어져서 조그맣게 변해 버렸더라고요. 장끼를 본 적 있습니까? 죽어서 뻣뻣하게 굳어 버렸지만 아름다운 모습. 깃털 하나하나가 마치 그림 같고, 심지어 눈도 그림처럼 예쁜 놈을 본 적이 있어요? 하지만 빵! 총을 쏘고 나서 놈을 집어 들면⋯⋯ 이리저리 뒤틀리고 피투성이가 된 모습을 보면, 자신이 자기보다 훌륭한 뭔가를 망쳐 버렸다는 생각이 들죠. 그놈을 먹어도 그런 기분이 사라지지 않습니다. 자기 손으로 망가뜨린 걸 다시는 원래대로 돌려놓을 수 없으니까.

　사람들은 고개를 끄덕였다. 모닥불 빛이 살짝 솟구쳐 올라 각자 자신의 마음속을 들여다보고 있는 사람들의 눈을 보여 준 것 같기도 했다.

태양을 등지고 팔을 활짝 벌린 남자. 그는 아주 거대하게 보였습니다. 마치 하느님처럼.

20센트를 들고서 음식을 먹을까, 놀러 갈까 고민하는 사람도 있었을지 모른다. 그 사람은 메리스빌이나 툴레어, 시어스나 마운틴뷰에 있는 극장으로 영화를 보러 갔다가 영화에 관한 기억을 잔뜩 담고서 도랑 옆의 천막촌으로 돌아왔다. 그가 그 이야기를 사람들에게 들려주었다.

부자가 하나 있는데 꼭 가난뱅이처럼 굴어요. 돈 많은 여자도 가난뱅이 행세를 하고. 이 두 사람이 햄버거를 파는 노점에서 만났어요.

왜요?

이유는 나도 모르죠……. 하여튼 만났어요.

왜 가난뱅이 행세를 하는 건데요?

글쎄요, 부자 노릇에 싫증이 났나 보죠.

말도 안 돼!

얘기를 들을 거예요, 말 거예요?

뭐 그럼 계속해 봐요. 당연히 듣고 싶기야 하지만, 내가 부자라면, 내가 부자라면 두툼하게 자른 돼지고기를 잔뜩 사서 장작처럼 내 주위에 쌓아 두고 먹어 치울 텐데. 계속 얘기해 봐요.

음, 두 사람은 서로 상대방이 가난하다고 생각해요. 그런데 두 사람이 경찰에 체포돼서 감옥에 갔는데, 자기가 부자라는 걸 상대방이 눈치 챌까 봐 보석금을 안 내서 감옥에서 나오지를 못하는 거예요. 간수는 두 사람이 가난뱅이인 줄 알고 두 사람을 못살게 굴고. 그놈이 사실을 알았을 때 표정을 봐야 하는데. 거의 기절할 것 같은 몰골이었어요. 이게 끝이에요.

두 사람은 왜 감옥에 갔어요?

무슨 과격파 모임에 갔다가 잡힌 거예요. 과격파도 아니면서. 그냥 우연히 그 자리에 있게 된 거거든요. 두 사람 다 돈 때문에 결혼하는 걸 싫어해요.

그래서 그 개자식들이 처음부터 서로 거짓말을 했단 말이에요?

영화에서는 그게 좋은 일인 것 같았어요. 두 사람 다 남들한테 친절하게 대하고요.

나도 옛날에 영화를 본 적이 있는데 꼭 내 얘기 같았어요. 아니, 그 이상이었죠. 완전 내 인생이에요. 아냐, 내 인생보다 훨씬 좋았지. 모든 게 다 굉장했으니까.

난 슬픈 건 이제 질색이에요. 그런 건 이제 싫어.

그렇죠……. 그럴 수만 있다면.

그래서 두 사람은 결혼을 하고 나서야 겨우 사실을 알게 돼요. 두 사람을 못살게 굴었던 사람들도. 아주 건방진 놈이 하나 있었는데, 주인공이 실크해트를 쓰고 나타나니까 거의 기절할 것 같더라고요. 정말이지 금방이라도 기절할 것 같았어요. 그리고 독일 군인들이 발을 차올리면서 걷는 장면이 나오는 뉴스도 있었는데…… 무지 웃겼어요.

언제나 그렇듯이 돈이 조금 있다면 술에 취할 수 있었다.

마음의 옹어리가 사라지고 가슴이 따뜻해졌다. 외로움도 없었다. 머릿속을 친구들로 가득 채울 수도 있고, 적을 찾아내서 무찌를 수도 있으니까. 도랑에 앉아 있으면 엉덩이 밑의 땅이 점점 부드러워졌다. 실패의 아픔은 흐릿해지고 미래도 위협적이지 않았다. 굶주림도 자취를 감췄다. 세상은 부드럽고 편한 곳이었다. 누구나 자신의 목적지를 향해 손을 뻗을 수 있었다. 별들이 놀라울 정도로 가까이 내려오고 하늘도 부드러웠다. 죽음은 친구가 되고, 잠은 죽음의 형제였다. 과거의 기억들이 떠올랐다. 언젠가 고향에서 춤을 추었던, 발이 예쁜 여자아이. 말(馬). 오래전의 일들. 말과 안장. 가죽에는 무늬가 새겨져 있었다. 그게 언제였더라? 말벗이 될 만한 여자를 하나 찾아야겠어. 그러면 좋을 거야. 어쩌면 그 여자랑 같이 잘 수 있을지도 모르고. 하지만 여기도 따뜻하네. 별들이 아주 가까이 내려와 있고, 슬픔과 즐거움은 서로 가까이 붙어 있어서 사실상 서로 같은 것이나 마찬가지야. 항상 술에 취해 있으면 좋겠어. 그걸 나쁘다고 말하는 놈이 누구야? 누가 감히 그걸 나쁘다고 말하는 거야? 목사들…… 하지만 그놈들도 나름대로 취해 있잖아. 삐삐 마르고 아이도 못 낳는 여자들. 하지만 그 여자들은 삶이 너무 비참해서 사실을 깨닫지 못하는 거야. 개혁가들…… 그놈들은 삶을 제대로 경험해 보지 못해서 사실을 모르는 거야. 그래…… 별이 가까이 다정하게 내려와 있고, 수많은 별나라 사람들이 나와 형제가 되었어. 모든 것이 다 거룩해……. 모든 것이. 심지어 나까지도.

하모니카는 가지고 다니기 쉬워. 뒷주머니에서 하모니카를 꺼내 손바닥에 툭툭 쳐서 먼지와 보푸라기와 담배 찌꺼기를 털어내. 준비 다 됐어. 하모니카로는 뭐든지 다 할 수 있어. 갈대처럼 가느다란 소리를 낼 수도 있고, 화음을 연주할 수도 있고, 리듬이 있는 멜로디도 연주할 수 있지. 손을 오므려서 음악을 만들어 낼 수도 있어. 울부짖게 할 수도 있고, 백파이프처럼 흐느끼게 할 수도 있고, 오르간처럼 풍성하고 낭랑한 소리도 낼 수 있고, 언덕의 갈대 피리처럼 날카롭고 슬픈 소리도 낼 수 있어. 연주를 한 다음 다시 주머니에 넣을 수도 있지. 하모니카는 항상 우리와 함께 있어. 항상 호주머니 속에 있어. 사람들은 연주를 하면서 새로운 기교를 배우지. 손으로 음색을 만들어 내는 방법, 입술로 소리를 중단시키는 방법. 그런 건 아무도 가르쳐 주지 않아. 자기가 느낌으로 터득하는 거지. 한낮에 그늘에 혼자 앉아서, 저녁 식사를 마치고 여자들이 설거지를 하고 있을 때 천막 입구에 앉아서. 발로 가볍게 땅을 구르면서. 눈썹이 오르락내리락하며 리듬을 맞추지. 하모니카를 잃어버리거나 망가뜨려도, 뭐 크게 손해 볼 건 없어. 25센트만 주면 새것을 살 수 있으니까.

기타는 더 비싸지. 배울 것도 많고. 왼손 손가락 끝에 굳은살이 박이게 돼. 오른손 엄지손가락에도. 왼손 손가락을 쫙 펴. 거미 다리처럼 쫙 펴서 코드를 잡는 거야.

이건 우리 아버지 거였어. 아버지가 처음 C코드를 가르쳐 줬을 때 난 벌레만큼 쪼그맸어. 내가 아버지만큼 연주를 잘하게 되었을 때, 아버지는 이미 연주를 거의 하지 않았어. 문간에 앉아서 기타 소리를 들으며 발로 박자를 맞추셨지. 내가 좀 쉬려고 하면 아버지는 무섭게 인상을 찌푸리셨어. 내가 기타를 잡은 후에야 다시 편안히 앉으면서 고개를 끄덕이셨지. "한번 쳐 봐라. 멋지게 해 봐." 이건 좋은 놈이야. 헤드가 얼마나 닳았는지 봐. 노래를 하도 많이 연주해서 이렇게 움푹 팬 거야. 언젠가는 달걀처럼 우묵해지겠지. 하지만 땜질을 할 수는 없어. 그랬다간 원래 음색이 사라져 버릴 테니까. 저녁에 이 녀석을 연주하면 우리 옆 천막에서 하모니카 소리가 흘러나와. 그렇게 같이 연주하는 소리가 얼마나 근사한데.

바이올린은 드물지. 배우기도 어렵고. 프렛도 없고 선생도 없어.

그냥 어떤 노인이 연주하는 걸 잘 들으면서 배우는 수밖에 없었어. 화음을 만드는 방법은 절대 안 가르쳐 주데. 비밀이라면서. 하지만 난 열심히 지켜봤어. 그 노인이 어떻게 했는지 보여 줄게.

바이올린은 바람처럼 날카로운 소리를 내. 빠르고, 신경질적이고, 날카로운 소리.

이 바이올린은 대단한 물건은 아냐. 2달러에 샀으니까. 사람들 말로는 400년이나 된 바이올린도 있대. 마치 위스키처럼 아름답다더군. 5만에서 6만 달러나 나갈 거래. 모르지. 아무래도 거짓말 같아. 이 바이올린 소리 지독하지? 춤출래? 내가 활에다 로진을 잔뜩 바를게. 그래! 그러면 굉장한 소리가 날 거야. 1마일 밖에서도 들릴 만큼.

저녁에 하모니카, 바이올린, 기타, 이렇게 세 악기를 연주하는 거야. 발로 박자를 맞추면서. 기타의 굵은 줄에서는 심장이 뛰는 것 같은 소리가 나고, 하모니카의 날카로운 화음과 바이올린의 삑삑, 끽끽 소리가 어우러지지. 사람들은 가까이 다가앉을 수밖에 없어. 이건 '치킨 릴'이야. 사람들이 발로 박자를 맞추고, 호리호리한 젊은이가 빠르게 세 번 스텝을 밟는 거야. 그의 팔은 힘없이 늘어져 있지. 사람들이 모여들어 춤을 추기 시작해. 맨땅을 발로 밟으며 발꿈치로 둔탁한 소리를 내고, 손이 빙글빙글 돌아가고, 머리카락이 흘러내리고, 숨이 가빠져. 이제 옆으로 몸을 기울여.

저 텍사스 청년 좀 봐. 긴 다리가 흐물흐물 풀려 가지고 스텝을 밟을 때마다 네 번씩 땅을 차네. 저렇게 빙글빙글 도는 놈은 처음 봤어. 저 체로키 여자를 휘돌리는 것 좀 봐. 여자 뺨이 빨갛게 달아올랐네. 발끝은 뾰족하게 나와 있고. 저 여자 숨 헐떡이는 것 좀 봐. 지쳐서 저러는 걸까? 숨이 차서 저러는 걸까? 아냐. 텍사스 청년의 눈에 머리카락이 들어갔어. 입은 크게 벌어져 있고. 숨을 쉴 수 없는데도 스텝을 밟을 때마다 여전히 네 번씩 발을 구르는구면. 저 친구 저 체로키 여자랑 계속 출 거야.

바이올린이 끽끽거리고 기타가 둥둥거린다. 하모니카를 부는 남자는 얼굴이 시뻘겋다. 텍사스 청년과 체로키 여자는 개처럼 숨을 헐떡이며 발을 구른다. 노인들이 서서 손뼉을 친다. 살짝 미소를 지으며 발을 구른다.

고향에 있을 때, 그러니까 학교에서 있었던 일이야. 커다란 달이 서쪽으로 흘러가고 있었지. 그 친구하고 나는 길을 걷고 있었어. 목이 메어서 말을 할 수가 없었지. 아무 말도 안 했어. 조금 가니까 건초 더미가 나오더군. 거기서 우리는 바닥에 누웠어. 저 텍사스 청년이랑 체로키 여자가 스텝을 밟으면서 어둠 속으로 사라지네. 아무도 못 봤다고 생각하는 모양이지? 아이고! 나도 저 텍사스 청년하고 같이 갈 수 있다면. 조금 있으면 달이 뜰 거야. 체로키 여자 아버지가 두 사람을 막으려고 가는 걸 봤지만, 그 아버지도 끝까지 쫓아가지는 않았어. 그 아버지도 다 알고 있으니까. 다가오는 가을을 막으려 드는 거나 마찬가지지. 나무속에서 수액이 움직이는 걸 막는 거나 마찬가지야. 조금 있으면 달이 떠오를 거야.

더 연주해 봐. 얘기가 있는 노래로…… 「러레이도의 거리를 걸을 때」 같은 노래.

불이 꺼졌네. 다시 피우자니 좀 그렇다. 조금 있으면 작은 달이 뜰 텐데.

관개용수로 옆에서 목사가 열심히 설교하자 사람들이 울음을 터뜨렸다. 목사는 호랑이처럼 왔다 갔다 하면서 자신의 목소리로 사람들을 후려쳤다. 사람들은 땅바닥에 넙죽 엎드려 울음소리를 냈다. 목사는 사람들의 반응을 계산하고 그것을 이용했다. 사람들이 모두 바닥에 엎드려 몸부림치자 목사는 아래로 내려가서 엄청난 힘으로 사람들을 하나씩 안아 올리며 소리쳤다. 이들을 받아 주십시오, 예수님! 그리고 사람들을 하나씩 물속으로 던졌다. 다들 허리까지 잠기는 물속에 들어가 겁에 질린 눈으로 목사를 바라보고 있을 때, 목사가 도랑 옆에 무릎을 꿇고 그들을 위해 기도했다. 모든 사람이 땅바닥에 넙죽 엎드려 울게 해 달라고 기도했다. 사람들은 물에 젖은 옷이 몸에 착 달라붙은 모습으로 물을 뚝뚝 떨어뜨리며 그를 지켜보았다. 그리고 걸을 때마다 절벅절벅 소리가 나는 발로 다시 천막촌으로 돌아갔다. 그들은 경이롭다는 듯 작은 소리로 이야기를 나눴다.

우린 구원받았어. 물에 씻겨서 눈처럼 깨끗해졌어. 이제 다시는 죄를 짓지 않을 거야.

젖은 몸으로 여전히 겁에 질려 있는 아이들도 자기들끼리 속삭였다.

우린 구원받았어. 이제 다시는 죄를 짓지 않을 거야.

그게 다 무슨 죄였는지 알 수 있다면 좋을 텐데. 그래야 그 죄를 지어 볼 수 있을 테니.

이주민들은 노상에서 자기들의 처지에 맞는 즐거움을 찾았다.

24장

토요일 아침 세탁장은 만원이었다. 여자들은 원피스, 분홍색 무명옷, 꽃무늬 옷 등을 빨아 잘 펴서 볕이 잘 드는 곳에 널었다. 오후가 되자 천막촌 전체가 활기를 띠면서 사람들이 흥분하기 시작했다. 아이들도 덩달아 열기에 들떠서 평소 때보다 더 시끄럽게 굴었다. 오후 중반쯤에 어른들이 아이들을 목욕시키기 시작했다. 아이들은 저마다 어른들에게 잡혀서 풀이 죽은 채 어른들의 손길에 몸을 맡겼다. 운동장의 소음이 점차 잦아들었다. 5시가 되기 전에 아이들을 씻기는 작업이 모두 끝나고, 어른들은 아이들에게 다시 옷을 더럽히면 안 된다고 주의를 주었다. 아이들은 새 옷을 입고 조심해야 한다는 말에 기가 눌려서 어색하게 돌아다녔다.

커다란 야외 무도장에서는 위원회가 분주히 움직이고 있었다. 전선이란 전선이 모두 이곳으로 집결되었다. 사람들은 전선을 구하려고 쓰레기장까지 갔다 왔으며, 연장통들을 모두 뒤져 절연테이프를 가져왔다. 이제 테이프로 연결한 전선이 무도장까지 연결되었다. 절연체 대용으로 쓰인 것은 병 주둥이였다. 오늘 밤에 사람들은 무도장에 처음으로 불을 밝힐 생각이었다. 6시가 되자 일을 하러 나갔거나 일자리를 찾으러 나갔던 남자들이 돌아와 몸을 씻기 시작했다. 그리고 7시까지 사람들은 식사를 모두 끝냈다. 남자들은 제일 좋은 옷을 입고 있었다. 깨끗이 빤 작업복, 깨끗한 파란색 셔츠. 가끔 품위 있는 검은색 옷도 눈에 띄었다. 아가씨들도 깨끗이 빨아서 풀을 먹인 옷을 입고 준비를 갖췄다. 땋은 머리에는 리본을 달았다. 부인들은 걱정스러운 표정으로 가족들을 지켜보며 저녁 식사 설거지를 했다. 무도장에서는 현악단이 두 줄로 둥글게 늘어선 아이들에게 둘러싸여 연습을 했다. 사람들은 모두 신이 나 있었다.

중앙위원회 의장인 에즈라 휴스턴의 천막에서 다섯 명의 중앙위원들이 회의를 시작했다. 키가 크고 여윈 몸매에 얼굴은 바람에 시달려 검은색이고 눈은 마치 작은 칼날 같은 휴스턴이 각각의 구역을 대표하는 위원들을 향해 입을 열었다.

"놈들이 무도회를 습격할 거라는 정보를 미리 알게 되어 정말 운이 좋았습니다!"

3번 위생반의 대표로 나온 땅딸막한 남자가 목소리를 높였다.

"우리가 놈들한테 완전히 혼쭐검을 내 줘야 합니다. 본때를 보여 줘야 해요."

"아닙니다. 놈들은 바로 그걸 원하고 있습니다. 그러니 안
돼요. 놈들 의도대로 싸움이 시작된다면, 놈들은 경찰에 달려
가서 우리가 질서를 지키지 않는다고 말할 겁니다. 놈들이 전
에도 그런 수작을 부린 적이 있어요…… 다른 데서."

휴스턴은 이렇게 말하고 나서 2번 위생반에서 나온 슬픈
표정의 가무잡잡한 젊은이에게 시선을 돌렸다.

"아무도 몰래 들어오지 못하게 울타리를 순찰할 사람들을
다 모았습니까?"

슬픈 표정의 청년이 고개를 끄덕였다.

"예! 열두 명입니다. 아무도 때리지 말라고 말해 뒀습니다.
그냥 밀어내기만 하라고요."

"가서 윌리 이튼을 좀 찾아보세요. 그 사람이 오락 담당이
죠?" 휴스턴이 말했다.

"예."

"그 사람한테 우리가 좀 보잔다고 하세요."

청년은 밖으로 나갔다가 곧 체격이 늠름한 텍사스 출신 남
자를 데리고 돌아왔다. 윌리 이튼은 턱이 길고 허약하며, 머리
카락은 흙먼지 색인 남자였다. 그의 팔다리는 길고 힘이 없었
으며, 눈동자는 팬핸들 출신답게 햇볕에 그을린 듯한 회색이
었다. 그가 싱글거리는 얼굴로 천막 안으로 들어와 섰다. 그의
손은 쉴 새 없이 움직이고 있었다.

휴스턴이 말했다. "오늘 밤 얘기 들었습니까?"

윌리가 씩 웃었다. "예!"

"뭔가 조치를 취했습니까?"

"예!"

"무슨 조치를 취했는지 말해 보세요."

월리 이튼은 즐거운 표정으로 싱글거렸다. "음, 원래 오락 위원은 다섯 명입니다. 오늘은 스무 명을 더 늘렸습니다. 전부 착하고 튼튼한 청년들이죠. 그 청년들이 춤을 추면서 감시할 겁니다. 이상한 조짐이 보이기만 하면, 그러니까 누가 이상한 얘기를 하거나 말싸움을 벌이기라도 하면 그 청년들이 그 사람을 단단하게 둘러쌉니다. 계획을 다 짜 놨어요. 사람들은 아무것도 볼 수 없을 겁니다. 그냥 움직이는 척하면서 문제를 일으킨 사람을 같이 데리고 나가는 겁니다."

"아무도 다치게 해서는 안 된다고 일러두세요."

월리가 유쾌한 표정으로 웃음을 터뜨렸다. "이미 말해 두었습니다."

"잘 알아듣게 일러두세요."

"다 알고 있습니다. 다섯 명을 출입구에 배치해 두었습니다. 들어오는 사람들을 감시하라고요. 일이 터지기 전에 수상한 사람을 잡아야 하니까."

휴스턴이 자리에서 일어섰다. 강철색 눈동자가 엄격했다.

"잘 들어요, 월리. 그 사람들이 다치면 안 됩니다. 정문 밖에 보안관보들이 있을 테니까. 그 사람들이 피를 흘리기라도 하면, 보안관보들이 당신을 잡을 겁니다."

"그것도 다 생각해 뒀죠. 그 사람들을 뒷문으로 해서 들판으로 데려갈 겁니다. 그리고 그놈들이 정말로 떠나는지 청년들 몇 명이 지켜볼 거고요."

"음, 괜찮은 계획인 것 같군요." 휴스턴이 걱정스러운 표정으로 말했다. "하지만 사고가 생기면 안 됩니다, 윌리. 당신이 책임지고 단속하세요. 그 사람들이 다치면 안 됩니다. 막대기나 칼 같은 무기를 사용하면 절대 안 됩니다."

"알겠습니다. 그런 일은 없을 겁니다."

휴스턴은 여전히 믿을 수 없다는 표정이었다.

"당신을 확실히 믿을 수 있다면 좋을 텐데. 놈들을 혼내주더라도 피가 안 나는 곳을 골라서 때리세요."

"알겠습니다!" 윌리가 말했다.

"당신이 고른 젊은이들은 확실합니까?"

"예."

"좋습니다. 만약 일이 걷잡을 수 없게 되면 오른쪽 구석으로 날 찾아오세요. 무도장 이쪽입니다."

윌리는 장난스럽게 경례를 하고 밖으로 나갔다.

휴스턴이 말했다. "모르겠습니다. 윌리가 고른 청년들이 아무도 죽이지 않기를 바라는 수밖에. 보안관보들은 도대체 뭣 때문에 이 천막촌을 치려고 하는 건지. 우릴 그냥 내버려 두면 안 되나?"

2번 위생반에서 온 슬픈 표정의 청년이 말했다. "전 선랜드 토지가축회사가 운영하는 천막촌에서 산 적이 있습니다. 하느님께 맹세코, 거기서는 주민 열 명마다 경찰이 한 명꼴이었습니다. 수도꼭지는 주민 200명마다 하나 꼴이었고요."

땅딸막한 남자가 말했다. "세상에, 제레미. 그런 얘기는 하

206

지도 마. 나도 거기서 살았으니까. 오두막 서른다섯 채가 한 줄로 늘어선 게 한 구획이었는데, 그런 게 열다섯 개나 됐어. 그런데 천막촌 전체에 화장실은 열 개였다고. 젠장, 1마일이나 떨어진 데서도 냄새가 날 정도였으니. 보안관보 한 명이 나한테 내막을 얘기해 줬지. 우리가 둘러앉아 있는데, 그 친구가 이러더라고. '젠장, 국영 천막촌이라니. 수세식 화장실 같은 걸 만들어 주니까 너도나도 그걸 해 달라고 하지. 이 망할 놈의 오키들한테 그런 걸 만들어 주면 다들 똑같이 해 달라고 한단 말이야. 국영 천막촌에서는 빨갱이들이 회합을 갖는다더군. 다들 지원금을 타 낼 궁리나 하고.'"

"아무도 그자를 혼내 주지 않았습니까?" 휴스턴이 물었다.

"예. 몸집이 작은 남자 하나가 물었죠. '지원금이라니, 그게 무슨 소리요?'

'지원금 말이야. 우리 납세자들이 돈을 내면, 너희 같은 망할 놈의 오키들이 그걸 가져간다고.'

'우리도 판매세하고, 휘발유와 담배에 붙는 세금을 내요. 정부가 목화 1파운드에 4센트씩 농부들에게 주고 있는데, 그 것도 지원금 아니오? 철도 회사랑 선박 회사도 보조금을 받지. 그것도 지원금 아니오?'

'그 사람들은 할 일을 하고 있으니까 받는 거야.'

'그럼, 우리가 아니었더라면 이 망할 놈의 농작물을 어떻게 수확할 수 있었겠어?'"

땅딸막한 남자가 좌중을 둘러보았다.

"그 보안관보가 뭐라고 했습니까?" 휴스턴이 물었다.

"엄청 화를 냈죠. '너희 같은 망할 놈의 빨갱이들은 항상 말썽만 일으키고 있어. 날 따라와.' 이러면서 그 자그마한 남자를 데려갔습니다. 그 남자는 부랑죄로 구류 육십 일을 살았죠."

"그 남자한테 일자리가 있었다면서 어떻게 그런 죄를 씌우나?" 티모시 월리스가 물었다.

땅딸막한 남자가 웃음을 터뜨렸다. "그걸 몰라서 묻는 겁니까? 경찰관 마음에 안 들면 누구나 부랑죄로 집어넣을 수 있다는 걸 알면서. 놈들이 우리 천막촌을 싫어하는 것도 바로 그 때문이고. 경찰이 여길 들어올 수 없으니까. 여긴 캘리포니아가 아니라 미국이거든."

휴스턴이 한숨을 쉬었다. "우리가 여기 계속 머무를 수 있으면 좋을 텐데. 머지않아 떠나야 할 겁니다. 여기가 좋은데. 사람들끼리 서로 사이도 좋고. 젠장, 왜 우리를 그냥 내버려 두지 않는 거지? 우리를 그렇게 비참하게 만들어서 감옥에 집어넣어야 직성이 풀리나? 하느님께 맹세코, 놈들이 계속 문제를 일으킨다면 우리도 결국 싸울 수밖에 없을 겁니다."

그는 목소리를 차분하게 가라앉혀 다시 말을 이었다.

"우리는 절대 폭력을 쓰지 말아야 합니다. 위원회한테는 화를 낼 권리가 없어요."

3번 위생반에서 온 땅딸막한 남자가 말했다. "우리 위원회에 미친놈들만 있다고 생각하는 사람이 있다면 한번 직접 자기 눈으로 봐야 합니다. 오늘 우리 반에서 싸움이 있었는데, 여자들 싸움이었죠. 서로 욕을 하고 쓰레기까지 집어 던졌어요. 부녀 위원회가 감당을 못 해서 나를 찾아왔더군요. 그 싸움을 우리 위원회에 상정해 달라고. 난 여자들 문제는 여자들끼리 알아서 하라고 했습니다. 우리 위원회는 쓰레기 던지기 싸움까지 간섭하지는 않을 거라고."

휴스턴이 고개를 끄덕였다. "잘하셨습니다."

어스름이 깔리기 시작했다. 어둠이 깊어지면서 현악단이 연습하는 소리가 더욱 커지는 것 같았다. 불이 반짝 켜지고, 남자 두 명이 테이프로 붙여서 무도장까지 연결한 전선을 살펴보았다. 아이들은 현악단 주위에 바글바글 모여 있었다. 기타를 든 청년이 「다운 홈 블루스」를 부르며 섬세한 기타 반주를 곁들였다. 그가 두 번째 후렴을 부를 때는 하모니카 세 대와 바이올린 한 대가 연주에 끼어들었다. 여기저기 천막에서 나온 사람들이 무도장을 향해 물결처럼 밀려왔다. 남자들은 깨끗한 파란색 데님 셔츠를 입었고, 여자들은 무명옷을 입고 있었다. 사람들은 무도장 근처로 와서 조용히 기다리며 서 있었다. 불빛 속에 사람들의 들뜬 얼굴이 드러났다.

천막촌 주위에는 높은 철조망이 둘러쳐져 있었고, 철조망을 따라 50피트 간격으로 파수꾼들이 풀밭에 앉아 대기하고 있었다.

손님들의 차가 도착하기 시작했다. 소규모 농부들과 그 가족들, 다른 천막촌에 거주하는 이주민들. 손님들은 문을 통과하면서 자신을 초대한 주민의 이름을 말했다.

현악단이 릴[3] 댄스곡 하나를 골라 큰 소리로 연주했다. 이

---

3) 춤의 일종.

건 연습이 아니었다. 광신자들은 자기들 천막 앞에 앉아 지켜보고 있었다. 사람들을 경멸하는 듯한 딱딱한 표정이었다. 그들은 서로 이야기도 나누지 않고 죄를 짓는 사람이 없는지 감시했다. 이 행사 전체를 비난하는 표정으로.

조드 일가의 천막에서 루티와 윈필드는 얼마 되지도 않는 저녁 식사를 급히 씹어 삼키고 무도장으로 뛰어가려 했다. 어머니가 아이들을 불러 세워 손으로 아이들의 턱을 치켜올린 채 콧구멍 속도 들여다보고, 귀를 잡아당겨 귓속도 들여다보았다. 그리고 위생실로 가서 한 번 더 손을 씻고 오라고 말했다. 아이들은 건물 뒤로 살짝 빠져나가 무도장으로 냅다 달려가서는 현악단 주위에 빽빽하게 늘어선 아이들 사이에 끼어들었다.

앨은 저녁 식사를 마친 후 톰의 면도칼로 삼십 분 동안 면도를 했다. 그는 몸에 꼭 맞는 모직 양복과 줄무늬 셔츠를 갖고 있었다. 그는 목욕을 한 다음 생머리를 뒤로 빗어 넘겼다. 세면실이 잠시 텅 비자 그는 거울을 보며 매력적인 미소를 지어 보았다. 그리고 몸을 돌려 미소를 지을 때 자신의 옆모습이 어떻게 보이는지 관찰하려고 했다. 그는 보라색 소매 밴드를 끼고 몸에 꼭 맞는 웃옷을 입었다. 그리고 화장지로 노란색 신발을 닦았다. 누가 늦은 목욕을 하러 들어오자 앨은 서둘러 밖으로 나가 눈으로 아가씨들을 살펴보면서 건들건들 무도장으로 걸어갔다. 무도장 근처에서 어떤 천막 앞에 앉아 있는 예쁜 금발 아가씨가 눈에 띄었다. 그는 조심조심 그녀에게 다가가 셔츠가 잘 보이도록 웃옷 자락을 확 젖혔다.

"오늘 밤에 춤출 거야?"

여자는 그를 외면하며 아무 말도 하지 않았다.

"너하고 말도 하면 안 된다 이건가? 나랑 춤추는 건 어때?" 그리고 그는 태연한 척 말을 덧붙였다. "난 왈츠 출 줄 알아."

여자가 수줍게 시선을 들고 말했다. "그건 아무것도 아냐……. 왈츠는 누구나 다 출 줄 아는데."

"나처럼은 못 추지." 앨이 말했다.

음악 소리가 높아지자 그는 한쪽 발로 박자를 맞췄다.

"가자." 그가 말했다.

몹시 뚱뚱한 여자가 천막 안에서 고개를 내밀고 그에게 인상을 찌푸렸다. 그 여자가 사납게 말했다.

"저리 가. 얘는 벌써 약속이 돼 있어. 금방 결혼할 몸이라고. 신랑감이 얘를 데리러 올 거야."

앨은 멋을 부리며 여자에게 윙크를 하고 그 자리를 떠났다. 그는 음악에 맞춰 걸으면서 어깨와 팔을 흔들었다. 여자는 그의 뒷모습을 열심히 지켜보았다.

아버지가 접시를 내려놓고 일어섰다.

"갑시다, 형님." 그리고 어머니를 향해 말을 이었다. "일자리에 대해 사람들하고 얘기를 좀 하려고."

아버지와 존은 관리자의 집을 향해 걸어갔다.

톰은 가게에서 사 온 빵 한 조각을 접시에 남은 그레이비소스에 찍어 먹었다. 그가 어머니에게 접시를 넘겨주자 어머니는 그것을 뜨거운 물이 담긴 양동이에 넣고 씻어서 샤론의 로즈에게 물기를 닦으라고 주었다.

"넌 춤추러 안 가니?" 어머니가 물었다.

"가야죠. 저도 위원인데요. 우리가 손님들을 접대해야 돼요."

"벌써 위원이 됐어? 아마 너한테 일자리가 있어서 그런 모양이구나."

샤론의 로즈가 접시를 정리하려고 몸을 돌렸다. 톰이 그녀를 가리키며 말했다.

"세상에, 배가 점점 커지고 있어요."

샤론의 로즈는 얼굴을 붉히며 어머니에게서 접시를 또 하나 받아 들었다.

"당연하지." 어머니가 말했다.

"그리고 점점 더 예뻐지고 있어요." 톰이 말했다.

로저샨은 얼굴을 더욱 붉히며 고개를 푹 숙였다. 그녀가 작은 소리로 말했다.

"그만해."

"그것도 당연하지. 아이를 가진 여자는 원래 예뻐지는 법이야." 어머니가 말했다.

톰이 소리 내어 웃었다. "저렇게 배가 부풀다가는 손수레로 실어 날라야겠는걸요."

"그만 좀 해."

샤론의 로즈는 이렇게 말하고 나서 톰의 시선을 피해 천막 안으로 들어갔다.

어머니가 쿡쿡 웃었다. "괜히 약 올리지 마."

"저 애도 좋아하는데요 뭐."

"그건 나도 알지만, 속도 상할 거야. 게다가 코니 때문에 슬퍼하고 있잖니."

"그놈은 이제 그만 포기하는 게 좋을 텐데. 지금쯤 그놈은 아마 미국 대통령이 되려고 공부하고 있을걸요."

"동생 놀리지 마. 안 그래도 힘든 애를."

윌리 이튼이 가까이 다가와서 싱긋 웃으며 말했다.

"톰 조드?"

"응."

"난 오락 위원회 위원장이야. 자네가 좀 도와줘야겠어. 어떤 사람한테서 자네 애길 들었거든."

"그러지 뭐. 이쪽은 우리 어머니셔." 톰이 말했다.

"안녕하세요?" 윌리가 말했다.

"반갑구먼."

"우선 자네를 출입문에 배치했다가 나중에 무도장에 배치할 거야. 들어오는 사람들을 잘 살펴보고 수상한 놈을 찾아봐. 다른 사람하고 같이 일하게 될 거야. 나중에는 무도장에서 춤을 추면서 사람들을 감시해 주고." 윌리가 말했다.

"알았어! 문제없어." 톰이 말했다.

어머니가 걱정스러운 듯이 말했다. "무슨 문제는 없겠나?"

"없어요. 아무 문제 없을 겁니다." 윌리가 말했다.

"걱정 마세요. 그럼 가 볼게요. 무도장에서 봐요, 어머니."

두 젊은이는 중앙 출입구를 향해 걸음을 재촉했다.

어머니는 씻은 접시들을 상자 위에 쌓았다.

"이제 그만 나와라."

어머니가 소리쳤다. 그러나 대답이 없었다.

"로저샨, 이제 그만 나와."

로저샨이 천막에서 나와 다시 접시의 물기를 닦기 시작했다.

"톰은 그냥 널 놀린 거야."

"알아요. 괜찮아요. 그냥 사람들이 날 보는 게 싫어서 그래요."

"그건 어쩔 수 없잖니. 어차피 사람들이 보게 돼 있는걸. 하지만 그 사람들은 임신한 여자를 보면서 기뻐하는 거야. 즐거워서 키득키득 웃음을 터뜨리게 되는 거지. 넌 춤추러 안 갈 거니?"

"난…… 잘 모르겠어요. 코니가 같이 있다면 좋을 텐데." 그녀의 목소리가 높아졌다. "엄마, 코니가 같이 있다면 얼마나 좋을까요. 이젠 견딜 수가 없어요."

어머니는 딸을 유심히 살펴보았다.

"나도 안다. 하지만 로저샨, 식구들을 부끄럽게 만들지는 마라."

"나도 그럴 생각 없어요, 엄마."

"그래, 식구들을 부끄럽게 만들지 마. 안 그래도 이미 힘든 일이 많으니까."

로저샨의 입술이 파르르 떨렸다. "난…… 난 춤추러 안 갈 거예요. 그럴 수가 없어…… 엄마…… 어떻게 좀 해 줘요!"

그녀는 주저앉아서 팔에 얼굴을 묻었다. 어머니는 행주에 손을 닦고 딸 앞에 주저앉아 두 손을 샤론의 로즈의 머리 위에 얹었다.

"넌 착한 애다. 넌 옛날부터 항상 착한 애였어. 내가 널 보살펴 줄게. 불안해 하지 마라." 어머니는 일부러 활기찬 목소리로 말을 이었다. "우리 이렇게 할까? 같이 무도장으로 가서 구경을 하자. 누가 와서 춤을 추자고 하면…… 네 몸이 좋지 않다고 내가 말할게. 네가 춤을 잘 못 춘다고. 그러면 그 자리에서 너랑 나랑 음악을 들을 수 있잖니."

샤론의 로즈가 고개를 들었다. "내가 춤을 추지 않도록 해 주실 거예요?"

"그래."

"아무도 날 못 건드리게 해 줄 거죠?"

"그래."

샤론의 로즈가 한숨을 쉬었다. 그리고 절망적인 표정으로 말했다.

"뭘 어떻게 해야 할지 모르겠어요, 엄마. 정말 모르겠어요. 정말 모르겠어."

어머니가 딸의 무릎을 토닥거렸다. "날 봐. 날 좀 봐봐. 내 말 잘 들어. 시간이 조금 지나면 이렇게 힘들지 않을 거다. 시간이 조금만 지나면. 진짜야. 자, 일어서. 가서 좀 씻고 오자. 그리고 좋은 옷을 차려입고 무도장 옆에 앉아 있는 거야."

어머니는 샤론의 로즈를 이끌고 위생실로 향했다.

아버지와 존은 여러 명의 남자들과 함께 사무실 입구 베란다에 앉아 있었다.

아버지가 말했다. "오늘 일자리를 얻을 뻔했는데. 겨우 몇 분 차이로 어긋나 버렸지. 벌써 두 명을 뽑았더라고. 그런데 참 웃기지. 십장이 나와서 이러는 거야. '지금 막 25센트짜리 일꾼을 뽑았다. 물론 20센트짜리 일꾼도 쓸 수 있지. 20센트 짜리 일꾼을 아주 많이 쓸 수 있어. 그러니 천막촌으로 가서 우리가 20센트에 사람을 많이 쓸 거라고 말해.'"

앉아 있던 남자들이 불안한 표정으로 조금씩 몸을 움직였 다. 어깨가 넓고 얼굴이 검은 모자 그늘에 완전히 가려진 남자 가 손바닥으로 자신의 무릎을 탁 치며 소리쳤다.

"그럴 줄 알았어, 젠장! 그놈들이 사람을 뽑기는 하겠지. 배 고픈 사람들을. 시간당 20센트로는 식구들을 먹여 살릴 수 없 지만, 그래도 뭐든 잡을 수밖에. 놈들은 제멋대로 우리를 오라 가라 하는데. 경매를 하듯이 일꾼을 구하고 있단 말이야. 젠 장, 조금 있으면 우리더러 돈을 내고 일하라고 그럴걸."

"우린 그렇게라도 일을 하려고 했어." 아버지가 말했다. "일 이 없었으니까. 틀림없이 그렇게라도 그 자리를 잡았을 거야. 그런데 이미 일하는 사람들이 있더라고. 그 사람들 꼴을 보고 는 겁이 나서 그 일을 못 하겠더만."

검은 모자를 쓴 남자가 말했다. "웃기는 소리! 내가 어떤 사 람 밑에서 일한 적이 있는데, 그 사람은 자기 밭에 있는 작물 을 수확할 수가 없었어. 그 작물을 팔아서 벌 수 있는 돈보다 수확하는 비용이 더 들었거든. 그래서 어쩔 줄을 모르고 있 었지."

"내가 보기에는……."

아버지는 말을 멈췄다. 다들 입을 다문 채 아버지의 다음 말을 기다리고 있었다.

"음…… 그냥 생각한 건데, 어떤 사람한테 땅 1에이커가 있다고 쳐. 우리 마누라 같으면 채소를 키우면서 돼지 두어 마리하고 닭도 몇 마리 같이 키울 수 있을 거야. 그리고 우리 같은 남자들은 밖에 나가서 일자리를 구해 일을 하다가 돌아올 거고. 애들은 어쩌면 학교에 갈 수 있을지도 모르지. 이 근처에 있는 학교처럼 좋은 학교를 본 적이 없어."

"우리 애들은 학교를 잘 다니지 못해." 검은 모자를 쓴 남자가 말했다.

"왜? 학교가 꽤 좋던데."

"우리 애들은 누더기를 입고 신발도 없는데, 다른 애들은 양말도 신고 좋은 바지를 입었거든. 그 녀석들이 '오키'라고 놀려 대지. 우리 아들 녀석이 학교에 다녔는데, 매일 싸움질만 했어. 싸움도 잘했지. 억센 개구쟁이라서. 매일 그렇게 싸움질을 하고 다 찢어진 옷에 코피를 흘리며 집에 오는 거야. 그러면 애 엄마는 애를 때리고. 내가 애 엄마를 말렸지. 보는 사람마다 그 녀석을 두들겨 팰 필요는 없잖아. 불쌍한 녀석 같으니! 그놈이 애들 몇 명을 아주 심하게 두들겨 줬지. 좋은 바지를 입은 개자식들을. 나도 모르겠어. 정말 모르겠어."

아버지가 다그치듯 물었다. "그럼 난 도대체 어떻게 하면 되는 거야? 이젠 돈도 다 떨어졌는데. 우리 아들 녀석이 잠깐 할 수 있는 일을 구했지만, 그것만 가지고는 먹고살 수가 없어. 난 가서 20센트짜리 일이라도 잡을 거야. 어쩔 수 없어."

검은 모자를 쓴 남자가 고개를 들었다. 뻣뻣한 수염이 난 턱이 불빛에 드러나고, 억센 목에도 수염이 짐승의 털처럼 텁수룩했다. 그가 신랄하게 말했다.

"그래! 마음대로 해. 난 25센트짜리야. 당신이 가서 20센트로 내 자리를 뺏어 보라고. 그럼 나는 굶주리다 못해 15센트짜리 일을 하겠지. 그래! 가서 한번 해 봐."

"그럼 나더러 도대체 어떻게 하라는 거야?" 아버지가 다그치듯 물었다. "당신이 25센트를 받게 하려고 내가 굶을 수는 없잖아."

검은 모자를 쓴 남자가 다시 고개를 숙였다. 그의 턱도 어둠 속에 잠겼다.

"나도 몰라. 정말 모르겠어. 하루에 열두 시간씩 일을 하고서도 배를 곯는 것도 힘든데, 항상 신경을 곤두세워야 해. 우리 애는 배불리 먹지도 못하고. 아침부터 저녁까지 생각만 하고 있을 수는 없잖아, 젠장! 정말 미치겠네."

둘러앉은 남자들이 불편한 듯 발을 꼼지락거렸다.

톰은 천막촌 출입구에 서서 춤을 추러 들어오는 사람들을 지켜보았다. 불빛이 그들의 얼굴 위로 쏟아졌다.

윌리 이튼이 말했다. "그냥 열심히 살펴보기만 해. 내가 줄 비텔라를 보낼게. 체로키 피가 반쯤 섞인 녀석이야. 좋은 친구지. 잘 살펴봐. 수상한 놈이 있으면 점찍어 두라고."

"알았어." 톰이 말했다.

그는 농부들과 그 식구들이 안으로 들어오는 것을 지켜보았다. 아가씨들은 머리를 땋아 늘였고, 청년들은 무도회를 위해 광을 낸 모습이었다. 줄이 와서 그의 옆에 섰다.

"나 왔어." 그가 말했다.

톰은 그의 매부리코와 우뚝 솟은 갈색 광대뼈와 뒤로 들어
간 가냘픈 턱을 바라보았다.

"인디언 피가 반쯤 섞였다더니. 내가 보기에는 완전히 인디
언인데."

"아냐. 반만 인디언이야. 완전한 인디언이었으면 좋았을걸.
그럼 인디언 거주지에 땅을 얻을 수 있었을 거야. 진짜 인디언
들 중에는 꽤 좋은 땅을 얻은 놈들도 있거든." 줄이 말했다.

"저 사람들 좀 봐." 톰이 말했다.

손님들이 문으로 들어오고 있었다. 농장에서 온 사람들, 도
랑 근처의 천막촌에서 온 이주민들. 아이들은 제멋대로 돌아
다니고 싶어 애를 쓰고, 부모들은 말없이 아이들의 손을 잡고
있었다.

줄이 말했다. "여기 무도회는 진짜 재미있어. 아무것도 가진
게 없는 주제에, 친구들한테 춤추러 오라고 말할 수 있다는
이유만으로 무도회를 열고는 자랑스러워 하거든. 그리고 사람
들은 이 무도회 때문에 여기 사람들을 존중하고 말이야. 내가
일하던 작은 농장 주인도 춤추러 왔어. 내가 그 사람한테 직
접 오라고 했더니 정말로 왔더라고. 이 일대에서 그럴듯한 무
도회는 여기뿐이라나. 남편이 아내와 딸들을 데리고 올 수 있
는 곳 말이야. 이봐! 저기 좀 봐."

젊은 남자 세 명이 출입문을 통과하고 있었다. 청바지를 입
은 젊은 노동자들이었다. 그들은 서로 꼭 붙어서 걸었다. 출입
문을 지키던 사람이 그들에게 뭔가 질문을 던졌고, 그들은 대
답을 한 후 문을 통과했다.

"저놈들 잘 봐 둬." 줄은 이렇게 말하고 나서 문을 지키는 파수꾼에게 갔다. "저 세 명을 누가 초대했대?"

"잭슨이라는 사람이래. 4번 위생반."

줄이 톰에게 돌아왔다.

"저놈들이 그놈들인 것 같아."

"그걸 어떻게 알아?"

"그냥 알아. 느낌이 와. 좀 긴장한 것 같았거든. 그놈들 뒤를 따라가서 윌리한테 잘 감시하라고 해. 4번 위생반의 잭슨이라는 사람도 확인해 보라고 하고. 그 사람을 데려다가 저놈들이 괜찮은 놈들인지 확인하게 해. 난 여기 있을게."

톰은 세 젊은이의 뒤를 따라 걸었다. 그들은 무도장으로 가서 모여 있는 사람들 옆에 조용히 자리를 잡았다. 톰은 악단 근처에서 윌리를 발견하고 그에게 신호를 보냈다.

"무슨 일이야?" 윌리가 물었다.

"저기 세 명…… 보여?"

"응."

"4번 위생반의 잭슨이라는 사람이 자기들을 초대했대."

윌리는 목을 쭉 빼서 휴스턴을 찾아내고는 그에게 이리로 오라고 소리를 질렀다.

"저기 세 명." 그가 말했다. "4번 위생반의 잭슨을 찾아봐야겠어요. 정말로 저 사람들을 초대했는지 물어보게."

휴스턴은 몸을 돌려 그 자리를 떠났다. 그리고 잠시 후 뼈가 앙상한 캔자스 출신 남자를 데리고 돌아왔다.

"이쪽이 잭슨이야." 휴스턴이 말했다. "이봐요, 잭슨, 저 세 사람 보이죠?"

"예."

"당신이 초대했습니까?"

"아뇨."

"전에 본 적이 있는 사람들이에요?"

잭슨은 그들을 살펴보았다.

"그럼요. 그레고리오 농장에서 같이 일했어요."

"그래서 저놈들이 당신 이름을 알고 있었군요."

"그렇죠. 내가 저 사람들이랑 나란히 일을 했으니까."

"알겠습니다. 저놈들 옆에는 얼씬도 하지 마세요. 저놈들이 얌전하게 굴면 쫓아내지 않을 테니까. 고마워요, 잭슨 씨." 휴스턴이 말했다.

"잘했네. 저놈들이 그놈들인 것 같아." 그가 톰에게 말했다.

"줄이 놈들을 알아봤어요." 톰이 말했다.

"하, 그럴 만도 하지. 인디언 피로 놈들의 냄새를 맡은 거야. 어쨌든, 내가 다른 청년들한테 저놈들 얘기를 해 둘게." 윌리가 말했다.

열여섯 살짜리 소년 하나가 군중을 뚫고 달려왔다. 그가 숨을 헐떡이며 휴스턴 앞에 멈춰 서서 말했다.

"휴스턴 아저씨, 아저씨가 시키신 대로 했어요. 유칼립투스 나무 옆에 여섯 사람이 탄 차가 서 있어요. 북쪽 도로에도 네 명이 탄 차가 있고요. 제가 가서 성냥을 달라고 하면서 살펴 봤는데요, 그 사람들 총을 갖고 있어요. 제가 봤어요."

휴스턴의 눈빛이 무섭게 변했다.

"윌리, 준비 다 해 놨겠지?"

윌리가 즐거운 표정으로 씩 웃었다. "그럼요, 휴스턴 씨. 아무 문제도 없을 겁니다."

"그래, 놈들한테 상처를 입히면 안 되네. 명심해. 가능하면 조용히, 부드럽게. 나도 놈들을 보고 싶군. 난 내 천막에 가 있겠네."

"최선을 다하겠습니다." 윌리가 말했다.

아직 무도회가 공식적으로 시작되지는 않았지만, 윌리가 단상으로 올라갔다.

"여러분, 스퀘어댄스 대형을 짜세요." 그가 소리쳤다.

음악이 멈췄다. 소년과 소녀, 청년과 아가씨가 이리저리 뛰어다니며 넓은 무도장에 여덟 개의 사각형 모양으로 늘어서서 음악이 나오기를 기다렸다. 아가씨들은 두 손을 앞으로 내밀고 손가락을 꼼지락거렸다. 청년들은 잠시도 가만있지 못하고 발끝을 까딱거렸다. 무도장 주위에는 나이 든 사람들이 둘러앉아서 엷은 미소를 띤 채 아이들이 무도장으로 가지 못하도록 붙들고 있었다. 멀리 떨어진 곳에는 광신도들이 경멸이 가득 찬 표정으로 앉아서 죄인들을 지켜보았다.

어머니와 샤론의 로즈는 벤치에 앉아 구경하고 있었다. 남자들이 샤론의 로즈에게 춤을 청할 때마다 어머니는 이렇게 말했다.

"이 애는 몸이 안 좋아요."

그러면 샤론의 로즈는 얼굴을 붉히며 눈을 빛냈다.

지휘자가 무도장 한가운데에 서서 손을 높이 들었다.

"다 준비되셨습니까? 그럼 시작합시다!"

음악 소리가 터져 나왔다. 날카롭고 선명한 '치킨 릴'이었다. 바이올린에서는 높고 날카로운 소리가 났고, 하모니카는 콧소리가 섞인 날카로운 소리를 냈다. 낮은 음을 내는 기타 현들이 둥둥 울렸다. 지휘자가 순서대로 회전을 명령하자 사각형으로 늘어서 있던 사람들이 움직였다. 앞으로 뒤로, 손을 흔들고, 여자를 빙빙 돌리고. 지휘자는 열에 들떠서 발로 박자를 맞추며 앞뒤로 움직였다. 그리고 사람들 옆을 지나가며 계속 지시를 내렸다.

"아가씨를 빙글 돌리고, 부드럽게. 서로 손을 잡고 갑시다."

음악 소리가 높아졌다 낮아지고, 박자를 맞춰 무도장 바닥을 두드리는 신발 소리가 북소리처럼 들렸다.

"오른쪽으로 돌고, 왼쪽으로 돌고. 떨어지고…… 떨어지고…… 뒤로…… 뒤로."

지휘자는 가늘게 떨리는 높은 목소리로 노래하듯 지시를 내렸다. 곱게 빗은 아가씨들의 머리는 이제 엉망이 되었고, 청년들의 이마에는 땀방울이 솟았다. 전문가들이 까다로운 반박자 스텝을 보여 주었다. 무도장 근처에 앉아 있던 나이 든 사람들도 리듬에 들떠 가볍게 손을 두드리며 발로 박자를 맞췄다. 그리고 부드러운 미소와 함께 서로를 바라보며 고개를 끄덕였다.

어머니가 샤론의 로즈의 귓가에 입을 대고 속삭였다. "아마 넌 모르겠지만, 네 아버지는 옛날에 춤을 잘 췄어. 젊었을 때." 어머니는 미소를 지으며 말을 이었다. "옛날 생각이 나는

구나."

춤을 구경하는 사람들의 얼굴에 떠오른 미소는 모두 과거를 추억하는 미소였다.

"이십 년 전에 머스코지 근처에 바이올린을 켜는 장님이 있었어……."

"옛날에 어떤 사람이 점프 한 번에 발꿈치를 네 번이나 부딪치는 걸 봤어."

"다코타주에 사는 스웨덴 사람들이 가끔 뭘 했는지 알아? 바닥에 후추를 뿌렸어. 그게 여자들 치마 속으로 들어가서 여자들을 아주 활기차게 만들거든…… 발정 난 망아지 암컷처럼. 스웨덴 사람들은 가끔 그런 짓을 했어."

멀리 떨어진 곳에서는 광신도들이 각각 자신의 자녀들을 감시하고 있었다.

"저 죄인들을 봐. 저 사람들은 불 막대기를 타고 지옥으로 가고 있어. 신을 공경하는 사람들이 저런 광경을 봐야 하다니."

그들의 자식들은 불안한 표정으로 말이 없었다.

"한 번만 더 돌고 잠시 쉽시다." 지휘자가 소리쳤다. "힘차게 하세요. 금방 춤을 멈출 거니까."

몸은 땀에 젖고 얼굴은 빨갛게 상기된 아가씨들이 입을 벌린 채 진지하고 경건한 얼굴로 춤을 추었다. 청년들은 긴 머리를 뒤로 넘기고 발끝을 뾰족하게 뻗어 껑충껑충 뛰면서 뒤꿈치를 부딪쳤다. 사각형 대형이 안팎으로 움직이며 뒤로 물러나기도 하고, 빙글빙글 돌기도 했다. 음악 소리가 날카롭게 울려 퍼졌다.

그러다가 갑자기 모든 것이 멈춰 버렸다. 춤을 추던 사람들은 지쳐서 숨을 몰아쉬며 가만히 서 있었다. 부모의 손을 뿌리친 아이들은 무도장으로 달려와 정신없이 서로를 쫓으며 모자를 빼앗기도 하고 머리칼을 잡아당기기도 했다. 춤추던 사람들은 바닥에 앉아 손으로 부채질을 했다. 현악 단원들은 일어나서 기지개를 켠 다음 다시 앉았다. 기타 연주자들이 기타줄을 부드럽게 퉁겼다.

월리가 소리쳤다. "다시 사각형으로 늘어서세요. 할 수 있다면."

사람들이 서둘러 일어섰고, 새로 무도장에 들어선 사람들이 짝을 찾아 바삐 뛰어다녔다. 톰은 문제의 세 젊은이 근처에 서 있었다. 그들이 억지로 사람들 사이를 뚫고 무도장으로 향하는 것이 보였다. 그들은 조금씩 만들어지고 있는 사각형들 중 하나를 향하고 있었다. 그가 월리에게 손짓을 하자 월리가 바이올린 연주자에게 뭐라고 얘기를 했다. 바이올린 연주자가 활로 현을 긁어 찢어지는 소리를 냈다. 젊은이 스무 명이 천천히 어슬렁어슬렁 무도장을 가로질렀다. 세 남자가 사각형에 이르렀고, 그중 한 명이 입을 열었다.

"내가 여기서 춤출 거야."

금발 청년이 깜짝 놀란 표정으로 고개를 들었다. "이 여자는 내 파트너야."

"뭐야, 이 개새끼가……."

멀리 어둠 속에서 날카로운 휘파람 소리가 울려 퍼졌다. 이제 세 젊은이는 포위되어 있었다. 사람들이 세 젊은이를 붙들었다. 그리고 그들을 포위한 사람들이 천천히 무도장을 빠져 나가기 시작했다.

윌리가 소리쳤다. "가자!"

날카로운 음악 소리가 울려 퍼지고, 지휘자가 숫자를 세고, 무도장에 선 사람들이 발을 굴렀다.

자동차 한 대가 입구로 달려들고, 그 운전사가 소리쳤다.

"문을 열어라. 폭동이 일어났다는 얘길 들었다."

문을 지키는 파수꾼은 꿈쩍도 하지 않았다.

"폭동은 없어. 음악 소리 안 들려? 당신들 누구야?"

"보안관보다."

"영장 있나?"

"폭동이 벌어졌다면 영장 따위 필요없어."

"폭동은 없다니까 그러네." 문을 지키는 파수꾼이 말했다.

차 안에 탄 남자들은 음악 소리와 지휘자의 말소리에 귀를 기울였다. 이내 자동차가 천천히 멀어지더니 교차로에 멈춰 서서 상황을 주시했다.

사람들에게 포위당한 세 젊은이는 양팔을 단단히 잡힌 채 움직이고 있었다. 그들의 입도 누군가의 손에 의해 막혀 있었다. 일행은 어두운 곳에 도착한 후 포위를 풀었다.

"정말 잘됐어." 톰이 말했다.

그는 뒤에서 한 젊은이의 양팔을 붙들고 있었다.

무도장에 있던 윌리가 그들에게 달려왔다.

"잘했어. 이제 여기에는 여섯 명만 있으면 돼. 휴스턴 씨가 이 세 명을 만나 보겠다고 하셨어."

휴스턴이 어둠 속에서 직접 모습을 드러냈다.

"이놈들인가?"

"예. 이놈들이 무도장으로 올라가서 시작하려고 했죠. 하지만 몸 한번 흔들어 보지 못했어요." 줄이 말했다.

"어디 얼굴 한번 보지."

사람들이 세 젊은이의 몸을 빙글 돌려서 휴스턴과 마주 보도록 했다. 그들은 고개를 숙인 채였다. 휴스턴이 손전등으로 뚱한 표정을 짓고 있는 세 젊은이를 차례로 비춰 보았다.

"뭣 때문에 그런 짓을 한 거지?"

대답은 없었다.

"누가 시킨 거야?"

"젠장, 우린 아무 짓도 안 했어. 그냥 춤을 추려고 한 것뿐이야."

"웃기시네. 아까 그 친구를 혼내 주려고 했잖아." 줄이 말했다.

"휴스턴 씨, 이놈들이 무도장에 들어섰을 때 누군가가 휘파람을 불었어요." 톰이 말했다.

"그래, 나도 알아! 경찰들이 출입구로 달려왔네."

그는 다시 세 청년에게 시선을 돌렸다.

"자네들을 해칠 생각은 없어. 이제 오늘 밤 무도회를 망쳐 버리라고 시킨 사람이 누군지 말해."

그는 대답을 기다렸다.

"자네들도 우리랑 같은 처지잖아." 휴스턴이 슬픈 표정으로 말했다. "자네들도 우리랑 같아. 어쩌다 이렇게 된 건가? 우린 이미 다 알고 있었어."

"아이고, 젠장, 우리도 먹고살아야 하잖아요."

"누가 자네들을 보냈지? 자네들에게 돈을 준 사람이 누구야?"

"돈 같은 건 안 받았어요."

"그래, 앞으로도 못 받겠지. 싸움이 일어나지 않았으니. 그렇지 않나?"

사람들에게 팔을 붙들린 세 청년 중 한 명이 말했다.

"맘대로 하슈. 그래도 우린 아무 말도 안 할 거니까."

휴스턴이 잠시 고개를 푹 숙이고 있다가 부드러운 목소리로 말했다. "좋아, 그럼 말하지 말게. 하지만 잘 들어. 같은 처지의 사람들한테 칼질을 하지는 마. 우린 잘 지내려고 애쓰고 있네. 적당히 즐기면서 질서도 유지하고. 이걸 무너뜨리지 말아 줘. 한번 생각해 보게. 자네들은 지금 스스로를 해치고 있는 거나 마찬가지야. 자, 모두들, 이놈들을 울타리로 데려가게. 절대 해치지 마. 아무것도 몰라서 이런 짓을 하는 거니까."

사람들이 천천히 천막촌 뒤쪽으로 이동하고, 휴스턴은 그들의 뒷모습을 지켜보았다.

줄이 말했다. "저놈들 발로 한 대만 차 주자."

"안 돼! 그러면 안 된다고 했잖아." 윌리가 소리쳤다.

"딱 한 번만 차 주자. 울타리 밖으로 놈들을 넘길 수 있을 만큼만." 줄이 간청했다.

"안 돼." 윌리는 꿈쩍도 하지 않았다. "너희들 잘 들어. 이번에는 너희를 그냥 놓아주지만, 대신 가서 우리 말을 전해. 한 번만 더 이런 일이 생기면, 우리가 아주 혼찌검을 내 줄 거라고. 온몸의 뼈를 다 부러뜨려 버릴 거라고. 너희한테 일을 시킨 사람한테 가서 말해. 휴스턴 씨는 너희도 우리 같은 사람이라고 했지. 어쩌면 그럴지도 몰라. 그런 생각은 하기도 싫지만."

일행이 울타리에 가까워졌다. 의자에 앉아 있던 파수꾼 두 명이 일어서서 다가왔다.

"일찍 돌아가는 사람들이야." 윌리가 말했다.

세 청년은 울타리를 넘어 어둠 속으로 사라져 버렸다.

그들을 붙들고 있던 사람들은 재빨리 무도장으로 돌아갔다. 현악단이 「올드 댄 터커」라는 노래를 요란하게 연주하고 있었다.

사무실 근처에서는 사람들이 여전히 바닥에 앉아 이야기를 나누고 있었다. 날카로운 음악 소리가 그들의 귀에도 닿았다.

"변화가 다가오고 있어." 아버지가 말했다. "어떤 변화인지는 모르지만. 어쩌면 우리가 살아 있는 동안 그 변화를 보지 못할지도 모르지. 하지만 분명히 변화가 오고 있어. 뭔가가 들떠 있는 느낌이야. 사람들은 뭐가 뭔지 알 수가 없어서 이렇게 불안해 하고 있는 거야."

검은 모자를 쓴 남자가 다시 고개를 들었다. 빛이 그의 억센 구레나룻을 비췄다. 그는 바닥에서 돌멩이 몇 개를 모아 엄지손가락으로 공깃돌처럼 퉁겼다.

"난 모르겠어. 당신 말처럼 변화가 오고 있는 건 맞아. 오하이오주 애크런에서 벌어진 일에 대해 얘기를 들었지. 고무 공장에서 싼 임금 때문에 산골 사람들을 데려왔다더군. 그런데 이 사람들이 노조에 가입해 버렸어. 그래 가지고 엄청난 일이 벌어진 거야. 가게 주인이나 퇴역 군인 같은 사람들이 전부 소리를 질러 댔다더군. '빨갱이!' 그 사람들은 애크런에서 노조를 몰아낼 작정이었대. 목사들도 그 문제에 대해 설교를 하고, 신문들도 아우성을 치고, 고무 회사 쪽에서는 곡괭이도 준비하고 독가스도 샀다지. 젠장, 누가 봤으면 그 산골 청년들이 악마인 줄 알았을 거야!"

그는 말을 멈추고 돌멩이를 더 모아 손가락으로 퉁겼다.

"그런데⋯⋯ 지난 3월, 어느 일요일에 산골 사람 5000명이 교외로 칠면조 사냥을 나갔지. 5000명이나 되는 사람들이 총을 들고 시내를 행군했단 말이야. 그렇게 나가서 칠면조 사냥을 마치고 다시 시내로 들어왔어. 그게 다야. 그런데 그 후로는 전혀 문제가 일어나지 않았대. 시(市) 위원들은 곡괭이를 회사에 돌려주고, 가게 주인들도 그냥 가게를 돌보고. 몽둥이에 맞은 사람도, 누명을 쓴 사람도, 다친 사람도 없었지. 죽은 사람도 없었고."

오랫동안 침묵이 이어졌다. 결국 검은 모자를 쓴 남자가 말했다.

"여기 사람들도 점점 못되게 굴고 있어. 천막촌을 불태우고, 사람들을 두들겨 패고. 내가 생각을 해 봤는데 말이야, 우리도 전부 총을 갖고 있잖아. 우리도 칠면조 사냥 클럽을 만들어서 일요일마다 모임을 가져야 하는 게 아닐까?"

사람들은 눈을 들어 그를 바라보다가 다시 땅바닥으로 시선을 떨어뜨렸다. 그들은 발을 불안하게 움직이며 몸의 무게를 한쪽 다리에서 다른 쪽 다리로 옮겼다.

25장

　캘리포니아의 봄은 아름답다. 과실수들이 꽃을 피우는 계곡은 향기로운 분홍색을 띠고, 수심이 얕은 바다에는 하얀 물이 흐른다. 옹이가 진 오래된 포도 덩굴에서 부풀어 오른 덩굴손들이 폭포처럼 아래로 번져 가며 줄기를 덮는다. 온통 초록색으로 뒤덮인 산들은 여자의 가슴처럼 봉긋하고 부드럽다. 평지의 채소밭에는 연초록색 양상추, 키가 껑충한 콜리플라워, 이 세상 물건 같지 않은 회녹색 아티초크가 1마일이나 되는 이랑에서 줄지어 자란다.

　나무에서 이파리가 돋고 과실나무에서 떨어진 꽃잎들이 분홍색과 하얀색 양탄자처럼 땅을 덮는다. 꽃의 중심부가 점점 부풀어 오르며 여러 가지 색깔을 띤다. 버찌와 사과, 복숭아와 배, 열매 속에 꽃이 갇혀 있는 무화과. 캘리포니아 전체가 여러 가지 농산물로 활기를 띠고, 갖가지 과일들이 점점 무거워진다. 그 무게로 인해 가지들이 휘기 때문에 그 밑에 버팀목을 대 주어야 한다.

이런 풍요로운 결실 뒤에는 농사에 대해 아는 것도 많고 기술도 많은 사람들이 있다. 씨앗으로 실험을 하며 수확을 더 늘리기 위한 기술을 한없이 개발하는 사람들. 그들이 개발한 식물의 뿌리는 땅속에 사는 수많은 적들에게 저항할 것이다. 곰팡이, 곤충, 녹병, 마름병. 사람들은 씨앗과 뿌리를 완벽하게 다듬으려고 언제나 세심하게 신경을 쓴다. 해충을 막기 위해 나무에 약을 뿌리고, 포도에 유황 비료를 주고, 병들고 썩은 부분과 곰팡이가 핀 부분을 잘라 내는 사람들도 있다. 예방 조치를 취하는 사람들, 국경에서 일본산 딱정벌레와 초파리를 골라내는 사람들, 병든 나무를 격리해서 뿌리째 뽑아 태워 버리는 사람들. 아는 것이 많은 사람들이다. 어린나무와 덩굴을 접붙이는 사람들이 그중에서도 가장 머리가 좋다. 마치 외과 의사처럼 부드럽고 섬세하게 수술을 해내야 하므로. 나무껍질에 칼집을 내고, 접붙일 가지를 붙이고, 상처를 묶은 다음 공기와 닿지 않도록 감싸 주는 작업을 하려면 외과 의사처럼 섬세한 손과 가슴이 있어야 한다. 그들은 위대한 사람들이다.

이랑을 따라 기계가 움직이며 봄풀을 뜯어내 땅속에 묻는다. 땅을 비옥하게 만들기 위해서다. 표면 근처에 물기를 붙들어 두기 위해 흙을 일구고, 관개를 위해 땅에 작은 웅덩이를 만들고, 나무가 마셔야 할 물을 빼앗아갈 수도 있는 잡초들의 뿌리도 제거한다.

사람들이 이런 일을 하는 동안 열매는 계속 부풀어 오르고, 덩굴에는 꽃들이 주렁주렁 매달린다. 날씨가 좋은 해에는 날이 점점 따뜻해지면서 이파리들이 검푸른 색으로 변한다. 서양자두는 작은 초록색 새의 알처럼 길쭉해지고, 그 무게 때문에 버팀목으로 괴어 놓은 가지들이 아래로 처진다. 작고 단단한 배들도 모양을 갖추고, 복숭아에서는 솜털이 돋아나기 시작한다. 포도 꽃송이가 자그마한 꽃잎을 벌리면 작고 단단한 구슬들이 초록색 단추처럼 변해서 점점 무거워진다. 밭에서 일하는 사람들, 작은 과수원을 갖고 있는 사람들은 그 광경을 지켜보며 계산한다. 올해는 풍작이겠구나. 그리고 자랑스러워 한다. 자기들의 지식으로 풍작을 일구어 냈으므로. 그들은 그 지식으로 세상을 바꿔 놓았다. 짧고 가늘던 밀이 크고 풍요롭게 변했다. 신맛이 나던 작은 사과가 크고 단맛이 나게 변했다. 나무들 사이에서 자라며 자그마한 열매로 새들을 먹여 살리던 포도가 이제는 수많은 변종으로 발전해 빨간색과 검은색, 초록색과 연분홍, 자주색과 노란색 열매를 맺는다. 게다가 각각의 변종들은 독특한 향기도 지니고 있다. 실험적인 농장에서 일하는 사람들은 새로운 과일을 만들어 냈다. 승도복숭아와 종류가 사십 가지나 되는 서양자두, 껍질이 종이처럼 얇은 호두. 그들은 항상 자신을 채찍질하고 땅을 채근해 가며 식물을 고르고, 접붙이고, 변화시킨다.

　제일 먼저 버찌가 익는다. 값은 1파운드에 1센트 반. 젠장, 그 가격에 버찌를 수확하면 뭐 해. 검은버찌, 빨간버찌. 잘 익어서 달다. 새들이 버찌의 절반을 먹어서 구멍이 뚫렸고, 그

구멍 속으로 말벌들이 붕붕거리며 날아 들어간다. 그리고 이제 검은 껍질만 남은 씨앗들이 땅에 떨어져 말라 간다.

자주색 서양자두가 익어서 부드럽고 달게 변한다. 젠장, 저걸 따서 말릴 수도 없고 유황 처리를 할 수도 없어. 인부들 품삯을 아무리 싸게 쳐 줘도 그 돈을 지불할 수가 없단 말이야. 그래서 자주색 서양자두가 양탄자처럼 땅을 덮는다. 처음에는 껍질이 약간 쭈글쭈글해지고, 파리들이 몰려들어 잔치를 벌인다. 그리고 썩어 가는 열매의 달콤한 냄새가 계곡을 가득 채운다. 과육이 검게 변하고, 열매가 땅 위에서 시들어 간다.

배가 노랗게 익어간다. 값은 1톤에 5달러. 50파운드짜리 상자 사십 개에 5달러라는 얘기다. 나무의 가지를 치고, 약을 뿌리고, 열매를 따서 상자에 넣어 트럭으로 통조림 공장에 배달하는 작업. 이런 작업을 거친 배 사십 상자가 5달러. 이건 말도 안 돼. 그래서 노란색 열매가 바닥으로 털썩 떨어져 터져 버린다. 말벌들이 부드러운 과육에 구멍을 뚫고, 열매가 썩어 가는 냄새가 난다.

그리고 포도. 우린 고급 포도주를 만들 수 없어. 사람들이 고급 포도주를 살 여유가 없으니까. 덩굴에서 포도를 따 버려. 좋은 포도든, 썩은 포도든, 나나니벌에게 찔린 포도든. 줄기도 통 속에 넣고 밟아. 흙도 썩은 것도 다 넣어 버려.

하지만 포도주 만드는 통에 곰팡이랑 개미산이 있는데.

그럼 유황하고 타닌산을 넣어.

포도주가 발효할 때 나는 풍요로운 향기가 아니라, 화학약품과 썩는 냄새가 난다.

뭐, 그래도 그 안에 알코올이 있잖아. 저걸 먹고 취할 수만 있으면 되지 뭐.

소규모 농부들은 밀려오는 파도처럼 빚이 쌓여 가는 것을 지켜보았다. 그들은 나무에 약을 뿌리며 농사를 지었지만 아무것도 팔지 못했다. 가지도 치고 접붙이기도 해 주었지만 열매를 따지 못했다. 아는 것이 많은 사람들도 열심히 일하고 많은 생각을 했지만, 열매는 땅 위에서 썩어 가고 있다. 그리고 포도주 만드는 통에서 나는 썩은 냄새가 공기를 오염시킨다. 포도주 맛을 좀 봐. 포도 향이 전혀 안 나잖아. 유황, 타닌산, 알코올 맛뿐이야.

이 조그만 과수원도 내년이면 대지주의 손에 넘어갈 것이다. 빚이 과수원 주인의 목을 조르고 있으니까.

이 포도원도 은행 소유가 될 것이다. 오로지 대지주들만이 살아남을 수 있다. 통조림 공장도 같이 소유하고 있으므로. 배 네 개의 껍질을 벗겨 반으로 잘라서 통조림으로 만드는 비용이 15센트밖에 되지 않는다. 게다가 통조림 배는 썩지도 않는다. 통조림은 몇 년 동안이나 버틸 수 있다.

과일 썩는 냄새가 캘리포니아주 전체로 퍼져 나간다. 이 달콤한 냄새는 이 땅의 사람들이 겪고 있는 커다란 슬픔이다. 나무를 접붙일 줄도 알고 씨앗을 심어 크고 풍요로운 열매를 길러 낼 줄도 아는 사람들이 아무리 애를 써도 굶주린 사람들에게 자신이 기른 열매를 먹일 길이 없다. 새로운 과일을 만들어 낸 사람들도 사람들에게 그 열매를 먹일 수 있는 체제를 만들어 낼 수 없다. 이런 실패가 커다란 슬픔이 되어 캘리포니아주를 뒤덮고 있다.

값을 유지하기 위해 덩굴과 나무의 뿌리가 만들어 낸 열매들을 파괴해 버려야 한다. 이것이 무엇보다 슬프고 쓰라린 일이다. 차에 가득가득 실린 오렌지들이 땅바닥에 버려진다. 사람들이 그 과일을 얻으려고 먼 길을 왔지만, 그 사람들을 내버려 둘 수는 없다. 그냥 차를 몰고 나가서 오렌지를 주워 올 수 있다면, 열두 개에 20센트를 주고 오렌지를 사 먹을 사람이 있겠는가? 사람들이 호스를 가지고 와서 오렌지에 등유를 뿌린다. 그들은 과일을 그냥 주워 가려고 온 범죄자들에게 화가 나 있다. 수많은 사람들이 굶주리며 과일을 먹고 싶어 하지만…… 산더미처럼 쌓인 황금색 오렌지 위에는 등유가 뿌려진다.

썩는 냄새가 일대를 가득 채운다.

커피를 태워 배의 연료로 써라. 옥수수를 태워 난방을 해라. 옥수수는 뜨겁게 타니까. 강에 감자를 버리고 강둑에 경비를 세워 굶주린 사람들이 감자를 건져 가지 못하게 해라. 돼지를 죽여 묻어 버려라. 그리고 그 썩은 물이 땅속으로 스며들도록 내버려 둬라.

고발조차 할 수 없는 범죄가 저질러지고 있다. 울음으로도 다 표현할 수 없는 슬픔이 있다. 다른 모든 성공을 뒤엎어 버리는 실패가 있다. 비옥한 땅, 곧게 자라는 나무들, 튼튼한 줄기, 다 익은 열매. 그런데 펠라그라를 앓고 있는 아이들은 그냥 죽어 갈 수밖에 없다. 오렌지가 이윤을 가져다주지 않는다는 이유만으로. 검시관들은 사망 증명서에 사인을 영양실조로 적어 넣을 수밖에 없다. 사람들이 일부러 식량을 썩히고 있기 때문에.

사람들이 강에 버려진 감자를 건지려고 그물을 가지고 오면 경비들이 그들을 막는다. 사람들이 버려진 오렌지를 주우려고 덜컹거리는 자동차를 몰고 오지만, 오렌지에는 이미 등유가 뿌려져 있다. 그래서 사람들은 가만히 서서 물에 떠내려가는 감자를 바라본다. 도랑 속에서 죽임을 당해 생석회에 가려지는 돼지들의 비명에 귀를 기울인다. 산처럼 쌓인 오렌지가 썩어 문드러지는 것을 지켜본다. 사람들의 눈 속에 패배감이 있다. 굶주린 사람들의 눈 속에 점점 커져 가는 분노가 있다. 분노의 포도가 사람들의 영혼을 가득 채우며 점점 익어 간다. 수확기를 향해 점점 익어 간다.

26장

위드패치 천막촌에서 긴 줄무늬 모양의 구름이 석양 위에 걸려 가장자리를 붉게 물들이고 있던 저녁에 조드 일가는 저녁 식사를 마친 후에도 자리를 뜨지 않았다. 어머니도 곧바로 설거지를 시작하지 않고 잠시 머뭇거렸다.

"어떻게든 해야 해요." 어머니는 이렇게 말하고 나서 윈필드를 가리켰다. "저 애를 좀 봐."

식구들이 모두 윈필드를 바라보는 가운데 어머니가 말을 이었다.

"저 애가 요즘 자면서 몸을 움찔거리고 뒤틀어요. 안색을 좀 봐."

식구들이 부끄러운 얼굴로 다시 땅바닥을 내려다보았다.

어머니가 말했다. "밀가루 튀김 때문이에요. 우리가 여기 온 지 한 달이 지났어요. 톰이 닷새 동안 일했고, 나머지는 매일 사방을 뒤졌지만 아무 일도 못 했죠. 이젠 무서워서 말도 못 꺼내고 있어요. 돈은 다 떨어졌는데, 식구들은 무서워서 말도 못 꺼내고 있다고요. 밤마다 그냥 밥만 먹고 이리저리 흩어져 버리지. 탁 까놓고 얘기하는 걸 견딜 수가 없으니까. 그래도 해야 돼요. 로저샨도 머지않아 몸을 풀 텐데, 저 얼굴 좀 봐요. 이제 탁 까놓고 얘길 해야 한다고요. 뭔가 대책이 마련될 때까지는 아무도 움직일 수 없어요. 기름은 하루치 남았고, 밀가루는 이틀치, 감자는 열 개 남았어요. 이제 다들 앉아서 머리를 좀 굴려 봐요!"

식구들은 땅바닥만 바라보았다. 아버지는 주머니칼로 두터운 손톱을 다듬었고, 존은 자신이 앉아 있는 상자에서 쪼개진 나뭇조각을 잡아 뜯었다. 톰은 아랫입술을 잡아당겼다.

그가 입술을 놓고 부드럽게 말했다. "우린 그동안 계속 일자리를 찾아다녔어요, 어머니. 휘발유가 떨어진 다음에는 계속 걸어다니면서 일자리를 찾았다고요. 문이 보일 때마다 들어가 보고, 집집마다 두드려 보고. 아무것도 없다는 걸 알고 있을 때도 그렇게 했어요. 힘든 일이죠. 아무것도 찾지 못한다는 걸 알면서도 그렇게 찾아다니는 건."

어머니가 사나운 표정으로 말했다. "네가 어떻게 그렇게 풀죽은 소리를 할 수가 있어? 안 그래도 식구들이 전부 맥이 빠져 있는데. 넌 그러면 안 돼."

아버지가 깨끗이 다듬고 난 손톱을 자세히 들여다보며 말했다. "여길 떠나야 해. 떠나고 싶지는 않지만. 여긴 좋은 곳이고 사람들도 다 좋은 사람들이지. 우리가 또다시 후버빌 같은 데서 살게 될까 봐 걱정이다."

"떠나는 수밖에 없다면 떠나야죠. 무엇보다 밥을 제대로 먹는 게 중요하니까." 앨이 끼어들었다. "트럭에 연료통을 한 번 채울 만큼 기름이 있어요. 내가 아무도 손을 못 대게 했거든요."

톰이 미소를 지었다. "여자들 꽁무니만 쫓아다니면서도 제법이네."

어머니가 말했다. "이제 생각들 좀 해 봐요. 식구들이 배를 곯는 걸 더 이상 두고 볼 수만은 없어요. 기름이 하루치밖에 없다고요. 그게 전부예요. 조금 있으면 로저샨이 몸을 풀 테니 뭐라도 먹여야죠. 생각들 좀 해 봐요!"

"여긴 더운 물도 있고 화장실도……." 아버지가 입을 열었다.

"그렇다고 화장실을 먹을 수는 없잖아요." 톰이 말했다. "오늘 어떤 사람이 와서 메리스빌에 갈 사람을 찾는다고 했어요. 과일 따는 일이래요."

"그럼 메리스빌에 가면 되겠네." 어머니가 말했다.

"모르겠어요. 왠지 좀 앞뒤가 안 맞는 것 같아서. 그 사람이 너무 서두르는 게. 품삯이 얼마인지도 말해 주지 않고. 자기는 정확히 모른다면서." 톰이 말했다.

"메리스빌로 가자. 품삯이 얼마든 상관없어. 떠나는 거야." 어머니가 말했다.

"너무 멀어요. 기름 값도 없잖아요. 거기까지 가지도 못할 거예요. 어머니, 우리더러 생각을 좀 해 보라고 그랬죠? 난 지금까지 내내 생각만 했어요." 톰이 말했다.

존이 말했다. "누가 그러는데 북쪽에서 목화 딸 때가 거의 다 됐다더라. 툴레어 근방이라지. 거긴 별로 멀지 않대."

"어쨌든 우린 빨리 떠나야 해요. 여기가 아무리 좋은 곳이라도 더 이상 여기 앉아 있기만 할 수는 없어요."

어머니는 더운물을 받으려고 양동이를 들고 위생실로 향했다.

톰이 말했다. "어머니가 꽤 무서운데요. 요즘 화를 내시면 꽤 무서워요. 그냥 파르르 끓어오르시니."

아버지가 왠지 마음이 놓인다는 표정으로 말했다. "어쨌든 네 어머니가 단도직입적으로 문제를 지적했잖니. 나도 밤마다 누워서 머리를 쥐어짜곤 했다. 그런데 이제는 그 얘기를 드러내 놓고 할 수 있게 됐잖아."

어머니가 양동이에 김이 피어오르는 물을 담아 가지고 돌아왔다.

"그래, 생각 좀 해 봤어요?" 어머니가 다그치듯 물었다.

"생각하는 중이에요." 톰이 말했다. "목화가 있다는 북쪽으로 가면 어떨까요? 이 일대는 다 돌아다녀 봤잖아요. 여긴 정말로 아무것도 없어요. 그러니 짐을 챙겨서 북쪽으로 가는 게 어떨지……. 그럼 목화가 익을 때쯤 일자리를 얻을 수 있을 거예요. 목화 따는 일이 재미있을 것 같기도 하고. 연료통을 가득 채울 만큼 기름이 있다고 했지, 앨?"

"거의 다 채울 수 있어. 한 2인치쯤 모자랄걸."

"그 정도면 거기까지 갈 수 있을 거야."

어머니가 양동이에 접시를 집어넣으려다 말고 다그치듯 물었다.

"그래서?"

"어머니가 이기셨어요. 떠나죠 뭐. 그렇죠, 아버지?" 톰이 말했다.

"그래야 할 것 같구나." 아버지가 말했다.

어머니가 아버지를 흘깃 바라보았다.

"언제요?"

"글쎄, 꾸물거릴 필요 없지. 아침에 떠나는 게 좋겠어."

"아침에는 떠나야 해요. 남은 게 얼마 없으니까."

"여보, 내가 떠나기 싫어하는 줄 아는 모양인데 그런 게 아냐. 나도 이 주 동안 배불리 먹어 본 적이 없다고. 물론 음식을 먹기야 했지만 영양가가 전혀 없었잖아."

어머니가 양동이 속에 접시를 집어넣었다.

"아침에 떠나는 거예요."

아버지가 코웃음을 치며 빈정거렸다. "아무래도 세상이 바뀐 것 같구먼. 옛날에는 남자들이 결정을 내렸는데. 이제는 여자들이 이래라저래라 하는 것 같아. 조금 있으면 몽둥이까지 꺼내 들게 생겼는걸."

어머니가 물이 뚝뚝 떨어지는 깨끗한 접시를 양동이에서 꺼내 상자 위에 놓았다. 그리고 접시를 바라보며 미소를 지었다.

"가서 몽둥이를 한번 갖고 나와 보지 그래요, 여보. 먹을 것이 있고, 살 곳이 있을 때는 당신이 그 몽둥이를 휘둘러서 위험을 벗어났겠지만, 지금은 당신이 제 몫을 못하고 있잖아요.

생각도 제대로 못하고 일도 못 하고. 당신이 제 몫을 하고 있다면 몽둥이를 휘둘러도 누가 뭐라겠어요? 여자들이 코를 훌쩍이면서 설설 기겠지. 하지만 지금은 당신이 몽둥이를 꺼내도 여자를 때릴 수 없어요. 여자와 싸움을 벌인다면 모를까. 나도 몽둥이를 다 준비해 두고 있으니까 말이에요."

아버지가 당혹스러운 표정으로 씩 웃었다.

"애들 앞에서 그런 말을 막 해도 되는 거야?"

"애들한테 뭐가 좋은 일인지 말하기 전에 애들 입에 베이컨이나 좀 넣어 주지 그래요?"

아버지는 지긋지긋하다는 표정으로 자리에서 일어나 어디론가 사라져 버렸다. 존이 그 뒤를 따랐다.

어머니는 물속에서 손을 바삐 놀리면서도 멀어져 가는 두 사람을 지켜보았다. 그리고 톰에게 자랑스레 말했다.

"네 아버지는 괜찮다. 아직 짱짱해. 나랑 싸우기 싫어서 저러는 거지."

톰이 웃음을 터뜨렸다. "일부러 아버지 화를 돋우신 거예요?"

"그럼. 남자가 너무 걱정을 하다 보면 그 걱정거리가 간을 먹어 버려. 그래서 머지않아 얼이 빠져 가지고 병석에 드러누워서 죽어 버리지. 하지만 누가 성질을 돋운다고 같이 화를 낸다면, 그건 아무 문제없는 거다. 네 아버지가 말은 안 해도 지금 화가 많이 났어. 이제 정신을 차리실 거다. 문제없을 거야."

앨이 자리에서 일어섰다. "좀 걸어야겠어요."

"트럭을 좀 살펴보고 오는 게 좋을 거다." 톰이 주의를 주었다.

"트럭은 문제없어."

"무슨 문제가 있으면 내가 어머니한테 이를 거야."

"문제없다니까."

앨은 줄지어 늘어선 천막들 사이를 건들거리며 걸어갔다.

톰이 한숨을 쉬었다. "점점 피곤해져요, 어머니. 저도 좀 화가 나게 만들어 주시는 게 어때요?"

"넌 더 분별이 있어, 톰. 그러니 네 화를 돋울 필요가 없지. 너밖에 의지할 사람이 없다. 다른 사람들은…… 뭐랄까, 낯선 사람들 같아. 너만 빼고는 전부. 절대 포기하지 마라, 톰."

톰은 어깨에 짐을 짊어진 기분이었다.

"싫어요. 저도 앨처럼 나가 버리고 싶어요. 아버지처럼 화도 내고 싶고, 큰아버지처럼 술에 취하고도 싶어요."

어머니가 고개를 저었다. "넌 그럴 수 없는 애다, 톰. 난 알아. 네가 어렸을 때부터 알고 있었어. 넌 그럴 수 없는 애라는 걸. 그냥 생각 없이 세상을 사는 사람들이 있지. 앨이 그렇잖니. 그 애는 그저 여자 꽁무니나 쫓아다니는 어린 녀석이야. 그런데 넌 한 번도 그런 적이 없다, 톰."

"저도 그랬어요. 지금도 그렇고."

"아냐. 넌 무슨 일을 하든 항상 자신을 뛰어넘었어. 네가 감옥에 갔을 때도 난 알고 있었다. 널 보면 알 수 있으니까."

"어머니…… 그만하세요. 잘못 알고 계시는 거예요. 전부 어머니가 꾸며 낸 얘기라고요."

어머니는 접시 위에 나이프와 포크를 쌓았다.

"그럴지도 모르지. 전부 내가 꾸며 낸 얘기일지도. 로저샨,

여기 이것 좀 닦아서 챙겨 둬라."

로저산이 숨을 헐떡이며 일어섰다. 부풀어 오른 배가 앞으로 불쑥 튀어나와 있었다. 그녀는 느릿느릿 상자로 걸어와서 씻어놓은 접시를 집어 들었다.

톰이 말했다. "하도 살이 쪄서 눈이 양쪽으로 쭉 벌어져 버렸네."

"놀리지 마라. 잘하고 있는 애한테. 넌 가서 인사할 사람한테 인사나 하고 와." 어머니가 말했다.

"알았어요. 거기까지 거리가 얼마나 되는지 좀 알아볼게요."

어머니가 딸에게 말했다. "네 오빠가 너 기분 상하라고 그런 소릴 한 건 아냐. 루티랑 윈필드는 어디 있니?"

"아버지 뒤를 따라가던데요."

"그럼 내버려 둬도 되겠네."

샤론의 로즈는 느릿느릿 움직이며 접시를 정리했다. 어머니가 딸을 유심히 살펴보았다.

"기분은 좀 어떠냐? 볼이 좀 늘어진 것 같은데."

"사람들 말처럼 우유를 충분히 마시지 못해서 그래요."

"그래. 우유가 아예 없었으니까."

샤론의 로즈가 멍한 표정으로 말했다. "코니가 가 버리지 않았다면 지금쯤 작은 집을 구해서 살고 있을 거예요. 코니가 공부를 할 거라고 그랬으니까. 우유도 실컷 먹었을 텐데. 예쁜 아기도 낳고. 지금 배 속의 이 애는 그렇지 않을 거예요. 내가 우유를 마셨어야 되는데."

그녀는 앞치마 주머니에서 뭔가를 꺼내 입에 넣었다.

"너 계속 뭘 먹고 있던데, 그게 뭐냐?" 어머니가 말했다.

"아무것도 아니에요."

"그러지 말고 말해 봐. 뭐야?"

"그냥 부서진 석회 쪼가리예요. 큰 덩어리를 하나 주웠거든요."

"세상에, 그건 흙을 먹는 거나 같아."

"왠지 이걸 먹고 싶어서 그래요."

어머니는 말이 없었다. 그리고 치마가 팽팽해지도록 무릎을 벌렸다.

"나도 안다." 어머니가 한참만에 입을 열었다. "나도 임신했을 때 석탄을 먹은 적이 있지. 커다란 석탄 덩어리를 먹었어. 어머님은 그러지 말라고 하셨지만. 아이에 대해서 그런 소리는 하지 마라. 그런 건 생각조차 하지 마."

"남편도 없고, 우유도 없잖아요!"

어머니가 말했다. "네 몸이 성하다면 내가 한 대 때려 줬을 거다. 뺨을 갈겨 줬을 거야."

어머니는 자리에서 일어나 천막 안으로 들어가더니 다시 밖으로 나와 샤론의 로즈 앞에 섰다. 그리고 손을 내밀었다.

"봐라!"

작은 금 귀고리가 그 손에 들려 있었다.

"네가 가져."

로저샨은 잠시 눈을 빛내다가 시선을 돌려 버렸다.

"귀에 구멍도 안 뚫었는데요 뭐."

"그럼 내가 뚫어 주마."

어머니는 서둘러 천막 안으로 들어가서 마분지 상자를 들고 나왔다. 그리고 바늘에 서둘러 실을 꿴 다음 매듭을 여러 개 지었다. 어머니는 또 다른 바늘에도 실을 꿰어 역시 매듭을 여러 번 지었다. 그리고 상자 속에서 코르크 한 조각을 찾아냈다.

"아플 거야. 아플 거야."

어머니는 딸에게 다가가 코르크를 귓불 뒤에 대고 바늘을 코르크 안으로 밀어 넣었다.

로저샨이 몸을 움찔했다.

"따가워요. 아플 거예요."

"아파 봤자 이 정도야."

"아냐, 아플 거예요."

"그럼 다른 쪽 귀부터 먼저 하지 뭐."

어머니는 코르크를 다른 쪽 귀에 대고 구멍을 뚫었다.

"아플 거예요."

"쉿! 다 됐다."

샤론의 로즈는 놀란 표정으로 어머니를 바라보았다. 어머니는 바늘에서 실을 잘라 내고 실을 잡아당겨 매듭 하나가 귓불 밖으로 나오게 했다.

"매일 매듭을 하나씩 잡아당기면 돼. 이 주만 지나면 구멍이 뚫려서 귀고리를 걸 수 있을 거다. 자, 받아라. 이 귀고리는 이제 네 거야."

샤론의 로즈는 조심스레 귀를 만져보더니 손가락에 묻은 자그마한 핏방울을 바라보았다.

"아프지 않았어요. 그냥 조금 따끔하고 말았어요."

"벌써 예전에 귀를 뚫어야 했는데."

어머니는 딸의 얼굴을 바라보며 의기양양한 미소를 지었다.

"자, 접시나 마저 정리해라. 넌 튼튼한 아기를 낳을 거야. 하마터면 귀도 안 뚫고 애를 낳을 뻔했네. 이젠 아무 문제 없어."

"이게 무슨 의미가 있는 건가요?"

"당연하지. 당연하지."

앨은 무도장을 향해 천천히 길을 걸었다. 그는 중간에 작고 깔끔한 천막 앞에서 부드럽게 휘파람을 분 다음 다시 발을 옮겼다. 그리고 천막촌이 끝나는 지점까지 가서 풀밭에 앉았다.

서쪽 하늘의 구름은 이제 붉게 물들어 있지 않았다. 구름의 중심부는 검은색이었다. 앨은 다리를 긁으며 저녁 하늘을 바라보았다.

잠시 후 금발 아가씨가 다가왔다. 이목구비가 뚜렷하고 예쁜 여자였다. 그녀는 풀밭에 그와 나란히 앉았을 뿐 말은 한마디도 하지 않았다. 앨이 그녀의 허리에 손을 얹고 손가락으로 주위를 더듬었다.

"하지 마. 간지러워."

"우리 내일 떠나."

그녀가 깜짝 놀란 얼굴로 그를 바라보았다.

"내일? 어디로?"

"북쪽으로." 그가 가볍게 대답했다.

"우리 결혼하는 거 아니었어?"

"당연히 해야지. 언젠가."

"금방 할 거라고 했잖아!" 여자가 성난 목소리로 소리쳤다.

"그게 때가 되면 한다는 얘기야."

"약속해 놓고."

그는 손가락을 더 멀리까지 움직였다.

"저리 가! 곧 결혼하자고 해 놓고." 여자가 소리쳤다.

"그래, 결혼할 거야."

"떠난다며?"

"너 도대체 왜 그래? 임신이라도 한 거야?" 앨이 다그치듯 물었다.

"아니."

앨이 소리 내어 웃었다. "그동안 내가 시간 낭비만 한 거네, 그렇지?"

여자가 턱을 불쑥 내밀며 벌떡 일어섰다.

"가 버려, 앨 조드. 이제 꼴도 보기 싫어."

"에이, 왜 이래?"

"넌 네가…… 나쁜 놈."

"뭐야?"

"넌 내가 널 따라갈 수밖에 없다고 생각하지? 천만에! 나한테는 아직 기회가 많아."

"뭐?"

"됐어. 가 버려."

앨이 갑자기 여자에게 달려들어 발목을 잡았다. 여자가 쓰러지자 그는 그녀를 끌어안고 화가 나서 뭐라고 외치려는 그녀의 입을 손으로 막았다. 그녀가 그의 손바닥을 물어 버리려고 했지만, 그는 여자의 입을 막은 채로 손을 둥글게 오므렸다. 다른 쪽 팔로는 여자를 바닥에 누르고 있었다. 잠시 후 여자가 잠잠해졌고, 시간이 좀 더 흐른 후 두 사람은 마른 풀밭에서 함께 키득거리고 있었다.

앨이 말했다. "우린 금방 돌아올 거야. 내가 주머니에 돈을 가득 가지고 올게. 같이 할리우드로 영화 보러 가자."

여자는 하늘을 보며 누워 있었다. 앨이 그 위로 몸을 수그렸다. 그녀의 눈에서 별들이 밝게 빛나고 있었다. 그녀의 눈에는 검은 구름도 있었다.

"기차를 타고 가자." 그가 말했다.

"얼마나 오래 걸릴 것 같아?" 여자가 물었다.

"글쎄, 아마 한 달쯤." 그가 말했다.

어둠이 내려앉는 가운데 아버지와 존은 다른 집 가장들과 함께 사무실 밖에 앉아 있었다. 그들은 밤의 풍경을 바라보며 미래를 생각했다. 낡았지만 깨끗한 하얀 옷을 입은 작은 몸집의 관리자는 현관 베란다 난간에 팔꿈치를 괴고 있었다. 일그러지고 지친 표정이었다.

휴스턴이 시선을 들어 그를 바라보았다. "잠을 좀 자 두세요."

"그래야겠죠. 어젯밤에 3번 위생반에서 아이가 태어났어요. 난 산파를 해도 잘할 거야."

"남자도 알아야 하는 일이죠. 결혼한 남자들은 알아 둬야 해요." 휴스턴이 말했다.

"우린 아침에 떠날 거요." 아버지가 말했다.

"그래요? 어디로 가는데요?"

"북쪽으로 조금 올라가 볼까 하고. 목화가 익을 때 도착할 생각이오. 일자리가 없어서 먹을 게 다 떨어져 버렸거든."

"거기는 일자리가 있대요?" 휴스턴이 물었다.

"그야 모르지만, 여기 일자리가 없다는 건 확실하니까."

"일이 생길 거예요. 조금 있으면. 그냥 버텨 봐요." 휴스턴이 말했다.

"우리도 떠나기는 싫어요. 사람들도 친절하고…… 화장실도 있으니. 하지만 먹고살아야지. 기름도 한 통밖에 없어요. 그걸로 조금 움직일 수 있겠지. 여기서는 매일 목욕을 했소. 내 평생 이렇게 깨끗했던 적이 없어. 웃기는 건, 옛날에는 일주일에 한 번씩만 목욕을 해도 몸에서 전혀 냄새가 안 나는 것 같았거든. 그런데 지금은 하루라도 목욕을 안 하면 냄새가 나요. 너무 자주 목욕을 해서 그런가?"

"아마 전에는 자기 몸에서 나는 냄새를 못 맡았을 겁니다." 관리자가 말했다.

"그런 것 같기도 하고. 그냥 여기 계속 있을 수 있다면 좋을 텐데."

작은 몸집의 관리자가 손바닥으로 양쪽 관자놀이를 눌렀다. "오늘 밤에도 아이가 하나 태어날 것 같은데."

"우리 집에도 머지않아 아이가 태어날 거요." 아버지가 말했다. "여기서 애를 낳을 수 있다면 좋을 텐데. 정말 그럴 수 있다면 좋을 텐데."

톰과 윌리, 그리고 인디언의 피가 반쯤 섞인 줄은 무도장 근처에 앉아 발을 흔들고 있었다.

"더럼이 한 봉지 있는데. 담배 피울래?" 줄이 말했다.

"당연하지. 담배를 피워 본 게 언젠지 까마득하네."

톰은 담배 가루가 흐를세라 갈색 담배를 조심스레 말았다.

"네가 간다니 섭섭하다. 너희 식구들은 좋은 사람들인데." 윌리가 말했다.

톰은 담배에 불을 붙였다. "나도 생각을 많이 해 봤어. 젠장, 이젠 정착을 하고 싶은데."

줄이 담배 봉지를 다시 가져갔다. "마음대로 안 돼……. 딸애가 하나 있는데, 처음 이리로 올 때는 그 애를 학교에 보낼 수 있을 줄 알았거든. 그런데 어디 오래 머물 수가 없으니 원. 항상 움직여야 되잖아."

"후버빌 같은 데는 더 이상 가고 싶지 않아. 거긴 정말 무서웠어." 톰이 말했다.

"보안관보가 제멋대로 굴어서?"

"내가 사람을 죽일까 봐. 거기에서 잠깐만 있었는데도 내내 화를 내고 있었거든. 보안관보가 와서 친구를 하나 잡아갔어. 말대꾸를 했다고. 정말 얼마나 화가 나던지."

"시위해 본 적 있어?" 윌리가 물었다.

"아니."

"나도 생각을 많이 해 봤는데, 여기서는 보안관보들이 마음대로 들어와서 소란을 피우지 못하는 이유가 뭘까? 사무실에 있는 그 자그마한 아저씨가 막고 있는 걸까? 천만에."

"그럼 뭣 때문인데?" 줄이 물었다.

"이유는 우리가 전부 힘을 합쳤다는 거야. 이 천막촌에서는 보안관보가 누구 한 사람을 찍을 수가 없다고. 이 빌어먹을 천막촌 전체를 찍어야 되니까. 감히 그렇게는 못 하지. 우리가 소리만 한번 지르면 200명이 뛰어나오잖아. 노조를 만들려고 하는 사람이 길에 나서서 한 얘기가 있어. 우리가 어디서든 이렇게 할 수 있다는 거야. 그냥 서로 뭉치기만 하면 돼. 200명을 상대로 놈들이 소란을 피우지는 못하니까. 어디서든 한 사람만 찍어서 끌고 가잖아."

"맞아. 하지만 노조가 있다면? 노조에는 지도자가 있어야 되는데, 놈들이 그 지도자를 끌고 가 버리면 노조는 어떻게 되지?" 줄이 말했다.

윌리가 말했다. "글쎄. 언젠가 그것도 생각을 좀 해 봐야지. 내가 여기 온 지 일 년인데, 품삯은 계속 내려가고 있어. 이제는 사람들이 품삯으로 가족들을 먹여 살릴 수가 없다고. 게다가 계속 나빠지기만 해. 가만히 앉아서 배를 곯아 봐야 아무 소용없지. 어떻게 해야 좋을지 모르겠어. 말을 몇 마리 갖고 있는 사람이 있다고 쳐. 말들이 일하지 않을 때도 먹이를 줘야 한다는 이유로 그 사람이 소란을 피우지는 않을 거야. 그런데 사람을 부릴 때는 그 사람이 어떻게 되든 신경도 안 쓴다고. 말이 사람보다 훨씬 더 가치가 있어. 도대체 뭐가 뭔지."

줄이 말했다. "그래서 난 그런 문제는 생각하고 싶지 않아. 하지만 생각을 안 할 수도 없지. 어린 딸애가 있으니. 그 애가 얼마나 예쁜지 알지? 언젠가 애가 너무 예쁘다면서 여기 천막촌에서 상도 줬잖아. 그 애가 앞으로 어떻게 될까? 애가 점점 말라 가는데. 참을 수가 없어. 우리 애가 얼마나 예쁜데. 그냥 폭발해 버릴 것 같아."

"어떻게? 뭘 할 건데? 다른 사람 물건을 훔쳐서 감옥에 갈 거야? 누굴 죽여서 교수대에 매달릴 거야?" 윌리가 물었다.

"나도 몰라. 생각만 하면 미치겠어. 정말 미치겠어." 줄이 말했다.

"여기 무도회가 그리울 거야. 여기 어떤 사람들은 정말 춤을 잘 추던데. 이제 가 봐야겠다. 잘 있어. 인연이 있으면 또 만나겠지."

톰은 사람들과 악수했다.

"또 만날 거야." 줄이 말했다.

"그래, 잘 있어."

톰은 어둠 속으로 사라졌다.

조드네 천막의 어둠 속에서 루티와 윈필드는 매트리스에 누워 있었다. 루티가 옆에 누워 있는 어머니에게 속삭였다.

"엄마!"

"응? 아직 안 잤니?"

"엄마, 우리가 가는 데서도 크로케 할 수 있어요?"

"모르겠다. 눈 좀 붙여. 아침 일찍 떠나야 하니까."

"여기 그냥 있으면 좋겠어요. 여기서는 크로케를 할 수 있으니까."

"쉬!"

"엄마, 윈필드가 오늘 밤에 어떤 애를 때렸어요."

"그런 짓은 하지 말아야지."

"나도 알아요. 그래서 그렇게 얘길 했는데도 윈필드가 그 애 코를 정통으로 때렸어요. 젠장, 얼마나 피가 많이 났는데요."

"그런 말은 하지 마라. 그건 좋은 말버릇이 아냐."

윈필드가 돌아누워서 성난 목소리로 말했다. "그놈이 우리 더러 오키라고 했어요. 자기네는 오리건에서 왔으니까 오키가 아니래요. 그런데 우리는 빌어먹을 오키라고 했어요. 그래서 혼내 준 거예요."

"쉬! 그러면 안 돼. 그 애가 욕을 한다고 해서 네가 어떻게 되는 것도 아니잖아."

"그래도 그런 놈은 가만 내버려 두지 않을 거예요." 윈필드 가 사나운 목소리로 말했다.

"쉬! 이제 그만 자자."

루티가 말했다. "피가 얼마나 많이 흘렀는데요. 옷이 온통 피범벅이었어요."

어머니는 담요 속에서 손을 꺼내 손가락으로 루티의 뺨을 때렸다. 아이가 잠시 몸을 뻣뻣하게 굳히더니 코를 훌쩍이며 조용히 울기 시작했다.

아버지와 존은 위생실에서 서로 이웃한 화장실에 나란히 앉아 있었다.

"마지막으로 한번 시원하게 싸 볼까." 아버지가 말했다. "이 건 정말 좋아요. 애들이 처음으로 여기에서 물을 내리고는 겁에 질렸던 거 기억나요?"

"나도 마음이 편하지는 않던데 뭘." 존은 작업복을 무릎 근처까지 깔끔하게 잡아당겼다. "내가 점점 나빠지는 것 같아. 죄책감을 느껴."

"형님이 무슨 죄를 짓는다고 그래요. 돈도 없잖아요. 그냥 가만히 앉아 있어요. 죄를 지으려 해도 적어도 2달러가 드는데, 우린 그럴 돈도 없어요."

"그래! 하지만 난 죄가 되는 생각을 하고 있어."

"그래요, 그래. 죄 되는 생각이야 돈 한 푼 안 드니까."

"그래도 나쁘기는 마찬가지야."

"그래도 돈이 한결 덜 들잖아요."

"죄를 그렇게 가볍게 말하지 마."

"안 그래요. 형님 맘대로 해요. 형님은 항상 무슨 일만 있으면 죄책감을 느끼니까."

"나도 알아. 항상 그렇지. 난 아직 내가 저지른 짓을 반도 말하지 않았어."

"그래요? 그럼 계속 말하지 말아요."

"여기 이 좋은 변기를 봐도 죄책감이 들어."

"그럼 덤불에 가서 일을 보든지. 가요. 바지 입고 가서 잠이나 좀 자자고요."

아버지는 작업복 끈을 매고 버클을 채웠다. 그리고 물을 내린 다음 변기 안에서 소용돌이치는 물을 생각에 잠긴 눈으로 지켜보았다.

어머니는 아직 날이 밝기도 전에 식구들을 깨웠다. 열린 위생실 문으로 밤에만 켜 놓는 약한 불빛이 새어 나왔다. 길을 따라 늘어선 천막들에서 코 고는 소리가 들려왔다.

어머니가 말했다. "어서들 일어나. 길을 떠나야지. 금방 날이 샐 거야."

어머니는 끽끽 소리가 나는 램프 갓을 들어 올리고 심지에 불을 붙였다.

"어서들 일어나."

천막 바닥에서 식구들이 느릿느릿 꼼지락거리기 시작했다. 다들 담요와 이불을 젖히고 잠이 덜 깬 눈을 찡그리며 멍하니 불빛을 바라보았다. 어머니는 잠잘 때 입고 있던 속옷 위에 원피스를 입었다.

어머니가 말했다. "커피는 없어. 빵은 조금 있지만. 가면서 그걸 먹으면 돼. 어서 일어나. 트럭에 짐을 실어야지. 서둘러. 소리 내지 마라. 다른 사람들을 깨우면 안 되니까."

식구들은 곧 잠기운을 완전히 떨쳐 버렸다.

"너희들 아무 데도 가지 마." 어머니가 아이들에게 주의를 주었다.

식구들이 옷을 입었다. 남자들은 방수포를 끌어 내리고 트럭에 짐을 실었다.

"평평하게 잘 실어요." 어머니가 주의를 주었다.

그들은 짐 위에 매트리스를 얹고 기둥에 방수포를 묶어 짐을 덮었다.

"다 됐어요, 어머니. 준비 끝났어요." 톰이 말했다.

어머니는 차가운 빵이 담긴 접시를 들고 있었다.

"그래. 자. 하나씩 먹어. 남은 게 이것밖에 없다."

루티와 윈필드는 빵을 움켜쥐고 짐 위로 올라갔다. 그리고 차가운 빵을 손에 든 채 담요를 덮고 다시 잠에 빠져 들었다. 톰은 운전석에 앉아 시동을 걸었다. 차가 잠시 윙윙거리더니 이내 잠잠해졌다.

"젠장, 앨! 건전지가 방전됐잖아." 톰이 소리쳤다.

"기름도 없는데 나더러 어쩌라는 거야?" 앨이 고함을 질렀다.

톰이 갑자기 쿡쿡 웃었다. "그야 나도 모르지. 하지만 이건 네 책임이야. 그러니까 네가 크랭크를 돌려서 시동을 걸어."

"그게 왜 내 책임이냐고."

톰은 차에서 내려 좌석 밑에서 크랭크를 찾아냈다.

"내 책임이네." 그가 말했다.

"크랭크 이리 줘." 앨이 크랭크를 가져갔다.

"점화 스위치를 내려봐. 내 팔이 떨어져 나가지 않게."

"알았어. 돌려 봐."

앨은 열심히 크랭크를 돌렸다. 엔진에 시동이 걸리면서 약한 소리가 나더니 이내 차가 부르릉거렸다. 톰은 조심스레 초크를 당겼다. 그리고 점화 스위치를 올리고 스로틀을 내렸다.

어머니가 그의 옆자리에 올라탔다. "우리 때문에 천막촌 사람들이 다 깼겠다."

"금방 다시 잘 거예요."

앨이 반대편으로 올라탔다. "아버지랑 큰아버지는 위로 올라갔어. 다시 주무실 거래."

톰은 정문 쪽으로 트럭을 몰았다. 문지기가 사무실에서 나와 손전등으로 트럭을 비췄다.

"잠깐 기다려요."

"왜요?"

"떠나는 거예요?"

"예."

"그럼 당신들 이름을 장부에서 지워야 돼요."

"그러세요."

"어디로 가는 거예요?"

"글쎄요, 일단 북쪽으로 가 보려고요."

"그래요, 행운을 빌어요." 문지기가 말했다.

"당신도요. 안녕히 계세요."

트럭이 천천히 커다란 둔덕을 넘어 도로로 나갔다. 톰은 전에 왔던 길을 되짚어 위드패치를 지나서 서쪽으로 차를 몰았다. 99번 도로가 나오자 그는 포장도로를 따라 베이커즈필드를 향해 북쪽으로 향했다. 차가 도시 외곽에 이르렀을 무렵에는 날이 점점 밝아 오고 있었다.

톰이 말했다. "어디에든 식당이 있네. 전부 다 커피를 판다고 돼 있어. 저기 밤새 영업하는 가게를 봐. 틀림없이 커피가 10갤런은 있을걸. 그것도 아주 뜨거운 걸로!"

"아이고, 조용히 좀 해." 앨이 말했다.

톰이 그를 향해 씩 웃어 보였다. "너 잽싸게 아가씨를 사귄 모양이더라."

"그게 뭐?"

"얘 오늘 아침에 왜 이래요, 어머니? 심통을 부리네."

앨이 짜증을 내며 말했다. "조금만 있으면 나도 혼자 힘으로 살 거야. 식구들만 없으면 살기가 훨씬 쉬워진다고."

"넌 열 달만 지나면 식구가 하나 생길걸. 네가 여자들이랑 노는 거 다 봤어." 톰이 말했다.

"말도 안 되는 소리 그만해. 난 정비 공장에서 일자리를 얻고, 식당에서 밥을 먹을 거야……."

"그리고 열 달 만에 마누라랑 아이가 생기겠지."

"안 그럴 거라고 했잖아."

톰이 말했다. "넌 현명한 애야, 앨. 조금 있으면 머리를 쥐어 박힐걸."

"누가 그런 짓을 해?"

"그런 짓을 할 사람이야 많지." 톰이 말했다.

"함부로 그런……."

"둘 다 그만해라." 어머니가 끼어들었다.

"난 벌써 그만뒀어요. 얘를 좀 놀린 거예요. 나쁜 뜻은 없었다, 앨. 네가 그 아가씨를 그렇게 좋아하는 줄 몰랐어."

"난 어떤 여자도 별로 좋아하지 않아."

"그래, 알았어. 그렇다고 치자. 난 너랑 입씨름하기 싫어."

트럭이 도시 가장자리에 이르렀다.

"저 핫도그 노점 좀 봐. 수백 개나 되네." 톰이 말했다.

"톰! 나한테 1달러가 있다. 그렇게도 커피가 마시고 싶니?" 어머니가 말했다.

"아뇨, 어머니. 그냥 장난친 거예요."

"그렇게 먹고 싶으면 먹어도 돼."

"안 먹을 거예요."

앨이 말했다. "그럼 커피 얘기 좀 그만 해."

톰은 한동안 말이 없었다.

"어째 난 항상 이러는 것 같네." 그가 말했다. "저기 우리가 그날 밤에 지나온 도로가 있다."

"그런 일은 두 번 다시 당하고 싶지 않아. 정말 끔찍한 밤이었어." 어머니가 말했다.

"저도 그랬어요."

오른쪽에서 해가 떠올랐다. 트럭의 커다란 그림자가 트럭과 나란히 달리며 길가의 울타리 기둥을 넘었다. 그들은 재건된 후버빌을 지나쳤다.

"저길 봐요. 새로운 사람들이 들어왔어요. 옛날하고 똑같은 것 같은데요." 톰이 말했다.

앨이 서서히 뚱한 표정을 벗어버렸다. "누가 그러는데, 저 사람들 중에는 천막이 불타는 걸 열 번, 스무 번이나 겪은 사람도 있대. 놈들이 불을 지르면 그냥 버드나무 숲에 숨었다가 나중에 나와서 판잣집을 또 짓는다는 거야. 뒤쥐처럼. 그런 일에 너무 익숙해서 이제는 화도 안 낸대. 그냥 궂은 날씨를 만난 거나 마찬가지라고 생각해 버린대."

"그날 밤은 나한테도 궂은 날씨였어." 톰이 말했다.

그들은 널찍한 고속도로를 따라 달렸다. 해가 떠올랐는데도 몸이 떨렸다.

톰이 말했다. "아침이 추워졌어. 겨울이 오고 있는 거야. 겨울이 오기 전에 돈을 좀 모을 수 있어야 할 텐데. 겨울에는 천막이 별로잖아."

어머니가 한숨을 쉬더니 고개를 꼿꼿이 세웠다.

"톰. 겨울에는 집을 구해야 돼. 반드시. 루티는 괜찮지만 윈필드는 별로 튼튼하지 않잖니. 비가 올 때도 집이 있어야 해. 이 근방은 비가 오락가락한다던데."

"집을 구할 거예요, 어머니. 걱정 마세요. 집을 구할 거예요."

"그냥 바닥하고 지붕만 있으면 되는데. 애들이 땅바닥에서 자지만 않으면 돼."

"애써 볼게요, 어머니."

"너한테 걱정을 안겨 주기는 싫다."

"애써 볼게요, 어머니."

"그냥 가끔 너무 겁이 나. 용기가 다 사라져 버려."

"어머니가 용기를 잃은 모습은 본 적이 없어요."

"밤에는 그래. 가끔."

트럭에서 심하게 쉿쉿거리는 소리가 났다. 톰은 운전대를 단단히 움켜쥐고 브레이크를 세게 밟았다. 트럭이 덜컹거리며 급정거했다. 톰이 한숨을 쉬었다.

"결국 이렇게 됐네."

그는 자리에 앉은 채 등을 기댔다. 앨이 밖으로 뛰어나가 오른쪽 앞 타이어를 살펴보았다.

그가 소리쳤다. "엄청나게 큰 못이 박혔어."

"타이어 때울 거 있어?"

"아니. 다 썼지. 때울 거는 있는데 풀이 없어."

톰은 고개를 돌려 슬픈 표정으로 어머니에게 미소를 지었다.

"1달러가 있다는 얘기를 하지 말지 그랬어요. 그랬더라면 어떻게든 타이어를 고쳤을 텐데."

그는 차에서 내려 구멍 난 타이어를 보러 갔다.

앨이 납작해진 타이어에서 불쑥 튀어나온 커다란 못을 가리켰다.

"저거야!"

"이 동네에 한 개밖에 없는 못을 우리가 밟은 모양이다."

"상태가 안 좋아?" 어머니가 소리쳤다.

"아뇨, 심하진 않아요. 하지만 손을 봐야 돼요."

식구들이 트럭 위에서 줄지어 내려왔다.

"구멍이 난 거야?" 아버지는 타이어를 보고 입을 다물었다.

톰은 어머니에게 다른 좌석으로 옮기라고 하고는 쿠션 밑에서 타이어를 때울 재료가 든 깡통을 꺼냈다. 그는 둘둘 말아 놓은 고무를 펼치고 접합제 튜브를 꺼내 살짝 눌렀다.

"거의 다 비었네." 그가 말했다. "그래도 이 정도면 충분할지도 몰라. 앨, 뒷바퀴를 고정시켜. 잭으로 들어 올리자."

톰과 앨은 호흡이 잘 맞았다. 그들은 바퀴를 돌로 괸 다음 앞바퀴 차축 밑에 잭을 대고 차를 들어 올렸다. 그리고 타이어를 떼어 냈다. 두 사람은 연료통에 잠깐 담갔다가 꺼낸 걸레로 구멍 난 부위를 닦았다. 그러고 나서 앨이 타이어를 무릎 위에 단단히 잡고 있는 동안 톰이 접합제 튜브를 반으로 잘라 조금밖에 남지 않은 접합제를 주머니칼로 고무판 위에 얇게 발랐다. 그리고 고무를 조심스레 긁었다.

"내가 고무를 자르는 동안 접합제가 마르게 놔 둬."

그는 파란 고무판 가장자리를 비스듬하게 잘라 냈다. 앨이 타이어를 단단히 붙들었고, 톰이 잘라 낸 고무판을 조심스레 갖다 댔다.

"됐다! 이제 내가 망치로 두드릴 테니까 이걸 발판으로 가져가."

그는 붙인 고무판을 조심스레 두드린 다음 타이어를 잡아 당기면서 고무판 가장자리를 살폈다.

"됐다. 잘 붙어 있을 거야. 이제 타이어를 끼우고 바람을 넣자. 그 돈은 그냥 가지고 계셔도 될 것 같은데요, 어머니."

앨이 말했다. "여벌 타이어가 있다면 좋을 텐데. 여벌 타이어를 하나 사야 돼, 형. 바람이 빵빵하게 든 걸로. 그러면 밤에 구멍이 나도 고칠 수 있잖아."

"여벌 타이어를 살 돈이 있으면 그 돈으로 커피랑 고기를 사겠다." 톰이 말했다.

아침이라 아직 차가 많지 않은 고속도로에서 자동차들이 붕붕 옆을 지나가고 해가 점점 밝아지며 따뜻해졌다. 한숨을 쉬는 것처럼 부드러운 바람이 남서쪽에서 간헐적으로 불어왔다. 커다란 계곡 양편의 산들은 진주 같은 안개 때문에 잘 보이지 않았다.

톰이 타이어에 바람을 넣고 있을 때 북쪽에서 달려오던 무개(無蓋) 자동차 한 대가 도로 반대편에 멈춰 섰다. 얼굴이 갈색으로 그을린 남자가 연한 회색 양복 차림으로 차에서 내려 길을 가로질러 트럭으로 다가왔다. 머리에는 아무것도 쓰고 있지 않았다. 그가 미소를 지을 때 보니 갈색 피부 때문에 치아가 유난히 하얗게 보였다. 그는 왼손 약지에 금으로 만든 굵은 결혼반지를 끼고 있었다. 그리고 조끼에 가로로 걸려 있는 얇은 줄에는 금으로 만든 작은 럭비공이 매달려 있었다.

"안녕하세요." 그가 기분 좋게 인사했다.

톰은 펌프질을 멈추고 시선을 들었다. "안녕하세요."

남자가 거칠고 짧은 반백의 머리를 손가락으로 빗었다. "일자리를 찾고 있어요?"

"물론이죠. 심지어 마루 밑까지 샅샅이 훑어보며 다니는 중인데요."

"복숭아 딸 줄 알아요?"

"해 본 적은 없소만." 아버지가 말했다.

톰이 얼른 끼어들었다. "우린 뭐든 다 할 수 있어요. 뭐든 다 딸 수 있어요."

남자가 금으로 만든 럭비공을 손가락으로 만지작거렸다. "여기서 북쪽으로 40마일쯤 가면 일자리가 아주 많아요."

"일자리를 얻을 수만 있다면야 좋죠. 길을 좀 가르쳐 주세요. 곧장 달려갈 테니까." 톰이 말했다.

"음, 북쪽으로 픽슬리까지 가요. 아마 35마일이나 36마일쯤 될 거예요. 거기서 동쪽으로 방향을 틀어서 6마일쯤 가요. 거기서 아무나 붙들고 후퍼 농장이 어디냐고 물어보면 됩니다. 거긴 일거리가 아주 많아요."

"갈게요."

"일자리를 구하는 사람들이 또 어디 있는지 알아요?"

"그럼요. 저 아래 위드패치 천막촌에 가면 일자리를 구하는 사람이 많아요." 톰이 말했다.

"그럼 그리로 가 봐야겠군. 사람이 꽤 많이 필요해요. 잊지 말아요. 픽슬리에서 동쪽으로 방향을 틀어서 후퍼 농장까지 직진하는 겁니다."

"예. 고맙습니다. 일자리가 정말로 필요하거든요." 톰이 말했다.

"잘됐어요. 가능한 한 빨리 가 보세요."

그는 다시 길을 건너 차에 올라타더니 남쪽을 향해 출발했다.

톰은 펌프에 몸무게를 실었다.

"한 사람이 스무 번씩이에요." 그가 소리쳤다. "하나…… 둘…… 셋…… 넷……."

스무 번을 다 하고 나자 앨이 펌프를 잡았다. 그다음 차례는 아버지와 큰아버지였다. 타이어에 바람이 차서 타이어가 점점 매끄럽게 펴졌다. 모두들 세 번씩 펌프질을 하고 나니 펌프가 고장 나 버렸다.

"이제 차를 내려서 좀 보자." 톰이 말했다.

앨이 잭을 빼내고 차를 내렸다. "많이 들어갔어. 너무 많이 들어간 것 같기도 해."

그들은 차 안에 연장을 집어 던졌다.

"얼른 타요. 이제야 일거리를 좀 얻게 될 모양이니까." 톰이 소리쳤다.

어머니가 다시 가운데 자리에 탔다. 이번에는 앨이 운전대를 잡았다.

"살살 몰아. 차가 망가지면 안 되니까, 앨."

그들은 아침 햇살을 받고 있는 들판 사이로 달렸다. 산꼭대기에서 안개가 걷히고, 짙은 자주색이 간간이 섞인 갈색 산이 선명하게 드러났다. 트럭이 지나가자 울타리에 앉아 있던 야생 비둘기들이 날아올랐다. 앨은 자기도 모르게 속도를 높였다.

"살살 해. 너무 밀어붙이면 차가 터져 버릴 거야. 거기까지는 가야 하잖아. 어쩌면 오늘 일거리를 얻게 될지도 몰라." 톰이 주의를 주었다.

어머니가 흥분한 목소리로 말했다. "남자들 네 명이 일을 하게 되면 곧장 외상으로 물건을 좀 살 수 있을지도 몰라. 우선 커피를 좀 사야겠다. 네가 그렇게 먹고 싶어 했으니까. 그리고 밀가루하고 베이킹파우더하고 고기를 좀 사야지. 베이컨은 당장 안 사는 게 좋을 거야. 그건 나중으로 미루자. 토요일쯤으로. 그리고 비누도 사야지. 비누가 있어야 돼. 어디서 머무르게 될지 모르겠네." 어머니는 말을 멈추지 않았다. "우유도 사야지. 로저샨이 우유를 마셔야 하니까. 간호사가 그러라고 했어."

뱀 한 마리가 꿈틀거리며 따뜻한 고속도로를 가로질렀다. 앨은 운전대를 꺾어 녀석을 치고는 다시 제자리로 돌아왔다.

"인디고 뱀이야. 그럴 필요는 없잖아." 톰이 말했다.

"난 저 녀석들이 싫어. 뱀이라면 다 싫어. 속이 뒤집히거든." 앨이 즐거운 듯이 말했다.

정오가 가까워지자 고속도로를 달리는 차들이 늘어났다. 회사의 로고를 문에 그려 넣은 번쩍이는 승용차를 탄 영업사원들, 철컹거리는 체인을 매달고 가는 빨갛고 하얀 유조차들, 식품 도매상 소속으로 농산물을 운반하고 있는 사각형 문의 커다란 승합차들. 길가의 들판은 풍요로웠다. 과수원의 나무들은 한창때를 맞아 잎을 무겁게 매달고 있었고, 포도원에서는 초록색 덩굴이 이랑 사이의 땅을 길게 뒤덮고 있었다. 멜론 밭과 곡식이 자라는 밭도 있었다. 초록색 풍경 속의 하얀 집들 위로 장미가 자랐다. 황금색 햇볕이 따뜻했다.

트럭 앞좌석에서 어머니, 톰과 앨은 행복에 들떠 있었다.

"이렇게 기분이 좋은 게 얼마만인지 모르겠다. 복숭아를 많이 따면 집을 구할 수 있을지 몰라. 두어 달 동안 집세도 치를 수 있을 거야. 집을 구해야지." 어머니가 말했다.

앨이 말했다. "난 저축할 거예요. 돈을 모아서 시내로 나가 정비 공장에 취직할 거예요. 방을 하나 얻고 밥은 식당에서 먹어야지. 그리고 밤마다 영화를 보러 갈 거예요. 돈도 얼마안 드니까. 카우보이 영화를 봐야지."

운전대를 잡은 그의 손에 힘이 들어갔다.

라디에이터가 부글거리면서 김을 내뿜었다.

"라디에이터에 물 채웠어?" 톰이 물었다.

"응. 바람이 뒤에서 불어서 그래. 그래서 끓어 넘치는 거야."

"날씨 한번 좋다. 맥알레스터에 있을 때는 일을 하면서 앞으로 뭘 할지 생각하곤 했는데. 생각이 꼬리에 꼬리를 물어서 도무지 끝나질 않는 거야. 그때가 아주 오래전인 것 같다. 몇 년은 된 것 같아. 못된 간수가 하나 있었는데, 난 그놈을 혼내 주려고 했어. 내가 그래서 경찰들한테 화를 내는 것 같아. 경찰관들이 죄다 그놈 얼굴로 보이거든. 그놈도 얼굴이 벌겋게 되곤 했는데. 꼭 돼지 같았다니까. 사람들 말이 서부에 그놈 형이 있다더라. 가석방된 사람들을 그 형한테 보내서 공짜로 일을 시킨다는 거야. 사람들이 소란을 일으키면 가석방 조건을 어겼다며 다시 감옥에 넣어 버리는 거지. 그런 얘기가 돌았어."

"그런 생각은 하지 마." 어머니가 애원하듯 말했다. "난 먹을 걸 잔뜩 사들일 거다. 밀가루하고 돼지기름하고."

"어머니와 같은 생각을 하는 편이 낫겠죠. 안 하려고 하는데 그냥 그런 생각이 다시 들면서 뻥하고 날 때린다니까요. 괴짜가 하나 있었어요. 그놈 얘기는 한 번도 안 했죠. 해피 홀리건[4] 같이 생긴 놈인데. 순한 놈이었어요. 항상 탈옥을 하려고 했죠. 사람들이 전부 그놈을 홀리건이라고 불렀어요." 톰은 혼자 웃음을 터뜨렸다.

"그런 생각은 하지 마." 어머니가 애원했다.

"아냐, 계속해. 그 사람 얘기 좀 해 봐." 앨이 말했다.

"얘기해도 문제 될 거 없어요, 어머니." 톰이 말했다. "그놈은 항상 탈옥하려고 했어요. 항상 계획을 세웠지만 그걸 혼자만 간직하지 못해서 금방 사람들이 전부 알게 됐죠. 심지어 교도소장까지. 그래서 그놈이 탈옥을 시도하면 간수들이 그놈을

_____

4) 옛날 만화 주인공.

잡아서 다시 끌고 왔어요. 한번은 그놈이 어디를 넘어서 탈옥할 건지 계획을 짠 적이 있어요. 물론 그놈은 자기 계획을 여기저기 알려 줬지만, 다들 모르는 척했죠. 그놈은 어디선가 밧줄을 구해 와서 담장을 넘었어요. 밖에는 간수 여섯 명이 커다란 자루를 들고 서 있었는데, 간수들은 훌리건이 조용히 밧줄을 타고 내려오는 걸 보고 자루를 내밀었죠. 훌리건은 그 자루 속으로 곧장 들어갔고요. 간수들은 자루를 묶어서 녀석을 다시 안으로 데려왔어요. 사람들이 얼마나 웃어 댔는지 몰라요. 웃다가 죽을 것 같더라니까요. 하지만 훌리건은 완전히 풀이 죽어 버렸어요. 만날 울기만 하면서 돌아다니다가 병에 걸려 버렸죠. 너무 속이 상했던 거예요. 그래서 핀으로 손목을 찔러 출혈 과다로 죽어 버렸어요. 정말 순한 놈이었는데. 감옥에는 별의별 괴짜들이 다 있다니까요."

"그런 얘긴 그만해. 난 무법자 플로이드의 엄마를 알아. 그 애도 나쁜 애는 아니었지. 그냥 궁지에 몰려서 그랬던 것뿐이야." 어머니가 말했다.

태양이 정오를 향해 움직이자 트럭 그림자가 점점 짧아져서 바퀴 밑으로 들어가 버렸다.

"저 앞쪽이 픽슬리일 거야. 조금 전에 표지판을 봤어." 앨이 말했다.

그들은 작은 도시로 들어가서 아까보다 더 좁아진 길에서 동쪽으로 방향을 틀었다. 길 양편에 과수원이 늘어서 있어서 길이 마치 복도 같았다.

"거길 쉽게 찾을 수 있으면 좋겠는데." 톰이 말했다.

어머니가 말했다. "아까 그 사람이 후퍼 농장이라고 했지? 아무한테나 물어봐도 된다고 했어. 근처에 가게라도 하나 있으면 좋을 텐데. 남자 네 명이 일을 하면 외상을 그을 수 있을지도 몰라. 그러면 정말 근사한 식사를 할 수 있겠지. 스튜라도 한 냄비 끓일까?"

"커피도요. 혹시 괜찮다면 더럼 담배도 한 봉지 사 주세요. 내 담배를 피워 본 지가 언제인지 몰라요." 톰이 말했다.

저 멀리 길 앞쪽이 차들로 꽉 막혀 있었다. 길가에는 하얀 오토바이들이 줄지어 서 있었다.

"사고가 났나 봐요." 톰이 말했다.

그들이 가까이 다가가자 장화를 신고 장교용 허리띠를 맨 주(州) 경찰이 맨 뒤에 서 있는 차 뒤에서 걸어 나왔다. 그가 손을 드는 것을 보고 앨은 차를 세웠다. 경찰관이 비밀 얘기라도 할 것처럼 차 옆에 기대섰다.

"어디로 가는 거요?"

앨이 말했다. "이 길을 따라가면 복숭아 따는 일자리가 있다고 해서요."

"일자리를 원하는 거요?"

"물론이죠." 톰이 말했다.

"좋아. 여기서 잠시 기다리시오."

그는 길가로 나가서 앞을 향해 소리쳤다.

"하나 더 있어. 다 합해서 자동차 여섯 대야. 이 사람들을 일단 들여보내는 게 좋겠어."

톰이 소리쳤다. "이봐요! 무슨 일이죠?"

경찰관이 어슬렁어슬렁 되돌아왔다. "저 앞에 문제가 좀 생겼소. 걱정 말아요. 지나갈 수 있을 테니. 그냥 줄을 따라가시오."

오토바이에 시동이 걸리는 소리가 요란하게 났다. 줄지어 늘어선 자동차들이 움직이기 시작했다. 조드네 트럭이 맨 뒤였다. 오토바이 두 대가 앞장을 섰고, 또 다른 두 대가 뒤에서 따라왔다.

톰이 불안한 표정으로 말했다. "정말 무슨 일인지 모르겠네."

"도로가 망가졌나 보지 뭐." 앨이 의견을 내놓았다.

"그렇다고 경찰관이 네 명이나 나와서 우릴 이끈단 말이야? 뭔가 이상해."

앞에서 달리던 오토바이들이 속력을 냈다. 줄지어 달려가는 낡은 자동차들도 속도를 올렸다. 앨은 맨 뒤의 자동차를 놓치지 않으려고 서둘렀다.

"이 사람들도 우리 같은 사람들이야. 전부. 뭔가 이상해." 톰이 말했다.

갑자기 앞에서 달리던 경찰관들이 도로를 벗어나 자갈이 깔린 널찍한 진입로로 접어들었다. 낡은 자동차들이 정신없이 그 뒤를 따랐다. 오토바이에서 부릉부릉 소리가 났다. 길가의 도랑 속에 남자들이 줄지어 서 있는 모습이 톰의 눈에 띄었다. 그들은 마치 소리를 지르는 것처럼 입을 벌리고서 성난 표정으로 주먹을 흔들고 있었다. 땅딸막한 여자 하나가 자동차들을 향해 달려왔지만 부르릉거리는 오토바이가 그녀를 막아섰다. 높게 철조망을 친 문이 활짝 열렸다. 낡은 자동차 여섯 대가 그 문을 통과하고 나자 다시 문이 닫혔다. 오토바이 네 대는 방향을 돌려 왔던 길로 쌩하니 돌아가 버렸다. 오토바이들이 사라지고 나니 멀리 도랑에서 남자들이 외치는 소리가 들려왔다. 남자 두 명이 자갈을 깐 길 옆에 서 있었다. 각자 엽총을 하나씩 들고 있었다.

누군가가 소리쳤다. "계속 가, 계속 가. 뭘 우물쭈물하는 거야?"

여섯 대의 자동차들이 앞으로 나아가 꺾어진 길을 따라 방향을 틀자 갑자기 복숭아 농장의 인부용 숙소가 나타났다.

지붕이 납작한 작은 사각형 모양의 집들이 오십 채였다. 각각 문과 창문이 하나씩 있었으며, 모두 한데 모여서 사각형 모양으로 늘어서 있었다. 천막촌 가장자리에 수조가 높게 솟아 있었다. 반대편에는 작은 식품점이 있었다. 줄지어 늘어선 사각형 집들의 끝에는 엽총을 들고 셔츠에 커다란 은색 별을 단 남자들이 두 명씩 각각 서 있었다.

자동차 여섯 대가 멈췄다. 서기 두 명이 자동차들 옆에 차례로 다가가 물었다.

"일자리가 필요한가?"

톰이 대답했다. "물론이죠. 하지만 이건 무슨 일이죠?"

"그런 건 몰라도 돼. 일자리가 필요해?"

"그럼요."

"이름은?"

"조드."

"남자가 몇 명이야?"

"네 명."

"여자는?"

"둘."

"애들은?"

"둘."

"전부 일할 수 있어?"

"뭐…… 그런 것 같아요."

"좋아. 63번 주택으로 가. 품삯은 한 상자당 5센트야. 상처가 난 과일은 안 쳐 줘. 됐어. 어서 가. 당장 일을 시작해."

자동차들이 움직였다. 빨간 사각형 집 문에는 각각 페인트로 번호가 쓰여 있었다.

"60번. 저기가 60번이니까 이쪽으로 내려가면 있을 거야. 저기다. 61, 62…… 저기 있네." 톰이 말했다.

앨은 작은 집 문 가까이 트럭을 세웠다. 식구들이 트럭 위에서 내려와 어리둥절한 표정으로 두리번거렸다. 보안관보 두 명이 다가와 식구들 얼굴을 하나씩 자세히 뜯어보았다.

"이름은?"

"조드. 이봐요, 이게 다 무슨 일이에요?" 톰이 짜증스러운 목소리로 말했다.

보안관보 한 명이 기다란 명부를 꺼냈다. "여긴 없어. 이 사람들 본 적 있어? 자동차 번호판을 봐. 아니네. 없어. 이 사람들은 괜찮은 것 같아."

"잘 들어. 우린 당신들하고 말썽을 일으키고 싶지 않아. 그냥 일이나 하고 자기 일에만 신경 쓰면 아무 일 없을 거야."

두 보안관보는 갑자기 방향을 돌려 가 버렸다. 그들은 흙먼지가 이는 거리 끝에서 상자 두 개 위에 따로따로 앉았다. 거리를 한눈에 바라볼 수 있는 위치였다.

톰이 그들을 노려보았다. "진짜 마음 한번 편하게 만들어 주는군."

어머니가 문을 열고 집 안으로 들어섰다. 바닥에는 여기저기 기름 자국이 있었다. 단 하나뿐인 방에는 녹슨 양철 풍로뿐, 아무것도 없었다. 벽돌 네 개 위에 서 있는 양철 풍로의 녹슨 연통이 시붕을 뚫고 위로 연결되어 있었다. 방에서는 땀과 기름 냄새가 났다. 샤론의 로즈가 어머니 옆에 섰다.

"여기서 사는 거예요?"

어머니는 잠시 말이 없었다.

"물론이지. 청소를 하고 나면 그렇게 나쁘지 않을 거다. 걸레질부터 하자."

"천막이 더 나은 것 같아." 로저샨이 말했다.

"여긴 바닥이 있잖아." 어머니가 말했다. "여긴 비가 와도 빗물이 스며들지 않을 거야." 어머니는 문을 바라보며 말을 이었다. "짐을 내려도 되겠어."

남자들은 말없이 트럭에서 짐을 내렸다. 겁이 났다. 커다란 사각형 상자 같은 집들은 모두 조용했다. 어떤 여자가 거리를 지나갔지만, 조드네 식구들을 바라보지도 않았다. 그녀는 고개를 푹 수그린 채였고, 더러운 무명 원피스 자락은 너덜너덜하게 해져 있었다.

루티와 윈필드도 불안한 기색이었다. 그들은 동네를 둘러

보러 뛰어나가지 않고 트럭 옆에서 식구들과 가까이 붙어 있었다. 절망적인 시선으로 먼지가 이는 길을 위아래로 훑어볼 뿐이었다. 윈필드가 짐을 묶을 때 쓰는 철사 도막을 발견하고는 구부렸다 폈다 하더니 기어코 부러뜨려 버렸다. 그는 짧아진 철사 도막을 작은 크랭크 모양으로 구부려 손으로 뱅뱅 돌렸다.

톰과 아버지가 매트리스를 집 안으로 옮기고 있을 때 사무원이 나타났다. 그는 카키색 바지와 파란색 셔츠에 검은 넥타이를 매고 있었다. 은테 안경을 쓰고 있었는데, 두꺼운 렌즈 뒤의 눈이 붉게 충혈되어 있었다. 눈동자는 작은 눈깔사탕 같았다. 그가 몸을 내밀며 톰을 바라보았다.

"당신들을 장부에 기입해야 돼. 몇 명이나 일을 할 거지?"

톰이 말했다.

"남자가 네 명이에요. 여기 일이 힘듭니까?"

"복숭아를 따는 건데, 뭐. 일한 만큼 돈을 받을 거야. 한 상자당 5센트." 사무원이 말했다.

"애들도 일을 할 수 있겠네요?"

"물론이지. 조심하기만 한다면."

어머니가 문간에 나타났다. "짐을 정리하는 대로 나도 나가서 도울 거예요. 우린 먹을 게 하나도 없어요. 돈은 즉석에서 받을 수 있나요?"

"음, 아뇨. 즉석에서 주지는 않아요. 하지만 앞으로 받을 돈을 계산해서 가게에서 외상을 그을 수 있어요."

"빨리, 서둘러요. 오늘 밤에는 고기랑 빵을 조금 먹어야겠어요. 어디로 가면 되죠?" 톰이 말했다.

"나도 그쪽으로 가는 길이야. 나랑 같이 가지."

톰과 아버지와 앨과 존은 사무원과 함께 먼지가 이는 길을 따라 내려가 과수원의 복숭아나무들 사이로 들어섰다. 좁은 이파리들이 연한 노란색으로 물들어 가고 있었다. 가지에 매달린 복숭아는 황금색과 빨간색 공 같았다. 나무들 사이에 빈 상자들이 쌓여 있었다. 인부들이 바삐 돌아다니면서 가지에서 복숭아를 따서 양동이를 채운 다음, 그 복숭아를 상자에 옮겨서 검사장으로 가져갔다. 검사장에서는 복숭아가 가득 든 상자들이 트럭에 실릴 때를 기다리는 가운데, 사무원이 인부들의 이름을 확인했다.

"네 명 더 있어."

조드 일가에게 길을 안내하던 사무원이 검사장의 사무원에게 말했다.

"알았어. 복숭아 따 본 적 있나?"

"없어요." 톰이 말했다.

"조심해서 따. 과일에 상처가 나면 안 돼. 바람에 떨어진 것도 안 되고. 상처 난 과일은 받아 주지 않을 거야. 저기 양동이가 있으니까 써."

톰은 3갤런들이 양동이를 집어 들고 살펴보았다.

"바닥에 구멍이 많아요."

"알아. 사람들이 복숭아를 훔쳐 가지 못하게 하려고 만들어 놓은 거야. 좋아. 저쪽으로. 움직여." 안경을 쓴 사무원이 말했다.

조드 일가의 네 남자는 양동이를 집어 들고 과수원 안으로 들어갔다.

"잠시도 시간 낭비를 안 하는군." 톰이 말했다.

"젠장. 난 정비 공장에서 일하고 싶은데." 앨이 말했다.

얌전히 과수원으로 따라 들어오던 아버지가 갑자기 앨에게 화를 냈다.

"입 좀 닥쳐. 되지도 않는 소리를 하면서 툴툴거리기만 하고. 일을 해야 하잖아. 넌 아직 어리니까 그러다가 나한테 맞을 줄 알아."

앨의 얼굴이 분노로 시뻘게졌다. 그가 고함을 지르기 시작했다. 톰이 그에게 다가갔다.

"정신 차려, 앨. 빵하고 고기. 그걸 사 먹어야지." 그가 조용히 말했다.

그들은 과일을 따서 양동이에 넣었다. 톰은 서둘러 일을 하기 시작했다. 양동이 하나가 가득 차고, 두 번째 양동이도 가득 찼다. 그는 양동이 속의 복숭아를 상자에 쏟았다. 세 개의 양동이에 든 복숭아를 넣으니 상자가 가득 찼다.

"금방 5센트 벌었다." 그가 소리쳤다.

그는 상자를 집어 들고 서둘러 검사장으로 갔다.

"여기 5센트어치 왔어요." 그가 검사원에게 말했다.

남자가 상자를 들여다보며 복숭아 한두 개를 뒤집어 보고 나서 말했다.

"저쪽에다 놔. 이건 불합격이야. 상처가 나면 안 된다고 했잖아. 양동이를 그냥 쏟았지? 복숭아가 죄다 멍들었어. 이걸

합격시켜 줄 수는 없어. 조심스레 옮겨 담지 않으면 돈 한 푼 못 받아."

"이런…… 젠장……."

"살살 하라고. 시작하기 전에 말했잖아."

톰이 뚱한 표정으로 시선을 떨어뜨렸다.

"알았어요. 알았다고요."

그는 재빨리 식구들에게 돌아갔다.

"그거 다 쏟아 버려요. 내 것이랑 똑같네. 그런 건 안 받아 줘요."

"그건 또 무슨 소리야!" 앨이 투덜거리기 시작했다.

"더 살살 따야 돼. 양동이에다 그냥 쏟으면 안 돼. 살살 놓아야지."

그들은 다시 일을 하기 시작했다. 과일을 조심스레 다루니 상자를 채우는 속도가 느려졌다.

톰이 말했다. "뭔가 방법을 찾아야겠어. 루티나 윈필드나 로저샨이 이걸 상자에 넣어 준다면 제대로 체계가 갖춰질 텐데."

그는 새로 담은 상자를 검사장으로 가져갔다.

"이건 5센트어치가 되나요?"

검사원이 상자 속까지 손을 집어넣어 복숭아를 살펴보았다.

"아까보다 낫네." 그가 이렇게 말하고서 상자를 받아 주었다. "살살 다뤄."

톰이 서둘러 돌아왔다.

"5센트 벌었어." 그가 소리쳤다. "5센트 벌었다고. 스무 번만 하면 1달러야."

그들은 오후 내내 꾸준히 일했다. 얼마 후 루티와 윈필드가 그들을 찾아왔다.

"너희도 일을 해야겠다." 아버지가 말했다. "복숭아를 상자 안에 살살 넣어. 자, 한 번에 하나씩."

아이들은 바닥에 앉아 양동이에서 복숭아를 꺼냈다. 그들의 손을 기다리는 양동이가 줄지어 놓여 있었다. 톰이 가득 찬 상자를 검사장으로 가져갔다.

"이제 일곱 상자. 저것까지 치면 여덟 상자. 40센트 벌었네. 40센트면 좋은 고기를 살 수 있지."

시간이 흘렀다. 루티는 도망치려고 했다.

"피곤해. 쉬어야 돼." 루티가 칭얼거렸다.

"거기서 꼼짝도 하지 마." 아버지가 말했다.

존은 천천히 복숭아를 땄다. 톰이 양동이 두 개를 채우는 동안 하나를 채우는 식이었다. 그는 계속 같은 속도로 일했다.

오후가 중간쯤 지났을 때, 어머니가 무거운 발걸음으로 식구들을 찾아왔다.

"좀 더 일찍 오려고 했는데 로저샨이 기절하는 바람에. 애가 그냥 쓰러져 버렸어."

"너희들 복숭아를 먹었구나. 그러다 혼난다."

어머니가 아이들에게 말했다. 어머니는 땅딸막한 몸을 재빨리 놀렸다. 잠시 후 어머니는 양동이를 내려 두고 앞치마에 복숭아를 담았다. 해가 질 때까지 식구들이 딴 복숭아는 스무 상자였다.

톰이 스무 번째 상자를 내려놓았다.

"1달러." 그가 말했다. "언제까지 일해야 하죠?"

"어두워질 때까지. 앞이 보이는 한."

"그럼 이제 외상을 그을 수 있을까요? 어머니가 가서 먹을 걸 좀 사 와야 돼요."

"알았어. 1달러짜리 전표를 끊어 주지."

그는 길쭉한 종이에 뭔가를 기입한 후 톰에게 건네주었다.

톰은 어머니에게 전표를 갖다 주었다.

"여기 있어요. 가게에서 1달러어치 물건을 살 수 있어요."

어머니는 양동이를 내려놓고 어깨를 똑바로 폈다.

"처음이라 힘들구나."

"맞아요. 하지만 다들 금방 익숙해질 거예요. 빨리 가서 먹을 걸 좀 사세요."

어머니가 말했다. "뭘 먹고 싶니?"

"고기. 고기하고 빵하고 설탕을 넣은 커피 한 주전자. 고기도 아주 많이 먹고 싶어요." 톰이 말했다.

루티가 징징거렸다. "엄마, 힘들어요."

"그럼 같이 가자."

"저 녀석들은 처음부터 힘들다고 했어. 점점 산토끼처럼 말을 안 들어. 혼을 좀 내 주지 않으면 저 녀석들 아무짝에도 쓸모가 없을 거야." 아버지가 말했다.

"자리가 잡히는 대로 애들은 학교에 보내야죠."

어머니는 이렇게 말하고 나서 무거운 발걸음으로 멀어져 갔다, 루티와 윈필드가 겁에 질린 얼굴로 그 뒤를 따랐다.

"우리 매일 일해야 돼요?" 윈필드가 물었다.

어머니는 걸음을 멈추고 아이들을 기다렸다. 그리고 윈필드의 손을 잡고 다시 걷기 시작했다.

"이건 힘든 일이 아냐. 착한 아이가 돼야지. 너희는 식구들을 돕고 있는 거야. 식구들이 전부 일을 하면 금방 좋은 집에서 살 수 있어. 식구들이 전부 힘을 합해야 돼."

"하지만 너무 힘든걸."

"그래. 엄마도 피곤해. 다들 지쳤어. 그래도 생각을 해 봐. 학교에 다닐 생각을 해 봐."

"난 학교 가기 싫어요. 누나도 싫대요. 학교에 다니는 애들을 봤어요, 엄마. 콧물이 줄줄 흐르는 놈들! 우리를 오키라고 불러요. 다 봤어요. 난 학교 안 갈 거야."

어머니가 안쓰러운 시선으로 아이의 밀짚 색깔 머리를 내려다보았다.

"지금은 어른들 애먹이지 마라." 어머니가 애원하듯 말했다. "자리가 잡히고 나면, 너희들이 말썽을 부려도 돼. 하지만 지금은 그러지 마. 안 그래도 힘드니까."

"나 복숭아 여섯 개 먹었어요." 루티가 말했다.

"너 그러다 설사한다. 우리 집 근처에는 화장실도 없어."

회사에서 운영하는 가게는 골함석으로 만든 커다란 창고 같았다. 상품을 진열해 두는 창도 없었다. 어머니는 방충망 문을 열고 안으로 들어갔다. 자그마한 남자가 카운터 뒤에 서 있었다. 머리카락이 하나도 없는 그의 머리가 푸르스름한 하얀색을 띠고 있었다. 커다란 갈색 눈썹이 하도 높게 솟아 있어서 마치 깜짝 놀라 약간 겁을 먹은 것처럼 보였다. 코는 길고 가늘었으며, 새의 부리처럼 구부러져 있었다. 콧구멍에는 밝은 갈색 털이 가득했다. 그는 파란색 셔츠 소매 위에 검은 새틴으로 된 토시를 끼고 있었다. 어머니가 안으로 들어갔을 때 그는 카운터에 팔꿈치를 고이고 있었다.

"안녕하세요." 어머니가 말했다.

그는 흥미롭다는 듯 어머니를 살펴보았다. 눈썹이 한층 더 높이 올라갔다.

"안녕하세요."

"1달러짜리 전표를 갖고 왔어요."

"그럼 1달러어치 물건을 살 수 있어요." 그는 이렇게 말하고 나서 날카로운 소리로 키득거렸다. "그렇지. 1달러어치. 1달러어치." 그는 손으로 물건들을 가리켰다. "뭐든 살 수 있어요." 그는 토시를 깔끔하게 잡아당겼다.

"고기를 좀 샀으면 하는데요."

"종류마다 다 있죠. 햄버거용 고기. 햄버거를 좀 해 드실래요? 1파운드에 20센트예요."

"그렇게 비싸요? 지난번에 살 때는 햄버거용 고기가 15센트였는데."

그가 작은 소리로 쿡쿡 웃었다. "뭐. 그래요, 비싸죠. 하지만 비싼 것도 아니에요. 햄버거용 고기 2파운드를 사려고 시내에 나간다면 휘발유가 1갤런은 들 테니까. 그러니까 여기 가격이 그렇게 비싼 건 아니에요. 휘발유 1갤런을 안 써도 되니까."

어머니가 엄한 표정으로 말했다. "당신이 고기를 여기까지 가져올 때도 휘발유 1갤런이 든 건 아니잖아요."

그가 유쾌하게 웃음을 터뜨렸다. "아주머니는 지금 일을 뒤집어서 보고 있어요. 우린 고기를 사는 게 아니라, 팔고 있다고요. 만약 우리가 고기를 사는 거라면, 뭐 얘기가 달라지죠."

어머니는 손가락 두 개를 입술에 대고 미간을 찌푸리며 생각에 잠겼다.

"고기가 기름하고 물렁뼈투성이인 것 같은데."

"이걸로 요리를 잘할 수 있을 거라고 보장은 못 하죠. 내가 먹을 거라고 장담할 수도 없고. 하지만 뭐 내가 하기 싫은 일은 그 밖에도 많으니까."

어머니는 잠시 사나운 눈으로 그를 바라보다가 감정을 억제하며 말했다.

"조금 싼 고기는 없어요?"

"수프용 뼈가 있죠. 1파운드에 10센트예요."

"그냥 뼈잖아요."

"그냥 뼈죠. 맛있는 수프를 끓일 수 있는. 그냥 뼈예요."

"스튜용 쇠고기는 없어요?"

"물론 있죠! 있고말고요. 그건 1파운드에 25센트예요."

"아무래도 고기는 못 사겠네. 하지만 식구들이 고기를 먹고 싶어 하는데."

"다들 고기를 먹고 싶어 하죠. 고기를 먹을 필요가 있으니까. 저 햄버거용 고기는 상당히 괜찮아요. 저기서 나오는 기름을 그레이비소스에 사용하면 되죠. 상당히 괜찮아요. 버릴 게 없어요. 뼈도 그냥 버리지 마세요."

"그럼…… 베이컨은 얼마예요?"

"아이고, 이젠 고급을 찾으시는군. 크리스마스 때나 먹는 걸. 추수감사절 때나 먹는 걸. 1파운드에 35센트예요. 칠면조 고기라면 더 싸게 드릴 수 있었을 텐데. 칠면조 고기가 있다면 말이지만."

어머니가 한숨을 쉬었다. "햄버거용 고기로 2파운드 주세요."

"그러죠." 그는 밀랍을 입힌 종이에 연한 색깔의 고기를 퍼 담았다. "또 뭐 필요한 것 있어요?"

"음, 빵 조금."

"여기 있습니다. 크고 맛있는 빵. 15센트입니다."

"그건 12센트짜리인데."

"그거야 그렇죠. 시내로 나가면 12센트에 이 빵을 살 수 있어요. 휘발유 1갤런을 쓰고서. 또 뭐 필요한 것 있어요? 감자?"

"그래요, 감자."

"5파운드에 25센트입니다."

어머니가 무서운 표정으로 그에게 다가섰다. "더 이상 참을 수가 없네요. 시내에서 감자 값이 얼만지 나도 다 알아요."

남자는 입술을 꾹 다물었다. "그럼 시내에 가서 사지 그래요."

어머니는 자기 손의 뼈마디를 바라보았다.

"이게 무슨 수작이죠? 당신이 이 가게 주인인가요?" 어머니가 부드러운 목소리로 물었다.

"아뇨. 난 그냥 여기서 일하는 사람이에요."

"사람을 이렇게 놀려야 할 이유라도 있나요? 그래서 당신한테 돌아가는 이익이라도 있어요?"

어머니는 자신의 번들거리는 주름투성이 손을 바라보았다.

남자는 아무 말이 없었다.

"이 가게 주인이 누구죠?"

"후퍼 농장 회사예요."

"그럼 그 사람들이 가격을 정하나요?"

"예."

그녀는 살짝 미소를 지으며 시선을 들었다. "다들 여기 와서 나 같은 소리를 하죠? 화를 내면서?"

그는 잠시 머뭇거리다가 대답했다.

"예."

"그래서 당신이 사람을 놀리는 건가요?"

"무슨 소리예요?"

"이런 더러운 짓을 하고 있잖아요. 스스로가 창피하죠? 그래서 약은 척할 수밖에 없는 거죠?"

어머니의 목소리는 부드러웠다. 점원은 홀린 듯이 그녀를 바라보았다. 그러나 대답은 하지 않았다.

"그래서 그런 거야." 마침내 어머니가 말했다. "고기 40센트, 빵 15센트, 감자 25센트. 이러면 80센트예요. 커피는 얼마죠?"

"제일 싼 게 20센트예요."

"그럼 1달러네요. 식구 일곱 명이 일해서 저녁 식사 한 끼를 번 거예요."

그녀는 자신의 손을 유심히 들여다보았다.

"싸 주세요." 어머니가 빠른 말투로 말했다.

"예. 고맙습니다."

그는 감자를 봉지에 넣고 윗부분을 조심스레 아래로 내려

접었다. 그는 슬쩍 어머니를 훔쳐보다가 이내 다시 일에 몰두했다. 어머니는 그를 지켜보며 살짝 미소를 지었다.

"어떻게 이런 일을 하게 됐어요?"

"먹고살아야 하니까요." 그가 말했다. 그러나 이내 그의 태도가 호전적으로 변했다. "사람은 음식을 먹을 권리가 있어요."

"어떤 사람?"

그는 포장한 꾸러미 네 개를 카운터 위에 올려놓았다.

"고기, 감자, 빵, 커피. 딱 1달러예요."

어머니는 그에게 전표를 넘겨준 다음, 그가 장부에 이름과 액수를 기입하는 것을 지켜보았다.

"됐어요. 이제 계산이 딱 맞았네요."

어머니는 꾸러미를 집어 들며 말했다. "이봐요, 커피에 넣을 설탕이 없는데. 우리 아들 톰이 설탕을 먹고 싶어 하거든요. 봐요! 우리 식구들이 저기서 일해요. 지금 설탕을 좀 주면 내가 나중에 전표를 갖다줄게요."

남자는 시선을 피했다. 어머니에게서 가능한 한 먼 곳으로.

그가 작은 소리로 말했다. "그럴 수 없어요. 그게 규칙이에요. 그럴 수 없어요. 그랬다가는 내가 곤란해질 거예요. 모가지를 당할 거예요."

"하지만 우리 식구들이 지금 저 밖에서 일하고 있다니까요. 금방 10센트 이상 벌 거예요. 설탕 10센트어치만 줘요. 우리 아들 톰이 커피에 설탕을 넣어서 마시고 싶다고 했어요. 그렇게 말했다고요."

"그럴 수 없어요, 부인. 그게 규칙이에요. 전표가 없으면 식

료품을 살 수 없다. 여기 관리자가 항상 하는 말이죠. 그럴 수
없어요. 그럴 수 없어요. 그랬다간 놈들한테 들킬 거예요. 놈
들은 항상 사람을 잡아내거든요. 항상. 그럴 수 없어요."

"10센트어치도?"

"얼마라도 안 돼요."

그는 애원하듯이 어머니를 바라보았다. 그러나 이내 그의
얼굴에서 두려움이 사라졌다. 그는 주머니에서 10센트를 꺼내
금고 속에 넣었다.

"됐어요." 그가 이제 마음이 놓인다는 듯 말했다.

그는 카운터 밑에서 작은 봉투를 꺼내 열더니 설탕을 조금
퍼 담고 무게를 잰 다음 설탕을 조금 더 담았다.

"여기 있어요. 이제 됐네요. 부인이 전표를 갖고 오시면 난
10센트를 다시 찾을 수 있어요."

어머니는 그를 유심히 살펴보았다. 그리고 자기도 모르게
손을 뻗어 설탕 봉지를 팔에 안고 있는 꾸러미 위에 얹었다.

"고마워요." 어머니가 조용히 말했다.

어머니는 문을 향해 가서 손을 뻗으려다가 뒤를 돌아보았다.

"좋은 걸 한 가지 배웠네요. 항상 배우고 있죠. 매일. 사람
이 곤란해지거나 다치거나 도움이 필요할 땐 가난한 사람들
을 찾아가라는 것. 남을 도와주는 사람은 그런 사람들뿐이니
까. 그런 사람들뿐이에요."

어머니의 등 뒤에서 방충망 문이 쾅하고 닫혔다.

남자는 카운터에 팔꿈치를 괴고 깜짝 놀란 것 같은 그 눈
으로 그녀의 뒷모습을 바라보았다. 몸에 거북 껍질 같은 무늬

가 있는 뚱뚱한 고양이가 카운터 위로 뛰어올라 어슬렁어슬렁 그에게 걸어왔다. 녀석이 그의 팔에 옆구리를 비비자 그는 손을 뻗어 녀석을 자기 뺨으로 잡아당겼다. 고양이가 커다란 소리로 가르랑거리며 꼬리 끝을 앞뒤로 흔들었다.

톰과 앨과 아버지와 존은 어둠이 짙게 깔린 후 과수원에서 나왔다. 길바닥에 닿는 발이 무겁게 느껴졌다.

"그냥 손만 뻗쳐서 따기만 하면 되는데 등이 아플 줄은 몰랐네." 아버지가 말했다.

"한 이틀만 지나면 괜찮아질 거예요. 아버지, 식사한 후에 제가 나가서 아까 출입구에서 왜 그런 소란이 벌어졌는지 알아볼게요. 아무래도 마음에 걸려서. 같이 가실래요?" 톰이 말했다.

"아니. 난 한동안 그냥 일만 하고 아무 생각도 안 할란다. 너무 오랫동안 내 머리를 죽도록 혹사시킨 것 같아서. 난 그냥 잠시 앉아 있다가 잘 거야."

"넌 어떻게 할래, 앨?"

앨은 시선을 피했다. "우선 이 근처를 한번 둘러볼래."

"흠, 큰아버지는 분명히 안 가실 거고. 나 혼자 가야겠네. 궁금해서 견딜 수가 있어야지."

아버지가 말했다. "나는 그렇게 직접 나설 정도로 궁금하진 않아. 저 밖에 경찰들이 쫙 깔려 있으니 더하지."

"밤에는 경찰이 없을지도 몰라요." 톰이 자신의 의견을 말했다.

"그래도 별로 알아보고 싶지 않다. 너 어머니한테는 거기 간다고 말하지 않는 게 좋을 거다. 머리가 터지도록 걱정을 할 테니까."

톰은 앨에게 시선을 돌렸다. "넌 안 궁금해?"

"그냥 여기 숙소를 둘러볼래." 앨이 말했다.

"아가씨들을 찾으려고?"

"내 일이니까 신경 꺼." 앨이 심술궂게 말했다.

"그래도 난 갈 거야." 톰이 말했다.

그들은 과수원을 벗어나 빨간 오두막들 사이의 먼지투성이 길로 나왔다. 흐릿한 노란색의 석유 등불 빛이 몇몇 집의 문간에서 새어 나왔다. 반쯤 어둠 속에 잠긴 집 안에서는 검은 그림자처럼 보이는 사람들이 돌아다니고 있었다. 거리의 끝에는 경비원이 무릎에 엽총을 기대 놓고 계속 앉아 있었다.

톰은 경비원 옆을 지나면서 잠시 걸음을 멈췄다.

"어디 목욕할 데가 있을까요?"

경비원이 희미한 불빛 속에서 그를 빤히 바라보다가 마침내 입을 열었다.

"저기 수조 보여?"

"예."

"그쪽에 호스가 있어."

"더운물은 없어요?"

"네가 J. P. 모건쯤 되는 줄 알아?"

"아뇨. 그럴 리가 있나요. 그만 가 볼게요." 톰이 말했다.

경비원이 한심하다는 듯 투덜거렸다. "세상에 더운물이라니. 이다음에는 욕조를 내놓으라고 하겠네."

그는 뚱한 얼굴로 조드 일가 네 명의 뒷모습을 빤히 바라보았다.

맨 끝 집 뒤에서 다른 경비원이 나타났다.

"무슨 일이야, 맥?"

"저 망할 놈의 오키들 때문이지 뭐. '더운물은 없어요?' 이러더라니까."

두 번째 경비원이 엽총 개머리판을 바닥에 내려놓았다.

"구영 천막촌 때뭐이야. 저놈들도 틀림없이 거기 있다 왔을 거야. 그 천막촌을 쓸어 버리기 전에는 우리도 안심할 수 없을걸. 저놈들이 우선 깨끗한 시트부터 찾을 텐데 뭐."

맥이 물었다. "정문 쪽은 좀 어때? 무슨 얘기 들은 거 없어?"

"글쎄, 하루 종일 거기서 소리를 지르고 있던데. 주 경찰이 알아서 처리했어. 지금 그 건방진 놈들을 혼내 주고 있지. 듣자니 키가 크고 몸집이 호리호리한 개자식이 주동자 역할을 했다더만. 경찰이 오늘 밤에 그놈을 잡을 거래. 그럼 저놈들도 뿔뿔이 흩어질 거라고."

"일이 너무 쉽게 끝나면 우리가 할 일이 없어지는데." 맥이 말했다.

"우리 일자리는 걱정 없어. 저 망할 놈의 오키들! 그놈들한 테서 한시도 눈을 떼면 안 되거든. 상황이 좀 조용해지더라도 우리가 언제든지 놈들을 좀 들쑤시면 되니까."

"품삯을 내리면 소동이 일어나겠지."

"그렇겠지. 그러니까 우리 일자리는 걱정할 필요 없어. 후퍼 농장이 놈들을 이렇게 찍어 누르는 동안에는."

조드네 집에서는 불이 훨훨 타오르고 있었다. 햄버거 반죽이 기름 속에서 탁탁 튀어 오르고 감자가 끓어올랐다. 집 안에는 연기가 자욱했다. 노란색 램프 빛이 벽에 검은 그림자를 무겁게 드리우고 있었다. 어머니가 불 가에서 바삐 움직이는 동안 샤론의 로즈는 무릎으로 무거운 배를 지탱하며 상자에 앉아 있었다.

"이제 좀 나아졌니?" 어머니가 물었다.

"음식 냄새가 아주 좋아요. 배도 고프고."

"가서 문간에 좀 앉아 있어라. 어쨌든 그 상자를 부숴야 하니까."

남자들이 우르르 안으로 들어왔다.

톰이 말했다. "우와, 고기다! 커피도 있네. 냄새가 나. 아이고, 배고파라! 복숭아를 엄청나게 먹었는데도 아무 소용이 없더라고요. 손은 어디서 씻죠, 어머니?"

"수조로 가. 거기서 씻으면 된다. 루티하고 윈필드도 씻고 오라고 방금 그리로 보냈어."

남자들이 다시 밖으로 나갔다.

"어서 일어나, 로저샨. 가서 문간에 앉든지 침대에 앉든지 해. 그 상자를 부숴야 하니까."

로저샨은 손으로 몸을 지탱하면서 일어나 힘겹게 매트리스로 가서 앉았다. 루티와 윈필드가 조용히 들어왔다. 두 아이는 소리를 내지 않고 벽에 붙어 서서 어머니 눈에 띄지 않으려고 애쓰고 있었다.

어머니가 아이들을 바라보았다.

"아무래도 불이 별로 밝지 않은 게 너희들한테는 행운이지 싶구나."

어머니는 윈필드에게 달려들어 머리카락을 만져 보았다.

"음, 물을 적시기는 했는데, 아무리 봐도 깨끗한 것 같지는 않아."

"비누가 없어서 그래요." 윈필드가 투덜거렸다.

"그래, 맞아. 비누를 못 샀지. 오늘은 살 수 없었다. 어쩌면 내일은 살 수 있을지도 몰라."

어머니는 다시 풍로로 돌아가서 접시를 꺼내 놓고 음식을 담기 시작했다. 접시 하나마다 햄버거 두 개와 커다란 감자 한 조각이었다. 어머니는 접시마다 빵도 세 조각씩 놓았다. 고기를 프라이팬에서 다 꺼낸 후 어머니는 프라이팬에 고인 기름을 접시마다 조금씩 부었다. 남자들이 다시 들어왔다. 얼굴에서 물이 뚝뚝 떨어졌고, 머리도 물기 때문에 번들거렸다.

"이제 먹어도 되죠?" 톰이 소리쳤다.

그들은 접시를 들고 말없이 게걸스레 식사를 하며 빵으로 접시에 고인 기름을 찍어 먹었다. 아이들은 구석으로 물러나서 접시를 바닥에 놓고 작은 짐승처럼 그 앞에 무릎을 꿇었다.

톰이 마지막 빵 조각을 꿀꺽 삼켰다.

"더 있어요, 어머니?"

"아니. 그게 전부야. 오늘 1달러를 벌었는데, 그게 1달러어치다."

"이게요?"

"여기선 더 비싸게 받더라. 할 수 있으면 시내로 나가서 사와야 해."

"아직 배가 덜 부른데." 톰이 말했다.

"내일은 하루 종일 일을 할 테니까, 내일 저녁에는 많이 먹을 수 있을 거야."

앨이 소매로 입을 닦았다. "나가서 좀 돌아보고 올게요."

"잠깐, 나랑 같이 가자."

톰이 앨을 따라 밖으로 나갔다. 어둠 속에서 톰은 동생에게 바짝 다가섰다.

"정말로 나랑 같이 안 갈래?"

"응. 주위를 둘러보겠다고 했잖아."

"알았어."

톰은 방향을 돌려 천천히 거리를 내려갔다. 여러 집에서 흘러나온 연기가 땅 위에 낮게 깔려 있고, 램프 불빛이 문과 창문의 그림자를 바닥에 그려 놓았다. 문 앞에는 사람들이 앉아서 어둠 속을 바라보고 있었다. 톰이 거리를 걷는 것을 보고 사람들이 그의 움직임을 따라 시선을 움직이는 것이 보였다. 거리 끝에 이르자 그루터기가 삐죽삐죽 솟은 밭을 가로질러 흙길이 계속 뻗어 있었다. 검은 건초 더미가 별빛에 드러났다. 얇은 칼날 같은 달이 하늘에 낮게 떠서 서쪽을 향하고 있었고, 긴 구름 모양의 은하수가 머리 위에 선명하게 보였다. 흙길에서 톰의 발소리가 조용하게 울렸다. 노란 그루터기들에 비해 길은 어두운 색이었다. 그는 주머니에 손을 넣고 정문을 향해 터벅터벅 걸었다. 둑이 길 근처까지 뻗어 있었다. 용수로에서 물이 풀과 부딪히며 속삭이는 듯한 소리를 냈다. 톰은 둑을 올라가 검은 물을 내려다보았다. 물 위에 별들이 길게 늘어난 모양으로 비치고 있었다. 저 앞에 국도가 있었다. 획획 지나가는 자동차 불빛이 국도의 위치를 알려 주었다. 톰은 다시 그 도로를 향해 걷기 시작했다. 별빛 속에서 높게 철조망이 쳐진 문이 보였다.

길가에서 누군가가 움직이더니 목소리가 들려왔다.

"이봐, 누구야?"

톰은 그대로 멈춰 서서 꼼짝도 하지 않았다. "당신은 누구요?"

어떤 남자가 일어나서 톰에게 다가왔다. 그의 손에 총이 들려 있는 것이 보였다. 곧 톰의 얼굴에 손전등 불빛이 비쳤다.

"어디 가는 거야?"

"그냥 산책이나 할까 해서요. 그게 불법인가요?"

"다른 길에서 산책하는 게 좋을 거야."

"아니 여기서 나갈 수도 없단 말이에요?"

"오늘 밤에는 안 돼. 그냥 돌아갈래, 아니면 내가 호각을 불어서 사람들더러 널 잡아가라고 할까?"

"젠장. 나한테는 그래 봤자 소용없어요. 나 때문에 소동이 일어나도 난 눈 하나 깜짝 안 한다고요. 알았어요, 돌아가죠 뭐."

검은 그림자가 긴장을 풀었다. 손전등도 꺼졌다.

"다 널 위해서 그러는 거야. 피켓을 들고 시위를 벌이는 저 미친놈들한테 네가 붙들릴까 봐."

"피켓이라니요?"

"저 망할 놈의 빨갱이들 말이야."

"아. 난 그런 사람들이 있는 줄 몰랐어요."

"들어올 때 봤잖아."

"사람들이 모여 있는 걸 보긴 했죠. 하지만 경찰이 하도 많아서 몰랐어요. 사고가 난 줄 알았지."

"얼른 돌아가."

"알았어요."

그는 몸을 돌려 되돌아가기 시작했다. 그렇게 100야드쯤 조용히 걷다가 그는 걸음을 멈추고 귀를 기울였다. 용수로 근처에서 너구리들이 찍찍거리며 서로를 부르는 소리가 들렸다. 그리고 아주 먼 곳에서는 끈에 묶인 개가 화를 내며 울부짖고 있었다. 톰은 길가에 앉아 귀를 기울였다. 쪽독새의 높고 부드러운 웃음소리가 들리고, 그루터기 사이를 기어 다니는 짐승들의 은밀한 움직임이 느껴졌다. 그는 좌우의 지평선을 살펴보았다. 양쪽 다 검은 선만 있을 뿐, 특별히 어떤 모양이 드러나지는 않았다. 그는 일어나서 도로 오른쪽으로 천천히 걸어가 밭으로 들어갔다. 그리고 거의 건초 더미 높이만큼 몸을 낮게 숙이고 걸었다. 그는 천천히 움직이면서 가끔 걸음을 멈추고 귀를 기울였다. 마침내 철조망 울타리가 나왔다. 가시철사 다섯 가닥을 팽팽하게 매어 놓은 곳이었다. 그는 울타리 옆에 누워 가장 낮은 가시철사 가닥 밑으로 머리를 집어넣고, 손으로 철조망을 올리고, 발로 땅을 차면서 살짝 빠져나갔다.

그가 막 일어나려고 했을 때 일단의 남자들이 고속도로 가장자리를 따라 지나갔다. 톰은 그들이 멀리 갈 때까지 기다렸다가 일어나서 그들의 뒤를 따랐다. 그는 도로 옆에 혹시 천막이 있지는 않은지 살펴보았다. 자동차 몇 대가 지나갔다. 개울이 들판을 가로지르며 흐르고, 그 위에 놓은 작은 콘크리트 다리를 통해 고속도로가 이어졌다. 톰은 다리 옆을 내려다보았다. 깊은 협곡 바닥에 천막 하나가 보였다. 안에서 등불이 타오르고 있었다. 그가 잠시 그 천막을 지켜보고 있는데, 천막 벽에 사람들의 그림자가 나타났다. 톰은 울타리를 넘어 덤불과 난쟁이 버드나무를 뚫고 협곡으로 내려갔다. 바닥에 이르자 작은 개울 옆에 오솔길이 있었다. 그리고 천막 앞의 상자에 어떤 남자가 앉아 있었다.

"안녕하세요." 톰이 말했다.

"누구요?"

"음…… 그게, 저…… 그냥 지나가는 사람이에요."

"여기 아는 사람이라도 있습니까?"

"아뇨. 그냥 지나가는 사람이라니까요."

천막에서 누군가가 머리를 내밀고 말했다.

"무슨 일인가?"

"케이시! 케이시! 세상에, 여긴 웬일이에요?" 톰이 소리쳤다.

"아이고, 세상에 톰 조드잖아! 어서 들어오게, 토미. 어서 들어와."

"아는 사람이에요?" 천막 앞에 앉아 있던 남자가 물었다.

"아는 사람이냐고? 알고말고. 오래전부터 알던 사이지. 내가 저 친구랑 같이 서부로 왔는데. 어서 들어와, 톰."

그가 톰의 팔꿈치를 붙들고 천막 안으로 끌고 들어갔다.

다른 남자 세 명이 바닥에 앉아 있고, 천막 한가운데에서 등불이 타오르고 있었다. 남자들이 수상쩍다는 듯 그를 쳐다보았다. 검은 얼굴에 찌푸린 표정의 남자가 손을 내밀었다.

"만나서 반갑소. 케이시한테 얘기는 많이 들었지. 이 친구가 당신이 얘기하던 그 친구요?"

"그럼. 이 친구가 그 친구야. 아이고, 세상에! 그래 자네 식구들은 어디 있나? 여긴 웬일이야?"

"그게, 여기 일자리가 있다는 얘기를 듣고 왔더니 경찰들이 우리를 이 농장으로 몰아넣더라고요. 오후 내내 복숭아를 땄어요. 사람들이 소리 지르는 걸 봤는데, 아무도 어떻게 된 일인지 말을 안 해 줘서 내가 알아보러 나왔죠. 그런데 여긴 어떻게 왔어요, 케이시?"

목사가 몸을 앞으로 수그리자 널찍하고 창백한 그의 이마에 노란 등불 빛이 떨어졌다.

"감옥은 웃기는 곳이야. 난 뭔가를 찾으려고 애쓰는 예수처럼 광야로 나왔는데, 가끔 그 뭔가를 찾을 뻔하기도 했지. 그런데 내가 정말로 그걸 찾은 곳이 바로 감옥이었어."

그의 눈빛은 날카롭고 유쾌했다.

"아주 크고 낡은 감방이었는데 항상 사람들이 바글바글했지. 새로 사람들이 들어오고, 있던 사람들이 나가고. 물론 나는 그 사람들하고 전부 얘기를 해 봤네."

"그랬겠죠. 항상 얘기를 하시니까. 교수대에 서서도 집행인하고 얘기를 하느라 하루를 그냥 보낼 양반이니. 이렇게 말 많은 사람은 처음 봤어요."

천막 안의 남자들이 쿡쿡 웃음을 터뜨렸다. 주름진 얼굴에 몸이 몹시 여윈 남자가 무릎을 쳤다.

"항상 얘기를 하지. 그런데 사람들이 저 양반 얘기를 좋아 하는 것 같단 말이야."

"옛날에 목사님이셨거든요. 말씀 안 하시던가요?" 톰이 말 했다.

"웬걸, 했지." 케이시가 씩 웃었다. "그래서, 난 점점 깨닫기 시작했어. 감방 안에는 주정뱅이도 있었지만 대부분 물건을 훔쳐서 들어온 사람들이었지. 그것도 필요하긴 한데 훔치는 것 말고는 달리 구할 방법이 없었던 사람들. 알겠나?"

"아뇨."

"다 좋은 사람들이었다는 얘기야. 그 사람들이 나쁜 짓을 한 건 그 물건이 필요했기 때문이지. 그래서 난 점점 깨닫기 시작한 걸세. 문제를 일으키는 건 언제나 가난이라는 걸. 아직 완전히 깨달은 건 아니지만. 어쨌든 어느 날, 교도소에서 나눠 준 콩이 상했더라고. 어떤 친구가 소리를 지르기 시작했어. 하 지만 아무 반응도 없었지. 그 친구는 목이 터져라고 소리를 질 러 댔어. 결국 모범수 하나가 와서 안을 들여다보고는 그냥 가 버리더군. 그래서 우리가 다 같이 똑같은 목소리로 소리를 지 르기 시작했네. 감방이 뻥 터져 버릴 것 같았다니까. 아이고! 그랬더니 뭔가 반응이 오는 거야! 간수들이 뛰어와서 먹을 걸 주더라고. 먹을 걸 줬어. 알겠나?"

"아뇨."

케이시는 손에 턱을 묻었다. "내가 말해 준다고 될 일이 아

닌 것 같네. 자네가 직접 깨달아야 할 것 같아. 자네 모자는
어디 있나?"

"두고 나왔어요."

"자네 여동생은 어떤가?"

"아이고, 암소만큼 뚱뚱해요. 아무리 봐도 쌍둥이 같아요.
배 밑에 바퀴를 달아서 싣고 다녀야 될걸요. 지금은 그 애가
손으로 붙들고 다니는 수밖에 없지만. 어쨌든 이게 다 어떻게
된 일인지 말 안 해 줄 거예요?"

주름이 쭈글쭈글하고 여윈 남자가 말했다. "우리가 파업을
했어. 지금 파업을 하는 중이지."

"뭐 한 상자당 5센트라면 많은 돈은 아니어도 먹고살 수는
있잖아요."

"5센트?" 여윈 남자가 소리쳤다. "5센트라니! 지금 품삯이
5센트야?"

"그럼요. 우리가 오늘 1달러 50센트를 벌었는데요."

무거운 침묵이 천막 안에 내려앉았다. 케이시가 입구 바깥
의 어둠을 뚫어지게 바라보았다.

"잘 듣게, 톰." 그가 마침내 입을 열었다. "우린 여기 일하러
왔어. 놈들은 5센트를 주겠다고 했지. 우리 같은 사람들이 엄
청 많았어. 그래서 우리가 도착했을 때쯤에는 2센트 반을 주
겠다고 놈들이 말을 바꾸더란 말이야. 그걸로는 먹고살 수가
없어. 아이까지 키우는 사람이라면…… 그래서 우리는 그 돈
을 받고는 일할 수 없다고 했지. 그랬더니 놈들이 우리를 쫓아
내는 거야. 온 세상의 경찰관이 다 우리를 잡으러 온 것 같았

어. 그런데 지금은 5센트를 준다니. 놈들이 여기 파업을 박살 낸 다음에…… 그때도 5센트를 줄 것 같은가?"

"모르겠어요. 어쨌든 지금은 5센트예요."

"이봐. 우린 다 함께 모여서 천막을 치려고 했어. 그런데 놈들이 우리를 돼지처럼 쫓아내는 거야. 사람들을 흩어 버린 거지. 죽도록 두들겨 패면서. 돼지처럼 우리를 쫓아냈다니까. 그리고 이번에는 자네들을 돼지처럼 몰아넣었지. 우린 여기서 오래 버틸 수 없네. 이틀 동안 아무것도 못 먹은 사람도 있어. 오늘 밤에 돌아갈 거가?"

"그럴 생각이에요." 톰이 말했다.

"그럼…… 안에 있는 사람들한테 여기 상황을 말해 주게, 톰. 그 사람들 때문에 우리가 굶주리고 있다고, 그리고 그 사람들이 스스로 자기 등에 칼을 꽂고 있다고 말해 줘. 놈들이 우리를 완전히 쫓아 버린 다음에는 틀림없이 품삯을 2센트 반으로 줄여 버릴 거야."

"제가 사람들한테 얘기할 게요. 어떻게 얘기해야 할지 방법은 모르겠지만. 총을 든 사람이 그렇게 많은 건 처음 봤어요. 놈들이 우리가 얘기하는 걸 가만히 내버려 둘지 모르겠네요. 게다가 사람들이 하루 종일 한시도 쉬지 않고 일만 하니까. 서로 인사도 안 한다니까요."

"그래도 가서 얘기해 보게, 톰. 우리가 쫓겨나는 순간 품삯이 2센트 반으로 떨어질 거야. 2센트 반이면 어느 정도 액수인지 자네도 알잖아. 복숭아 1톤을 따서 운반하는 비용이 1달러밖에 안 된다는 얘기라고."

그는 고개를 떨어뜨렸다.

"그래…… 그럴 수는 없지. 그 돈으로는 먹을 걸 살 수가 없어. 먹고살 수가 없다고."

"사람들한테 어떻게든 얘기를 해 볼게요."

"자네 어머니는 어떠신가?"

"아주 잘 지내세요. 국영 천막촌을 좋아하셨는데. 목욕도 할 수 있고 더운물도 나왔으니까."

"그래. 나도 들었네."

"거긴 꽤 좋았어요. 하지만 일자리를 찾을 수 없어서 떠날 수밖에 없었죠."

"나도 그런 데로 가고 싶네. 한번 보고 싶어. 사람들 말이 거긴 경찰이 없다고 하던데." 케이시가 말했다.

"거기 주민들이 스스로 경찰 역할을 하거든요."

케이시가 신이 난 표정으로 시선을 들었다.

"그럼 무슨 문제는 없었나? 싸움질, 도둑질, 주정 같은 거?"

"없었어요." 톰이 말했다.

"그럼, 누가 못되게 굴면…… 그럴 때는 어떻게 하지? 거기 사람들은 어떻게 하나?"

"천막촌에서 쫓아내죠."

"하지만 그런 사람이 많지는 않았다고?"

"그럼요. 우리가 한 달 동안 있었는데, 그런 사람은 한 명밖에 못 봤어요."

케이시의 눈이 흥분으로 반짝였다. 그가 다른 사람들에게 소리쳤다.

"들었지? 내가 뭐랬어. 경찰이 해결하는 문제보다 일으키는 문제가 더 많다니까. 이보게, 톰. 저 안에 있는 사람들이 밖으로 나오게 해 봐. 이틀 정도면 나올 수 있을 거야. 복숭아가 한창 익었으니까. 가서 말해 보게."

"안 나올걸요. 지금 5센트를 받고 있으니까. 다른 일에는 신경도 안 써요."

"하지만 이 파업이 끝나고 나면 더 이상 5센트를 못 받을 거야."

"사람들이 안 믿을 거예요. 지금 5센트를 받고 있으니까. 그 사람들이 생각하는 건 그것뿐이에요."

"그래도 어쨌든 말이나 해 봐."

"아버지도 안 하실걸요. 전 아버지를 잘 알아요. 아버지는 아마 당신이랑 상관없는 일이라고 하실 거예요."

케이시가 슬픈 표정으로 말했다. "그래. 자네 말이 맞는 것 같네. 자기가 직접 당해 봐야 알겠지."

"우린 먹을 게 없었어요. 그런데 오늘 밤에는 고기를 먹었죠. 많지는 않았지만 어쨌든 먹었다고요. 아버지가 다른 사람들 때문에 고기를 포기하실 것 같아요? 로저샨은 우유도 못 마셨어요. 문밖에서 소리를 지르고 있는 사람들 때문에 어머니가 로저샨 배 속에 있는 아기를 굶길 것 같아요?"

케이시가 슬픈 표정으로 말했다. "자네 식구들도 현실을 알면 좋을 텐데. 고기를 계속 먹을 수 있는 유일한 길이 뭔지 깨닫는다면 좋을 텐데…… 아이고, 젠장! 가끔은 나도 지쳐. 죽도록 피곤하다고. 어떤 사람이 하나 있었는데, 내가 감옥에 있을 때 들어온 사람이야. 그 친구가 조합을 만들려고 그렇게 애쓰다가 결국 성공했다더군. 그런데 자경단 놈들이 노조를 깨 버렸대. 그리고 어떻게 됐는지 아나? 그 친구가 그토록 도우려고 애썼던 바로 그 사람들이 그 친구를 쫓아내 버렸어. 그 친구랑 상종하기 싫다면서. 자기들도 그 친구와 한패로 보일까 봐 무서웠던 거지. '나가. 네가 있으면 우리가 위험해.' 이러더래. 그 친구는 마음이 크게 상했지. 하지만 이러더군. '알고 보면 그리 나쁜 일도 아냐. 프랑스 혁명을 일으킨 사람들은 모두 단두대에서 목이 잘렸지. 항상 그런 식이야. 비가 내리는 것처럼 자연스러운 일이라고. 그런 일을 재미로 하는 사람은 없어. 어쩔 수 없으니까 하는 거지. 자기가 원래 그런 사람이니까. 워싱턴을 봐. 혁명을 성공시켰는데 나중에 개자식들이 워싱턴한테 덤벼들었잖아. 링컨도 마찬가지고. 두 사람을 죽이라고 소리를 질러 댄 사람들은 다 똑같아. 비가 내리는 것처럼 자연스러운 일이야.'"

"정말 고약한 얘기네요." 톰이 말했다.

"그렇지. 그 친구가 감옥에 들어와서 이러더라고. '여하튼 사람은 자기가 할 수 있는 일을 한다. 그리고 사람이 결코 잊지 말아야 할 것이 있다면, 그것은 남들이 조금 앞서 있을 때 자기가 조금 뒤처질 수도 있지만 완전히 뒤로 밀려나는 경우는 없다는 것뿐이다. 우리는 그것을 증명할 수 있다. 그래서 그것이 모든 것을 바로잡는다. 이건 그런 일이 헛수고처럼 보여도 사실은 헛수고가 아니라는 뜻이다.'"

"그놈의 얘기. 한시도 얘기를 쉬지 않는군요. 제 동생 앨을 보세요. 그 녀석은 밖에 나가서 아가씨가 없는지 찾아다니고 있어요. 그것 말고는 어떤 일에도 관심이 없죠. 하루 이틀 지나면 아가씨를 찾아내서 사귈 거예요. 하루 종일 아가씨 얘기만 하다가 밤새 아가씨를 찾아다니니까. 그 녀석은 자기가 앞으로 나아가는지, 뒷걸음질을 치는지, 옆길로 샜는지 신경도 안 써요."

"그렇겠지. 그럴 거야. 그 녀석은 자기가 꼭 해야 하는 일을 하고 있을 뿐일세. 누구나 다 그래." 케이시가 말했다.

밖에 앉아 있던 남자가 천막 입구를 활짝 젖혔다.

"젠장, 마음에 안 들어."

"왜 그러나?" 케이시가 그를 바라보며 말했다.

"모르겠어요. 그냥 온몸이 다 근질근질해요. 고양이처럼 신경이 곤두서서."

"그러니까 뭣 때문에 그러느냐고?"

"모른다니까요. 무슨 소리가 들린 것 같은데. 다시 잘 들어보면 아무 소리도 안 나고."

"불안해서 그래." 여윈 남자가 말했다.

그가 자리에서 일어나 밖으로 나가더니 금방 천막 안을 들여다보며 말했다.

"먹구름이 잔뜩 몰려오고 있어. 천둥이 칠 것 같아. 그래서 저 녀석이 근질근질한 거야. 전기 때문에."

그의 고개가 다시 밖으로 사라졌다. 다른 두 남자도 바닥에서 일어나 밖으로 나갔다.

케이시가 부드럽게 말했다. "다들 근질근질한 거야. 경찰들이 우리를 흠씬 두들겨 패서 이 동네 밖으로 쫓아 버릴 거라고 했거든. 내가 얘기를 하도 많이 하니까 놈들은 내가 여기 지도자인 줄 알아."

여윈 남자가 다시 안을 들여다보았다.

"케이시, 불 끄고 밖으로 나오게. 뭔가 이상해."

케이시가 램프 나사를 돌렸다. 불꽃이 점점 잦아들다가 퍽 하고 꺼져 버렸다. 케이시가 더듬더듬 밖으로 나갔고 톰도 그 뒤를 따랐다.

"무슨 일이야?" 케이시가 작은 소리로 물었다.

"모르겠어. 들어봐!"

사방에서 들려오는 개구리 소리가 침묵 속으로 녹아들고 있었다. 크고 날카로운 휘파람 소리 같은 귀뚜라미 소리도 들렸다. 그러나 이런 소리들을 뚫고 다른 소리가 들려왔다. 도로에서 들려오는 희미한 발소리, 둑에서 흙이 바스락거리는 소리, 개울 아래쪽에서 덤불들이 바람에 흔들리는 소리.

"무슨 소리가 들리기는 하는 건지 잘 모르겠네. 저런 소리에 속아서 불안해지기 십상이야." 케이시가 사람들을 안심시켰다. "다들 불안해서 그래. 무슨 소린지 모르겠어. 자네는 들었나, 톰?"

"들었어요. 맞아요, 들었어요. 사방에서 사람들이 몰려오고 있는 것 같아요. 빨리 피하는 게 좋겠어요." 톰이 말했다.

여윈 남자가 속삭이는 소리로 말했다. "다리 아래로…… 그쪽으로 가세. 내 천막을 버려두고 가기는 싫지만."

"가지." 케이시가 말했다.

그들은 개울을 따라 조용히 움직였다. 검은 다리 밑이 그들 앞에 동굴처럼 나타났다. 케이시는 허리를 숙이고 다리 밑을 지나갔다. 톰이 그 뒤를 따랐다. 사람들의 발이 미끄러져 물속에 빠졌다. 그들은 30피트를 이동했다. 그들의 숨소리가 둥글게 휘어진 천장에 메아리쳤다. 그들은 이내 다리 밑을 빠져나와 몸을 똑바로 폈다.

누군가가 날카롭게 외치는 소리가 들려왔다.

"놈들이 저기 있다!"

손전등 두 개가 그들을 비추는 바람에 그들은 앞을 볼 수 없었다.

"거기서 꼼짝 마."

어둠 속에서 사람들의 목소리가 들려왔다.

"저놈이야. 저 나쁜 자식. 저놈이야."

케이시는 눈이 부신 듯이 빛을 쏘아보았다. 그의 숨소리가 거칠었다. 그가 말했다.

"잘 들어. 너희들은 지금 자기가 무슨 짓을 하고 있는지 모른다. 너희들 때문에 애들이 굶고 있어."

"닥쳐, 이 빨갱이 자식아."

키가 작고 뚱뚱한 남자가 빛 속으로 모습을 드러냈다. 그는 하얀 새 곡괭이 자루를 들고 있었다.

케이시가 말을 계속했다. "너희들은 지금 자기가 무슨 짓을 하고 있는지 몰라."

뚱뚱한 남자가 곡괭이 자루를 휘둘렀다. 케이시가 몸을 숙여 피하려다가 곡괭이 자루가 내려오는 방향으로 가 버렸다.

무거운 몽둥이가 뼈가 부서지는 둔한 소리를 내며 그의 옆머리를 강타했다. 케이시는 옆으로 기울어지며 빛이 비치지 않는 곳으로 쓰러져 버렸다.

"세상에, 조지. 저 자식 죽은 것 같아."

"저놈한테 빛을 비춰 봐. 저 개자식은 죽어도 싸." 조지가 말했다.

전등 불빛이 바닥으로 옮겨가 부서진 케이시의 머리를 찾아냈다.

톰은 목사를 내려다보았다. 빛이 뚱뚱한 남자의 다리와 하얀 곡괭이 자루를 스치고 지나갔다. 톰은 소리 없이 몸을 날려 몽둥이를 빼앗았다. 처음에는 목표가 빗나가서 몽둥이가 어깨를 때렸다는 것을 알 수 있었지만, 두 번째에는 그가 휘두른 몽둥이가 머리를 제대로 맞췄다. 그 뚱뚱한 남자가 바닥으로 풀썩 쓰러지는 동안 그는 그의 머리에 세 번 더 몽둥이를 날렸다. 불빛들이 사방에서 춤을 추었다. 고함 소리, 사람들이 덤불을 헤치며 달려가는 소리. 톰은 쓰러진 남자를 내려다보았다. 그리고 다음 순간 몽둥이가 그의 머리를 스치고 지나갔다. 마치 전기 충격을 받은 것 같았다. 정신을 차려보니 그는 몸을 낮게 숙이고 개울을 따라 뛰고 있었다. 물을 튀기며 그를 뒤따라오는 발소리가 들렸다. 갑자기 그는 방향을 틀어 덤불 속으로, 옻나무 덤불 속으로 깊숙이 들어갔다. 그리고 바닥에 엎드려 꼼짝도 하지 않았다. 발소리가 가까워지고, 불빛들이 개울을 훑었다. 톰은 꿈틀거리며 덤불을 뚫고 위로 올라갔다. 어떤 과수원이 나왔다. 그런데도 여전히 고함 소리가 들렸다. 저 아래 개울 쪽에서 사람들이 그를 뒤쫓는 소리도. 그는 몸을 낮게 숙이고 사람들이 잘 갈아 놓은 땅 위를 뛰었다. 그의 발밑에서 흙덩이가 미끄러지며 굴렀다. 앞쪽에 과수원을 둘러싼 덤불이 보였다. 용수로를 따라 자라고 있는 덤불이었다. 그는 덤불 울타리를 살짝 빠져나가 포도 덩굴과 검은딸기 덤불 사이로 조금씩 들어갔다. 그리고 다시 엎드려 거칠게 숨을 몰아쉬며 꼼짝도 하지 않았다. 그는 감각이 없는 얼굴과 코를 만져 보았다. 코뼈가 부서져 있었고, 턱에서는 핏방울이 똑똑 떨어졌다. 그는 제정신이 돌아올 때까지 엎드린 채 꼼짝도 하지 않았다. 그리고 천천히 기어서 수로 안으로 들어갔다. 그는 차가운 물로 얼굴을 씻고, 파란색 셔츠 자락을 찢어 물에 적신 다음 찢어진 뺨과 코에 대고 있었다. 물이 닿은 부분이 따끔거리고 쓰라렸다.

먹구름은 이미 하늘을 가로질러 저만치 가 있어서 별들을 배경으로 검은 얼룩처럼 보였다. 사방이 다시 조용해졌다.

톰은 물속으로 들어가 바닥이 푹 꺼지는 부분을 발로 찾아보았다. 그리고 두 번 헤엄을 쳐서 수로를 건너 무거운 몸을 반대편 둑 위로 끌어올렸다. 옷이 몸에 착 달라붙었다. 그가 움직일 때마다 찍찍 소리가 났다. 신발이 젖은 탓이었다. 그는 바닥에 앉아 신발을 벗어 물을 바닥에 따랐다. 바지 아랫단도 비틀어 짜고, 웃옷도 벗어서 물기를 짜 냈다.

고속도로를 따라 손전등 불빛이 어지러이 움직이며 수로를 찾는 것이 보였다. 톰은 신발을 신고 조심스레 밭을 가로질렀다. 신발에서는 더 이상 찍찍거리는 소리가 나지 않았다. 그는 본능적으로 그루터기만 남은 밭의 건너편을 향했다. 마침내 도로가 나왔다. 신중에 신중을 기하며 그는 사각형 집들이 있는 곳으로 다가갔다.

경비원이 무슨 소리를 들었는지 "거기 누구야?"라고 소리쳤다.

톰은 바닥으로 몸을 낮추고 꼼짝도 하지 않았다. 손전등 불빛이 그의 몸 위를 지나갔다. 그는 소리 없이 자기 집 문 쪽으로 살금살금 다가갔다. 문을 열자 문이 비명 같은 소리를 질렀다. 잠기운이라고는 전혀 없는 차분한 어머니의 목소리가 들렸다.

"누구니?"

"저예요, 톰."

"그래, 잠 좀 자 둬라. 앨은 아직도 안 들어왔다."

"아가씨를 찾은 모양이네요."

"어서 자. 저쪽 창 밑에서." 어머니가 부드럽게 말했다.

그는 자기 자리를 찾고는 옷을 모두 벗었다. 그리고 부들부들 떨면서 담요를 덮고 누웠다. 찢어진 얼굴에 감각이 되살아나고, 머리가 온통 욱신거렸다.

앨은 한 시간이 더 지난 후에야 들어왔다. 그가 조심스레 다가오다가 톰의 젖은 옷을 밟았다.

"쉬!" 톰이 말했다.

"안 잤어? 왜 이렇게 젖었어?" 앨이 속삭였다.

"쉬. 아침에 얘기해 줄게."

아버지가 몸을 뒤척였다. 아버지의 코고는 소리가 방을 가득 채웠다.

"형 몸이 차가워."

"쉬. 잠이나 자."

작은 사각형 창문이 방 안의 어둠 때문에 회색으로 보였다. 톰은 잠을 자지 않았다. 다친 얼굴의 신경들이 살아나 욱신거렸고, 광대뼈도 아팠다. 부러진 코도 부어올라 욱신거렸다. 너무 아파서 온몸이 뒤흔들리는 것 같았다. 그는 작은 사각형 창문을 계속 지켜보았다. 별들이 창문 위를 넘어 시야에서 사라졌다. 간혹 야경꾼의 발소리가 들렸다.

마침내 멀리서 수탉이 울더니 창문이 서서히 밝아졌다. 톰은 손끝으로 부어오른 얼굴을 살짝 만져 보았다. 그가 움직이자 앨이 잠결에 입맛을 다시며 뭐라고 웅얼거렸다.

마침내 동이 텄다. 한데 몰려 있는 여기저기의 집들에서 사람들이 움직이는 소리, 장작을 부러뜨리는 소리, 그릇이 부딪히는 소리 등이 들려왔다. 회색빛 어스름 속에서 어머니가 갑자기 벌떡 일어나 앉았다. 자고 일어나서 부은 어머니의 얼굴이 톰의 눈에 들어왔다. 어머니는 한참 동안 창문을 바라보다가 담요를 젖히고 겉옷을 찾았다. 여전히 앉은 채로 어머니는 원피스를 머리 위로 뒤집어쓴 다음 양팔을 위로 들어 원피스가 아래로 떨어지게 했다. 그리고 자리에서 일어나 옷자락을 발목까지 끌어내렸다. 어머니는 맨발로 조심스레 창가로 다가가서 밖을 내다보았다. 그렇게 점점 밝아 오는 바깥을 내다보는 동안 어머니의 손은 재빨리 땋은 머리를 풀어서 가지런히 매만진 다음 다시 땋았다. 머리를 다 땋은 후 어머니는 손을 앞에 모으고 잠시 가만히 있었다. 창문에서 들어오는 빛에 어머니의 얼굴이 선명하게 드러났다. 어머니는 몸을 돌려 매트리스들 사이로 조심스레 발을 디디며 램프를 찾았다. 끼익하고 갓이 올라가는 소리가 난 후, 어머니가 심지에 불을 붙였다.

아버지가 몸을 돌려 어머니를 바라보며 눈을 껌벅거렸다.

어머니가 말했다. "여보, 돈 좀 더 있어요?"

"뭐? 있지. 60센트짜리 전표."

"그럼 일어나서 밀가루하고 돼지기름 좀 사 와요. 빨리."

아버지가 하품을 했다. "아직 가게가 문을 안 열었을지도 모르잖아."

"그럼 열게 만들어요. 식구들한테 뭘 좀 먹여야죠. 나가서 일을 해야 되는데."

아버지는 힘겹게 작업복을 입고 낡은 외투를 걸쳤다. 그리고 하품을 하고 기지개를 켜며 느릿느릿 문밖으로 나갔다.

아이들이 깨어서 담요를 뒤집어쓴 채 생쥐처럼 어른들을 지켜보고 있었다. 이제 연한 빛이 방을 가득 채웠다. 해가 뜨기 전에 나타나는 색깔 없는 빛이었다. 어머니는 매트리스들이 있는 쪽을 힐긋 바라보았다. 존은 깨어 있었고, 앨은 정신없이 자고 있었다. 어머니의 시선이 톰에게 향했다. 잠시 그를 바라보던 어머니가 재빨리 그에게 다가갔다. 그의 얼굴이 시퍼렇게 부어 있었고, 입술과 턱에는 피가 검게 말라붙어 있었다. 뺨의 찢어진 살갗이 안으로 졸아들어 쭈글쭈글했다.

"톰. 무슨 일이니?" 어머니가 작은 소리로 말했다.

"쉬! 큰 소리로 말하지 마세요. 어제 싸움에 휘말렸어요."

"톰!"

"어쩔 수 없었어요, 어머니."

어머니가 그의 옆에 무릎을 꿇고 앉았다.

"안 좋은 일이라도 있는 거야?"

그는 한참 만에 입을 열었다. "예. 문제가 생겼어요. 전 일하러 못 나가요. 숨어야 돼요."

아이들이 네발로 기어서 다가와서는 정신없이 그를 바라보았다.

"오빠 왜 저래요, 엄마?"

"쉿! 가서 씻어라." 어머니가 말했다.

"비누가 없잖아요."

"그럼 그냥 물로 씻어."

"오빠가 왜 저렇게 된 건데요?"

"조용히 해. 아무한테도 얘기하지 마."

아이들은 뒤로 물러나 반대편 벽에 등을 기대고 앉았다. 아이들은 아무도 자기들을 감시하지 않으리라는 것을 알고 있었다.

어머니가 물었다. "심각하니?"

"코뼈가 부러졌어요."

"문제가 심각한 거냐고."

"예, 심각해요!"

앨이 눈을 뜨고 톰을 바라보았다. "아이고, 세상에! 형 무슨 일이야?"

"무슨 일이야?" 존이 물었다.

아버지가 쿵쿵 발소리를 내며 들어왔다.

"가게가 문을 열었던걸."

아버지는 밀가루와 돼지기름 봉지를 풍로 옆의 바닥에 내려놓았다.

"왜들 그래?" 아버지가 물었다.

톰은 잠시 한쪽 팔꿈치로 몸을 지탱하며 일어나려다가 다시 누워 버렸다.

"아이고, 힘이 하나도 없네. 식구들이 다 모였을 때 한 번만 얘기할래요. 애들은 어디 있어요?"

어머니가 벽에 붙어 앉아 있는 아이들을 바라보았다.

"가서 세수하고 와."

"아니에요. 애들도 들어야 돼요. 저 애들도 알아야죠. 사정을 모르면 애들이 제멋대로 지껄일지도 모르니까." 톰이 말했다.

"이게 도대체 무슨 일이야?" 아버지가 다그치듯 물었다.

"말할게요. 어젯밤에 사람들이 무슨 일로 그렇게 소리를 질렀는지 알아보러 나갔다가 우연히 케이시를 만났어요."

"목사 말이냐?"

"예, 아버지. 목사님이요. 그런데 이번에는 파업을 이끌고 있더라고요. 사람들이 케이시를 붙잡으러 왔어요."

"누가 왔다는 거야?" 아버지가 다그쳤다.

"저도 몰라요. 지난밤에 도로에서 우리를 돌려세운 사람들인 것 같아요. 곡괭이 자루를 들고 있더라고요."

그는 잠시 말을 멈췄다가 다시 입을 열었다.

"그놈들이 케이시를 죽였어요. 머리를 박살내서. 저도 거기서 있었는데, 너무 화가 나서 곡괭이 자루를 빼앗았어요."

그는 슬픈 표정으로 간밤에 있었던 일들, 어둠, 손전등 등을 회상하며 말을 이었다.

"제가…… 제가 어떤 사람을 몽둥이로 쳤어요."

어머니가 숨이 막히는 소리를 냈다. 아버지의 안색도 딱딱하게 굳었다.

"죽인 거냐?" 그가 작은 소리로 물었다.

"모…… 모르겠어요. 전 제정신이 아니어서 죽이려고 했어요."

어머니가 물었다. "누가 널 봤니?"

"몰라요. 몰라요. 아마 봤을 거예요. 놈들이 우리한테 불빛을 비추고 있었으니까."

어머니는 잠시 그의 눈을 뚫어지게 바라보았다.

"여보. 상자를 몇 개 부숴요. 아침 식사를 해야지. 다들 일하러 가야 하잖아요. 루티, 윈필드. 누가 묻거든 오빠가 아프다고 해. 알았어? 너희들이 사실대로 말하면…… 오빠는 감옥에 갈 거야. 알았어?"

"예."

"저 애들 좀 감시해 주세요, 아주버님. 아무하고도 얘길 못하게 해요."

아버지가 물건을 담았던 상자를 부수는 동안 어머니는 불을 피웠다. 그리고 밀가루를 반죽하고, 커피 주전자를 불 위에 올려놓았다. 불이 붙은 나무에서 불꽃이 굴뚝을 향해 타올랐다.

아버지가 상자 부수기를 끝내고 톰에게 가까이 다가왔다.

"케이시는…… 좋은 사람이었다. 도대체 뭣 때문에 그런 일에 끼어든 거지?"

톰이 멍하니 말했다. "그 사람들도 상자당 5센트씩 받기로 하고 일을 하러 왔대요."

"우리도 그렇게 받잖아."

"그렇죠. 우리가 여기서 일하는 바람에 파업이 깨지게 생겼어요. 여기 사람들이 그 사람들한테 2센트 반을 주겠다고 했대요."

"그걸로 어떻게 먹고살아?"

톰이 힘없이 말했다. "그렇죠. 그래서 그 사람들이 파업을 한 거예요. 하지만 아마 어젯밤에 파업이 깨졌을 거예요. 오늘은 우리도 2센트 반을 받게 될지도 몰라요."

"이런 개자식들……."

"맞아요! 아버지. 이제 아셨죠? 케이시는 여전히…… 좋은 사람이었어요. 젠장, 그 모습이 머리에서 떠나질 않아요. 케이시가 쓰러져 있던 모습…… 머리가 깨져서 피가 흘러나오고. 젠장!" 그는 손으로 눈을 가렸다.

"그럼 우린 어떻게 하지?" 존이 물었다.

앨은 이제 일어서 있었다. "뭐, 난 어떻게 할지 마음을 정했어요. 난 여기서 나갈래요."

"아니, 안 돼, 앨. 가족들한테 네가 필요해. 내가 문제야. 난 가족들한테 위험한 존재라고. 몸을 추스르는 대로 난 떠나야 돼." 톰이 말했다.

어머니는 풍로 옆에서 식사를 준비하고 있었다. 남자들이 나누는 이야기를 들으려고 머리를 반쯤 돌린 채. 어머니는 프라이팬에 기름을 넣었다. 기름이 뜨거워져서 지글지글 소리가 나기 시작하자 어머니는 밀가루 반죽을 숟가락으로 떠 넣었다.

톰이 말을 계속했다. "네가 여기 있어야 돼, 앨. 네가 트럭을 책임져야 돼."

"난 싫어."

"어쩔 수 없어, 앨. 너도 우리 식구잖아. 싫어도 어쩔 수 없어. 난 가족들한테 위험한 존재니까."

앨이 화를 내며 투덜거렸다. "정비 공장에 취직하게 날 좀 내버려 두면 안 돼?"

"나중에, 아마도."

톰이 앨의 뒤를 바라보았다. 매트리스 위에 누워 있는 샤론의 로즈가 보였다. 그녀는 눈을 휘둥그렇게 뜨고 있었다.

"걱정 마." 톰이 그녀에게 소리쳤다. "넌 걱정 마. 오늘 우유를 좀 사다 줄게."

그녀는 천천히 눈을 깜박거리며 아무 말도 하지 않았다.

아버지가 말했다. "우리도 알아야겠다, 톰. 네가 때린 사람이 죽은 것 같니?"

"모르겠어요. 어두워서. 그리고 나서 누군가가 날 때렸는데. 모르겠어요. 그 사람이 죽었다면 좋겠어요. 그 개자식이 죽었으면 좋겠어요."

"톰! 그런 소리 하지 마." 어머니가 소리쳤다.

거리에서 여러 대의 자동차들이 천천히 움직이는 소리가

들려왔다. 아버지가 창가로 가서 밖을 내다보았다.

"새로 사람들이 잔뜩 들어오는구나." 아버지가 말했다.

"아무래도 파업이 정말로 깨진 것 같아요. 아마 우리도 2센트 반을 받게 될 거예요." 톰이 말했다.

"하지만 아무리 종종걸음을 치며 일해도 그 돈으로는 끼니를 이을 수가 없어."

"알아요. 바람에 떨어진 복숭아를 먹어야죠. 그러면 목숨은 부지할 수 있을 거예요." 톰이 말했다.

어머니가 밀가루 반죽을 뒤집고 커피를 저으며 말했다. "내 말 잘 들어. 난 오늘 옥수수 가루를 살 거야. 옥수수 죽을 만들어 먹게. 휘발유 값이 모이는 대로 여길 떠나자. 여긴 좋은 곳이 아니야. 톰이 혼자 여길 떠나는 꼴은 못 본다. 절대 안 돼."

"그러면 안 돼요, 어머니. 저는 식구들한테 위험한 존재라니까요."

어머니의 턱이 굳어졌다. "어쨌든 그렇게 할 거야. 자, 이리 와서 이걸 좀 먹어요. 일하러 나가야지. 나도 세수만 하고 나갈 테니. 돈을 벌어야 하니까."

그들은 밀가루 튀김을 먹었다. 튀김이 하도 뜨거워서 입속에 들어가서도 여전히 지글거릴 정도였다. 그들은 커피를 입에 털어 넣고 잔에 커피를 더 따라 마셨다.

존이 접시 위에서 고개를 저었다. "도저히 여기서 벗어날 수 있을 것 같지 않아. 틀림없이 내 죄 때문이야."

아버지가 소리쳤다. "아이고, 그만 좀 해요! 지금은 형님 죄 얘기를 들어 줄 시간이 없어요. 서둘러요. 일하러 가야지. 얘들아, 너희들도 와서 도와. 어머니 말씀이 맞다. 여길 떠나야 돼."

식구들이 나간 후 어머니는 음식과 커피를 톰에게 갖다주었다.

"뭘 좀 먹어야지."

"못 먹겠어요, 어머니. 너무 아파서 씹을 수가 없어요."

"그래도 먹으려고 해 봐."

"못 하겠어요, 어머니."

어머니는 그가 누워 있는 매트리스 가장자리에 앉았다.

"자세히 좀 얘기해 봐라. 나도 상황을 알아야겠어. 일이 어떻게 된 건지. 케이시가 뭘 하고 있었다고? 놈들이 케이시를 왜 죽인 거야?"

"케이시는 자기한테 쏟아지는 빛 속에 그냥 서 있었을 뿐이에요."

"케이시가 뭐라고 하던? 그 사람이 뭐라고 했는지 기억나?"

"그럼요. '너희들한테는 사람들을 굶주리게 할 권리가 없다.' 고 말했어요. 그랬더니 뚱뚱한 남자가 케이시더러 빨갱이 개자식이라고 하더라고요. 케이시는 '너희들은 지금 자기가 무슨 짓을 하고 있는지 모른다.'라고 했어요. 그랬더니 그 뚱뚱한 놈이 케이시를 후려쳤어요."

어머니는 시선을 떨어뜨리고 양손을 모아 비틀었다.

"그랬단 말이지? '너희들은 지금 자기가 무슨 짓을 하고 있는지 모른다.'라고?"

"예!"

"할머니가 그 말을 들었다면 좋을 텐데."

"어머니, 전 그때 제정신이 아니었어요. 그냥 숨을 쉬듯이 자연스럽게 그렇게 된 거예요. 제가 그런 짓을 할 줄은 저도 몰랐어요."

"괜찮아. 네가 그런 짓을 안 했다면 좋았을 거야. 네가 그 자리에 있지 않았더라면 좋았겠지. 하지만 넌 꼭 해야 하는 일을 한 거잖니. 넌 아무 잘못 없어."

어머니는 풍로로 가서 뜨거운 물에 헝겊을 적셨다.

"자. 이걸 얼굴에 대고 있어라."

그는 뜨거운 헝겊을 코와 뺨에 댔다. 헝겊이 너무 뜨거워서 몸이 움찔할 정도였다.

"어머니, 전 오늘 밤에 떠날 거예요. 저 때문에 식구들까지 위험하게 만들 수는 없어요."

어머니가 화를 내며 말했다. "톰! 내가 아는 건 별로 없지만, 네가 떠난다고 해서 우리가 편안해지는 건 아냐. 식구들이 더 힘들어질 뿐이야. 옛날에 농사를 지을 때는 우리한테도 분명한 것이 있었지. 노인들은 죽고 아이들이 태어나고. 우리는 항상 하나였어. 가족이었다고. 누가 봐도 분명한 가족. 그런데 지금은 그렇게 분명한 것이 없어. 난 이해를 할 수가 없다. 우리를 분명하게 구분해 주는 게 하나도 없어. 앨 녀석은 저 혼자 알아서 해 보겠다고 구름 잡는 소리나 하고, 아주버님은 그냥 우리를 쫓아오고 있을 뿐이고. 너희 아버지도 옛날 같지 않고. 네 아버지는 이제 가장이 아냐. 우리 가족이 쪼개지고 있는 거야, 톰. 지금은 가족이 없어져 버렸다. 그리고 로저산은……."

어머니가 시선을 돌리자 눈을 휘둥그렇게 뜨고 있는 로저샨의 모습이 눈에 들어왔다.

"저 아이가 곧 아기를 낳을 텐데 가족은 더 이상 존재하지 않아. 나도 모르겠다. 난 어떻게든 가족을 지키려고 애썼는데. 이대로 가다가는 윈필드가 앞으로 어떻게 될지. 애가 거칠어지기만 하고. 루티도 마찬가지야. 짐승처럼 거칠어지고 있어. 믿을 것이 하나도 없다. 가지 마, 톰. 여기 남아서 우릴 도와줘."

"알았어요. 알았다고요. 내가 여기 남으면 안 되는데. 정말로 안 되는데." 그가 피곤한 목소리로 말했다.

어머니는 설거지 통으로 가서 양철 접시를 씻어 물기를 닦았다.

"너 한숨도 못 잤지?"

"예."

"그럼 눈 좀 붙여. 네 옷이 젖었더라. 물기가 마르라고 풍로 옆에 걸어 두마."

어머니는 설거지를 끝냈다.

"이제 나가 봐야겠다. 복숭아를 따야지. 로저샨, 누가 오거든 톰이 아프다고 해. 알았어? 아무도 들여보내지 마. 알아들었어?"

샤론의 로즈가 고개를 끄덕였다.

"우린 정오에 돌아올 거다. 눈 좀 붙여 둬라, 톰. 어쩌면 오늘 밤에 여길 떠날 수 있을지도 모르지." 어머니가 빠른 걸음으로 톰에게 다가갔다. "톰, 너 몰래 빠져나갈 거 아니지?"

"안 그럴게요, 어머니."

"정말이지? 안 갈 거지?"

"예, 어머니. 여기 있을게요."

"그래. 내 말 잊지 마라, 로저샨."

어머니는 밖으로 나가서 문을 단단히 닫았다.

톰은 가만히 누워 있었다. 졸음이 몰려와서 그를 무의식의 경계까지 들어 올렸다가 천천히 떨어뜨리고, 다시 들어올리기를 반복했다.

"오빠…… 톰!"

"응? 왜!"

그는 잠에서 깨어나기 시작했다. 그가 샤론의 로즈를 바라보았다. 그녀의 눈이 분노로 불타고 있었다.

"왜 그래?"

"오빠가 사람을 죽였어!"

"그래. 그렇게 소리치지 마! 다른 사람들이 들으면 어쩌려고."

"무슨 상관이야?" 그녀가 소리쳤다. "그 여자가 그랬어. 죄가 어떤 결과를 가져오는지. 나한테 말해 줬어. 이제 내가 어떻게 튼튼한 아이를 낳겠어? 코니는 사라져 버렸고, 난 음식도 제대로 못 먹고 있는데. 우유도 못 마시고 있는데." 그녀의 목소리가 히스테릭하게 높아졌다. "게다가 이제 오빠가 사람까지 죽였잖아. 이러니 어떻게 제대로 된 아이가 나와? 틀림없이 괴물이 나올 거야…… 괴물! 난 절대 춤도 안 췄는데."

톰이 일어나 앉았다.

"쉬! 그러다 사람들이 몰려오겠다."

"상관없어. 난 괴물을 낳을 거야! 난 끌어안고 추는 춤도 안 췄는데."

그가 그녀에게 다가갔다.

"조용히 좀 해."

"나한테서 떨어져. 오빠가 사람을 죽인 게 이번이 처음도 아니잖아."

히스테리 때문에 그녀의 얼굴이 점점 붉게 상기되었다. 발음도 흐릿해졌다.

"꼴도 보기 싫어."

그녀는 담요로 머리를 덮었다.

담요 속에서 그녀가 숨을 죽이고 우는 소리가 들려왔다. 그는 아랫입술을 깨물며 바닥만 내려다보았다. 잠시 후 그는 아버지의 침대로 갔다. 매트리스 밑에 소총이 한 자루 있었다. 레버로 작동하는 윈체스터 38구경. 길고 무거운 총이었다. 톰은 총을 들어 레버를 밀었다. 약실에 탄약이 들어 있는지 보기 위해서였다. 그리고 반 안전장치에 공이치기를 시험해 보았다. 그는 다시 자신의 매트리스로 돌아가서 옆의 바닥에 개머리판이 위로, 총열이 아래로 가도록 총을 세워 놓았다. 샤론의 로즈의 목소리가 점점 가늘어져서 홀쩍이는 소리로 변했다. 톰은 다시 드러누워 담요로 멍든 뺨을 가리고 담요를 살짝 들어 숨 쉴 구멍을 만들었다. 그리고 한숨을 쉬었다.

"젠장, 젠장!"

밖에서 자동차들이 지나가는 소리와 사람들의 목소리가 들려왔다.

"몇 명이야?"

"우리들뿐이에요. 세 명. 품삯은 얼마죠?"

"25호 집으로 가. 번지는 문 위에 적혀 있으니까."

"알았어요. 품삯은 얼마예요?"

"2센트 반."

"이런 젠장, 그걸로 어떻게 먹고살아요!"

"그게 우리 품삯이야. 남부에서 오는 사람이 200명이나 되는데, 그 사람들은 아무 소리 안 하고 받아들일걸."

"하지만, 이봐요!"

"어서 가. 그걸 받고 일하든지 아니면 그냥 가든지. 난 말싸움할 시간 없어."

"하지만……."

"이봐. 내가 품삯을 정한 게 아냐. 난 그냥 당신들 이름을 기록할 뿐이라고. 일하고 싶으면 일하고, 아니면 그냥 돌아서서 나가면 되잖아."

"25호라고 했어요?"

"그래, 25호."

톰은 매트리스에 누워 깜박 잠이 들었다. 그러나 방 안에서 뭔가가 은밀하게 움직이는 소리에 잠이 깼다. 그는 살금살금 손을 뻗어 소총을 잡았다. 그리고 얼굴에서 담요를 걷어냈다. 샤론의 로즈가 그의 매트리스 옆에 서 있었다.

"무슨 일이야?" 톰이 다그치듯 물었다.

"오빠는 그냥 자. 그냥 자라고. 내가 문을 지킬게. 아무도 못 들어오게."

그는 잠시 그녀의 얼굴을 유심히 바라보았다.

"알았어."

그는 다시 담요로 얼굴을 덮었다.

날이 어둑해지기 시작할 무렵 어머니가 집으로 돌아왔다. 어머니는 문 앞에서 걸음을 멈추고 문을 두드리며 말했다.

"나다."

톰을 걱정시키지 않기 위해서였다. 어머니는 문을 열고 안으로 들어갔다. 손에는 봉투를 하나 들고 있었다. 톰이 잠에서 깨어 일어나 앉았다. 그의 상처가 말라붙어 오그라드는 바람에 주위 피부가 번들거렸다. 그의 왼쪽 눈은 거의 감겨 있었다.

"우리가 나간 사이에 누가 왔었니?" 어머니가 물었다.

"아뇨. 아무도 안 왔어요. 놈들이 품삯을 깎았던데요."

"어떻게 알았어?"

"밖에서 사람들이 얘기하는 걸 들었어요."

샤론의 로즈가 멍한 표정으로 어머니를 쳐다보았다.

톰이 엄지손가락으로 그녀를 가리켰다.

"저 애가 얼마나 소란을 피웠는지 아세요, 어머니? 모든 문제가 전부 자기를 어떻게 하려고 일어나는 줄 알아요. 저 때문에 저 애가 저렇게 흥분할 바에야 제가 떠나는 게 낫겠어요."

어머니가 샤론의 로즈에게 시선을 돌렸다. "무슨 짓을 한 거야?"

로저샨이 성난 목소리로 말했다. "이런 일이 벌어지는데 내가 어떻게 튼튼한 아이를 낳겠어요?"

　　어머니가 말했다. "쉬! 조용히 해. 네 기분은 알아. 네가 어쩔 수 없이 그런다는 것도 알고. 하지만 제발 입 좀 다물고 있어."

　　어머니는 다시 톰에게 시선을 돌렸다.

　　"저 애한테는 신경 쓰지 마라, 톰. 임신을 하면 원래 얼마나 힘든지 몰라. 나도 그랬어. 아기를 낳을 때가 되면 모든 일이 다 자기를 겨냥해서 일어나는 것 같고, 사람들이 하는 말은 죄다 욕처럼 들리지. 모든 게 다 나를 괴롭히는 것 같아. 그러니까 신경 쓰지 마. 저 애도 어쩔 수 없는 일이니까. 그냥 기분이 그래서 그러는 거야."

　　"저 때문에 저 애가 괴로워하는 게 싫어요."

　　"쉬! 그런 소린 하지 마."

　　어머니는 차가운 풍로 위에 봉투를 내려놓았다.

　　"돈을 거의 벌지 못했어. 아까도 말했지만 여기서 나가야겠다, 톰. 장작 좀 만들어 줄래? 아냐, 넌 못 하지. 자, 남은 건 이 상자 하나뿐이다. 이걸 부숴. 다른 식구들한테 오는 길에 나무를 좀 주워 오라고 말해 뒀다. 설탕을 좀 넣은 옥수수 죽을 먹을 거야."

　　톰은 일어서서 마지막으로 남은 상자를 밟아 작은 조각으로 쪼갰다. 어머니는 풍로 구멍 하나에만 조심스레 불을 피웠다. 그리고 솥에 물을 채워 그 위에 올려놓았다. 곧바로 올라오는 불길 때문에 솥이 덜거덕거렸다.

"오늘 일은 어땠어요?" 톰이 물었다.

어머니는 옥수수 가루가 든 봉투에 컵을 집어넣었다.

"별로 얘기하고 싶지 않다. 옛날엔 사람들이 농담을 주고받기도 했던 것 같은데. 난 싫다, 톰. 이제 사람들은 농담을 하지 않아. 농담을 하더라도 원한이 깃든 못된 농담만 하지. 전혀 재미있는 얘기가 아냐. 오늘 어떤 사람이 그러더라. '대공황은 끝났어. 아까 산토끼를 봤는데 아무도 녀석을 뒤쫓지 않더라고.' 그랬더니 다른 사람이 이러는 거야. '그래서 그런 게 아냐. 이젠 산토끼를 죽일 여유가 없어서 그래. 그래서 녀석을 잡으면 젖만 짜고 그냥 놓아주는 거야. 자네가 본 녀석은 아마 젖이 없었을걸.' 이런 농담뿐이야. 하나도 재미없는 얘기. 너희 큰아버지가 인디언을 개종시켜 집으로 데리고 왔을 때처럼 재미있지가 않아. 그 인디언은 통에 넣어 둔 콩을 깨끗이 다 먹어 버리고는 큰아버지가 갖고 있던 위스키 때문에 다시 타락해 버렸지. 톰, 헝겊에 찬물을 적셔서 얼굴에 대고 있어."

어둠이 짙어졌다. 어머니는 램프를 켜서 못에 걸어 놓았다. 그리고 불 속에 장작을 넣은 다음 뜨거운 물속에 옥수수 가루를 천천히 쏟았다.

"로저샨, 죽 좀 저어 줄래?" 어머니가 말했다.

밖에서 사람들이 바삐 달려오는 소리가 들렸다. 문이 벌컥 열리면서 벽에 쾅 하고 부딪혔다. 루티가 안으로 달려 들어와 소리쳤다.

"엄마! 윈필드가 기절했어요!"

"어디서? 빨리 말해!"

루티가 숨을 헐떡이며 말했다. "얼굴이 하얗게 되더니 그냥 쓰러졌어요. 복숭아를 너무 많이 먹어서 종일 설사를 하더니만. 그냥 쓰러져 버렸어요. 하얗게 돼서!"

"그리로 가자!" 어머니가 루티를 다그쳤다. "로저샨, 죽 좀 봐."

어머니는 루티와 함께 밖으로 나가 아이를 따라 거리를 뛰었다. 남자 세 명이 어둠 속에서 그녀를 향해 걸어왔다. 가운데에 있는 남자가 윈필드를 안고 있었다. 어머니는 그들에게 뛰어가 소리쳤다.

"우리 애예요! 저한테 주세요."

"제가 안아다 드릴게요, 부인."

"아뇨, 여기서 그냥 주세요."

어머니는 아이를 빼앗아 안고 뒤돌아섰다. 그러나 이내 제정신을 차리고 남자들에게 말했다.

"정말 고맙습니다."

"웬걸요. 아이가 몸이 많이 약한가 봐요. 기생충이 있는 것 같던데."

어머니는 서둘러 집으로 돌아왔다. 윈필드는 어머니의 품 안에 늘어져 있었다. 어머니는 아이를 안고 들어와서 무릎을 꿇고 매트리스 위에 아이를 눕혔다.

"어떻게 된 거니?" 어머니가 다그치듯 물었다.

윈필드는 졸린 듯이 눈을 뜨고 고개를 젓더니 다시 눈을 감아 버렸다.

루티가 말했다. "내가 말했잖아요, 엄마. 종일 설사를 했다니까요. 거의 쉴 새 없이. 복숭아를 너무 많이 먹어서 그래요."

어머니는 아이의 이마를 만져 보았다.

"열은 없네. 하지만 얼굴이 하얗고 핼쑥해."

톰이 다가와서 램프로 아래를 비췄다.

"어떻게 된 건지 알겠어요. 배가 고파서 그래요. 힘이 하나도 없어서. 우유를 한 통 사다가 먹이죠. 죽에 우유를 타서 마시게 해요."

"윈필드. 좀 어떠니?" 어머니가 말했다.

"어지러워요. 머리가 빙빙 돌아." 윈필드가 말했다.

"그렇게 설사하는 건 처음 봤어요." 루티가 아주 중요한 얘기를 하듯이 말했다.

아버지와 존과 앨이 집으로 들어왔다. 다들 이런저런 나뭇조각과 가지를 한 아름씩 안고 있었다. 그들은 풍로 옆에 그 짐을 내려놓았다.

"이번엔 또 뭐야?" 아버지가 물었다.

"윈필드예요. 우유를 좀 먹여야겠어요."

"아이고 맙소사! 다들 필요한 게 많다고 아우성이구먼!"

"오늘 얼마나 벌었어요?" 어머니가 말했다.

"1달러 42센트."

"그럼 당장 가서 우유 한 통 사 와요. 윈필드한테 먹이게."

"도대체 얘는 왜 아픈 거야?"

"그건 나도 모르지만, 어쨌든 애가 아프잖아요. 당장 갔다 와요!"

아버지가 투덜대며 밖으로 나갔다.

"너 죽 젓고 있니?"

"예." 샤론의 로즈가 죽을 더 빨리 저으면서 대답했다.

"젠장, 어머니! 어두워질 때까지 일했는데 먹을 게 죽밖에 없어요?" 앨이 투덜거렸다.

"앨, 우리가 여길 떠나야 한다는 건 너도 알잖아. 가진 돈으로 전부 휘발유를 사야지."

"하지만, 젠장, 어머니! 일을 하려면 고기를 먹어야 한다고요."

"잠자코 앉아 있어. 우선 큰일부터 처리하자. 그 큰일이 뭔지는 너도 알잖아."

"저 때문인가요?" 톰이 물었다.

"먹고 나서 이야기하자. 앨, 휘발유는 충분히 있지?"

"기름통에 4분의 1쯤 있어요." 앨이 말했다.

"무슨 일인지 얘기해 주세요." 톰이 말했다.

"나중에. 좀 기다려. 너 죽 잘 저어라. 자, 내가 커피 좀 불에 얹어야겠다. 다들 죽이랑 커피 중 하나에만 설탕을 넣어 먹도록 해. 두 군데 다 넣기에는 설탕이 부족하니까."

아버지가 커다란 우유 한 통을 들고 돌아왔다.

"11센트래." 아버지가 질렸다는 듯이 말했다.

"이리 줘요!"

어머니는 통을 받아 뚜껑을 땄다. 그리고 컵에 우유를 따라 톰에게 건넸다.

"이거 윈필드한테 줘라."

톰은 매트리스 옆에 무릎을 꿇고 앉았다.

"자, 이거 마셔."

"못 먹겠어. 전부 토해 버릴 거야. 나 그냥 내버려 둬."

톰이 일어섰다. "지금은 못 먹겠나봐요, 어머니. 좀 기다리죠."

어머니가 컵을 받아 창턱에 놓았다.

"이거 아무도 손대지 마." 어머니가 식구들에게 경고했다. "이건 윈필드 거야."

"나도 우유를 못 마셨는데." 샤론의 로즈가 샐쭉한 표정으로 말했다. "나도 우유를 좀 마셔야 돼요."

"나도 알아. 하지만 넌 아직 쓰러지진 않았잖아. 얘는 오늘 기절했어. 죽이 좀 진해졌니?"

"예. 이젠 젓기도 힘들어요."

"됐다. 이제 먹자. 설탕은 여기 있어. 각자 한 스푼씩이야. 죽에 넣어 먹든지 커피에 넣어 먹든지 해."

톰이 말했다. "난 죽에다 소금이랑 후추를 넣는 게 좋은데."

"소금을 넣고 싶으면 넣어. 후추는 없다." 어머니가 말했다.

이제는 남은 상자가 하나도 없었다. 식구들은 매트리스 위에 앉아 죽을 먹었다. 냄비가 거의 다 빌 때까지 자꾸만 죽을 떠먹었다.

"윈필드 거 좀 남겨 놔." 어머니가 말했다.

윈필드가 일어나 앉아서 우유를 마시더니 당장 음식에 달려들었다. 그는 죽 냄비를 다리 사이에 놓고 남은 죽을 먹고는 냄비에 눌어붙은 것까지 박박 긁어 먹었다. 어머니가 남은 우유를 컵에 따라 슬며시 샤론의 로즈에게 주며 구석에서 몰래 먹으라고 했다. 그리고 뜨거운 블랙커피를 잔에 따라 식구들에게 돌렸다.

"이제 무슨 일인지 얘기해 주세요. 저도 알아야겠어요." 톰이 말했다.

아버지가 불편한 표정으로 말했다. "루티랑 윈필드한테 들려줄 얘기는 아닌데. 애들더러 밖에 나가 있으라고 하면 안 될까?"

어머니가 말했다. "안 돼요. 애들도 이제 철이 들어야죠. 아직 나이는 어리지만 어쩔 수 없어요. 루티, 윈필드, 지금부터 듣는 얘기 아무한테도 하면 안 된다. 누구한테 얘기했다간 식구들이 뿔뿔이 흩어지게 될 거야."

"얘기 안 해요. 우리도 다 컸다고요." 루티가 말했다.

"그래, 그럼 조용히 있어."

식구들은 커피 잔을 바닥에 내려놓았다. 램프 안의 짧고 굵은 불꽃이 땅딸막한 나비 날개처럼 벽에 노란 그림자를 던졌다.

"이제 말해 보세요." 톰이 말했다.

"여보, 당신이 얘기해요." 어머니가 말했다.

존은 커피를 홀짝거렸다.

아버지가 말했다. "그래, 네가 말한 대로 품삯이 떨어졌더라. 새 인부들도 엄청 많이 들어왔는데 그동안 하도 굶주려서 빵 한 덩이만 줘도 일을 하겠다고 나설 사람들이야. 복숭아를 보고 따러 가면 이미 누군가가 먼저 따는 식이지. 그러고서 그 나무에 달린 복숭아를 당장에 죄다 따는 거야. 사람들은 다른 나무를 찾아 우루루 몰려가고. 싸우는 사람도 있더라. 사람들이 한 나무를 골라서 이건 자기 나무라고 우기고, 다른 사람들도 거기서 복숭아를 따고 싶어 하고. 심지어 엘센트로

처럼 먼 곳에서 온 사람도 있었어. 굶주릴 대로 굶주린 사람들이지. 빵 한 조각을 얻으려고 하루 종일 일하는 사람들. 내가 검사원한테 상자당 2센트 반으로는 일을 할 수 없다고 했더니 검사원이 그럼 그만두라고 그러더라. 새로 온 사람들은 그 돈으로도 일을 한다면서. 그래서 내가 저 사람들도 배가 부르면 일을 안 할 거라고 했지. 그랬더니 검사원이 '흥, 저 사람들 배가 부르기 전에 복숭아를 다 딸 수 있을걸.' 이러더라고." 아버지가 말을 멈췄다.

"난리도 아니었어. 그놈들 말이 오늘 밤에 200명이 더 들어온대." 존이 말했다.

"알아요! 그것 말고 그 문제는 어때요?" 톰이 말했다.

아버지가 잠시 침묵을 지키다가 입을 열었다. "톰, 너한테 맞은 사람이 죽은 것 같더라."

"짐작은 하고 있었어요. 앞은 보이지 않았지만 느낌이 그랬거든요."

"사람들이 온통 그 얘기만 하는 것 같더라. 사람들을 모아서 린치를 하겠다고 하던데. 물론 그건 범인을 잡았을 때 얘기지만." 존이 말했다.

톰은 눈을 휘둥그렇게 뜨고 있는 아이들을 바라보았다. 아이들은 거의 눈을 깜박이지도 않았다. 마치 눈을 깜박이는 그 찰나에 무슨 일이라도 일어날까 봐 무서워하는 것 같았다.

톰이 말했다. "음, 그놈을 죽인 그 범인, 그 사람은 놈들이 케이시를 죽였기 때문에 그런 거예요."

아버지가 끼어들었다. "그놈들 얘기는 달라. 범인이 먼저 사람을 죽였다고 떠들고 있어."

"하아!" 톰이 한숨처럼 숨을 내쉬었다.

"놈들이 우리 같은 사람들에 대한 미움을 부추기고 있다. 그렇게 들었어. 선전대랑 조합원들을 총동원하겠대. 그 범인을 꼭 잡겠다고."

"놈들이 그 사람의 생김새를 알고 있대요?" 톰이 물었다.

"글쎄…… 정확히는 모르는 것 같은데…… 하지만 내가 듣기로는 그 사람도 한 대 맞은 것 같다고 하더라. 놈들 말이…… 그 사람도……."

톰은 천천히 손을 들어 올려 멍든 뺨을 만졌다.

"그놈들 말은 거짓말이야!" 어머니가 소리쳤다.

톰이 말했다. "진정하세요, 어머니. 뭐든 놈들 맘대로 하니까요. 선전대가 우리 같은 사람들을 헐뜯는 말을 하면, 무슨 말이든 다 진실이 돼 버린다고요."

어머니는 희미한 불빛 속에서 톰의 얼굴, 특히 입술을 살펴보았다.

"약속했잖아." 어머니가 말했다.

"어머니, 저는…… 아니 그 사람은 아마 여길 떠나야 할 거예요. 만약…… 그 사람이 뭔가 잘못을 저질렀다면 이런 생각을 하고 있겠죠. '그래, 교수대에서 깨끗이 죽자. 내가 잘못을 저질렀으니 벌을 받아야지.' 하지만 그 사람은 아무 잘못도 저지르지 않았어요. 기분이 스컹크 한 마리를 죽였을 때랑 별로 다르지 않다고요."

루티가 끼어들었다. "엄마, 나랑 윈필드도 알아요. 우리 때문에 계속 '그 사람'이라고 하지 않아도 돼요."

톰이 쿡쿡 웃었다. "어쨌든 그 사람은 교수대에 매달릴 생각이 없어요. 같은 상황이 되면 역시 똑같이 행동할 거니까. 하지만 식구들까지 문제에 휘말리게 만들 생각도 없어요. 어머니…… 저는 떠나야 해요."

어머니가 손가락으로 입을 막고 헛기침을 하며 목을 가다듬었다.

"안 돼. 어떻게 숨어 다니려고? 믿을 사람이 아무도 없는데. 하지만 식구들은 믿어도 되잖니. 우리가 널 숨겨 줄 수 있어. 그리고 네 얼굴이 낫는 동안 널 먹여 살릴 수도 있어."

"하지만 어머니……."

어머니가 일어섰다. "넌 못 떠난다. 우리가 널 데리고 나갈 거야. 앨, 가서 트럭을 돌려세워서 문 앞에 대라. 내가 방법을 생각해 냈어. 바닥에 매트리스 하나를 놓고 톰이 재빨리 그리로 들어가는 거다. 그러면 우리가 다른 매트리스를 가져다가 동굴처럼 접어 놓을 거야. 톰은 동굴 속에 들어가게 되는 거지. 그리고 그 주위에 일종의 벽을 만들 거다. 톰은 한쪽 끝에 난 구멍으로 숨도 쉴 수 있어. 괜히 이러쿵저러쿵하지 마. 다들 내 말대로 해."

"이젠 남자들이 아예 입도 못 떼게 생겼군. 저 여자 아주 제멋대로야. 언젠가 식구들이 자리를 잡으면 내가 한 대 때려 줘야겠다." 아버지가 투덜거렸다.

"그때가 되면 때리든지 말든지 맘대로 해요." 어머니가 말했다. "일어나, 앨. 날도 웬만큼 어두워졌으니까."

앨은 밖으로 나가 트럭을 잘 살펴본 다음 문 앞까지 후진시켰다.

어머니가 말했다. "서둘러요. 매트리스를 안에 넣어!"

아버지와 존이 화물칸 뒷문 위에 매트리스를 걸쳤다.

"저것도 올려야지."

두 사람은 두 번째 매트리스를 들어 올렸다.

"자, 톰, 얼른 올라타서 밑으로 들어가. 서둘러."

톰은 재빨리 올라가서 몸을 낮췄다. 그리고 매트리스 하나를 똑바로 편 다음 두 번째 매트리스를 자신의 몸 위로 끌어당겼다. 아버지가 그 매트리스를 아치형으로 접어 톰의 몸을 덮었다. 화물칸 옆면의 가로대 사이로 바깥이 내다보였다. 아버지와 앨과 존이 재빨리 짐을 싣고 톰이 들어가 있는 동굴 위에 담요를 쌓아 올린 다음, 매트리스 벽에 양동이들을 기대 놓았다. 그리고 마지막 매트리스를 뒤에 펼쳤다. 냄비와 프라이팬, 여벌 옷가지 등은 아무렇게나 차에 실었다. 상자를 부숴서 이미 장작으로 써 버린 탓이었다. 식구들이 짐을 거의 다 실었을 때 경비원 하나가 구부린 팔에 엽총을 들고 가까이 다가왔다.

"무슨 일들이야?" 그가 물었다.

"여길 떠나려고요." 아버지가 말했다.

"왜?"

"그게…… 다른 데 일자리가 생겨서…… 좋은 자리거든요."

"그래? 그게 어딘데?"

"음…… 저 아래 위드패치 옆이에요."

"당신 얼굴을 좀 봐야겠어."

경비원이 손전등으로 아버지, 존, 앨의 얼굴을 차례로 살펴보았다.

"사람이 하나 더 있지 않았나?"

앨이 말했다. "우리 차를 얻어 타고 온 사람 말이에요? 키가 작고 얼굴이 창백한 사람?"

"그래. 그렇게 생겼던 것 같군."

"그 사람은 우리가 여기 들어오는 길에 태워 준 사람이에요. 오늘 아침에 품삯이 떨어지니까 어디론가 가 버렸어요."

"그 친구가 어떻게 생겼다고 했지?"

"키가 작고 얼굴이 창백해요."

"아침에 멍이 들어 있지 않던가?"

"난 아무것도 못 봤어요. 그런데 주유소가 열려 있나요?" 앨이 말했다.

"그래. 8시까지."

"타세요." 앨이 소리쳤다. "아침이 되기 전에 위드패치까지 가려면 정신없이 달려야 돼요. 앞자리에 타실래요, 어머니?"

"아니, 뒷자리에 탈 거야." 어머니가 말했다. "여보, 당신도 여기 뒷자리에 타요. 로저샨이 앨하고 아주버님하고 같이 앞자리에 앉게."

"전표 좀 주세요, 아버지. 기름을 사고 가능하면 잔돈으로 거슬러 받게." 앨이 말했다.

경비원은 그들이 거리를 내려가서 주유소를 향해 왼쪽으로 꺾어지는 모습을 계속 지켜보았다.

"2갤런 넣어 주세요." 앨이 말했다.

"그걸로는 멀리 못 갈 텐데."

"그렇죠, 멀리 안 가요. 이 전표를 좀 바꿔 줄 수 있어요?"

"음…… 그러면 안 되는데."

"아저씨. 오늘 밤에 도착하기만 하면 되는 좋은 일자리가 있어서 가는 거예요. 거기 도착하지 못하면 일자리를 잃는다고요. 좀 봐주세요."

"뭐, 알았어. 그럼 여기 서명해."

앨은 차에서 내려 앞으로 걸어갔다. "당연히 해 드려야죠." 그는 물통의 마개를 열고 라디에이터에 물을 채웠다.

"2갤런이라고 했지?"

"예, 2갤런."

"어느 방향으로 가는 거야?"

"남쪽이요. 일자리가 생겼어요."

"그래? 일자리가 드문데…… 일정한 일자리는."

"친구가 도와준 거예요. 일자리가 우리를 기다리고 있어요. 그럼, 안녕히 계세요."

트럭은 방향을 획 돌려 흙길을 덜컹거리며 지나가 도로로 접어들었다. 희미한 헤드라이트 불빛이 길 위에서 살짝살짝 흔들렸다. 접촉 불량 때문에 오른쪽 헤드라이트가 계속 깜박거렸다. 차가 덜컹거릴 때마다 화물칸에 아무렇게나 실은 냄비와 프라이팬들이 요란한 소리를 내며 부딪쳤다.

샤론의 로즈가 낮은 신음 소리를 냈다.

"불편해?" 존이 물었다.

"그래요! 항상 불편해요. 어디든 좋은 데에서 가만히 앉아 있을 수 있다면. 고향을 떠나지 않았더라면. 고향에 있었다면 코니도 가 버리지 않았을 거예요. 공부를 해서 일자리도 잡았을 텐데."

앨도 존도 그녀의 말에 대꾸하지 않았다. 코니 이야기를 하기가 난처했다.

하얀 칠을 한 농장 정문에서 경비원이 트럭 옆으로 다가왔다.

"아주 나가는 건가?"

"예. 북쪽으로 가요. 일자리가 생겨서." 앨이 말했다.

경비원은 손전등으로 트럭을 살펴보고, 트럭 위에 매어놓은 방수포 안도 살펴보았다. 어머니와 아버지는 무표정한 얼굴로 눈부신 불빛을 바라보았다.

"됐어."

경비원이 문을 열어 주었다. 트럭은 왼쪽으로 방향을 틀어 101번 도로를 향해 움직였다. 101번 도로는 남북을 잇는 넓은 고속도로였다.

"우리 어디로 가는 거니?" 존이 물었다.

"몰라요. 그냥 달리는 거죠. 이젠 정말 지긋지긋해요." 앨이 말했다.

"아이 낳을 때가 거의 다 됐어. 그러니까 빨리 좋은 자리를 찾아 줘." 샤론의 로즈가 마치 협박하듯이 말했다.

첫서리가 내릴 무렵이라 밤공기가 차가웠다. 길가의 과실나무에서는 나뭇잎이 떨어지기 시작했다. 어머니는 화물칸 벽에 등을 대고 짐 위에 앉아 있었고, 아버지는 어머니와 마주 보는 자리에 앉아 있었다.

어머니가 소리쳤다. "너 괜찮니, 톰?"

매트리스와 담요에 가로막혀 작아진 목소리가 되돌아왔다.

"좀 좁아요. 농장에서는 나왔어요?"

"조심해라. 누가 차를 멈춰 세울지도 몰라." 어머니가 말했다.

톰은 매트리스 한쪽을 들어 올렸다. 화물칸의 어둠 속에서 냄비들이 덜그럭거렸다.

"문제가 생기면 이걸 빨리 내리면 돼요. 게다가 여기 갇혀 있는 것도 싫어요." 그는 팔꿈치를 바닥에 괴었다. "아이고, 날이 점점 추워지네."

"저 위에 구름 좀 봐라. 겨울이 일찍 올 거라고들 하더니." 아버지가 말했다.

"다람쥐가 열매를 많이 모아 놨다거나 풀씨가 어쨌다든가 뭐 그런 얘기예요? 그런 식이라면 아무 거나 가져다가 날씨를 점칠 수 있을걸요. 틀림없이 낡은 팬티를 갖고 날씨를 점치는 사람도 있을 거예요." 톰이 말했다.

"그건 잘 모르겠지만, 내가 보기에는 겨울이 다가오는 것 같다. 확실히 알려면 여기서 오래 살아 봐야겠지." 아버지가 말했다.

"어느 쪽으로 가는 거예요?" 톰이 물었다.

"모르겠다. 앨이 왼쪽으로 방향을 틀었어. 우리가 왔던 길을 되짚어가고 있는 것 같은데."

톰이 말했다. "어떤 게 최선인지 모르겠어요. 고속도로로 접어들면 경찰이 더 많을 거예요. 제 얼굴이 이 꼴이니 경찰이 당장 저를 알아보겠죠. 그럼 계속 뒷길로 가야 하는 건가."

어머니가 말했다. "거기 뒤 좀 두드려 봐라. 앨한테 차를 멈추라고 신호를 보내."

톰은 주먹으로 널빤지를 두드렸다. 트럭이 길가에 멈춰 서고 앨이 차에서 내려 뒤로 걸어왔다. 루티와 윈필드가 담요 밑에서 빠끔히 고개를 내밀었다.

"무슨 일이에요?" 앨이 물었다.

"어떻게 할 건지 생각을 해 봐야지. 뒷길로만 가는 게 나을지도 모르겠다. 톰이 그렇게 말했어." 어머니가 말했다.

"내 얼굴 때문에." 톰이 말을 덧붙였다. "누가 봐도 알 거 아냐. 경찰들도 다 나를 알아볼 테고."

"그럼 어느 쪽으로 가고 싶은데? 난 북쪽을 생각했어. 우리가 남쪽에 있었으니까."

"그래. 하지만 뒷길로만 가." 톰이 말했다.

"차를 세우고 잠을 좀 잔 다음에 내일 다시 출발하는 게 어때요?" 앨이 물었다.

어머니가 재빨리 말했다. "아직은 안 돼. 우선 거리를 좀 벌려 놓자."

"알았어요."

앨이 다시 자기 자리로 돌아가 차를 몰았다.

루티와 윈필드는 다시 담요로 머리를 덮었다.

어머니가 소리쳤다. "윈필드는 괜찮니?"

"그럼요, 괜찮아요. 계속 자고 있었어요." 루티가 말했다.

어머니는 화물칸 벽에 등을 기댔다. "이렇게 쫓겨 다니다 보니 기분이 아주 이상하네요. 내가 점점 못된 사람으로 변해 가는 것 같아요."

아버지가 말했다. "다들 그렇게 변하고 있어. 다들. 당신도 오늘 사람들이 싸우는 걸 봤잖아. 사람은 변하게 마련이야. 국영 천막촌에 있을 때는 우리도 이렇지 않았는데."

앨은 자갈이 깔린 도로에서 오른쪽으로 방향을 틀었다. 노란 헤드라이트 불빛이 길 위에서 부르르 떨렸다. 이제 과실나무들은 사라지고 목화밭이 나왔다. 그들은 목화 줄기들 사이로 난 구불구불한 시골길을 따라 20마일을 달렸다. 길은 덤불이 무성하게 자라는 개울과 평행으로 달리다가 콘크리트 다리를 지나 다시 개울과 만났다. 그때 헤드라이트 불빛에 바퀴가 없는 빨간 유개화차들이 개울가에 길게 줄지어 늘어서 있는 것이 보였다. 길가에 서 있는 커다란 입간판에는 '목화 따는 인부 구함'이라고 쓰여 있었다. 앨은 속도를 늦췄다. 톰이 화물칸 가로대 사이로 밖을 내다보았다. 유개화차들의 줄을 따라 4분의 1마일쯤 갔을 때 톰이 다시 화물칸 벽을 두드렸다. 앨은 길가에 차를 세우고 다시 차에서 내렸다.

"이번엔 또 뭐야?"

"엔진을 끄고 이리 올라와." 톰이 말했다.

앨은 운전석에 올라타서 트럭을 몰고 도랑 안으로 들어간 다음 헤드라이트와 시동을 껐다. 그리고 화물칸 뒷문으로 올라왔다.

"말해."

톰은 냄비들이 있는 곳으로 가서 어머니 앞에 무릎을 꿇었다. 그가 말했다.

"어머니. 여기서 목화 따는 인부를 구한대요. 표지판을 봤어요. 제가 식구들이랑 같이 있으면서도 폐가 되지 않는 방법이 뭔지 계속 생각해 봤는데, 제 얼굴이 나으면 괜찮을지 몰라도 지금은 안 돼요. 저 뒤에 화차들 보셨죠? 거기가 인부들 숙소예요. 어쩌면 여기 일자리가 있을지도 몰라요. 식구들이 여기서 일하면서 저런 화차에서 사는 건 어때요?"

"넌 어쩌고?" 어머니가 다그치듯 물었다.

"오다가 개울이 있었죠? 덤불이 무성하게 자라는 개울. 전 눈에 띄지 않게 그 덤불 속에 숨어 있을게요. 밤에 식구들이 먹을 걸 가져다주면 되잖아요. 조금 전에 배수로를 하나 봤어요. 아마 거기서 자면 될 거예요."

아버지가 말했다. "아이고, 목화를 만져 보고 싶어서 손이 근질거리네. 목화 따는 건 나도 잘 아는 일이니까."

"저 화차가 살기에 꽤 괜찮은 곳인지도 모르겠다. 깨끗하고 습기도 없으니까. 저기 덤불이 네가 숨을 만큼 무성한 것 같든, 톰?" 어머니가 말했다.

"그럼요. 제가 계속 보고 있었는걸요. 거기다 작은 움막 같은 걸 짓고 숨을 수 있을 거예요. 얼굴이 낫는 대로 거기서 나올게요."

"흉터가 심하게 남겠다." 어머니가 말했다.

"뭐, 흉터는 누구나 있는 건데요."

"언젠가 목화를 400파운드나 딴 적이 있어. 물론 아주 풍년이 들었을 때였지. 식구들이 전부 목화를 따면 돈을 좀 만질 수 있을 거다." 아버지가 말했다.

"고기도 좀 살 수 있겠죠. 그럼 이제 어떻게 하죠?" 앨이 말했다.

"그리로 돌아가서 아침까지 트럭에서 자자. 아침에 일자리를 얻으러 가야지. 나는 어둠 속에서도 목화송이를 볼 수 있는 사람이야." 아버지가 말했다.

"톰은 어쩌고요?" 어머니가 물었다.

"이제 제 걱정은 마세요, 어머니. 제가 담요를 하나 가져갈게요. 돌아갈 때 어머니가 잘 봐 두세요. 괜찮은 배수로가 있으니까. 어머니가 빵이나 감자나 죽 같은 걸 가져와서 그냥 거기 놔두시면 돼요. 제가 나와서 가져갈게요."

"글쎄."

"내가 보기에는 좋은 생각 같구만 뭘." 아버지가 말했다.

"그럼요, 좋은 생각이죠." 톰이 고집스레 말했다. "얼굴이 조금 낫는 대로 저도 나가서 목화를 딸 거예요."

"그래, 알았다." 어머니가 동의했다. "하지만 위험한 짓은 절대 하지 마. 한동안은 누구 눈에도 띄면 안 돼."

톰은 트럭 뒤쪽으로 기어갔다. "여기 이 담요만 가져갈게요. 돌아가는 길에 배수로를 잘 봐 두세요, 어머니."

"조심해라." 어머니가 간절하게 말했다. "조심해."

"그럼요. 조심할게요."

그는 화물칸 뒤의 널빤지를 타고 내려가 바닥에 내려섰다.

"안녕히 주무세요."

어머니는 그의 모습이 밤 풍경과 섞이다가 개울가의 덤불 속으로 사라질 때까지 그를 지켜보았다.

"예수님, 제발 아무 일 없게 해 주세요." 어머니가 말했다.

"이제 돌아갈까요?" 앨이 물었다.

"그래." 아버지가 말했다.

"천천히 가. 톰이 말한 배수로를 잘 봐 둬야 하니까. 잘 봐 둬야지." 어머니가 말했다.

앨은 좁은 길에서 간신히 차를 돌렸다. 그리고 줄지어 늘어선 유개화차들을 따라 온 길을 천천히 되돌아갔다. 트럭 불빛에 유개화차의 널찍한 입구들로 이어진 좁은 발판들이 보였다. 입구들은 모두 어두웠다. 밤이라 아무도 움직이지 않았다. 앨은 헤드라이트를 끄고 샤론의 로즈에게 말했다.

"큰아버지하고 같이 뒤로 올라가. 내가 여기서 잘 테니까."

존이 몸이 무거운 조카를 부축해 트럭 화물칸에 태웠다. 어머니는 냄비들을 한쪽으로 치웠다. 식구들은 트럭 화물칸에서 서로 다닥다닥 붙어 누웠다.

유개화차들 중 어딘가에서 아기 울음소리가 났다. 길게 이어지는 날카로운 소리. 개 한 마리가 코를 킁킁거리며 뛰어나왔다가 천천히 조드네 트럭 주위를 돌았다. 개울에서 물 흐르는 소리가 들려왔다.

27장

'목화 따는 인부 구함.' 길가에 내걸린 현수막, 오렌지색 전단지. '목화 따는 인부 구함.'

전단지에는 이쪽 길을 따라 올라오라고 돼 있다.

검푸른 목화 줄기가 이제는 단단해졌고, 무거운 목화송이들이 꼬투리 안에 잡혀 있다. 하얀 목화송이가 팝콘처럼 터진다.

목화송이를 만져 보고 싶어. 조심스럽게, 손끝으로.

난 목화 따는 솜씨가 좋아요.

나 아니면 누가 목화를 따겠습니까?

목화를 좀 따려고 하는데요.

자루는 있어?

그게, 아뇨, 없는데요.

1달러 내. 자루 값으로. 당신이 먼저 150파운드를 따서 그
걸로 자루 값을 하도록 해. 밭을 처음 돌 때는 100파운드 당
80센트, 두 번째 돌 때는 90센트야. 자, 이 자루 가져가. 1달러
야. 돈이 없으면, 당신이 150파운드를 땄을 때 그 돈을 공제할
거야. 어때, 공평하지?

그럼요, 공평하죠. 자루가 좋네요. 한 계절 내내 쓰겠어요.
자루를 끌고 다니다가 자루가 낡으면 뒤집어서 반대쪽을 쓰면
돼요. 원래 터져 있던 곳을 꿰매고 낡은 쪽을 터서. 양쪽이 다
낡으면, 천으로도 쓸 수 있죠! 속바지로 만들면 얼마나 좋은
데요. 잠옷을 만들어도 되고. 그리고 음…… 무명 자루는 정
말 좋은 물건이에요.

그걸 허리에 둘러요. 다리 사이에 끼고서 끌면 돼요. 처음
에는 가볍게 끌리죠. 손끝으로 목화송이를 따서 손을 비틀어
다리 사이의 자루에 쑤셔 넣어요. 아이들이 뒤에서 따라오지
만 아이들한테 줄 자루는 없어요. 마대 자루를 쓰거나 제 아
버지가 끌고 가는 자루에 넣어야지. 이제 자루가 좀 무거워졌
네요. 앞으로 몸을 숙이고 자루를 들어 올리듯이 걸어요. 난
목화 따는 솜씨가 좋아요. 손가락이 저절로 움직여서 목화송
이를 찾아낸다고요. 그냥 얘기하면서 계속 움직여요. 자루가
무거워질 때까지 노래를 해도 좋고. 손가락이 저절로 움직여
요. 목화가 어디 있는지 아는 거야. 눈은 목화를 보는 듯하지
만 실제로는 아무것도 보고 있지 않아요.

줄지어 서 있는 목화 줄기들 너머로 이야기를 나누며…….

고향에 어떤 여자가 있었어요. 이름은 말 안 할래요. 그 여

자가 어느 날 갑자기 깜둥이 아이를 낳았지 뭐예요. 아무도 눈치 채지 못했는데. 그 깜둥이가 누군지는 끝내 찾지 못했어요. 그 여자는 더 이상 고개를 들고 다닐 수 없었죠. 하지만 내가 이 얘기를 한 건…… 그 여자 목화 따는 솜씨가 좋았다는 말을 하려고 한 거예요.

이제 자루가 무거워졌으니 들어 올리듯이 해서 걸어요. 엉덩이에 힘을 주고 짐을 끄는 말처럼 자루를 끌어야 해요. 아이들도 목화를 따서 제 아버지 자루에 집어넣고 있어요. 여기는 농사가 잘됐군요. 줄기 아래쪽이 홀쭉해요. 홀쭉하고 튼튼해. 여기 캘리포니아의 목화 같은 목화는 한 번도 못 봤어요. 섬유가 길어서 내가 본 목화 중에 최고야. 아마 땅이 금방 망가질 거예요. 목화밭을 좀 사고 싶어 하는 사람이 있다면…… 사지 말고 땅을 빌려요. 그래서 목화 때문에 땅이 망가지면 다른 데로 옮겨 가면 돼요.

사람들이 줄지어 늘어서서 목화 줄기 사이로 움직인다. 손가락을 바삐 움직이며. 손가락이 여기저기를 쑤셔 보며 목화송이를 찾아낸다. 눈으로 볼 필요도 없다.

나는 장님이 돼도 목화를 딸 수 있을 거예요. 목화송이를 찾아내는 감각이 있으니까. 아주 깨끗하게 목화를 따거든요.

이제 자루가 꽉 찼어요. 저울로 가지고 가요. 입씨름을 좀 해야 돼요. 검사원이 당신더러 무게를 늘리려고 자루에 돌을 집어넣었다고 할 거예요. 자기는 어떻고? 저울 눈금을 고정시켜 버린 주제에. 그놈 말이 옳을 때도 있어요. 자루에 돌을 집어넣는 사람들이 있으니까. 하지만 저울에 장난을 쳐 놓았다는 우리들 말이 옳을 때도 있죠. 어떨 땐 양쪽 말이 다 옳기도 하고. 자루에 돌도 들어 있고, 저울 눈금도 고정돼 있고. 항상 입씨름이 벌어지고, 항상 싸움이 벌어져요. 우리가 고개를 치켜들면, 검사원도 고개를 치켜들죠. 돌멩이 몇 개 집어넣는 게 대수인가? 있더라도 아마 하나밖에 없을 텐데. 4분의 1파운드 라고? 항상 입씨름이 벌어져요.

텅 빈 자루를 들고 다시 돌아와요. 우린 각자 장부를 하나 씩 갖고 있죠. 거기에 무게를 적어요. 그렇게 해야 돼요. 당신 이 무게를 적어 놓았다는 걸 알면 놈들이 속이려 들지 않으니 까. 하지만 무게를 적어 놓지 않았다면 그저 하느님의 도움이 나 바라야죠.

이건 좋은 일이에요. 아이들은 뛰어 돌아다니고. 목화 따는 기계에 대해 들어봤어요?

예, 들었어요.

그 기계가 여기도 들어올까요?

글쎄, 그렇게 되면…… 손으로 목화를 따는 일이 없어질 거 라고들 하던데요.

밤이 오네요. 모두들 피곤해요. 하지만 목화를 많이 땄어 요. 3달러나 벌었으니까. 나와 마누라와 아이들이.

자동차들이 목화밭으로 움직인다. 목화밭 천막촌이 생겼다. 포장을 둘러친 트럭과 트레일러에 하얀 목화송이가 높이 쌓 여 있다. 목화는 울타리 철조망에 들러붙고, 바람이 불어오면 작은 공처럼 길가를 굴러다닌다. 깨끗하고 하얀 목화는 조면 기로 가고, 크고 우툴두툴한 놈은 압착기로 간다. 목화가 옷에 들러붙고 수염에도 들러붙는다. 코를 풀면 콧속에서도 목화가 나온다.

이제 허리를 구부리고 움직여요. 해가 지기 전에 자루를 채워야지. 똑똑한 손가락들이 목화송이를 찾아요. 엉덩이를 구부정하게 구부리고 자루를 끌면서. 아이들은 지쳐 있어요. 이제 저녁이 됐으니까. 밭을 걷다가 아이들이 제 발에 걸려 넘어져요. 해가 지고 있어요.

이런 일이 계속 되면 좋으련만. 돈을 많이 벌지는 못하지만, 정말이지 이 일이 계속 되면 좋은데.

고속도로에서 낡은 자동차들이 줄지어 들어온다. 전단지에 이끌려서.

무명 자루 있어?

아뇨.

그럼 1달러 내.

인부가 오십 명밖에 안 된다면 이 일을 한동안 할 수 있을 거예요. 하지만 지금 인부가 500명이나 돼요. 그러니 이 일도 얼마 못 갈 거예요. 자루를 다 채우기도 전에 일이 끝나 버린 사람도 있어요. 그 사람은 새로 일자리를 얻을 때마다 새 자루를 샀지만 자루를 다 채우기도 전에 항상 일이 끝나 버렸죠.

제발 어떻게든 돈을 좀 저축하도록 해요! 겨울이 빠르게 다가오고 있어요. 겨울에는 캘리포니아에 일자리가 하나도 없어요. 어두워지기 전에 자루를 가득 채워요. 아까 보니까 저 사람은 흙덩이 두 개를 자루에 넣더라고요.

아이고, 젠장, 안 될 거 뭐 있어? 놈들도 저울에 장난을 쳐

났으니 균형을 맞춰야지.

자, 이게 내 장부예요. 312파운드.

맞아!

세상에, 저놈은 한 번도 이의를 달지 않잖아! 저울에 장난을 쳐 놓은 게 틀림없어. 뭐, 어쨌든 오늘은 일진이 좋았어.

1000명이나 되는 사람들이 이리로 오고 있대요. 내일이면 우리도 밭에서 자리를 차지하려고 싸워야 될 거예요. 목화송이를 재빨리 낚아채야 될 거예요.

목화 따는 인부 구함. 인부가 많을수록 목화를 더 빨리 조면기로 보낼 수 있죠.

이제 천막으로 돌아가요.

오늘 밤에는 베이컨이다! 베이컨을 먹을 수 있는 돈이 생겼어! 저 아이 좀 잡아 줘요. 완전히 지친 모양이야. 먼저 뛰어가서 베이컨 4파운드만 사 와요. 엄마가 오늘 밤에 맛있는 빵을 좀 만들어 주실 거야. 엄마가 너무 지치지만 않았다면.

28장

유개화차 열두 대가 개울가의 자그마한 평지에 다닥다닥 늘어서 있었다. 여섯 개씩 두 줄이었는데, 바퀴는 없었다. 큼직한 미닫이문에 놓인 좁은 널빤지가 발판 구실을 했다. 유개화차는 방수 처리가 잘 되어 있고 외풍이 없어서 살기 좋은 집이 되어 주었다. 스물네 가구가 살 수 있을 만큼 공간도 넉넉했다. 유개화차 한 대에 각각 두 가구씩 자리를 잡았다. 창문은 없었지만 넓은 문을 항상 열어 두었다. 중간에 캔버스를 드리워 놓은 곳도 있었고, 그냥 문이 있는 곳을 두 가족 사이의 경계선으로 삼은 곳도 있었다.

조드 일가도 어떤 화차의 한쪽을 차지했다. 전에 살던 사람이 석유 깡통에 연통을 꽂고 벽에 연통을 끼울 구멍을 만들어 놓았다. 문을 열어 놓았는데도 구석진 곳이라 어두웠다. 어머니는 차량 중간에 방수포를 매달아 놓았다.

"좋구나." 어머니가 말했다. "국영 천막촌을 빼면 여기가 제일 좋은 것 같아."

밤마다 어머니는 매트리스를 바닥에 펼쳤고, 아침이 되면 다시 매트리스를 둘둘 말아 놓았다. 식구들은 매일 밭으로 나가 목화를 땄고, 밤마다 고기를 먹었다. 토요일에 그들은 차를 몰고 툴레어로 가서 앨, 아버지, 윈필드, 존이 입을 새 작업복과 양철 풍로를 샀다. 어머니가 입을 원피스도. 그때까지 어머니가 가장 아끼던 옷은 샤론의 로즈에게 주었다.

어머니가 말했다. "배가 많이 불렀어. 지금 저 애한테 새 옷을 사 주는 건 낭비야."

조드 일가는 운이 좋은 편이었다. 일찍 들어온 덕분에 유개화차에 자리를 얻을 수 있었으니까. 이제는 나중에 들어온 사람들의 천막이 평지를 가득 채우고 있었다. 유개화차를 차지한 사람들은 고참으로서 어떤 의미에서는 귀족과 같았다.

좁은 개울물이 졸졸 흐르며 버드나무 숲을 빠져나갔다가 다시 숲 속으로 들어왔다. 모든 유개화차 앞에는 사람들의 발길로 잘 다져진 길이 개울까지 뻗어 있었다. 화차들 사이에는 빨랫줄이 있었고, 매일 빨래가 그 줄들을 뒤덮었다.

저녁에 그들은 무명 자루를 접어서 팔 밑에 끼고 밭에서 돌아왔다. 교차로에 있는 가게로 들어가자 벌써 많은 인부들이 그곳에서 물건을 사고 있었다.

"오늘은 얼마나 벌었어요?"

"꽤 벌었죠. 3달러 50센트. 이대로 계속되면 좋을 텐데. 아이들도 점점 솜씨가 늘고 있어요. 어머니가 아이들한테 각자 작은 자루를 하나씩 만들어 줬죠. 아이들은 어른들이 끄는 자루를 끌 수 없으니까. 그래서 우리 자루에다 넣었는데, 낡은 셔츠로 작은 자루를 만들었어요. 제법 쓸 만해요."

어머니는 고기 판매대로 가서 집게손가락을 입술에 대고 입김으로 손가락을 불면서 깊은 생각에 잠겼다.

"두툼하게 썬 돼지고기를 좀 살까?" 어머니가 말했다. "얼 마죠?"

"1파운드에 30센트예요."

"그럼 3파운드만 주세요. 스튜를 끓일 쇠고기도 조금 주고. 우리 딸이 내일 그걸로 요리를 하면 되니까. 우리 딸이 마실 우유도 한 병 줘요. 걔가 우유를 얼마나 좋아하는지. 곧 아이 를 낳을 거거든요. 간호사가 우유를 많이 먹으라고 했대요. 그 럼 보자, 감자는 있고."

아버지가 시럽 한 통을 들고 가까이 다가왔다. "이거 하나 사는 게 어때? 핫케이크를 좀 만들어 먹을 수도 있고."

어머니가 인상을 찌푸렸다. "글쎄요…… 뭐, 좋아요. 자요, 그럼 이것도 주세요. 그리고…… 돼지기름은 아직 많이 있고."

루티가 가까이 다가왔다. 양손에 큼직한 크래커 상자를 하 나씩 들고 긴장한 눈으로 어머니를 바라보면서. 어머니가 고 개를 끄덕이면 그 눈빛이 기쁨으로 바뀔 것이고, 고개를 저으 면 슬픔으로 바뀔 터였다.

"엄마?"

루티가 어머니의 관심을 끌기 위해 상자를 치켜들고 위아래로 흔들었다.

"그거 당장 갖다 놔……."

루티의 눈빛에 슬픔이 깃들기 시작했다.

아버지가 말했다. "하나에 5센트밖에 안 해. 오늘 애들이 일을 잘했잖아."

"그럼……." 루티의 눈에 기쁨이 살짝 깃들기 시작했다. "좋았어."

루티가 몸을 돌려 재빨리 뛰어갔다. 문까지 반쯤 갔을 때 그녀는 윈필드를 잡아 문밖으로 끌고 나갔다.

존이 노란색 가죽으로 손바닥을 댄 목장갑을 만지작거리다가 한번 껴 보고는 다시 벗어서 제자리에 내려놓았다. 그는 천천히 술 진열대로 다가가서 병에 붙은 상표들을 유심히 살펴보았다. 어머니가 그런 그의 모습을 발견했다.

"여보." 어머니가 고갯짓으로 존을 가리켰다.

아버지가 어슬렁어슬렁 그에게 다가갔다.

"술이 고픈 거예요, 형님?"

"아냐."

"목화 따기가 끝날 때까지만 기다려요. 그럼 고주망태가 되도록 마실 수 있을 테니."

"마시고 싶어서 그러는 거 아냐. 요즘은 일도 열심히 하고 잠도 잘 자니까 꿈도 안 꿔."

"저 술병들을 보면서 침을 흘리던데?"

"저걸 본 게 아냐. 웃기지? 사고 싶은 게 있는데, 나한테는 필요하지도 않은 물건이야. 안전면도기를 사고 싶거든. 저쪽에 있는 장갑도 사고 싶고. 무지 싸더라고."

"장갑을 끼고는 목화를 딸 수 없어요."

"나도 알아. 그리고 안전면도기도 필요 없어. 저렇게 물건이
진열돼 있으니까 필요하지 않은 물건도 사고 싶어지잖아."

"이리 와요. 다 샀어요." 어머니가 소리쳤다.

어머니는 봉투를 들고 있었다. 존과 아버지도 각각 꾸러미
한 개씩을 집어 들었다. 밖에서 루티와 윈필드가 기다리고 있
었다. 아이들은 눈을 크게 뜨고 있었다. 크래커가 입 안에 가
득 차서 볼이 불룩했다.

어머니가 말했다. "저러다 저녁밥 못 먹지."

사람들이 유개화차가 늘어선 곳으로 줄지어 걸어갔다. 천막
들에는 불이 환하게 켜져 있었다. 연통에서 연기가 쏟아져 나
왔다. 조드 일가는 발판을 올라가 유개화차 안으로 들어갔다.
샤론의 로즈가 풍로 옆의 상자 위에 앉아 있었다. 그녀가 이
미 불을 피워 놓아서 양철 풍로가 열기 때문에 포도주 색으
로 변해 있었다.

"우유 사 왔어요?" 그녀가 다그치듯 물었다.

"그래. 여기 있다."

"주세요. 낮부터 우유를 못 마셨어요."

"저 애는 이게 약인 줄 아는 모양이지?"

"간호사가 그렇게 말했대요."

"감자는 준비해 놨니?"

"여기요. 껍질을 벗겨 놨어요."

"감자튀김을 해야겠다. 돼지고기를 사 왔어. 새 프라이팬에

감자를 썰어 넣어라. 양파도 하나 넣고. 다른 사람들은 나가서 좀 씻고 양동이에 물을 길어 와요. 루티하고 윈필드는 어디 있지? 걔들도 씻어야 되는데. 애들한테 크래커를 한 통씩 사 줬다." 어머니가 샤론의 로즈에게 말했다. "각자 한 통씩 차지 했어."

남자들은 몸을 씻으러 개울로 나갔다. 샤론의 로즈는 감자를 썰어 프라이팬에 넣고 칼끝으로 저었다.

갑자기 누군가가 방수포를 홱 젖혔다. 뚱뚱한 사람이 얼굴에 땀을 흘리며 안을 들여다보았다. 같은 유개화차에 사는 사람이었다.

"오늘은 어땠어요, 조드 부인?"

어머니가 몸을 돌렸다. "아유, 안녕하세요, 웨인라이트 부인? 오늘은 괜찮았어요. 3달러 50센트를 벌었거든요. 정확히 말하면 3달러 57센트지만."

"우린 4달러 벌었어요."

"아. 당연히 부인네 식구가 더 많으니까."

"그렇죠. 조나스도 웬만큼 컸으니까. 돼지고기를 드시는 군요."

윈필드가 살금살금 문으로 들어왔다. "엄마!"

"잠깐 조용히 해라. 예, 우리 집 남자들이 돼지고기를 아주 좋아하거든요."

"우린 베이컨이에요. 베이컨 냄새가 나죠?" 웨인라이트 부인이 말했다.

"아뇨, 여기에다 감자랑 양파를 넣었더니 다른 냄새가 안

나네요."

"아이고, 베이컨이 타잖아!" 웨인라이트 부인이 소리를 지르며 뒤를 돌아보았다.

"엄마." 윈필드가 말했다.

"왜? 크래커를 너무 많이 먹어서 배탈이라도 났어?"

"엄마, 누나가 말해 버렸어요."

"뭘?"

"톰 형에 대해서."

어머니가 아이를 물끄러미 바라보았다.

"말했다고?" 어머니는 아이 앞에 무릎을 꿇었다. "윈필드, 누나가 누구한테 말했니?"

윈필드는 당황한 표정으로 뒷걸음질을 쳤다. "조금밖에 말 안 했어요."

"윈필드! 누나가 뭐라고 했는지 당장 말해."

"누나가…… 누나가 크래커를 다 안 먹고 조금 남겨 놨어요. 한 번에 하나씩 천천히 먹었어요. 항상 그랬잖아. 그리고 나더러 '너도 좀 남겨 놓을걸 그랬다고 생각하지?' 이랬어요."

어머니가 아이를 다그쳤다. "윈필드! 당장 말해." 어머니는 커튼이 있는 쪽을 불안한 눈으로 바라보았다. "로저샨, 네가 가서 웨인라이트 부인하고 얘기를 좀 해라. 부인이 우리 얘길 못 듣게."

"여기 감자는 어떡하고요?"

"내가 볼게. 얼른 가. 커튼 뒤에서 부인이 들으면 안 되니까."

로저샨은 무거운 몸을 이끌고 걸어가 커튼 옆을 돌아 사라졌다.

"윈필드, 어서 말해."

"아까 말했잖아. 누나가 과자를 한 번에 하나씩 먹다가, 더 오래 먹으려고 하나를 둘로 나눠서 먹었어요."

"그래서?"

"그런데 어떤 애들이 와서 누나 걸 뺏으려고 하니까 누나는 그냥 과자를 조금씩 갉아 먹기만 하면서 애들한테 절대 안 줬어요. 그러니까 그 애들이 화가 나서 크래커 상자를 잡았어요."

"윈필드, 그것 말고 빨리 말해 봐."

"할 거야. 그래서 누나가 화가 나서 그 애들 뒤를 쫓아가서 애들을 차례로 때렸어요. 그랬더니 커다란 여자애가 와서 누나를 때렸어요. 아주 세게. 누나가 울면서 큰오빠를 데려다가 그 애를 죽여 버리겠다고 했는데, 그 커다란 여자애가 그래? 이러면서 자기도 큰오빠가 있다고 했어요." 윈필드는 숨쉴 틈도 없이 이야기를 쏟아내고 있었다. "그래서 서로 때리다가 그 커다란 여자애가 누나를 세게 때렸더니 누나가 형이 그 여자애 오빠를 죽여 버릴 거라고 그랬어요. 그러니까 그 여자애가 자기 오빠가 형을 죽일 거라고 했는데, 그다음에…… 그다음에, 누나가 형이 벌써 두 명을 죽였다고 말해 버렸어요. 그리고…… 그리고…… 그 여자애가 '그래? 거짓말 하지 마.' 이러니까 누나가 '뭐? 우리 오빠는 지금 사람을 죽이고서 숨어 있단 말이야. 너네 오빠도 죽일 수 있어.' 이러고서는 서로 욕을 하고 싸웠어요. 누나는 돌을 집어 던지고, 여자애는 누나 뒤를 쫓아다니고. 그래서 내가 집으로 온 거예요."

어머니가 지친 목소리로 말했다. "세상에! 아이고! 구유에서 주무시는 우리 주님 예수님! 이제 어떻게 해야 하죠?" 어머니는 손으로 이마를 감싸고 눈을 문질렀다. "이제 어떻게 하지?"

불길이 활활 타오르고 있는 풍로에서 감자 타는 냄새가 났다. 어머니는 자동인형처럼 풍로로 가서 감자를 뒤집었다.

"로저샨!"

어머니가 소리치자 로저샨이 커튼 뒤에서 나타났다.

"이리 와서 저녁 준비 좀 해라. 윈필드, 넌 나가서 루티를 찾아서 데리고 와."

"누나를 때릴 거예요, 엄마?" 그가 신이 나서 물었다.

"아냐. 이젠 어쩔 수 없는 일인걸. 세상에, 어쩌다 그런 얘기를 한 거지? 애를 때린다고 무슨 소용이 있겠어? 얼른 가서 누나를 찾아 와."

윈필드가 문으로 뛰어가고 있을 때 남자들이 발판을 올라왔다. 윈필드는 어른들이 들어올 수 있게 한쪽으로 비켜섰다.

어머니가 부드럽게 말했다. "여보, 할 얘기가 있어요. 루티가 어떤 애들한테 톰이 숨어 있다는 얘기를 했대요."

"뭐?"

"말해 버렸대요. 애들이랑 싸우다가."

"아니, 이 망할 계집애가!"

"그러지 말아요. 모르고 한 짓인데. 여보, 당신은 여기 있어요. 내가 나가서 톰한테 얘기할게요. 걔한테 조심하라고 얘기해야죠. 당신은 여기서 상황이 어떻게 돌아가는지 잘 좀 봐요.

내가 톰한테 먹을 걸 좀 가져다줄 테니."

"알았어."

"루티한테 괜히 야단치지 말아요. 내가 얘기할 테니까."

그 순간 루티가 안으로 들어왔다. 윈필드가 그 뒤를 따랐다. 루티의 옷은 더러워져 있었다. 입에도 끈적끈적한 것이 묻어 있었고, 코에서는 아직도 피가 떨어졌다. 그녀는 창피해 하면서 겁에 질려 있는 것 같았다. 윈필드는 의기양양하게 그녀의 뒤를 따랐다. 루티가 사나운 눈으로 두리번거리더니 한쪽 구석으로 가서 등을 기댔다. 수치심과 사나움이 뒤섞인 모습이었다.

"내가 누나한테 큰일 났다고 얘기했어요."

어머니가 돼지고기 두 덩이와 감자튀김을 접시에 담았다.

"조용히 해, 윈필드. 네 누나가 안 그래도 속이 상할 텐데 약을 올릴 필요는 없잖아."

루티가 쏜살같이 달려와서 어머니의 허리를 붙들고 어머니의 배에 얼굴을 묻었다. 그리고 온몸을 흔들며 목멘 소리로 흐느꼈다. 어머니가 루티를 떼어 내려 했지만 루티는 손으로 어머니를 꼭 붙들고 놓아 주지 않았다. 어머니가 아이의 뒷머리를 손으로 빗어 주고 어깨를 두드려 주며 말했다.

"쉬, 모르고 한 짓이잖아."

루티가 눈물과 피로 얼룩진 더러운 얼굴을 들었다. 그녀가 소리쳤다.

"걔들이 내 크래커를 훔쳐 갔단 말이야! 그 나쁜 계집애, 걔가 날 때렸어요······."

루티는 다시 큰 소리로 울음을 터뜨렸다.

"쉬! 그런 말은 하는 게 아냐. 자, 좀 놀아. 엄마는 나가 봐야 돼." 어머니가 말했다.

"왜 누나를 안 때려요, 엄마? 누나가 크래커를 그렇게 지저분하게 먹지 않았다면 그런 일도 없었을 거잖아. 빨리 누나를 때려 줘요."

"넌 네 일이나 알아서 해." 어머니가 무서운 표정으로 말했다. "자꾸 그러면 네가 한 대 맞을 줄 알아. 놀아라, 루티."

윈필드는 매트리스를 말아놓은 곳으로 물러나서 못마땅한 표정으로 식구들을 바라보았다. 그리고 방어 자세를 취했다. 기회가 생기는 대로 루티가 그에게 달려들 테니까. 루티는 조용히 가슴 아픈 표정으로 반대편 구석으로 갔다.

어머니가 신문지로 접시를 덮었다.

"지금 가요." 어머니가 말했다.

"제수씨는 아무것도 안 드실 거예요?"

"나중에요. 갔다 와서. 지금은 아무것도 먹고 싶지 않아요."

어머니는 열린 문으로 가서 가파르게 걸쳐진 발판을 침착하게 내려갔다.

개울가에는 천막들이 다닥다닥 늘어서 있었다. 천막을 묶어 놓은 밧줄들이 서로 겹치고, 말뚝들이 서로 엇갈렸다. 천막 천에서 불빛이 새어 나오고, 굴뚝마다 연기가 뭉클뭉클 솟아올랐다. 남자 여자 할 것 없이 많은 사람들이 천막 입구에 서서 이야기를 나누고 있었다. 아이들은 정신없이 사방을 뛰어다녔다. 어머니는 줄지어 늘어선 천막들 사이를 위풍당당하게 걸었다. 여기저기서 사람들이 알은체를 했다.

"안녕하세요, 조드 부인?"

"안녕하세요?"

"뭘 갖고 어딜 가시나 봐요, 조드 부인."

"친구가 있어요. 빵을 좀 가져다주려고요."

마침내 마지막 천막이 나타났다. 어머니는 걸음을 멈추고 뒤를 돌아보았다. 천막촌 전체에 밝은 빛이 비치고 있었고, 많은 사람들의 이야기 소리가 두런두런 들려왔다. 가끔 날카로운 목소리가 들려오기도 했다. 연기 냄새가 허공을 가득 채웠다. 누군가가 하모니카를 부드럽게 연주하고 있었다. 뭔가 특별한 효과를 내고 싶은지 같은 가락을 몇 번이나 되풀이하고 있었다.

어머니는 개울가의 버드나무 숲속으로 들어섰다. 그리고 오솔길을 벗어나 혹시 뒤를 따라온 사람이 없는지 조용히 귀를 기울였다. 어떤 남자가 천막촌을 향해 오솔길을 걸어오며 멜빵을 밀어 올리고 바지 단추를 끼웠다. 어머니는 꼼짝도 하지 않고 앉아 있었다. 그 남자는 어머니를 보지 못하고 그냥 지나쳤다. 어머니는 오 분간 그대로 있다가 일어서서 개울가의 오솔길을 따라 살금살금 걸었다. 어머니가 하도 조용히 움직였기 때문에 버드나무 잎을 밟는 어머니의 발소리보다 개울물 흐르는 소리가 더 잘 들렸다. 오솔길과 개울이 왼쪽으로 휘어졌다가 다시 오른쪽으로 휘어지며 고속도로와 가까워졌다. 회색 별빛 속에서 둑이 보이고, 배수로로 통하는 검은색 둥근 구멍이 보였다. 어머니는 항상 그곳에 톰의 음식을 놓아두었다. 어머니는 조심스레 다가가서 가져온 음식을 구멍 속으로 밀어 넣고 그곳에 있던 빈 접시를 챙겼다. 그리고 다시 살금살금 버드나무 숲으로 돌아와서 복잡하게 얽힌 덤불 속으로 억지로 뚫고 들어가 앉았다. 얽힌 가지들 사이로 배수로의 검은 구멍이 보였다. 어머니는 무릎을 끌어안고 조용히 앉아 있었다. 잠시 후 덤불이 다시 살아 움직이기 시작했다. 들쥐들이 이파리 위를 조심스레 움직이고 있었다. 스컹크 한 마리가 악취를 풍기며 아무 생각 없이 터벅터벅 오솔길을 걸어갔다. 그리고 바람이 불어와 버드나무들을 조심스레 흔들었다. 마치 나무를 시험하기라도 하는 듯이. 황금색 이파리들이 우수수 땅으로 떨어졌다. 갑자기 돌풍이 불어와 나무들을 괴롭혔다. 나무가 흔들리면서 이파리들이 소나기처럼 떨어져 내렸다. 어머니의 머리카락과 어깨에도 나뭇잎이 떨어졌다. 하늘에서는 뚱뚱한 먹구름이 움직이며 별들을 지워 버리고 있었다. 굵은 빗방울이 여기저기 떨어지면서 낙엽 위에서 커다란 소리를 냈다. 구름이 계속 움직이자 가려졌던 별들이 다시 나타났다. 어머니는 몸을 떨었다. 바람이 지나가자 덤불이 조용해졌지만, 나무들이 흔들리는 소리는 개울 아래쪽에서 계속 이어졌다. 등 뒤의 천막촌에서 날카로운 바이올린 소리가 가냘프게 들려왔다. 누군가가 바이올린 줄을 조정하고 있는 모양이었다.

왼쪽으로 꽤 멀리 떨어진 곳에서 누군가가 살금살금 걸어오는 소리가 났다. 어머니는 점점 긴장하기 시작했다. 어머니는 무릎을 놓고 소리를 더 잘 들으려고 머리를 똑바로 세웠다. 상대의 움직임이 멈추더니 한참 후에야 다시 시작되었다. 덩굴이 마른 낙엽에 쓸리면서 거친 소리를 냈다. 거무스름한 형체가 살금살금 공터로 나와 배수로로 다가가는 모습이 보였다. 그 형체는 배수로의 검은 구멍을 잠시 가렸다가 다시 뒤로 물러났다. 어머니가 작은 소리로 그를 불렀다.

"톰!"

그 형체가 모든 움직임을 멈췄다. 땅바닥에 낮게 달라붙어서 꼼짝도 하지 않았기 때문에 마치 그루터기처럼 보였다. 어머니가 다시 그를 불렀다.

"톰, 톰!"

그 형체가 움직였다.

"어머니예요?"

"그래, 나다."

어머니가 일어나서 그에게 다가갔다.

"여긴 왜 오셨어요?"

"널 만나야 할 일이 생겨서, 톰. 할 말이 있어."

"여긴 오솔길에서 가까워요. 누가 지나갈지도 몰라요."

"네가 머무르는 곳이 있을 것 아냐?"

"그렇죠…… 하지만…… 음, 어머니랑 제가 같이 있는 걸 누가 보기라도 하면…… 식구들이 전부 곤란해져요."

"이럴 수밖에 없었어, 톰."

"그럼 이쪽으로 오세요. 조용히 하셔야 돼요."

그는 아무렇게나 물살을 헤치며 작은 개울을 건넜다. 어머니도 그 뒤를 따랐다. 덤불을 통과하자 덤불 뒤편에 있는 들판이 나왔다. 그는 누가 쟁기로 갈아 놓은 밭을 따라 걸었다.

검게 변하고 있는 목화 줄기가 지면을 배경으로 흉한 모습을 하고 있었다. 솜털 몇 가닥이 그 줄기에 붙어 있었다. 그는 밭을 따라 4분의 1마일쯤 가다가 다시 덤불 속으로 들어갔다. 그리고 커다란 둔덕 모양의 야생 검은딸기 덤불로 다가가서 그 위로 몸을 숙여 뒤얽힌 덩굴을 한쪽으로 밀었다.

"기어서 들어가야 해요."

어머니는 손과 무릎으로 바닥을 짚고 엎드렸다. 처음에는 모랫바닥이 느껴지더니 딸기 덤불이 더 이상 몸에 닿지 않게 되고, 이내 바닥에 놓인 톰의 담요가 만져졌다. 그는 덩굴을 다시 제자리에 돌려 놓았다. 굴 안에는 빛이 한 점도 들어오지 않았다.

"어디 계세요, 어머니?"

"여기. 바로 이쪽에. 살살 말해라, 톰."

"걱정 마세요. 요즘 저는 산토끼처럼 살고 있어요."

그가 접시를 덮은 신문지를 걷어내는 소리가 들렸다.

"돼지고기야. 감자튀김하고."

"우와, 아직도 따뜻해요."

굴 안이 칠흑처럼 어두워서 어머니는 그의 모습을 볼 수 없었다. 그러나 그가 고기를 씹어 먹는 소리, 삼키는 소리는 들을 수 있었다.

"여긴 숨어 있기에 꽤 좋은 곳이에요."

어머니는 불안한 목소리로 입을 열었다. "톰…… 루티가 네 얘기를 떠들어 버렸어."

그가 급하게 숨을 들이쉬는 소리가 들렸다.

"루티가요? 왜요?"

"그게, 그 애 잘못은 아냐. 싸움을 하다가 그 상대한테 제 오빠가 걔 오빠를 혼내 줄 거라고 했대. 애들이 원래 그렇잖니. 그러다가 제 오빠가 사람을 죽이고 숨어 있다는 얘기까지 해 버린 거지."

톰은 쿡쿡 웃고 있었다.

"전 어렸을 때 항상 큰아버지를 들먹이면서 엄포를 놨는데. 큰아버지는 절대 그런 짓을 할 사람이 아니지만요. 그냥 애들끼리 한 얘기예요, 어머니. 괜찮아요."

"아냐, 그렇지 않아. 그 애들이 사방을 돌아다니며 얘기를 할 거고, 그러면 어른들도 그 얘기를 듣고 또 사방에 퍼뜨릴 거야. 그러면 얼마 안 가서 놈들이 혹시 모르니까 조사를 해야겠다며 사람을 보내겠지. 톰, 도망쳐야 돼."

"그러게 제가 옛날부터 떠나겠다고 했잖아요. 어머니가 배수로에 음식을 놔두는 걸 누가 보고 거기서 감시할까 봐 항상 걱정이었는데."

"그래, 알아. 하지만 난 널 가까이 두고 싶었어. 네가 걱정돼서. 네 얼굴이 보이질 않는구나. 네 얼굴은 좀 어떠니?"

"상처가 빠르게 낫고 있어요."

"가까이 좀 와라, 톰. 내가 한번 만져 보게. 가까이 와봐."

그는 어머니 곁으로 다가갔다. 어머니가 어둠 속에서 손을 뻗어 그의 머리를 찾아낸 다음, 손가락으로 그의 코와 왼쪽 뺨을 쓸어 보았다.

"흉터가 심하게 남았구나, 톰. 코도 완전히 비뚤어져 버렸고."

"어쩌면 잘된 일인지도 몰라요. 아무도 절 못 알아볼 테니까요, 아마도. 제 지문이 기록으로 남지만 않았다면 정말 좋을 텐데."

그는 다시 음식을 먹기 시작했다.

"쉿. 들어봐!"

"바람 소리예요, 어머니. 그냥 바람 소리예요."

돌풍이 개울을 따라 내려가면서 허공을 휩쓸자 나무들이 부스럭거렸다.

어머니는 그의 목소리가 나는 곳으로 기어갔다.

"널 한 번 더 만져 보고 싶다, 톰. 내가 장님이 된 것 같아. 여기가 너무 어두워서. 기억을 남겨 두고 싶어. 내 손가락에만 남는 기억일지라도. 넌 여기서 도망쳐야 돼, 톰."

"그래요! 저는 처음부터 그래야 한다고 생각했어요."

"돈을 꽤 벌었어. 내가 돈을 좀 모아 두었다. 손을 내밀어봐, 톰. 7달러를 가져왔어."

"그 돈은 받을 수 없어요. 저는 혼자서도 잘해 나갈 수 있어요."

"손을 내밀어 봐, 톰. 네가 돈을 받지 않으면 난 잠 한숨 못 잘 거야. 가다가 버스를 타거나 그래야 할지도 모르잖니. 여기서 멀리 도망쳐야 돼. 300~400마일 떨어진 곳으로."

"그래도 안 받을 거예요."

어머니가 엄한 목소리로 말했다. "톰. 받아. 너한테는 나를 괴롭힐 권리가 없어."

"그런 소리 마세요."

"어쩌면 네가 대도시로 가게 될지도 몰라. 로스앤젤레스 같은 데. 그런 데서는 놈들이 널 찾으려 하지 않을 거다."

"흐음. 어머니, 전 그동안 계속 혼자 숨어 있었어요. 그동안에 제가 누굴 생각했는지 아세요? 케이시예요! 케이시는 말이 엄청 많았죠. 그게 신경에 거슬렸는데, 지금은 케이시가 한 말을 생각하고 있어요. 케이시가 한 말이 다 기억나는 거예요. 전부 다. 한번은 케이시가 자기 영혼을 찾으러 광야로 나갔는데, 자기만의 영혼이 없다는 걸 알게 됐다는 얘길 한 적이 있어요. 자기가 커다란 영혼의 작은 조각에 불과하다는 걸 깨달았다는 거예요. 광야가 좋은 곳이 아니라는 얘기도 했어요. 자기가 갖고 있는 영혼의 작은 조각은 다른 조각과 합쳐져서 하나가 되지 않는 한 아무 소용이 없으니까. 제가 이런 걸 다 기억하다니 우습죠? 제가 그 얘기를 그렇게 열심히 들은 줄도 몰랐는데. 하지만 지금은 사람이 혼자서는 아무 일도 못 한다는 걸 저도 알아요."

"그 사람은 좋은 사람이었어."

톰이 계속 말했다. "케이시가 성경 구절을 줄줄 왼 적이 있어요. 그런데 지옥불이 어쩌고 하는 성경 구절하고는 다르더라고요. 케이시가 그 구절을 두 번 읊었는데, 지금 그게 기억나요. 전도서에 나오는 구절이래요."

"어떤 구절인데, 톰?"

"이런 내용이에요. '두 사람이 한 사람보다 나음은 저희가 수고함으로 좋은 상을 얻을 것임이라. 혹시 저희가 넘어지면 하나가 그 동무를 붙들어 일으키려니와 홀로 있어 넘어지고 붙들어 일으킬 자가 없는 자에게는 화가 있으리라.' 이게 그중 한 토막이에요."

"계속해 봐. 계속해 봐라, 톰."

"조금만 더 할게요. '두 사람이 함께 누우면 따뜻하거니와 한 사람이면 어찌 따뜻하랴? 한 사람이면 패하겠거니와 두 사람이면 능히 당하나니 삼겹줄은 쉽게 끊어지지 아니하느니라.'"

"그게 성경 구절이라고?"

"케이시가 그렇다고 했어요. 전도서라고 하던데요."

"쉿…… 조용히 해 봐."

"그냥 바람 소리라니까요, 어머니. 제가 잘 알아요. 어쨌든 그래서 제가 생각을 해 봤는데요, 어머니…… 대부분의 설교는 가난한 사람들에 관한 거예요. 언제까지나 없어지지 않는 가난한 사람들. 아무것도 없는 사람이라면, 그냥 팔짱이나 끼고 될 대로 되라는 식으로 살다가 죽은 다음에 황금 쟁반에다 아이스크림을 먹게 된다는 거예요. 하지만 이 전도서는 두 사람이 일한 대가로 더 나은 보상을 받는다고 말하고 있어요."

"톰. 너 뭘 할 작정이니?"

그는 오랫동안 말이 없었다.

"국영 천막촌을 생각해 봤어요. 우리 같은 사람들이 스스로 여러 가지 일들을 처리하던 것. 싸움이 나면 사람들이 스스로 해결했죠. 총을 흔들어 대는 경찰이 없는데도 경찰이 있을 때보다 더 질서가 있었어요. 그렇다면 다른 곳에서는 사람들이 그렇게 하지 못하는 이유가 뭘까요? 우리하고는 다른 사람들인 경찰들을 쫓아 버리고, 우리 자신의 일을 해결하기 위해 모두 협력하면 되는데. 모두 자신의 땅에서 농사를 지으면서."

어머니가 다시 같은 질문을 했다. "톰. 너 뭘 할 생각이야?"

"케이시가 하던 일이요."

"놈들이 케이시를 죽였잖아."

"예. 케이시가 빨리 피하지 못했으니까. 케이시가 한 일은 절대 법에 어긋나지 않아요, 어머니. 그동안 생각을 아주 많이 해 봤어요. 우리 같은 사람들이 돼지처럼 사는 거, 좋은 땅이 그냥 놀고 있는 거. 어떤 사람은 100만 에이커나 되는 땅을 갖고 있는데 수십만 명이나 되는 훌륭한 농부들은 굶주리고 있잖아요. 우리 같은 사람들이 전부 힘을 합쳐서 소리를 지른다면, 그때 그 사람들이 소리쳤던 것처럼 한다면, 후퍼 농장에서는 그런 사람이 몇 명밖에 안 됐지만……."

"톰, 놈들이 너를 뒤쫓을 거야. 그래서 플로이드한테 그랬던 것처럼 너를 쓰러뜨릴 거야."

"놈들은 어쨌든 저를 뒤쫓을 거예요. 놈들은 우리 같은 사람들을 전부 몰아세우고 있어요."

"너 누굴 죽일 생각은 아니지, 톰?"

"그럼요. 생각을 해 봤는데, 어차피 법을 어긴 몸이니 어쩌면…… 젠장, 아직 생각이 분명하지 않아요, 어머니. 이제 제 걱정은 마세요. 걱정 마세요."

두 사람은 칠흑처럼 어두운 굴 속에 말없이 앉아 있었다.

28장

어머니가 말했다. "이제 네 소식을 어떻게 듣지? 놈들이 널 죽여도 내가 모를 텐데. 놈들이 널 해칠 수도 있는데. 네 소식을 어떻게 듣지?"

톰이 불편한 웃음을 터뜨렸다. "뭐, 케이시 말처럼, 사람은 자기만의 영혼을 갖고 있는 게 아니라 커다란 영혼의 한 조각인지도 몰라요. 그렇다면……."

"그렇다면 뭐, 톰?"

"그렇다면 문제 될 게 없죠. 저는 어둠 속에서 어디나 있는 존재가 되니까. 저는 사방에 있을 거예요. 어머니가 어디를 보시든. 배고픈 사람들이 먹을 걸 달라고 싸움을 벌이는 곳마다 제가 있을 거예요. 경찰이 사람을 때리는 곳마다 제가 있을 거예요. 케이시 말이 옳다면, 사람들이 화가 나서 고함을 질러 댈 때도 제가 있을 테고, 배고픈 아이들이 저녁 식사를 앞에 두고 웃음을 터뜨릴 때도 제가 있을 거예요. 우리 식구들이 스스로 가꾼 음식을 먹고 스스로 지은 집에서 살 때도, 저는 거기 있을 거예요. 아시겠어요? 이런, 꼭 케이시처럼 얘기하고 있네. 케이시 생각을 너무 많이 해서 그런 모양이에요. 가끔은 케이시가 눈에 보이는 것 같다니까요."

"난 모르겠다. 정말로 모르겠어."

"저도 그래요. 그냥 제가 생각해 본 거예요. 몸을 움직이지 않으면 생각을 많이 하게 되잖아요. 이제 돌아가 보세요, 어머니."

"그럼 이 돈을 받아."

그는 잠시 아무 말이 없었다.

"알았어요."

"그리고 톰, 나중에…… 이번 일이 잠잠해지면 돌아와야 한
다. 네가 우릴 찾아낼 거지?"

"그럼요. 이제 그만 가 보세요. 자요, 제가 손을 잡아 드릴
게요."

그는 입구 쪽으로 어머니를 안내했다. 어머니의 손가락이
그의 손목을 꼭 잡았다. 그는 덩굴을 한쪽으로 치우고 어머니
를 따라 밖으로 나왔다.

"저 들판을 따라서 쭉 가다가 플라타너스 나무가 나오면 개
울을 건너가세요. 안녕히 가세요."

"잘 있어라."

어머니는 이렇게 말하고 나서 재빨리 걷기 시작했다. 눈시
울이 뜨거웠지만 어머니는 울지 않았다. 그녀는 조심성 없이
커다란 소리로 낙엽을 밟으며 덤불을 통과했다. 어머니가 그
렇게 걷고 있을 때 어두운 하늘에서 비가 떨어지기 시작했다.
몇 개 되지 않는 커다란 빗방울이 마른 낙엽 위에 무겁게 떨
어졌다. 어머니는 걸음을 멈추고 물이 뚝뚝 떨어지는 덤불 속
에 가만히 서 있었다. 그리고 몸을 돌려 둥그런 언덕 모양의
덩굴을 향해 세 발짝을 움직였다. 그러나 이내 재빨리 몸을
돌려 유개화차들이 있는 천막촌을 향했다. 어머니는 곧장 배
수로로 가서 도로로 올라갔다. 이제 비는 그쳤지만 하늘에는
구름이 가득했다. 뒤에서 길을 걸어오는 발소리에 어머니는
불안한 표정으로 고개를 돌렸다. 희미한 손전등 불빛이 길 위
에서 이리저리 움직였다. 어머니는 다시 몸을 돌려 집을 향해

걷기 시작했다. 잠시 후 어떤 남자가 어머니를 따라잡았다. 그는 불빛으로 그녀의 얼굴을 비추지 않고 예의바르게 불빛을 아래로 향했다.

"안녕하세요?" 그가 말했다.

"안녕하세요?"

"비가 좀 올 것 같네요."

"오지 말아야 하는데. 그러면 목화를 딸 수 없거든요. 우린 목화를 따야 하는데."

"저도 목화를 따야 해요. 저쪽 천막촌에 사시나요?"

"예."

두 사람의 발소리가 길 위에서 함께 울렸다.

"목화밭 20에이커를 갖고 있어요. 좀 늦었지만, 이제 딸 때가 됐거든요. 저기 가서 인부를 좀 구해 볼까 하는 중이에요."

"문제없이 구할 수 있을 거예요. 일이 거의 다 끝났으니까요."

"그렇다면 다행이죠. 제 목화밭은 저쪽으로 겨우 1마일 거리에 있어요."

"우린 여섯 식구예요. 남자 셋에 저랑 애들 둘."

"제가 표지판을 걸어 놓지요. 2마일이에요. 이 길로 가면."

"아침에 그리로 갈게요."

"비가 안 오면 좋을 텐데."

"그러게요 20에이커면 오래 걸리지 않겠네요."

"빠르면 빠를수록 좋지요. 우리 밭의 목화가 좀 늦었거든요. 늦게 심어서."

"품삯은 얼마예요?"

"90센트예요."

"우리가 가서 딸게요. 내년에는 75센트가 될 거라는 얘길 들었어요. 심지어 60센트가 될 거라는 얘기도."

"저도 들었어요."

"골치 아픈 일이 생기겠어요."

"그렇겠죠. 맞아요. 저처럼 땅이 얼마 없는 사람들은 아무 것도 할 수 없죠. 협회가 품삯을 정하면 우린 거기에 신경을 쓸 수밖에 없어요. 안 그랬다간 농장을 잃게 될 테니까. 우리 같은 소농들은 항상 시달리고 있어요."

두 사람은 천막촌에 도착했다.

"우리가 갈게요. 여긴 목화가 별로 안 남았어요." 어머니가 말했다.

어머니는 맨 끝의 화차로 가서 발판을 올라갔다. 희미한 등불 빛이 화차 안에 어두운 그림자를 던지고 있었다. 아버지와 존은 나이가 지긋한 남자와 함께 벽에 기대어 앉아 있었다.

"안녕하세요? 웨인라이트 씨." 어머니가 말했다.

그가 이목구비가 섬세하고 또렷한 얼굴을 들었다. 그의 눈은 눈썹 아래에 깊이 파묻혀 있었고, 결이 좋은 머리카락은 푸른빛이 도는 백발이었다. 멋진 은색 수염이 그의 턱을 감싸고 있었다.

"안녕하세요, 부인?"

어머니가 말했다. "내일 목화 따는 일이 생겼어요. 북쪽으로 1마일 거리인데, 20에이커래요."

"트럭을 갖고 가는 게 낫겠네. 그래야 많이 따지." 아버지가 말했다.

웨인라이트가 고개를 번쩍 들었다. "우리도 갈 수 있을까요?"

"그럼요. 그 사람하고 한동안 같이 걸었는데, 인부를 구하러 오는 길이라고 했어요."

"이젠 목화도 거의 다 땄어요. 밭을 두 번째 돌 때는 별로 딸 게 없으니까. 두 번째 작업에서는 품삯을 제대로 벌기가 힘들 거예요. 첫 번째 작업 때 상당히 깨끗하게 따 버렸으니까요."

"저희 차를 같이 타고 가세요. 기름값을 반반씩 내면 되잖아요." 어머니가 말했다.

"아이고, 정말 고맙습니다, 부인."

"서로 좋은 일인데요 뭐." 어머니가 말했다.

"웨인라이트 씨는…… 걱정거리가 있어서 우릴 찾아온 거야. 그 얘기를 하고 있었어." 아버지가 말했다.

"무슨 걱정거리요?"

웨인라이트가 바닥을 내려다보며 말했다. "우리 딸, 아기 일이에요. 그 애도 이젠 다 커서 거의 열여섯 살이거든요. 어른이 다 됐죠."

"아기는 예쁜 아가씨죠." 어머니가 말했다.

"얘기를 끝까지 들어 봐." 아버지가 말했다.

"그게, 그 애하고 댁의 아드님 앨이 매일 밤 데이트를 하고 있어요. 아기는 건강하고 착한 애니까 이제 남편을 맞아야죠. 안 그러면 문제가 생길지도 몰라요. 우리 식구들은 여태껏 말썽을 모르고 살았어요. 하지만 우리가 이렇게 가난하다 보니,

우리 마누라와 내가 걱정을 하게 된 거죠. 그 애가 잘못을 저지르면 어쩌나 하고요."

어머니가 매트리스를 펼치고 그 위에 앉았다.

"지금도 둘이 같이 나갔나요?" 어머니가 물었다.

"항상 같이 나가요. 밤마다." 웨인라이트가 말했다.

"흠. 뭐, 앨은 착한 애예요. 요즘은 좀 으스대며 돌아다니는 것 같기도 하지만 그래도 착실한 아이예요. 제 입장에서는 그렇게 착한 아들이 없죠."

"아, 앨이 마음에 차지 않는다는 얘긴 아니에요! 우리도 그 애를 좋아합니다. 하지만 마누라랑 내가 걱정하는 건…… 음, 우리 애가 다 커서 이젠 여자가 됐다는 거예요. 우리도 여길 떠나고, 댁도 여길 떠난 후에 아기한테 문제가 생기면 어떡하죠? 우리 식구들은 그런 창피한 짓을 한 적이 없거든요."

어머니가 부드럽게 말했다. "그 댁 식구들이 창피를 당하지 않게 저희도 애써 볼게요."

그가 재빨리 일어섰다.

"고맙습니다, 부인. 아기는 이제 다 커서 여자가 됐어요. 착한 애죠. 정말 착하고 좋은 애예요. 저희가 창피를 당하지 않게 해 주시면 정말 고맙겠습니다, 부인. 이건 아기 잘못이 아니에요. 그 애가 다 커서 그런 거지."

"우리 남편이 앨이랑 얘길 할 거예요. 남편이 안 하면 저라도 할게요."

"그럼 안녕히 주무세요. 정말 감사합니다."

그는 커튼 옆을 돌아 가 버렸다. 그가 이야기한 내용을 아내에게 작은 목소리로 설명하는 소리가 들렸다.

어머니가 잠시 귀를 기울이다가 말했다.

"두 분 다 이리 와서 좀 앉으세요."

아버지와 존이 무겁게 몸을 일으켜 어머니와 나란히 매트리스에 앉았다.

"애들은 어디 갔어요?"

아버지가 구석에 있는 매트리스를 가리켰다.

"루티가 윈필드한테 달려들어서 물어 버렸어. 그래서 둘 다 누워 있으라고 했지. 아마 자고 있을 거야. 로저샨은 제가 아는 어떤 여자한테 놀러 나갔고."

어머니가 한숨을 쉬었다.

"톰을 만났어요." 어머니가 작은 목소리로 말했다. "내가…… 그 애더러 떠나라고 했어요. 멀리."

아버지가 느릿느릿 고개를 끄덕였다. 존은 가슴에 턱을 묻었다.

아버지가 말했다. "달리 어쩔 도리가 없지. 그렇죠, 형님?"

존이 고개를 들었다. "난 아무 생각도 안 나. 이젠 내가 깨어 있는 것 같지도 않아."

"톰은 착한 아이예요." 어머니가 말했다. 그러고 나서 사과하듯이 덧붙였다. "내가 앨하고 얘기를 해 보겠다고 한 건 나쁜 뜻이 아니었어요."

"알아. 난 이제 쓸모가 없어. 만날 옛날 생각만 하고 있으니. 종일 고향 생각만 해. 다시는 고향을 보지 못할 텐데." 아버지가 조용히 말했다.

"여기가 더 나아요. 땅도 더 좋고." 어머니가 말했다.

"나도 알아. 그런데 이 고장 풍경은 눈에 들어오지도 않아. 지금쯤이면 고향의 버드나무 잎사귀들이 다 떨어졌겠다는 생각을 하느라고. 남쪽 울타리의 구멍을 손봐야겠다는 생각을 할 때도 있어. 거참! 여자들이 점점 집안일을 좌우하게 됐으니. 여자들이 이걸 해라, 저리로 가라, 이러잖아. 그런데 나는 그게 거슬리지도 않아."

어머니가 위로하듯이 말했다. "여자들은 남자들보다 더 잘 변해요. 여자들은 삶을 모두 가슴에 품고 있고, 남자들은 머리에 품고 있죠. 당신은 신경 쓰지 말아요. 어쩌면…… 그래요, 어쩌면 내년쯤에는 자리를 잡을 수 있을지도 몰라요."

아버지가 말했다. "우린 지금 가진 게 하나도 없어. 앞으로 일자리도 없고 수확도 없는 계절이 오래 계속될 거야. 그럼 우린 어떻게 하지? 먹을 걸 어떻게 구하지? 로저샨이 아이를 낳을 때도 머지않았는데. 생각하기도 싫어. 그래서 생각을 안 하려고 계속 옛날 일만 파고 있는 거야. 이제 우리 인생은 끝난 것 같아."

"그렇지 않아요." 어머니가 미소를 지었다. "그렇지 않아요, 여보. 여자들은 그런 걸 알 수 있어요. 살면서 보니까 그렇더라고요. 남자들은 단계별로 인생을 살아요. 아이가 태어나고 사람이 죽는 것, 그게 한 단계죠. 농장을 일구고 그 농장을 잃는 것, 그게 또 한 단계예요. 하지만 여자들에게 삶은 전부 하나의 흐름이에요. 개울처럼, 소용돌이처럼, 폭포처럼. 강처럼 그냥 계속 흐르죠. 여자들이 보는 인생은 그래요. 우린 그냥 죽어서 사라지는 게 아니에요. 사람들은 계속 살아간다고요. 조금 변하기야 하겠지만, 삶은 계속되는 거예요."

존이 다그치듯 물었다. "그걸 어떻게 알아요? 모든 흐름이 멈추지 않게 막아 주는 게 뭐죠. 사람들이 지쳐서 드러눕지 않게 해 주는 게 뭐예요?"

어머니는 곰곰이 생각해 보았다. 번들거리는 손등을 다른 손으로 문지르고, 오른손 손가락을 왼손 손가락 사이에 끼워 넣으면서 어머니가 말했다.

"꼭 짚어서 말하기는 어려워요. 우리가 하는 모든 일들이…… 내가 보기에는 그냥 삶을 계속 이어 나가기 위해 이루어지는 일 같아요. 내가 보기에는 그래요. 심지어 배가 고파지는 것조차…… 병이 드는 것조차. 죽는 사람도 있지만 살아남은 사람들은 더 강해지죠. 그냥 하루하루 살아가려고 애쓰는 거예요. 하루하루."

"그때 집사람이 죽지만 않았어도……" 존이 말했다.

"그냥 하루하루 사는 거예요. 괜히 걱정할 필요 없어요." 어머니가 말했다.

"내년에 풍년이 들지도 몰라. 고향에 있었다면." 아버지가 말했다.

"잠깐 조용히 해 봐요!" 어머니가 말했다.

누군가가 발판을 살금살금 올라오는 소리가 들리더니 앨이 커튼 뒤에서 모습을 드러냈다.

"다녀왔습니다. 지금쯤이면 다들 주무실 줄 알았는데." 그가 말했다.

"앨. 얘길 좀 하고 있었다. 이리 와서 앉아." 어머니가 말했다.

"그러죠, 뭐. 저도 얘길 하고 싶으니까. 제가 곧 여길 떠나야 될 것 같아요."

"안 돼. 식구들한테 네가 필요해. 왜 떠나겠다는 거니?"

"음, 아기 웨인라이트하고 결혼하기로 했거든요. 제가 정비 공장에 취직해서 아기하고 같이 한동안 집을 세내서 살다가……." 그가 사나운 표정으로 시선을 들었다. "우린 그렇게 할 거예요. 누가 뭐래도!"

식구들은 그를 빤히 바라보았다. 얼마 뒤 어머니가 입을 열었다.

"앨. 정말 다행이다. 얼마나 다행인지 몰라."

"다행이라고요?"

"그럼, 다행이지. 너도 이제 어른이 됐으니 아내를 얻어야지. 하지만 당장 떠나지는 마라, 앨."

"아기와 약속했어요. 떠나야 해요. 여기선 더 이상 못 참겠어요."

"봄까지만 같이 있어 줘. 봄까지만. 봄까지 있어 줄 거지? 네가 떠나면 누가 트럭을 몰겠니?" 어머니가 간청했다.

"그거야……."

웨인라이트 부인이 커튼 뒤에서 얼굴을 내밀었다.

"얘기 들으셨어요?" 그녀가 물었다.

"예! 방금 들었어요."

"아이고, 세상에! 정말이지…… 케이크라도 하나 있다면 좋을 텐데. 케이크라도 하나 있다면 좋을 텐데."

어머니가 말했다. "제가 커피를 끓이고 팬케이크를 좀 만들게요. 우리한테 시럽이 있으니까."

"아이고, 세상에! 뭐…… 좋죠. 저기, 제가 설탕을 좀 가져올게요. 팬케이크에 설탕을 좀 넣죠." 웨인라이트 부인이 말했다.

어머니는 나뭇가지를 부러뜨려 풍로에 넣었다. 저녁 식사를 요리하고 남은 불씨 덕분에 나무가 활활 타오르기 시작했다. 루티와 윈필드도 껍질에서 빠져나온 소라게처럼 침대에서 나왔다. 두 아이는 잠시 조심스러운 태도로 주위를 살펴보았다. 자기들이 아직도 벌을 받고 있는 중인지 알아보려고. 아무도 자기들한테 신경을 쓰지 않자 두 아이는 점점 대담해졌다. 루티는 한 발로 깡충깡충 뛰면서 한 번도 벽을 짚지 않고 문까지 갔다가 되돌아왔다.

어머니가 그릇에 밀가루를 붓고 있을 때 샤론의 로즈가 발판을 올라왔다. 그녀는 몸의 균형을 잡으며 조심스레 발을 내디뎠다.

"무슨 일이에요?" 그녀가 말했다.

"아, 좋은 소식이 있어! 작은 파티를 할 거다. 앨하고 아기 웨인라이트가 결혼하기로 했거든." 어머니가 말했다.

샤론의 로즈는 선 채로 꼼짝도 하지 않았다. 그러다가 천천히 앨에게 시선을 돌렸다. 앨은 당황스럽고 난처한 표정으로 서 있었다.

웨인라이트 부인이 저편에서 소리쳤다.

"아기한테 새 옷을 입히고 있어요. 금방 갈게요."

샤론의 로즈가 천천히 방향을 돌리더니 활짝 열린 문으로 가서 살금살금 발판을 내려갔다. 일단 땅에 내려서자 그녀는 개울과 오솔길이 나란히 이어져 있는 곳으로 천천히 움직였다. 그녀는 아까 어머니가 갔던 길을 따라 버드나무 숲속으로 들어갔다. 지금은 바람이 계속 불어오고 있어서 덤불에서도 계속 휭휭 소리가 났다. 샤론의 로즈는 무릎을 꿇고 덤불 속으로 깊이 들어갔다. 덩굴이 그녀의 얼굴을 할퀴고 머리카락을 잡아당겼지만 그녀는 신경 쓰지 않았다. 그녀는 온몸이 덩굴에 완전히 둘러싸였을 때에야 움직임을 멈추고 반듯이 드러누워 몸을 쭉 폈다. 그리고 배 속에 있는 아기의 무게를 느꼈다.

빛 한 점 없는 화차 안에서 어머니가 몸을 뒤척이다가 담요를 밀어내고 일어났다. 열린 문으로 회색 별빛이 조금 새어 들어왔다. 어머니는 문으로 가서 밖을 내다보았다. 동쪽 하늘에서는 별들이 희미해지고 있었다. 버드나무 숲 위로 가벼운 바람이 불어오고, 작은 개울에서 물이 재잘대는 소리가 조용히 들려왔다. 천막촌 사람들은 대부분 아직 잠들어 있었다. 그러나 한 천막 앞에 작은 불이 피워져 있었고, 사람들이 그 주위에 서서 몸을 녹이고 있었다. 불꽃이 춤을 추며 불을 바라보고 서서 손을 비비는 사람들의 얼굴을 비췄기 때문에 어머니도 그들의 얼굴을 볼 수 있었다. 사람들은 잠시 후 뒤돌아서서 손을 등에 댔다. 어머니는 잠시 밖을 내다보다가 몸 앞에서 양손을 꽉 모아 쥐었다. 불규칙한 바람이 휙 불어왔다 지나가고, 공기 중에서 차가운 냉기가 느껴졌다. 어머니는 몸을 떨며 양손을 비볐다. 그리고 더듬더듬 안으로 들어가 램프 옆에 둔 성냥을 찾았다. 램프 갓을 열자 끽 소리가 났다. 어머니는 심지에 불을 붙이고 파랗게 타오르다 노란색 고리 모양으로 변하는 불꽃을 잠시 지켜보았다. 어머니는 램프를 풍로로 가져가서 바닥에 내려놓고 바싹 마른 버드나무 가지를 부러뜨려 풍로에 집어넣었다. 잠시 후 불꽃이 활활 타오르며 연통을 타고 오르기 시작했다.

샤론의 로즈가 무겁게 몸을 돌리며 일어나 앉았다.

"금방 일어날게요."

"따뜻해질 때까지 조금 더 누워 있지 그러니?" 어머니가 말했다.

"아뇨, 일어날 거예요."

어머니는 양동이에 있는 물을 커피 주전자에 채워 풍로 위에 올려놓고, 기름이 두껍게 굳어 있는 프라이팬도 올려놓았다. 옥수수 빵을 굽기 위해서였다.

"너 왜 그래?" 어머니가 부드럽게 물었다.

"나갈 거예요." 샤론의 로즈가 말했다.

"나가다니 어디로?"

"목화 따러 나갈 거예요."

"안 돼. 그 몸으로는 안 돼."

"내 몸은 괜찮아요. 나도 갈 거예요."

어머니가 커피의 양을 재서 물에 넣었다.

"로저샨, 너 어젯밤에 팬케이크 먹을 때 없었지?"

로저샨은 대답하지 않았다.

"왜 목화를 따겠다는 거야?"

여전히 아무 대답이 없었다.

"앨하고 아기 때문에 그러니?"

어머니는 이 말을 하면서 딸의 얼굴을 유심히 살펴보았다.

"어쨌든, 넌 목화를 딸 필요 없어."

"갈 거예요."

"그래, 알았다. 하지만 너무 무리하지는 마. 일어나세요, 여보! 그만 일어나요!"

아버지가 눈을 깜박이고 하품을 하며 투덜거렸다. "잠을 제대로 못 잤어. 우리가 잔 게 11시는 됐을걸."

"얼른 일어나요, 다들. 가서 씻어요."

화차 안에서 자고 있던 사람들이 서서히 잠에서 깨어 담요에서 나와 옷을 주워 입었다. 어머니는 소금에 절인 돼지고기를 저며 또 다른 프라이팬에 넣었다.

"가서 씻고 와요." 어머니가 명령했다.

화차 안의 저편에서 불이 반짝 켜졌다. 그리고 나뭇가지를 부러뜨리는 소리가 났다.

"조드 부인." 그쪽에서 누가 소리쳤다. "지금 준비하고 있어요. 금방 다 될 거예요."

앨이 투덜거렸다. "도대체 왜 이렇게 일찍 일어나는 거예요?"

"20에이커밖에 안 되지만 가야 돼. 목화가 얼마 안 남았잖아. 다른 사람들이 따 버리기 전에 가야 돼." 어머니가 말했다.

어머니는 식구들을 재촉해 옷을 입게 하고 빨리 아침 식사를 하라고 채근했다.

"얼른 커피 마셔요. 출발해야 되니까."

"어두울 때는 목화를 딸 수 없어요, 어머니."

"우리가 도착할 때쯤이면 환해질 거야."

"아직 습기가 있을 텐데."

"비가 많이 안 왔으니까 괜찮아. 얼른 커피나 마셔. 앨, 식사를 마치는 대로 가서 시동을 걸어 놔." 어머니가 저편을 향해 소리쳤다. "준비 다 됐어요, 웨인라이트 부인?"

"지금 먹는 중이에요. 금방 나갈 수 있어요."

바깥에서도 천막촌 사람들이 깨어나고 있었다. 여기저기 천막 앞에서 불이 타올랐다. 유개화차의 연통에서 연기가 뿜어져 나왔다.

앨은 커피를 입에 털어 넣었다. 그리고 커피와 함께 들어온 커피 찌꺼기를 퉤퉤 뱉으면서 발판을 내려갔다.

"우린 준비 다 됐어요, 웨인라이트 부인." 어머니는 이렇게 소리치고 나서 샤론의 로즈에게 시선을 돌렸다. "넌 여기 있어."

로저샨은 고집스러운 표정을 지었다. "나도 갈 거예요. 엄마, 나도 가야 돼요."

"넌 목화 자루도 없잖아. 자루를 끌 수도 없고."

"내가 목화를 따서 엄마 자루에 넣을게요."

"안 갔으면 좋겠는데."

"갈 거예요."

어머니가 한숨을 쉬었다. "내가 계속 널 지켜보마. 의사가 있으면 좋을 텐데."

샤론의 로즈는 불안한 표정으로 움직이며 가벼운 웃옷을

걸쳤다가 도로 벗었다.

"담요를 가져가. 쉬고 싶을 때 따뜻하게 있을 수 있으니까."
어머니가 말했다.

화차 뒤에서 트럭에 시동이 걸리는 소리가 들려왔다.

"우리가 제일 먼저 나가나 보다." 어머니가 의기양양하게 말
했다. "자, 다들 자루 챙겨요. 루티, 내가 셔츠로 만들어 준 자
루 잊지 마라."

웨인라이트 일가와 조드 일가는 어둠 속에서 트럭에 올라
탔다. 먼동이 트고 있었지만, 아직 날이 밝아오는 속도가 느렸
고 빛도 희미했다.

어머니가 앨에게 말했다. "왼쪽으로 꺾어. 가는 길에 표지판
이 있을 거야."

그들은 어두운 도로를 달렸다. 다른 차들이 그들의 뒤를 따
라왔다. 천막촌에서 지금 자동차에 시동을 걸고 있는 사람들
도 있었다. 식구들이 줄지어 차에 오르자 차들이 고속도로로
빠져나와 왼쪽으로 방향을 틀었다.

길 오른쪽의 우편함에 마분지 하나가 매달려 있었다. 거기
에는 파란색 크레용으로 '목화 따는 인부 구함'이라고 적혀 있
었다. 앨은 입구로 들어가서 농장 안뜰로 향했다. 뜰에는 이미
자동차들이 가득 차 있었다. 하얀 헛간 끝에 매달린 전구 불
빛에 저울 주위에 서 있는 사람들의 모습이 보였다. 다들 자
루를 둘둘 말아 팔 밑에 끼고 있었다. 여자들 중에는 자루를
어깨에 걸쳐 양쪽 끝을 가슴 앞에 매어 놓은 사람도 있었다.

"우리가 생각만큼 일찍 온 게 아닌가 봐요."

앨은 이렇게 말하면서 울타리 옆에 차를 세웠다. 식구들이 차에서 내려 저울 주위에 있는 사람들 속에 끼었다. 길에서 더 많은 자동차들이 들어와 서고 더 많은 사람들이 저울 주위로 왔다. 헛간에 매달린 전등 불빛 속에서 주인이 사람들의 이름을 장부에 기록했다.

"홀리? H-a-w-l-e-y? 몇 명이죠?"

"네 명이에요. 윌……."

"윌."

"벤튼……."

"벤튼."

"아멜리아……."

"아멜리아."

"클레어……."

"클레어. 다음은 누구죠? 카펜터? 몇 명이에요?"

"여섯 명이에요."

주인은 그들의 이름을 장부에 적고 왼쪽에 목화 무게를 적을 공간을 남겨 두었다.

"자루는 있어요? 여기는 자루가 몇 개밖에 없어요. 자루 값은 1달러예요."

자동차들이 뜰로 쏟아져 들어왔다. 주인은 양가죽을 댄 가죽 재킷을 목까지 끌어 올렸다. 그리고 걱정스러운 표정으로 진입로를 바라보았다.

"이렇게 사람이 많으니 20에이커가 금방 끝나겠는걸." 그가 말했다.

아이들은 목화를 운반하는 커다란 트레일러에 올라가 벽 대신 쳐 놓은 철망에 발가락을 집어넣었다.

"당장 내려와." 주인이 소리쳤다. "얼른 내려와. 그러다 철망 찢어져."

아이들은 무안한 표정으로 조용히 내려왔다. 희끄무레하게 동이 터왔다.

"이슬이 내렸으니 그 무게는 뺄 겁니다. 해가 뜨면 다시 예전대로 할 거고요. 자, 이제 가서 일하세요. 앞이 보일 만큼 날이 밝았으니까." 주인이 말했다.

사람들은 재빨리 목화밭으로 들어가서 각자 이랑을 차지했다. 그들은 자루를 허리에 묶고 뻣뻣한 손가락을 녹여 민첩하게 만들기 위해 손바닥을 마주쳤다. 동쪽의 산들이 붉게 물들더니 붉은 기운이 목화밭으로도 서서히 몰려왔다. 고속도로에서는 여전히 자동차들이 들어오고 있었다. 마침내 뜰이 자동차들로 가득 차자 사람들은 길가 양편에 차를 세웠다. 상쾌한 바람이 불어왔다. 주인이 말했다.

"어떻게 다들 알고 왔는지 모르겠네요. 소문이 굉장히 퍼진 모양인데. 이러다가는 정오도 되기 전에 20에이커가 다 끝나 버리겠어요. 이름이 뭐죠? 흄? 몇 명이에요?"

목화밭에 줄지어 늘어선 사람들이 밭을 가로지르듯 움직였다. 강한 서풍이 꾸준히 불어왔기 때문에 사람들의 옷이 펄럭거렸다. 사람들은 날듯이 손가락을 움직여 목화송이를 찾아내서 점점 무거워지고 있는 긴 자루에 넣었다.

아버지가 오른쪽 줄에 서 있는 남자에게 말했다. "우리 고향에서는 이런 바람이 불면 비가 왔지. 그런데 비가 오기에는 좀 쌀쌀한 것 같군. 여기 온 지 얼마나 됐소?" 아버지는 말을 하면서도 일에서 눈을 떼지 않았다.

"일 년이 다 됐지요." 그의 옆 사람도 시선을 들지 않았다.

"비가 올 것 같소?"

"모르겠소. 그런 걸 몰라도 창피할 건 없어요. 여기서 평생을 산 사람도 모르니까. 비가 내리는 게 농작물에 방해가 될 때 꼭 비가 온다고 여기 사람들이 그러더군."

아버지는 서쪽의 산들을 흘깃 바라보았다. 커다란 회색 구름이 바람을 타고 재빨리 산마루 위를 지나가고 있었다.

"내가 보기엔 비구름 같은데." 아버지가 말했다.

아버지의 옆 사람이 눈을 가늘게 뜨고 그쪽을 살짝 바라보았다. "글쎄요."

줄지어 늘어선 다른 사람들도 모두 구름을 바라보았다. 그러고는 다시 허리를 구부리고 목화를 따느라 손을 날듯이 움직였다. 그들은 경주를 벌이고 있었다. 시간을 상대로, 목화 무게를 상대로, 비를 상대로, 서로를 상대로. 딸 수 있는 목화의 양이 한정되어 있으니 벌 수 있는 돈의 액수도 한정되어 있었다. 그들은 밭을 완전히 가로지른 다음 새 이랑을 차지하려고 뛰었다. 이제는 바람이 마주 불어오고 있었으므로 해가 떠오르고 있는 하늘에서 회색 구름이 높이 떠 움직이는 것을 볼 수 있었다. 더 많은 자동차들이 길가에 늘어섰고, 새로운 인부들이 장부에 이름을 적으러 왔다. 사람들은 정신없이 밭을 가로질러 목화 무게를 잰 다음 자기들이 딴 목화에 표시를 하고 자신이 지니고 있는 개인 장부에 무게를 기입했다. 그리고 또 새로운 이랑을 향해 뛰어갔다.

11시가 되자 목화 따기가 끝났다. 양옆을 철망으로 막은 트레일러들이 역시 양옆을 철망으로 막은 트럭 뒤에 고리로 연결되어 고속도로로 향했다. 조면 공장으로 가는 것이다. 철망 사이로 솜털이 빠져나와 작은 구름처럼 허공을 떠다녔다. 길가의 잡초 위에도 솜털이 걸려 흔들리고 있었다. 인부들은 쓸쓸한 표정으로 다시 안뜰에 모여 품삯을 받으려고 줄을 섰다.

"흄, 제임스, 22센트. 랠프, 20센트. 조드, 토머스, 90센트. 윈필드, 15센트."

돈은 종류별로 놓여 있었다. 사람들은 돈을 받으면서 자신의 개인 장부를 들여다보았다.

"웨인라이트, 애그니스, 34센트. 토빈, 63센트."

사람들의 줄이 천천히 움직였다. 돈을 받은 사람들은 말없이 차로 돌아가서 천천히 빠져나갔다.

조드 일가와 웨인라이트 일가는 트럭에 탄 채 진입로의 차들이 빠지기를 기다리고 있었다. 그때 빗방울이 떨어지기 시작했다. 앨이 손을 창밖으로 내밀어 빗방울을 확인했다. 샤론의 로즈가 가운데 앉고 어머니가 그 옆에 앉아 있었다. 로저샨은 또다시 생기가 없는 눈빛을 하고 있었다.

"넌 오지 말았어야 했어. 10~15파운드밖에 못 땄잖아." 어머니가 말했다.

샤론의 로즈는 크게 부풀어 오른 배만 내려다보며 아무 대답도 하지 않았다. 그녀가 갑자기 몸을 부르르 떨면서 고개를 치켜들었다. 그녀를 주의 깊게 살피고 있던 어머니가 둘둘 말아 놓았던 무명 자루를 펼쳐 딸의 어깨를 덮어 주고 딸을 끌어안았다.

마침내 길을 메우고 있던 자동차들이 빠져나갔다. 앨은 시동을 걸고 고속도로로 차를 몰았다. 간헐적으로 떨어지는 굵은 빗방울들이 길에 부딪혀 튀어 올랐다. 트럭으로 계속 달리다 보니 빗방울이 작아지면서 비가 꾸준히 내리기 시작했다. 빗방울이 트럭 지붕을 하도 시끄럽게 두들겨댔기 때문에 낡은 엔진이 돌아가는 소리보다 그 소리가 더 크게 들렸다. 트럭 화물칸에 탄 웨인라이트 일가와 조드 일가는 무명 자루로 머리와 어깨를 덮었다.

어머니의 품에 안겨 있던 샤론의 로즈가 격렬하게 몸을 떨었다. 어머니가 소리쳤다.

"속도를 높여, 앨. 로저산이 한기가 드나 보다. 가서 뜨거운 물에 발을 담그게 해야 돼."

앨은 엔진의 속도를 올렸다. 유개화차가 있는 천막촌이 나타나자 그는 빨간 화차 근처로 차를 몰았다. 차가 멈추기도 전에 어머니가 식구들에게 지시를 내리기 시작했다.

"앨, 큰아버지하고 아버지하고 같이 버드나무 숲으로 가서 죽은 가지들을 되도록 많이 주워 와. 따뜻하게 불을 피워야 되니까."

"지붕이 새지 않을까 모르겠어요."

"안 샐 거야. 안이 깨끗하고 건조하니까. 그래도 나무를 모아야 해. 따뜻하게 불을 피워야 돼. 루티랑 윈필드도 데려가.

개들도 나뭇가지를 주울 수 있으니까. 얘가 아무래도 몸이 안 좋은 것 같아."

어머니가 차에서 내렸다. 샤론의 로즈가 그 뒤를 따르려고 했지만 무릎에 힘이 빠져서 트럭 발판에 털썩 주저앉고 말았다.

뚱뚱한 웨인라이트 부인이 그녀의 모습을 보았다. "왜 그래요? 해산할 때가 된 거예요?"

"아뇨, 그건 아닌 것 같아요. 한기가 들었어요. 감기에 걸린 것 같기노 하고. 저 좀 두와주실래요?" 어머니가 말했다.

두 여자는 샤론의 로즈를 부축했다. 몇 발짝 걷고 나사 도저샨이 힘을 되찾아 제 발로 몸무게를 지탱하기 시작했다.

"난 괜찮아요, 엄마. 그냥 잠깐 그런 거예요."

어머니와 웨인라이트 부인은 그녀의 팔꿈치를 잡은 손을 놓지 않았다.

"뜨거운 물에 발을 담그도록 해." 어머니가 다 안다는 듯이 말했다.

두 사람은 로저샨을 부축해 발판을 올라가서 화차 안으로 들어갔다.

"따님을 좀 주물러 주세요. 내가 불을 피울게요."

웨인라이트 부인이 말하고는 마지막 남은 나뭇가지로 풍로에 불을 피웠다. 이제는 비가 억수같이 쏟아지며 화차 지붕을 씻어 내리고 있었다.

어머니가 천장을 바라보았다. "지붕이 튼튼해서 다행이에요. 천막은 아무리 좋아도 비가 새는데. 물 좀 불에다 올려 주세요, 웨인라이트 부인."

샤론의 로즈는 매트리스 위에 누워 꼼짝도 하지 않았다. 그녀는 두 아주머니가 자신의 신발을 벗기고 발을 주물러 주도록 내버려 두었다. 웨인라이트가 그녀의 몸 위로 허리를 구부리며 물었다.

"아프니?"

"아뇨. 그냥 몸이 좀 안 좋아요. 그냥 몸이 안 좋을 뿐이에요."

"나한테 진통제와 소금이 있어. 필요하면 언제든지 말해라. 서슴지 말고." 웨인라이트 부인이 말했다.

로저샨이 격렬하게 몸을 떨었다. "담요 좀 덮어 주세요, 엄마. 추워요."

어머니가 담요를 전부 가져와 딸의 몸을 덮어 주었다. 빗방울이 요란스레 지붕을 두들겼다.

나무를 구하러 갔던 사람들이 나뭇조각을 한 아름 안고 돌아왔다. 그들의 모자와 겉옷에서는 빗물이 뚝뚝 떨어졌다.

"아이고, 다 젖었네. 조금만 있어도 흠뻑 젖어 버린다니까." 아버지가 말했다.

어머니가 말했다. "가서 나무를 좀 더 구해 와요. 나무가 아주 빨리 타 버리니까. 금방 어두워질 거예요."

루티와 윈필드가 물을 뚝뚝 떨어뜨리며 나뭇가지를 안고 들어와 다른 나뭇가지 더미 위에 던진 뒤 다시 나가려고 몸을 돌렸다.

"너희들은 여기 있어. 불 가에 붙어 서서 몸을 말리도록 해." 어머니가 명령했다.

빗줄기 때문에 오후의 풍경이 은빛으로 변했고, 도로도 물에 젖어 반짝거렸다. 시간이 지날수록 목화 줄기가 검게 변하면서 오그라드는 것 같았다. 아버지와 앨과 존은 덤불과 화차 사이를 여러 번 오가면서 죽은 나뭇가지를 주워 와 문가에 쌓았다. 나무가 천장까지 닿을 만큼 높이 쌓인 후에야 그들은 더 이상 밖으로 나가지 않고 풍로로 다가갔다. 모자에서 어깨로 물이 줄줄 흘러내렸다. 겉옷 자락에서도 물이 뚝뚝 떨어졌고, 신발에서는 걸음을 뗄 때마다 찍찍 소리가 났다.

"이제 됐어요. 옷을 벗어요. 내가 맛있는 커피를 끓여 놨어요. 마른 작업복도 꺼내 놨고요. 거기 서 있지 말아요." 어머니가 말했다.

저녁이 일찍 찾아왔다. 유개화차 안에서는 식구들끼리 옹기종기 모여 앉아 지붕 위로 쏟아지는 빗소리에 귀를 기울였다.

29장

바다에서 온 회색 구름이 바닷가의 높은 산들과 계곡들 위로 진군해 들어왔다. 소리 없는 바람이 하늘 높은 곳에서 세차게 불어오며 덤불을 후려치고 숲속에서 울부짖었다. 구름은 여러 조각으로 나뉘어서 찾아왔다. 솜털 구름, 주름 진 구름, 회색 바위산 모양의 구름. 그런 구름들이 한데 쌓여 서쪽 하늘에 낮게 자리 잡았다. 이내 바람이 멈추면서 구름이 더욱 두껍고 단단해졌다. 세찬 소나기가 내리기 시작했다. 비는 잠시 멈췄다가 억수같이 쏟아지기를 반복하더니 점점 단조로운 리듬으로 굳어지면서 작은 빗방울들을 꾸준히 떨어뜨렸다. 비 때문에 시야가 회색으로 보였고, 한낮이 금방 저녁으로 변했다. 처음에는 마른 땅이 물기를 빨아들여 검게 변했다. 땅은 이틀 동안 물을 마신 후 더 이상 마실 수 없는 지경에 이르렀다. 그러자 웅덩이들이 생기기 시작했고, 저지대의 밭에는 작은 호수들이 생겨났다. 진흙탕 호수의 수면이 계속 높아졌다. 꾸준히 내리고 있는 비가 반짝이는 수면을 후려쳤다. 마침내 산들도 더 이상 물을 빨아들일 수 없게 되자 산허리에 내린 비가 개울로 흘러내려 홍수로 변하기 시작했다. 물은 요란한 소리를 내며 협곡을 지나 계곡으로 흘러들었다. 비는 끊임없이 내렸다. 개울과 작은 강들이 둑 위로 넘실대며 버드나무와 나무뿌리를 건드렸다. 버드나무는 물속으로 깊이 허리를 숙였고, 목화 뿌리가 파헤쳐졌으며, 나무들이 쓰러졌다. 둑을 따라 흙탕물이 소용돌이치며 둑을 기어오르다가 마침내 밭으로, 과수원으로, 검은 목화 줄기가 서 있는 목화밭으로 흘러넘쳤다. 평평한 밭은 널찍한 회색 호수가 되었고, 빗물이 수면을 후려쳤다. 그 물이 이내 고속도로로 흘러넘치자 자동차들은 물살을 가르며 천천히 움직였다. 자동차가 지나간 자리에서는 흙탕물이 소용돌이쳤다. 자신을 두드려 대는 빗줄기 아래에서 대지가 속삭이는 소리를 내고 도도하게 거품을 일으키며 흘러가는 홍수 아래에서는 개울이 천둥 같은 소리를 냈다.

처음에 비가 시작되었을 때 이주민들은 천막 안에 모여 앉아 이런 얘기들을 했다. 비가 금방 그칠 거야. 비가 얼마나 계속될 것 같아?

웅덩이가 생기기 시작하자 남자들이 삽을 들고 빗속으로 나가 천막 주위에 작은 둑을 쌓았다. 그러나 빗줄기는 천막의 캔버스 천을 두드리다가 마침내 그 안으로 스며들어 천막 안에 개울을 만들었다. 남자들이 만든 작은 둑마저 쓸려 가 버리자 물이 안으로 들어와서 매트리스와 담요를 적셨다. 사람들은 젖은 옷을 입고 앉아 있었다. 그들은 상자들을 쌓고 그 위에 널빤지를 놓았다. 그리고 밤이나 낮이나 그 널빤지 위에 앉아 있었다.

천막들 옆에는 낡은 자동차들이 있었다. 물기 때문에 점화 장치의 배선이 고장 나고, 기화기가 고장 났다. 작은 회색빛 천막들은 호수 속에 서 있었다. 이제는 사람들이 그 자리를 떠나는 수밖에 없었다. 그러나 배선이 망가진 차에는 시동이 걸리지 않았다. 설사 시동이 걸린다 해도 바퀴가 진흙 속에 깊이 박혀 있었다. 사람들은 젖은 담요를 품에 안고 물살을 헤치며 그 자리를 떠났다. 아이들과 노인을 품에 안고 첨벙첨벙 물소리를 내며 걸었다. 높은 곳에 헛간이라도 하나 있으면 절망적인 표정으로 몸을 부들부들 떨고 있는 사람들이 몰려들어 그곳을 가득 채웠다.

이윽고 사람들 몇 명이 구호소를 찾아갔다. 그러나 그들은 슬픈 얼굴로 돌아왔다.

규칙이 있대. 여기서 일 년을 살아야 도움을 받을 수 있다는군. 정부가 도와줄 거라고 했어. 언제가 될지 그건 자기들도 모르지만.

무엇보다 두려운 일이 점점 다가오고 있었다.

앞으로 석 달 동안 일자리는 눈을 씻고 찾아봐도 없을 것이다.

헛간에는 사람들이 한데 뭉쳐서 앉아 있었다. 두려움이 그들을 엄습하자 그들의 얼굴이 잿빛으로 변했다. 아이들은 배

고프다고 울어 댔지만 먹을 것이 없었다.

이윽고 질병이 찾아왔다. 폐렴, 눈과 유두에 돋는 발진.

비는 계속 내리고, 물이 고속도로로 흘러넘쳤다. 배수로는 더 이상 물을 감당하지 못했다.

천막에서, 사람들로 북적거리는 헛간에서, 물에 흠뻑 젖은 남자들이 나왔다. 옷은 젖은 걸레 같고, 신발은 진흙 반죽 같았다. 그들이 첨벙첨벙 물소리를 내며 도시로, 동네 가게로, 구호소로 갔다. 음식을 구걸하려고. 굽실거리면서 음식을 구걸하려고. 도와달라고 애걸하려고. 때로는 물건을 훔치려 하기도 하고 거짓말도 했다. 그렇게 애원을 하고 굽실거리면서 절망적인 분노가 끓어오르기 시작했다. 작은 도시에서는 주민들이 물에 흠뻑 젖은 사람들에게 느끼던 연민이 분노로 변했다. 그리고 굶주린 사람들에 대한 분노가 다시 그들에 대한 두려움으로 변했다. 이윽고 보안관들이 보안관보를 대거 새로 고용하고 소총, 최루탄, 탄약 등을 서둘러 주문했다. 굶주린 남자들은 가게 뒤의 골목길을 가득 채우고 서서 빵을 구걸하고, 썩은 야채를 구걸했다. 기회가 생기면 물건을 훔치기도 했다.

의사의 집 앞에서 누군가가 필사적으로 문을 두드릴 때면 의사는 항상 바쁘다고 핑계를 댔다. 슬픔에 젖은 사람들이 동네 가게에 들러 검시관에게 차를 보내 달라고 연락해 달라는 부탁을 했다. 검시관들은 그리 바쁘지 않은 모양이었다. 그들이 진흙탕을 뚫고 차를 가져와서 죽은 사람들을 실어 갔다.

비가 사정없이 쏟아지고 개울물이 둑을 무너뜨리면서 사방으로 퍼져나갔다.

굶주림과 두려움에 시달리며 헛간에 모여 젖은 건초 더미 속에 누워 있던 사람들의 마음속에 분노가 생겨났다. 이윽고 소년들이 밖으로 나왔다. 구걸을 하기 위해서가 아니라 물건을 훔치기 위해서였다. 남자들도 힘없이 밖으로 나왔다. 물건을 훔쳐 보려고.

보안관들은 보안관보들을 새로 채용하고 소총을 새로 주문했다. 비가 새지 않는 집에서 편안히 살고 있는 사람들은 처음에는 동정을 느꼈지만, 나중에는 그것이 혐오로 바뀌었다가 결국 이주민들에 대한 증오로 변했다.

비가 새는 헛간의 젖은 건초에서 폐렴 때문에 숨도 제대로 못 쉬는 여자들이 아이를 낳았다. 노인들은 구석에 웅크린 자세 그대로 죽어 갔다. 그래서 검시관들은 그들의 시체를 똑바로 펼 수 없었다. 밤이 되면 절박해진 남자들이 대담하게 닭장으로 가서 꽥꽥 소리를 질러 대는 닭을 훔쳤다. 사람들이 총을 쏘아도 그들은 달아나지 않고 심드렁한 얼굴로 물을 튀기면서 사라졌다. 그러다가 총에 맞으면 지친 듯이 진흙 속으로 푹 쓰러졌다.

비가 그쳤다. 밭에는 여전히 물이 차 있어서 수면에 회색빛 하늘이 비쳤다. 땅 위에서 물이 재잘거리며 흘렀다. 남자들이 헛간에서 나왔다. 그들은 바닥에 앉아 물에 잠긴 땅을 바라보았다. 그들은 아무 말도 하지 않았다. 가끔 아주 작은 소리로 이야기를 하기도 했다.

봄까지 일이 없어. 일이 없다고.

일이 없으면 돈도 없고 먹을 것도 없는 거야.

말을 갖고 있는 사람들은 땅을 갈고 풀을 벨 때 말을 이용하지. 하지만 말들이 일을 하지 않는다고 해서 녀석들을 굶길 생각을 하는 사람은 없을 거야.

그건 말 얘기지. 우린 사람이잖아.

여자들은 남자들을 지켜보았다. 결국 파국이 왔는지 보려고. 여자들은 말없이 서서 지켜보았다. 모여 있는 남자들의 얼굴에서 공포가 사라지고 대신 분노가 나타났다. 여자들은 안도의 한숨을 쉬었다. 걱정할 필요가 없다는 것을 알았으므로. 아직 파국은 오지 않았다. 두려움이 분노로 변할 수 있는 한, 파국은 결코 오지 않을 것이다.

작은 새싹들이 땅을 뚫고 솟아나왔다. 며칠이 지나자 산들은 연한 초록색으로 물들어 또 한 해가 시작되었음을 알리고 있었다.

30장

유개화차 천막촌에도 물이 웅덩이를 이루고 있었다. 빗줄기
가 진흙탕 속에 떨어지며 첨벙첨벙 소리를 냈다. 작은 개울이
점점 둑 위를 기어오르며 유개화차들이 서 있는 저지대를 향
해 움직였다.

비가 온 지 이틀째 되던 날 앨은 화차 중간을 막아 놓았던
방수포를 떼어 내서 밖으로 나가 트럭 앞부분을 덮었다. 그리
고 화차 안으로 돌아와 자신의 매트리스 위에 앉았다. 이제
중간을 막아 주는 것이 사라졌으므로 화차 안의 두 가족은
하나였다. 남자들은 망연한 기분으로 함께 앉아 있었다. 어머
니는 불이 꺼지지 않게 하면서도 나무를 절약하려고 풍로에
나뭇가지를 조금씩 집어넣었다. 거의 평평한 편인 화차 지붕
에 비가 마구 쏟아졌다.

사흘째가 되자 웨인라이트 일가가 불안해 하기 시작했다. 웨인라이트 부인이 말했다. "여기서 떠나는 게 낫지 않을까요?"

어머니는 그들을 만류하려고 애썼다. "어디로 가시려고요? 지붕에서 비가 안 새는 데가 어디 있는지 아세요?"

"몰라요. 하지만 왠지 떠나야 할 것 같아요."

이런 이야기를 나누면서 어머니는 앨의 표정을 살폈다.

루티와 윈필드는 한동안 장난을 치며 놀려고 애써 보았지만 결국 뚱한 표정으로 가만히 있게 되었다. 빗줄기가 지붕을 두드렸다.

사흘째 되던 날 지붕을 두드리는 빗줄기 소리에 섞여 개울물 소리가 크게 들려왔다. 아버지와 존은 열린 문 앞에 서서 점점 불어나는 개울을 바라보았다. 천막촌의 양쪽 끝에서는 물이 고속도로 근처까지 불어 있었지만, 천막촌에서는 물길이 둥글게 휘어져 뒤에서는 고속도로 둑이 천막촌을 둘러싸고 앞에서는 개울이 천막촌을 둘러싼 형태가 되었다.

아버지가 말했다. "형님이 보기에는 어때요? 내가 보기에는 저 개울물이 불어나면 이리로 물이 들어올 것 같은데."

존은 입을 벌리고 까칠한 턱을 문질렀다. "그래. 그럴지도 모르겠어."

샤론의 로즈는 지독한 감기 때문에 자리에 누워 있었다. 그녀의 얼굴은 붉게 달아올랐고, 눈도 열 때문에 번들거렸다. 어머니가 뜨거운 우유 한 잔을 들고 그녀 옆에 앉았다.

"자. 이것 좀 마셔라. 힘이 좀 나라고 이 안에 베이컨 기름을 넣었어. 자, 마셔!"

샤론의 로즈가 힘없이 고개를 저었다. "배 안 고파요."

아버지가 손가락으로 허공에 둥글게 휘어진 선을 그렸다.

"만약 우리가 전부 삽을 들고 나가서 둑을 쌓으면 틀림없이 물을 막을 수 있을 거예요. 저기서 저기 위쪽까지만 쌓으면 돼요."

"맞아." 존이 맞장구를 쳤다. "그럴지도 모르겠어. 그런데 다른 사람들이 하려고 할까? 아마 차라리 다른 데로 떠나려고 할걸."

"하지만 이 화차는 물이 안 새잖아요." 아버지가 강한 어조로 말했다. "여기만큼 물이 안 새는 데는 없을 거예요. 형님은 여기서 잠깐 기다리고 계세요."

화차 안에 쌓아 놓은 땔감 더미 속에서 아버지는 나뭇가지를 하나 꺼냈다. 그리고 통로를 내려가 진흙물을 튀기면서 개울로 향하더니 소용돌이치고 있는 개울가에 나뭇가지를 똑바로 세웠다. 잠시 후 아버지가 화차로 돌아왔다.

"아이고, 다 젖어 버렸네."

두 사람은 물가에 꽂아 놓은 작은 나뭇가지에서 눈을 떼지 않았다. 물이 나뭇가지 주위로 서서히 차올라 둑을 기어오르는 것이 보였다. 아버지가 문간에 주저앉았다.

"빨리 올라오네. 다른 사람들한테 가서 얘기를 해 봐야겠어요. 도랑을 파는데 도와줄 수 있느냐고. 사람들이 안 한다고 하면 여기서 나가는 수밖에 없겠죠."

아버지는 기다란 화차 안의 저편에 있는 웨인라이트 일가를 바라보았다. 앨이 그곳에서 아기와 나란히 앉아 있었다. 아버지가 그쪽으로 향했다.

"물이 불어나고 있어요. 우리가 둑을 쌓으면 어떨까요? 다 같이 도우면 할 수 있을 것 같은데."

웨인라이트가 말했다. "우리도 마침 얘기를 하고 있었어요. 아무래도 우리는 여길 떠나야 할 것 같아요."

아버지가 말했다. "댁도 이 일대를 돌아다녀 봤으니 비가 안 새는 곳을 찾기 어렵다는 걸 알잖아요."

"그래, 알아요. 그래도……"

앨이 말했다. "아버지, 이분들이 떠나신다면 저도 같이 갈 거예요."

아버지는 깜짝 놀란 표정이 되었다.

"안 돼, 앨. 트럭을…… 트럭을 운전할 사람이 없잖아."

"그런 거 전 몰라요. 저는 아기랑 같이 있을 거예요."

"뭐라고? 잠깐 이쪽으로 좀 와 봐라." 아버지가 말했다.

웨인라이트와 앨이 일어서서 문으로 향했다.

"보이지?" 아버지가 손가락으로 밖을 가리키며 말했다. "저기서 저기까지만 둑을 쌓으면 돼."

아버지는 자신이 꽂아 놓은 막대기를 바라보았다. 막대기 주위에서 물이 소용돌이치며 둑을 기어오르고 있었다.

"상당히 힘든 일이에요. 게다가 둑을 쌓아도 결국은 물이 넘칠지도 모르고." 웨인라이트가 아버지의 말을 반박했다.

"어쨌든 우린 지금 아무것도 안 하고 있으니까 뭔가 움직이는 편이 나아요. 어딜 가도 여기만 한 데는 못 찾을 겁니다. 가서 다른 사람들한테도 얘기를 해 보죠. 다들 도우면 해낼 수 있어요."

앨이 말했다. "아기가 떠나면 저도 같이 갈 거예요."

아버지가 말했다. "앨, 사람들이 둑을 쌓지 않으면 우리 모두 떠나야 해. 가자. 가서 사람들하고 얘기를 해 보자고."

그들은 어깨를 웅크리고 발판을 뛰어 내려가 이웃의 유개 화차로 가서 열린 문 안으로 들어갔다.

어머니는 풍로 옆에서 약한 불 속에 나뭇가지 몇 개를 집어 넣었다. 루티가 어머니에게 바짝 다가와서 칭얼거렸다.

"배고파요."

"배가 왜 고파? 옥수수 죽을 많이 먹었잖아." 어머니가 말했다.

"크래커 한 통만 먹으면 좋겠다. 할 일도 하나도 없고. 재미 없어요."

"이제 재미있어질 거야. 조금만 기다려. 금방 재미있어질 테니까. 금방 집하고 밭이 생길 거야." 어머니가 말했다.

"개도 한 마리 있으면 좋겠어요." 루티가 말했다.

"개도 기를 거야. 고양이도."

"노란 고양이?"

"성가시게 굴지 좀 마. 지금은 귀찮게 굴지 좀 마라, 루티. 언니가 아파. 잠시만 좀 얌전히 있어. 금방 재미있어질 거야." 어머니가 애원하듯 말했다.

루티는 투덜거리면서 멀어져 갔다.

샤론의 로즈가 담요를 덮고 누워 있는 매트리스에서 짧고 날카로운 비명 소리가 나다가 중간에 그쳐 버렸다. 어머니는 재빨리 돌아서서 딸에게 달려갔다. 샤론의 로즈가 숨을 들이쉰 채 꼼짝도 하지 않고 있었다. 그녀의 눈에는 두려움이 가득했다.

"왜 그래?" 어머니가 소리쳤다.

로저샨이 숨을 토해 내더니 다시 들이쉬었다. 어머니가 갑자기 이불 밑으로 손을 넣어 보고는 일어서서 소리쳤다.

"웨인라이트 부인, 웨인라이트 부인!"

뚱뚱한 웨인라이트 부인이 다가왔다. "날 불렀어요?"

"보세요!"

어머니가 샤론의 로즈의 얼굴을 가리켰다. 그녀는 아랫입술을 꽉 물고 있었다. 이마는 땀으로 젖어 있었고 눈은 두려움으로 번득였다.

"때가 된 것 같아요. 생각보다 빨리." 어머니가 말했다.

로저샨이 커다랗게 한숨을 내쉬더니 긴장을 풀었다. 악물었던 입술도 풀고 눈을 감았다. 웨인라이트 부인이 허리를 숙이고 그녀를 살펴보았다.

"온몸이 다 죄어드는 것 같았니? 순간적으로? 눈 좀 뜨고 말해 봐."

샤론의 로즈가 힘없이 고개를 끄덕였다. 웨인라이트 부인이 어머니에게 시선을 돌렸다.

"맞아요. 진통이 왔어요. 생각보다 이르다고요?"

"혹시 열 때문에 빨라진 건지도 몰라요."

"어쨌든 따님을 일으켜 세워야 해요. 걸어다니게 해야 돼요."

"안 돼요. 지금은 저 애가 그럴 힘이 없어요."

"그래도 그렇게 해야 돼요."

웨인라이트 부인이 경험 많은 사람답게 점점 차분해지면서 엄한 표정을 지었다. "난 해산을 도운 경험이 많아요. 자, 저 문을 닫아야 돼요. 살짝만 열어 놓고. 바람이 들어오면 안 되니까."

두 여자는 무거운 미닫이문을 밀어 1피트 정도만 열어 두었다.

"내가 우리 램프를 갖고 올게요." 웨인라이트 부인이 말했다. 그녀의 얼굴은 흥분으로 붉게 물들어 있었다. "아기! 네가 애들 좀 봐라." 그녀가 소리쳤다.

어머니가 고개를 끄덕였다. "그게 좋겠네요. 루티! 윈필드랑 같이 아기 언니한테 가. 어서."

"왜요?" 두 아이가 물었다.

"그래야 되니까. 로저샨이 아기를 낳을 거야."

"난 구경할래요, 엄마. 구경하게 해 줘요."

"루티! 어서 가. 얼른."

어머니의 말투가 엄격해서 아이들은 더 이상 뭐라 말하지 못했다. 루티와 윈필드는 마지못해 화차 안의 반대편 끝으로 걸어갔다. 어머니가 램프를 켰다. 웨인라이트 부인도 자신의 램프를 가져와 바닥에 내려놓았다. 크고 둥그런 불빛이 화차 안을 밝게 비췄다.

루티와 윈필드는 땔감 더미 뒤에 서서 어머니가 있는 쪽을 바라보았다.

"아기를 낳을 거래. 그러니까 우리도 구경해야 돼." 루티가 작은 소리로 말했다. "너 아무 소리도 내지 마. 우리가 구경하는 걸 알면 엄마가 가만있지 않을 거야. 엄마가 이쪽을 보면 땔감 뒤로 숨어. 그러면 구경할 수 있어."

"이런 걸 본 애들은 별로 없어." 윈필드가 말했다.

"이런 걸 본 애는 하나도 없어. 우리뿐이야." 루티가 자랑스러운 표정으로 단언했다.

저 아래쪽 매트리스 옆에서는 밝은 불빛 속에서 어머니와 웨인라이트 부인이 뭔가 의논을 하고 있었다. 두 사람의 목소리가 공허하게 지붕을 두드리는 빗소리보다 조금 더 커졌다. 웨인라이트 부인은 앞치마 주머니에서 과일칼을 꺼내 매트리스 밑에 밀어 넣었다. 그리고 변명하듯이 말했다.

"이게 아무 소용없을지도 모르지만 우린 항상 이렇게 했어요. 어쨌든 밑져야 본전이니까요."

어머니가 고개를 끄덕였다.

"우린 쟁기 날을 썼죠. 뭐든 뾰족한 거면 될 것 같아요. 산통(産痛)을 끊어 주는 거라면 뭐든지. 시간이 오래 걸리지 말아야 할 텐데."

"이젠 기분이 좀 괜찮니?"

샤론의 로즈가 불안한 표정으로 고개를 끄덕였다. "이제 아기를 낳는 거예요?"

"그래. 튼튼한 아기를 낳을 거야. 그러니까 네가 우릴 좀 도와줘야 돼. 일어나서 걸을 수 있겠니?" 어머니가 말했다.

"한번 해 볼게요."

"아이고 착하기도 하지. 정말 착한 아이야. 우리가 도와줄 테니 걱정 마라. 우리가 부축해 줄게." 웨인라이트 부인이 말했다.

두 사람은 그녀를 부축해 일으켜 세운 다음 어깨에 담요를 둘러 핀으로 고정했다. 그리고 어머니와 웨인라이트 부인이 각각 양쪽에서 로저샨의 팔을 잡았다. 그들은 그녀를 데리고 땔감 더미까지 걸어갔다가 천천히 돌아오기를 반복했다. 빗줄기가 지붕을 때리며 묵직한 소리를 냈다.

루티와 윈필드는 조바심을 내며 구경하고 있었다.

"아기가 언제 나오는 거야?" 윈필드가 물었다.

"쉬! 엄마가 눈치 채면 어떻게 하려고 그래? 그러면 구경할 수 없단 말이야."

아기도 아이들과 같이 땔감 더미 뒤에 자리를 잡았다. 아기의 갸름한 얼굴과 노란 머리카락이 불빛에 드러났다. 벽에 비친 그림자 속에서 그녀의 코가 길고 뾰족하게 보였다.

"아기 낳는 거 본 적 있어?" 루티가 속삭였다.

"그럼." 아기가 말했다.

"그럼 아기가 언제 나오는 거야?"

"아직 한참 멀었어."

"얼마나 멀었는데?"

"아마 내일 아침이나 돼야 나올걸."

"쳇! 그럼 지금 구경해 봤자 소용없잖아. 어, 저기 봐!" 루티가 말했다.

세 여자가 걸음을 멈추고 서 있었다. 샤론의 로즈가 몸이 뻣뻣해지도록 힘을 주며 통증 때문에 울음소리를 냈다. 어머니와 웨인라이트 부인은 그녀를 매트리스에 눕히고 이마를 닦아 주었다. 그동안 로저샨은 신음 소리를 내며 주먹을 꽉 쥐었다. 어머니가 그녀에게 부드럽게 말했다.

"걱정 마. 다 잘될 거야. 그렇게 주먹을 쥐고 있으면 돼. 자, 이제 입술을 악물어 봐. 그래, 잘했다."

진통이 지나갔다. 두 사람은 로저샨을 잠시 쉬게 한 다음 다시 일으켜 세웠다. 그리고 진통이 찾아올 때까지 다시 걸어 다니기를 반복했다.

아버지가 살짝 열린 문틈으로 고개를 내밀었다. 아버지의 모자에서는 물이 뚝뚝 떨어지고 있었다.

"문은 왜 닫아 놨어?" 아버지가 물었다. 그러나 이내 걸어 다니고 있는 여자들이 아버지의 눈에 들어왔다.

어머니가 말했다. "진통이 왔어요."

"그럼…… 이제 떠나고 싶어도 못 떠나겠군."

"그래요."

"그럼 둑을 쌓아야겠네."

"그래야죠."

아버지는 절벅절벅 물 튀기는 소리를 내며 진흙탕을 지나 개울로 갔다. 아버지가 아까 꽂아놓은 막대기가 4인치쯤 물에 잠겨 있었다. 빗속에 스무 명의 남자들이 서 있었다.

아버지가 소리쳤다. "둑을 쌓아야 돼. 내 딸이 진통을 시작했어."

남자들이 아버지 주위로 모였다.

"아기를 낳는 거예요?"

"그래. 이젠 떠날 수 없게 됐어."

키 큰 남자가 말했다. "우리가 아기를 낳는 건 아닌데 뭐. 우린 떠날 수 있어."

"그렇지. 자네는 떠날 수 있어. 가고 싶으면 가. 아무도 안 막을 테니까. 어차피 삽도 여덟 개밖에 없어."

아버지는 둑이 가장 낮은 부분으로 서둘러 달려가 진흙 속에 삽을 찔러 넣었다. 질척거리는 소리와 함께 삽에 한가득 흙이 담겨 올라왔다. 아버지는 다시 삽을 찔러 넣어 진흙을 퍼서 둑이 낮은 부분으로 던졌다. 그의 옆에 다른 남자들이 늘어섰다. 그들은 힘겹게 진흙을 퍼서 길게 뻗은 둑을 만들었다. 삽이 없는 사람들은 버드나무 가지를 꺾어 돗자리처럼 엮어서 둑에 집어넣었다. 남자들이 정신없이 일에 몰두하기 시작했다. 마치 전투를 치르는 사람들 같았다. 한 사람이 삽을 떨어뜨리면 다른 사람이 그 삽을 잡았다. 다들 겉옷과 모자를 벗어던졌다. 셔츠와 바지가 몸에 찰싹 달라붙고, 신발에는 진흙이 잔뜩 달라붙어 원래 모양을 알 길이 없었다. 조드 일가의 화차에서 날카로운 비명 소리가 들려왔다. 남자들은 일을 멈추고 불안한 표정으로 귀를 기울이다가 다시 일에 덤벼들었다. 작은 둑이 점점 길어지다가 마침내 양쪽 끝의 고속도로 둑과 맞닿았다. 남자들은 이제 지쳐 있었다. 삽이 움직이는 속도가 느려졌다. 물이 서서히 차올라 왔다. 남자들이 처음으로 흙을 쌓아 둑을 만든 곳에서 물이 넘실거렸다. 아버지가 의기양양하게 웃음을 터뜨리며 소리쳤다.

"우리가 둑을 쌓지 않았다면 물이 넘쳤을 거야!"

새로 쌓은 둑을 따라 물이 서서히 차오르며 버드나무 돗자리를 찢어발겼다.

"더 높이 쌓아야 돼!" 아버지가 소리쳤다. "더 높이 쌓아야 돼!"

저녁이 왔지만 남자들은 일을 계속했다. 이제 그들은 녹초가 되어 있었다. 얼굴은 죽은 사람처럼 무표정했다. 그들은 기계처럼 뻣뻣하게 움직였다. 날이 어두워지자 여자들이 화차 문간에 램프를 내걸고 커피를 준비했다. 그리고 한 명씩 차례로 조드네 화차로 달려가 살짝 안을 들여다보았다.

이제 진통의 간격이 이십 분으로 짧아졌다. 샤론의 로즈는 더 이상 참을 수가 없었다. 그녀는 심한 고통을 이기지 못해 사납게 울부짖었다. 이웃의 여자들이 그녀를 바라보며 부드럽게 어깨를 두드려 주고는 다시 자기 화차로 돌아갔다.

어머니는 불을 활활 피워 놓고 있었다. 그리고 집 안의 모든 살림살이에 물을 가득 채워 풍로 위에 올려놓았다. 아버지가 몇 번이나 화차 안을 들여다보며 물었다.

"괜찮아?"

"예! 그런 것 같아요." 어머니가 아버지를 안심시켰다.

날이 점점 더 어두워지자 누군가가 일하는 남자들을 위해 손전등을 가지고 나왔다. 존도 일에 덤벼들어 둑 위에 진흙을 쌓았다.

"천천히 해요. 그러다 지레 죽겠어." 아버지가 말했다.

"나도 어쩔 수 없어. 저 비명 소리를 견딜 수가 없다고. 마치…… 마치 그때처럼……."

"그래, 알아요. 그래도 마음을 편히 가져요."

존이 엉엉 울면서 말했다. "난 도망칠 거야. 젠장, 일을 하지 않으면 도망쳐 버릴 거야."

아버지는 그에게서 시선을 돌렸다. "마지막으로 꽂아 놓은 막대기가 어떻게 됐지?"

손전등을 갖고 있는 남자가 막대기를 비춰 보았다. 빛 속에서 빗줄기가 하얗게 보였다.

"물이 올라오고 있어."

"이제 올라오는 속도가 좀 느려질 거야. 저 아래쪽으로 물이 흐를 테니까." 아버지가 말했다.

"그래도 물이 올라오고 있어."

여자들이 주전자 한가득 커피를 끓여서 다시 문간에 내놓았다. 밤이 깊어질수록 남자들의 움직임이 느려졌다. 그들은 마치 짐을 끄는 말처럼 무거운 걸음으로 움직였다. 둑에 더 많은 진흙이 쌓이고 더 많은 버드나무 돗자리가 묻혔다. 비가 쉴 새 없이 내렸다. 손전등 불빛이 사람들의 얼굴에 닿자 쾡한 눈과 채찍처럼 부풀어오른 뺨의 근육이 드러났다.

화차에서 들려오는 비명 소리가 한참 동안이나 계속되다가 마침내 조용해졌다.

아버지가 말했다. "아기가 태어났으면 집사람이 날 불렀을 텐데." 그는 우울한 표정으로 삽질을 계속했다.

물이 밀려와 둑에 부딪히며 소용돌이쳤다. 이윽고 개울 상류 쪽에서 뭔가가 무너져 내리는 소리가 났다. 손전등으로 비쳐 보니 커다란 사시나무 한 그루가 쓰러지고 있었다. 남자들은 일을 멈추고 그 모습을 지켜보았다. 나뭇가지가 물속에 잠겨 물살을 따라 빙빙 돌더니 잔뿌리가 뽑히기 시작했다. 나무는 서서히 땅에서 자유로워져 물과 함께 흐르기 시작했다. 지친 남자들은 입을 벌리고 그 모습을 지켜보았다. 나무가 천천히 흘러 내려왔다. 그런데 가지 하나가 나무 그루터기에 걸리는 바람에 나무가 더 이상 움직이지 못하게 되었다. 뿌리가 서서히 방향을 돌리더니 새로 쌓은 둑에 걸렸다. 그 뒤로 물이 차올랐다. 나무가 움직이며 둑을 찢어 버리자 물이 조금 새어 들었다. 아버지는 당장 그리로 달려가서 찢어진 틈에 진흙을 채워 넣었다. 나무 뒤에서 물이 계속 차올랐다. 마침내 둑이 빠르게 물살에 휩쓸리면서 발목까지, 무릎까지 물이 차올랐다. 남자들은 일을 그만두고 도망치기 시작했다. 물살이 미끄러지듯 평지로 밀려와 유개화차와 자동차 밑으로 번져갔다.

존도 물이 둑을 뚫고 들어오는 것을 보았다. 어둠 속에서도 그는 그 광경을 볼 수 있었다. 몸을 가눌 수가 없어서 그는 무릎을 꿇듯 쓰러져 버렸다. 세찬 물살이 그의 가슴에서 소용돌이쳤다.

그가 쓰러지는 모습이 아버지의 눈에 띄었다.

"형님! 왜 그래요?" 아버지가 존을 일으켜 세웠다. "어디 아파요? 가요. 화차는 높은 곳에 있으니까."

존은 기운을 차리고 변명하듯 말했다. "나도 모르겠어. 다리에 힘이 풀려서. 그냥 힘이 풀려 버렸어."

아버지는 그를 부축하며 유개화차 쪽으로 움직였다.

둑이 물살에 휩쓸렸을 때 앨은 몸을 돌려 달아났다. 발을 움직이기가 힘겨웠다. 그가 트럭에 도착했을 때 물은 종아리까지 차올라 있었다. 그는 트럭 앞부분을 덮어 놓았던 방수포를 젖히고 차 안으로 뛰어들었다. 그리고 시동 발판을 눌렀다. 엔진이 부릉부릉 돌아갔지만 시동은 걸리지 않았다. 그는 엔진의 초크를 깊숙이 당겼다. 건전지가 물에 흠뻑 젖은 모터를 돌렸지만 모터 돌아가는 소리가 점점 느려졌다. 시동이 걸리는 소리도 들리지 않았다. 몇 번이나 되풀이해 봐도 속도는 점점 느려질 뿐이었다. 앨은 점화 스위치를 높였다. 그리고 좌석 밑을 더듬어 크랭크를 찾아내서는 밖으로 뛰어내렸다. 물은 트럭 발판보다 높게 올라와 있었다. 그는 트럭 앞으로 달려가서 이미 물에 잠긴 크랭크 케이스에 정신없이 크랭크를 끼워 돌리고 또 돌렸다. 그가 크랭크를 돌릴 때마다 그의 손이 서서히 높아지고 있는 물과 부딪혀 물이 튀었다. 마침내 그의 열기가 사라져 버렸다. 모터에는 물이 가득 차 있었고, 건전지도 망가져 버렸다. 트럭이 세워져 있는 곳보다 조금 높은 곳에서는 두 대의 자동차가 시동을 걸고 헤드라이트를 켜놓고 있었다. 자동차는 진흙 속에서 허둥거리며 움직이려 애썼지만 바퀴가 진흙 속으로 점점 파고 들어갈 뿐이었다. 결국 그 차의 운전자들은 시동을 끄고 가만히 앉아서 헤드라이트 불빛만 바라보았다. 불빛 속에서 쏟아지는 빗줄기가 하얗게 보였다. 앨은 천천히 운전석으로 돌아가 손을 뻗어 점화 스위치를 껐다.

아버지가 화차의 발판에 도착해 보니 발판 아래쪽 끝이 물속에 둥둥 떠 있었다. 아버지는 발판을 밟아 물속의 진흙에 쑤셔 넣었다.

"올라갈 수 있겠어요, 형님?"

"괜찮을 거야. 먼저 올라가."

아버지는 조심스레 발판을 올라가 좁은 문틈으로 몸을 밀어 넣었다. 램프 두 개의 불빛이 약하게 낮춰져 있었다. 어머니는 매트리스에 누운 샤론의 로즈 옆에 앉아 죽은 듯 꼼짝도 하지 않고 있는 그녀의 얼굴에 마분지로 부채질을 했다. 웨인라이트 부인은 마른 나무를 풍로에 넣었다. 풍로 뚜껑 주위로 축축한 연기가 스며 나오고 장작 타는 냄새가 차 안을 가득 채웠다. 어머니가 안으로 들어오는 아버지를 쳐다보다가 재빨리 시선을 떨궜다.

아버지가 물었다. "로저샨은…… 어때?"

어머니는 고개를 들지 않고 대답했다.

"괜찮은 것 같아요. 자고 있어요."

아기를 낳을 때 나는 냄새 때문에 숨이 막힐 지경이었다. 존이 발판을 힘겹게 기어 올라와서 벽에 몸을 기대고 똑바로 섰다. 웨인라이트 부인이 하던 일을 그만두고 아버지에게 다가와 그의 팔꿈치를 끌고 화차 구석으로 갔다. 그리고 램프를 들어 구석에 놓인 사과 상자를 비췄다. 신문지 위에 퍼렇고 쭈글쭈글한 작은 미라 같은 것이 있었다.

"숨도 한 번 못 쉬었어요. 처음부터 죽어 있었어요." 웨인라이트 부인이 부드럽게 말했다.

존이 방향을 돌려 피곤한 발걸음으로 어두운 구석을 찾아갔다. 이제는 지붕에 떨어지는 빗줄기가 부드러운 휘파람 소리를 내고 있었다. 소리가 하도 작아서 존이 어둠 속에서 피곤에 지쳐 코를 훌쩍이는 소리가 들릴 정도였다.

아버지는 시선을 들어 웨인라이트 부인을 바라보았다. 그리고 그녀의 손에서 램프를 빼앗아 바닥에 내려놓았다. 루티와 윈필드는 매트리스에서 자고 있었다. 빛을 가리려고 눈 위에 팔을 얹은 자세로.

아버지는 샤론의 로즈가 누워 있는 매트리스로 천천히 발을 옮겼다. 그는 앉으려고 했지만 다리가 너무 지쳐 말을 듣지 않았다. 그래서 그냥 무릎을 꿇었다. 어머니는 사각형 마분지로 계속 부채질을 했다. 살짝 아버지를 바라보는 어머니의 눈에 초점이 없었다. 마치 몽유병자의 눈 같았다.

아버지가 말했다. "우린…… 최선을…… 다했어."

"나도 알아요."

"밤새도록 일했어. 그런데 나무가 둑을 찢어 버린 거야."

"나도 알아요."

"화차 밑에서 나는 소리 들리지?"

"나도 알아요. 그 소리 들었어요."

"저 아이는 괜찮을까?"

"모르겠어요."

"저…… 정말…… 어쩔 도리가 없었던 걸까?"

어머니의 입술이 하얗게 질리면서 딱딱하게 굳었다. "그래요. 우리가 할 수 있는 일은 하나밖에 없었는데…… 그건 우리가 이미 했어요."

"우린 쓰러질 때까지 일했어. 그런데 나무가…… 비 때문에 뽑혀 나오는 나무들이 있거든."

어머니는 천장을 바라보다가 다시 시선을 떨어뜨렸다. 아버지가 말을 계속했다. 말을 하지 않으면 안 될 것 같았다.

"물이 얼마나 올라올지 모르겠어. 어쩌면 이 안으로 물이 들어올지도 몰라."

"나도 알아요."

"당신은 모르는 게 없군."

어머니는 말이 없었다. 마분지만 계속 천천히 앞뒤로 움직였다.

"우리가 뭘 잘못한 걸까?" 아버지가 간절한 목소리로 말했다. "우리가 할 수 있는 일이 없었을까?"

어머니가 이상한 표정으로 아버지를 바라보았다. 그리고 새하얗게 질린 입술로 꿈꾸듯 연민이 어린 미소를 지었다.

"자책하지 말아요. 그만해요. 다 잘될 거예요. 변해 가고 있어요. 모든 것이."

"아마 물 때문에…… 여길 떠나야 할지도 몰라."

"떠날 때가 되면…… 떠나겠죠. 꼭 그래야 한다면 그럴 거예요. 이제 그만하세요. 그러다 얘가 깨겠어요."

웨인라이트 부인이 나뭇가지를 가져와 물에 흠뻑 젖어 연기를 피워 올리고 있는 불 속에 쑤셔 넣었다. 바깥에서 누군가의 성난 목소리가 들려왔다.

"내가 들어가서 이 개자식을 직접 만나야겠어."

그러자 문 바로 바깥에서 앨의 목소리가 들려왔다.

"어딜 들어가겠다는 거예요?"

"들어가서 그 조드라는 자식을 봐야겠다니까."

"안 돼요. 도대체 왜 이러세요?"

"그놈이 둑을 쌓자는 바보 같은 소리만 안 했어도 우린 떠났을 거야. 이제 우리 차가 완전히 죽어 버렸다고."

"우리 차는 뭐 신나게 달리는 줄 알아요?"

"어쨌든 들어갈 거야."

앨이 차가운 목소리로 말했다. "들어가 볼 테면 어디 들어가 보시죠."

아버지가 천천히 일어서서 문으로 갔다.

"됐다, 앨. 내가 나가마. 됐어, 앨."

아버지가 발판을 내려갔다. 어머니가 있는 곳까지 아버지의 목소리가 들려왔다.

"집에 환자가 있어. 저리 내려가지."

이제 지붕을 두드리는 빗소리가 가벼워지고 새로이 불기 시작한 산들바람이 비를 몰아냈다. 풍로 옆에 있던 웨인라이트 부인이 다가와서 샤론의 로즈를 내려다보았다.

"금방 동이 틀 거예요. 눈 좀 붙이지 그래요? 내가 이 아이 옆에 있을게요."

"아뇨. 피곤하지 않아요." 어머니가 말했다.

"말이 되는 소리를 해요." 웨인라이트 부인이 말했다. "자, 좀 누워요."

어머니는 마분지로 천천히 부채질을 계속했다. "저희한테 잘해 주셔서 고마워요."

뚱뚱한 웨인라이트 부인이 미소를 지었다. "고맙긴요. 다들 같은 처지인데. 우리가 어려운 일을 당했다면 부인도 도와주셨을 것 아녜요."

"그럼요. 도와 드려야죠." 어머니가 말했다.

"우리가 아니라 누구라도."

"누구라도. 옛날에는 가족이 제일 먼저였는데 지금은 안 그래요. 누구나 다 똑같아요. 살림이 어려워질수록 할 일이 더 많아져요."

"그 아기를 살릴 방법은 없었어요."

"나도 알아요." 어머니가 말했다.

루티가 깊이 한숨을 내쉬며 눈을 가리고 있던 팔을 내렸다. 그리고 잠시 멍하니 램프를 바라보다가 고개를 돌려 어머니를 바라보았다.

"아기가 태어났어요? 아기가 나왔어요?" 루티가 물었다.

웨인라이트 부인이 자루를 집어 들어 구석의 사과 상자를 덮었다.

"아기는 어디 있어요?" 루티가 다그치듯 물었다.

어머니는 입술을 축였다. "아기는 없어. 처음부터 아기는 없었어. 우리가 잘못 안 거야."

"쳇! 아기가 있으면 좋을 텐데." 루티가 하품을 했다.

웨인라이트 부인이 어머니 옆에 앉아서 마분지를 빼앗아 부채질을 했다. 어머니는 양손을 포개 무릎에 놓았다. 어머니의 피곤한 눈은 녹초가 돼서 자고 있는 샤론의 로즈의 얼굴에서 한시도 떠나지 않았다.

30장

웨인라이트 부인이 말했다. "어서 좀 누워요. 이 아이 옆에 누우면 되잖아요. 이 아이가 숨만 크게 쉬어도 깨어날 거면서."

"그러죠, 그럼."

어머니는 잠자고 있는 딸 옆에 몸을 펴고 누웠다. 웨인라이트 부인은 바닥에 앉아 두 사람을 계속 지켜보았다.

아버지와 앨과 존은 화차 문간에 앉아 강철 빛깔의 먼동이 터오는 것을 지켜보았다. 비는 그쳤지만 하늘에는 여전히 구름이 잔뜩 끼어 있었다. 점점 밝아오는 빛이 물 위에 비쳤다. 검게 변한 나무, 상자, 널빤지 등을 싣고 물이 빠르게 흘러오는 것이 보였다. 유개화차들이 서 있는 평지로 물이 소용돌이치며 들어왔다. 둑은 이제 흔적도 보이지 않았다. 물은 평지에서 멈췄다. 물 가장자리에서는 노란색 거품이 일고 있었다. 아버지는 문밖으로 몸을 내밀고 발판까지 올라온 물 바로 위에 나뭇가지를 놓았다. 그들은 물이 천천히 나뭇가지까지 기어 올라오는 것을 지켜보았다. 나뭇가지는 물에 둥둥 떠서 떠내려가 버렸다. 아버지가 수면보다 1인치 높은 곳에 다시 나뭇가지를 놓고 지켜보았다.

"화차 안까지 들어올까요?" 앨이 물었다.

"글쎄. 앞으로 산에서도 물이 엄청나게 내려올 텐데. 잘 모르겠다. 다시 비가 올지도 모르고."

"생각을 해 봤는데요, 물이 들어오면 모든 게 물에 젖을 거 아니에요?"

"그렇지."

"하지만 물이 안으로 들어와 봤자 3~4피트 높이밖에 안 될 거예요. 고속도로 쪽으로 먼저 흘러가서 사방으로 퍼질 테니까."

"네가 그걸 어떻게 알아?" 아버지가 물었다.

"저쪽 화차 끝에서 제가 눈으로 재 봤거든요." 그가 손을 들어 올렸다. "물이 이 정도쯤 올라올 거예요."

"그건 그렇다 치고, 그래서 뭐가 어쨌다는 건데?" 아버지가 말했다. "어차피 우린 여기 없을 텐데."

"우린 여기 있어야 돼요. 트럭이 여기 있잖아요. 물이 빠진 다음에 트럭에서 물을 빼내는 데 일주일이 걸려요."

"그래서 네 생각이 뭐냐?"

"트럭 화물칸 벽을 뜯어내서 일종의 단을 만드는 거예요. 그래서 그 위에 물건도 쌓아 두고 우리도 앉아 있는 거죠."

"그래? 그럼 음식은 어떻게 만들고? 식사는 어떻게 하고?"

"뭐, 그래도 물건이 젖지는 않을 거예요."

바깥에서 빛이 점점 강해졌다. 회색의 금속성 빛이었다. 아버지가 두 번째로 놓아둔 막대기가 물에 떠내려갔다. 아버지는 더 높은 곳에 또다시 막대기를 놓았다.

"분명히 올라오고 있어. 네 말대로 하는 게 나을 것 같다."

어머니가 잠결에 불안한 듯 몸을 뒤척였다. 그러더니 갑자기 눈을 커다랗게 뜨고 날카롭게 외쳤다.

"톰! 얘, 톰! 톰!"

웨인라이트 부인이 부드러운 말로 어머니를 달랬다. 어머니는 눈을 다시 감았지만 여전히 꿈을 꾸는 듯 몸을 뒤척였다. 웨인라이트 부인이 일어나 문 쪽으로 왔다.

그녀가 작은 목소리로 말했다. "저기요. 우리가 여길 금방 떠나기는 글렀어요." 그녀는 사과 상자가 놓여 있는 구석을 가리켰다. "저건 좋지 않아요. 가슴만 아프지. 저걸…… 가지고 나가서 묻어 줄 수 있어요?"

남자들은 말이 없었다. 마침내 아버지가 입을 열었다.

"부인 말씀이 옳아요. 가슴만 아프죠. 하지만 저걸 묻는 건 법에 어긋나는 일인데."

"법에 어긋나지만 어쩔 수 없이 해야 하는 일은 많아요."

"그렇죠." 앨이 말했다. "물이 더 올라오기 전에 트럭 벽을 떼어 내야 해요."

아버지가 존에게 시선을 돌렸다.

"앨이랑 내가 나무를 떼어 올 테니 형님이 저걸 가지고 가서 좀 묻어 줄래요?"

존이 시무룩한 표정으로 말했다. "왜 내가 그걸 해야 하는데? 다른 사람들이 해도 되잖아? 난 싫어." 그러나 잠시 후 이렇게 덧붙였다. "알았어. 내가 하지. 알았어, 내가 한다고. 그거 이리 줘." 존의 목소리가 높아지기 시작했다. "빨리! 빨리 달란 말이야."

"그러다 저쪽에서 자는 사람들이 깨겠어요." 웨인라이트 부인이 말했다.

그녀는 사과 상자를 문간으로 가져와 그 위에 덮인 자루를 보기 좋게 매만졌다.

"삽은 바로 형님 뒤에 있어요." 아버지가 말했다.

존은 한 손에 삽을 들고 천천히 흐르고 있는 물속으로 발을 디뎠다. 물이 거의 허리까지 올라온 다음에야 발이 땅에 닿았다. 그는 방향을 돌리며 사과 상자를 팔 밑에 끼었다.

"가자, 앨. 나무를 가져와야지." 아버지가 말했다.

희끄무레한 새벽빛 속에서 존은 물살을 헤치며 화차 끝으로 가서 조드 일가의 트럭을 지나쳤다. 그리고 고속도로를 향해 미끄러운 둑을 올라갔다. 그는 고속도로를 따라 걸으며 유개화차들이 늘어선 평지를 지나친 다음 소용돌이치는 물살이 거의 도로까지 올라온 곳에 이르렀다. 길가에서 버드나무가 자라고 있는 곳이었다. 그는 삽을 내려놓고 상자를 앞에 든 채 조심스레 덤불을 뚫고 들어가 빠르게 흘러가는 개울 가장자리에 이르렀다. 그는 한동안 그 자리에 서서 소용돌이치며 흘러가는 물을 바라보았다. 물이 지나가고 나면 버드나무 줄기 사이에 노란색 거품이 남았다. 그는 사과 상자를 가슴에 안고 허리를 구부려 물 위에 상자를 내려놓은 다음 손으로 붙들었다. 그리고 거친 어조로 말했다.

"가서 사람들한테 말해라. 거리로 흘러가서 거기서 썩어 사람들이 알게 해. 그게 네가 말할 수 있는 방법이야. 난 네가 남자아이인지 여자아이인지도 모른다. 앞으로도 모르겠지. 이제 가거라. 거리로. 그러면 그 사람들도 뭔가 깨닫게 될지 모르지."

그는 상자를 부드럽게 움직여 물살을 타게 만든 다음 손을 놓았다. 상자는 물속에 낮게 가라앉아 옆으로 기울어진 모양으로 물을 따라 소용돌이치다가 서서히 뒤집어졌다. 자루는 물에 떠내려가 버렸고, 빠른 물살에 사로잡힌 상자도 재빨리 떠내려가 덤불 뒤로 자취를 감춰 버렸다. 존은 삽을 움켜쥐고 빠른 걸음으로 유개화차를 향해 걸었다. 그가 물살을 헤치며 트럭이 있는 곳까지 가니 아버지와 앨이 트럭에서 폭 1피트, 길이 6피트인 널빤지를 뜯어내고 있었다.

아버지가 그를 바라보았다.

"끝냈어요?"

"응."

"그럼 형님이 앨을 좀 도와줘요. 난 가게에 가서 먹을 걸 좀 사 올 테니."

"베이컨 좀 사 오세요. 고기를 좀 먹어야겠어요." 앨이 말했다.

"알았다." 아버지가 말했다.

아버지가 트럭에서 뛰어내리자 존이 그 자리로 올라갔다.

두 사람이 널빤지를 유개화차 문 안으로 밀어 넣고 있을 때 어머니가 잠에서 깨어 일어나 앉았다.

"뭐 하는 거예요?"

"물을 피할 수 있는 자리를 만들 거예요."

"왜요? 이 안에는 물이 들어오지 않았는데." 어머니가 물었다.

"조금 있으면 달라질 거예요. 물이 올라오고 있어요."

어머니는 힘겹게 몸을 일으켜 문으로 나왔다. "여기서 나가야겠어요."

"안 돼요. 우리 물건이 다 여기 있잖아요. 트럭도 여기 있고. 우리가 가진 게 전부 여기 있어요." 앨이 말했다.

"아버지는 어디 계시니?"

"아침거리를 사러 가셨어요."

어머니는 물을 내려다보았다. 이제 물은 화차 바닥에서 겨우 6인치 떨어진 곳까지 올라와 있었다. 어머니는 매트리스가 있는 곳으로 돌아가서 샤론의 로즈를 바라보았다. 로저샨이 어머니를 빤히 바라보았다.

"좀 어떠니?" 어머니가 물었다.

"피곤해요. 피곤해 죽겠어요."

"곧 아침을 먹게 해 줄게."

"배고프지 않아요."

웨인라이트 부인이 어머니 옆으로 다가왔다. "괜찮은 것 같은데요. 잘 이겨냈어요."

샤론의 로즈가 뭔가를 묻고 싶은 눈빛으로 어머니를 바라보았다. 어머니는 그 질문을 피하고 싶었다. 웨인라이트 부인이 풍로로 걸어갔다.

"엄마."

"응? 왜?"

"아이는…… 이상 없어요?"

어머니는 더 이상 이야기를 피할 수 없었다. 어머니가 매트리스 위에 무릎을 꿇고 앉아서 말했다.

"아이는 또 낳으면 돼. 우린 우리가 알고 있는 모든 방법을 다 써 봤어."

샤론의 로즈가 애써 몸을 일으켰다.

"엄마!"

"너도 어쩔 수 없는 일이었어."

로저샨은 다시 드러누워 팔로 눈을 가렸다. 루티가 기어와서 신기하다는 듯이 그녀를 내려다보았다. 루티가 작은 목소리로 모진 소리를 했다.

"언니가 아픈 거예요, 엄마? 언니가 죽어요?"

"말도 안 되는 소리 하지 마. 언니는 괜찮을 거야."

아버지가 꾸러미를 잔뜩 안고 들어왔다.

"로저샨은 좀 어때?"

"괜찮아요. 괜찮아질 거예요." 어머니가 말했다.

루티가 윈필드에게 보고하듯 말했다. "언니는 안 죽어. 엄마가 그랬어."

윈필드가 어른처럼 나뭇조각으로 이를 쑤시면서 말했다. "난 아까부터 다 알고 있었어."

"네가 어떻게 알았는데?"

"안 가르쳐 줄 거야." 윈필드는 이렇게 말하고 나서 잘게 부서진 나뭇조각을 뱉었다.

어머니가 마지막 남은 나뭇가지로 불을 피워 베이컨을 굽고 소스를 만들었다. 아버지가 가게에서 사 온 빵도 있었다. 어머니는 그 빵을 보고 인상을 찌푸렸다.

"남은 돈이 얼마나 되죠?"

"없어. 하지만 다들 배가 많이 고팠잖아." 아버지가 말했다.

"그래서 가게에서 빵을 사 왔다고요?" 어머니가 비난하듯 말했다.

"배고파 죽을 지경이었는데 뭘. 밤새 일했다고."

428

어머니가 한숨을 쉬었다. "이제 앞으로 어떻게 하지?"

식사를 하는 동안 물이 계속 기어올라 왔다. 앨은 음식을 얼른 먹어 치우고 아버지와 함께 단을 만들었다. 너비 5피트, 길이 6피트, 높이 4피트. 물은 화차 문 앞까지 올라와서 한참 동안 망설이는 듯하더니 결국 천천히 안으로 들어왔다. 밖에서는 다시 비가 내리기 시작했다. 전에 내렸던 비처럼 굵고 무거운 빗방울들이 수면을 후려치고 지붕을 두드렸다.

앨이 말했다. "서둘러요. 매트리스를 올리자고요. 담요도 올리고. 그래야 젖지 않을 테니까."

그들은 물건들을 단 위에 올렸다. 물이 화차 바닥으로 슬금슬금 기어들어 왔다. 아버지와 어머니, 앨과 존은 샤론의 로즈가 누워 있는 매트리스로 가서 네 귀퉁이를 붙들고 단 위에 쌓인 물건들 위로 들어 올렸다.

로저샨은 가만히 있지 않았다.

"나도 걸을 수 있어요. 난 괜찮다고요."

물이 바닥 위로 살금살금 기어들어 왔다. 얇은 막처럼. 샤론의 로즈가 어머니에게 뭐라고 속삭였고, 어머니는 손을 담요 밑으로 집어넣어 그녀의 가슴을 만져 본 다음 고개를 끄덕였다.

화차의 저편에서 웨인라이트 일가도 단을 만들고 있었다. 빗줄기가 굵어지다가 이내 그쳐 버렸다.

어머니가 자신의 발을 내려다보았다. 이제 물은 화차 바닥에 반 인치 깊이로 올라와 있었다.

"루티…… 윈필드!" 어머니가 정신없이 아이들을 불렀다.

"짐 위로 올라가. 이러다 감기 들겠다."

어머니는 아이들이 짐 위로 안전하게 올라가 샤론의 로즈 옆에 옹색하게 앉는 모습을 지켜보았다.

갑자기 어머니가 말했다. "여기서 나가야 해."

"그럴 수 없어." 아버지가 말했다.

"앨이 말했잖아. 우리 물건이 다 여기 있다고. 화차 문짝을 뜯어내서 앉을 자리를 더 만들 거야."

식구들은 불안한 표정으로 말없이 단 위에 모여 앉아 있었다. 물이 화차 안에서 6인치 높이까지 차올랐을 무렵, 바깥에서도 고속도로의 둑 위로 물이 넘쳐흘러 건너편 목화밭까지 번져 나갔다. 그날 낮과 밤에 사람들은 화차 문짝에 나란히 앉아 물에 흠뻑 젖은 채 잠을 잤다. 어머니는 샤론의 로즈 옆에 바싹 붙어 누워 있었다. 가끔은 어머니가 로저샨에게 뭐라고 속삭이기도 하고 생각에 잠긴 얼굴로 조용히 일어나 앉기도 했다. 어머니는 가게에서 사 온 빵 중에 먹고 남은 것을 담요 밑에 숨겨 두었다.

이제는 비가 간헐적으로 내리고 있었다. 잠깐 소나기가 내리다가 잠잠해지는 식이었다. 두 번째 날 아침 아버지는 물살을 헤치며 밖으로 나갔다가 주머니에 감자 열 개를 담아 돌아왔다. 아버지가 화차의 내벽 일부를 뜯어내 불을 피우고 냄비에 물을 채우는 동안 어머니는 우울한 표정으로 아버지를 지켜보았다. 식구들은 삶은 감자를 그냥 손으로 먹었다. 이 마지막 음식을 다 먹은 후 그들은 회색 물만 하염없이 바라보았다.

밤에도 오랫동안 누워 있지 못했다.

아침이 오자 식구들이 불안한 표정으로 깨어났다. 샤론의 로즈가 어머니에게 뭐라고 속삭였다. 어머니가 고개를 끄덕였다.

"그래, 이제 때가 됐지."

어머니는 문짝 위에 누워 있는 남자들에게 시선을 돌렸다.

"우린 여기서 나갈 거예요." 어머니가 거칠게 말했다. "더 높은 데로 가요. 다른 사람들은 쫓아오든지 말든지 마음대로 해요. 난 로저샨이랑 애들을 데리고 여기서 나갈 테니까."

"우린 못 가!" 아버지가 힘없이 말했다.

"알았어요. 그래도 로저샨을 고속도로까지 옮겨 줄 수는 있겠죠? 그리고 다시 돌아오면 되니까. 지금 마침 비가 안 오니까 나갈 거예요."

"알았어. 우리도 같이 가지." 아버지가 말했다.

"어머니, 전 안 갈 거예요." 앨이 말했다.

"왜?"

"그게…… 아기가…… 음, 아기랑 저는……."

어머니가 미소를 지었다. "당연하지. 넌 여기 남아라, 앨. 네가 짐을 간수해. 물이 빠지면…… 물론 우리가 돌아올 거야. 서둘러요. 다시 비가 내리기 전에." 마지막 말은 어머니가 아버지에게 하는 말이었다.

"서둘러라, 로저샨. 물이 안 든 곳으로 갈 거야."

"내가 걸어갈게요."

"도로에서는 좀 걸어도 되겠지. 여보, 등을 구부려요."

아버지는 물속으로 내려가 섰다. 어머니가 로저샨을 부축해 단에서 내려오게 한 다음 화차 안을 가로질러 문으로 갔다. 아버지는 로저샨을 안아 가능한 한 높이 들어 올리고 깊은 물을 헤치며 조심스레 나아가 화차 옆을 돌아 고속도로로 향했다. 고속도로에 이르자 아버지는 로저샨을 바닥에 내려 주고 몸을 잡아 주었다. 존이 루티를 안고 뒤를 따랐다. 어머니가 물속으로 들어갔다. 한순간 치맛자락이 어머니 주위에서 물결쳤다.

"윈필드, 엄마 어깨에 타. 앨, 물이 빠지는 대로 돌아올게. 앨……." 어머니는 잠시 말을 멈췄다가 다시 이었다. "혹시…… 혹시 톰이 오거든 우리가 돌아올 거라고 해. 조심하라는 얘기도 하고. 윈필드! 내 어깨에 타. 그래! 발을 움직이면 안 된다."

어머니는 가슴 높이까지 올라오는 물속에서 비틀거리며 앞으로 나아갔다. 어머니가 고속도로 둑에 이르자 아버지와 존이 어머니를 도와 도로 위로 끌어올린 다음 어깨에 타고 있던 윈필드를 내려 주었다.

그들은 고속도로에 서서 물이 들어찬 주변과 검붉은 유개화차, 천천히 흘러가는 물속에 깊이 잠긴 트럭들과 자동차들을 돌아보았다. 그렇게 서 있는 동안 안개비가 내리기 시작했다.

"이제 그만 가야죠. 로저샨, 걸을 수 있겠니?" 어머니가 말했다.

"좀 어지러워요. 잔뜩 두들겨 맞은 것 같아." 로저샨이 말했다.

"가긴 가는데 어디로 가지?" 아버지가 투덜거렸다.

"나도 몰라요. 로저샨이나 도와줘요."

어머니는 로저샨의 오른팔을 붙들었고, 아버지가 왼팔을 붙들었다.

"어디든 물이 안 든 곳으로 가야죠. 그래야 돼요. 식구들 옷이 이틀 내내 젖어 있었잖아요."

그들은 고속도로를 따라 천천히 움직였다. 길가의 개울에서 세차게 흘러가는 물소리가 들렸다. 루티와 윈필드는 도로에 차 있는 물을 찰박거리며 함께 걸었다. 그들은 도로를 따라 느릿느릿 움직였다. 하늘이 점점 어두워지고 빗줄기가 굵어졌다. 고속도로에는 차 한 대 지나가지 않았다.

"서둘러야겠어요. 로저샨이 흠뻑 젖어 버리면…… 어떻게 될지 몰라요." 어머니가 말했다.

"서둘러서 어디로 가야 하는지 말을 안 했잖아." 아버지가 빈정거렸다.

도로가 개울을 따라 둥글게 휘어졌다. 어머니는 물에 잠긴 밭과 땅을 살펴보았다. 도로 왼쪽으로 멀리 떨어진 야산에 비에 젖어 검게 변한 헛간이 있었다.

"봐요!" 어머니가 말했다. "저길 봐요! 저 헛간 안에는 틀림없이 물이 안 들었을 거예요. 비가 그칠 때까지 저기 있기로 해요."

아버지가 한숨을 쉬었다. "저길 가도 주인이 쫓아낼걸."

앞쪽의 도로 옆에서 루티가 빨간 점을 발견하고 뛰어갔다. 삐죽삐죽한 모양의 제라늄이었다. 비에 젖은 꽃 한 송이가 피어 있었다. 그녀는 꽃을 집어 들어 조심스레 꽃잎을 떼어 내

코에 붙였다. 윈필드가 누나를 보려고 뛰어갔다.

"나도 하나 줘."

"안 돼! 이건 다 내 거야. 내가 찾았어."

그녀는 빨간 꽃잎을 한 장 더 뜯어 이마에 붙였다. 밝은 빨간색의 하트 모양 꽃잎이었다.

"어서, 누나! 나도 하나 줘. 빨리."

그는 루티가 들고 있는 꽃을 잡으려 했지만 놓치고 말았다. 루티가 손바닥으로 동생의 얼굴을 때렸다. 그는 깜짝 놀라서 잠시 가만히 서 있다가 입술을 떨며 눈물을 글썽거렸다.

다른 식구들이 그 자리에 도착했다.

"너 이번엔 또 무슨 짓을 한 거니? 무슨 짓을 했어?" 어머니가 물었다.

"윈필드가 내 꽃을 뺏으려고 했단 말이에요."

윈필드가 흐느끼며 말했다. "난…… 하나만 달라고 했어요……. 내 코에다 붙이려고."

"하나 줘라, 루티."

"윈필드더러 직접 찾아 보라고 해요. 이건 내 거야."

"루티! 동생한테 하나 줘."

루티는 어머니의 말투에서 위협을 느끼고 전술을 바꿨다.

"자." 그녀가 일부러 상냥한 목소리로 말했다. "내가 네 얼굴에 붙여 줄게."

어른들은 계속 걸어갔다. 윈필드는 누나에게 코를 내밀고 있었다. 루티는 혀로 꽃잎을 축인 다음 그의 코에 난폭하게 밀어붙였다.

"이 나쁜 자식." 그녀가 작은 소리로 말했다.

윈필드는 손가락으로 꽃잎을 만져보고 콧등에 꼭꼭 눌러 붙였다. 두 아이는 재빨리 어른들 뒤를 따라갔다. 루티는 이제 재미가 없었다.

"자. 더 줄게. 이마에도 붙여."

도로 오른쪽에서 철썩거리는 소리가 크게 들려왔다. 어머니가 소리쳤다.

"서둘러. 큰비가 올 거야. 여기 이 울타리를 지나가자. 그게 빨라. 서둘러! 힘을 내라, 로저샨."

그들은 로저샨을 반쯤 끌다시피 해서 도랑을 건너고, 그녀를 부축해서 울타리를 통과했다. 그때 폭풍우가 그들을 강타했다. 빗줄기의 장막이 생겨났다. 그들은 진흙 속을 걸어 나지막한 비탈길을 올라갔다. 빗줄기 때문에 검은 헛간이 거의 보이지 않을 지경이었다. 비가 세차게 쏟아졌고, 점점 강해지는 바람이 빗줄기를 몰고 다녔다. 샤론의 로즈가 미끄러져서 자신을 부축하는 두 사람 사이에서 질질 끌리는 형국이 되어 버렸다.

"여보! 당신이 저 애 좀 안아 줘요."

아버지가 몸을 숙여 로저샨을 안아 올렸다.

"어쨌든 속까지 흠뻑 젖었어." 아버지가 말했다. "서둘러라. 윈필드, 루티! 먼저 뛰어가."

그들은 숨을 헐떡이며 비에 흠뻑 젖은 헛간에 도착해 트인 벽을 통해 비틀거리며 안으로 들어갔다. 그쪽에는 문도 없었다. 녹슨 농기구 몇 개가 여기저기 놓여 있었다. 둥근 쟁기, 망가진 경운기, 무쇠 수레바퀴 등이었다. 비가 지붕을 두드렸다. 빗줄기 때문에 입구에 커튼이 쳐진 것 같았다. 아버지가 기름때 묻은 상자 위에 샤론의 로즈를 조심스레 내려놓았다.

"이게 다 무슨 일인지!" 아버지가 말했다.

"안쪽에 건초가 있을지도 몰라요. 봐요. 저기 문이 있어요." 어머니가 말하면서 녹슨 경첩이 달린 문을 열었다.

"건초가 있어요." 어머니가 소리쳤다. "어서 들어와요."

안은 어두웠다. 널빤지 사이의 틈으로 희미한 빛이 새어 들어왔다.

"누워라, 로저샨. 누워서 좀 쉬어. 내가 옷을 말릴 방법을 좀 생각해 볼 테니까." 어머니가 말했다.

"엄마!" 윈필드가 말했다. 그러나 지붕을 두드리는 빗소리에 그의 목소리가 묻혀 버렸다. "엄마!"

"왜? 왜 그러니?"

"봐요! 저기 구석에."

어머니가 그쪽을 보았다. 어둠 속에 두 사람이 있었다. 바닥에 등을 대고 누운 남자와 그 옆에 앉아 있는 남자아이. 아이는 눈을 크게 뜨고 새로 들어온 사람들을 뚫어지게 바라보고 있었다. 어머니가 두 사람을 바라보았을 때, 남자아이가 천천히 일어서서 어머니에게 다가와 갈라진 목소리로 말했다.

"여기 주인이세요?"

"아니. 그냥 비를 피하려고 들어왔어. 우리 딸이 아프거든. 혹시 마른 담요 없니? 우리 딸이 입고 있는 젖은 옷을 벗기고 싶은데." 어머니가 말했다.

남자아이는 구석으로 다시 가서 더러운 이불을 가져와 어머니에게 내밀었다.

"고맙구나. 저분은 왜 저러시니?"

남자아이는 갈라진 목소리로 아무 억양도 없이 말했다. "처음에는 아파서 그랬는데…… 지금은 배가 고파서 그래요."

"뭐?"

"배가 고프다고요. 목화밭에서 병에 걸렸어요. 엿새 동안 아무것도 못 드셨어요."

어머니는 구석으로 걸어가 남자를 내려다보았다. 쉰 살쯤 되어 보이는 남자였다. 구레나룻이 있는 얼굴은 몹시 수척했고, 눈은 멍하니 어딘가를 바라보고 있었다. 남자아이가 어머니 옆에 와서 섰다.

"너희 아버지시니?" 어머니가 물었다.

"예! 배가 안 고프다고 하셨어요. 아니면 금방 먹었다고 하시거나. 그러고는 저한테 음식을 주셨어요. 그러더니 지금은 기운이 없어서 움직이지도 못해요."

지붕을 두드리던 빗소리가 약해져 부드럽게 철썩거리는 소리로 바뀌었다. 수척한 남자가 입술을 달싹거렸다. 어머니가 그 옆에 무릎을 꿇고 앉아 귀를 가까이 댔다. 그의 입술이 다시 움직였다.

어머니가 말했다. "알았어요. 걱정 마세요. 이 애는 괜찮을 거예요. 제가 우리 딸애가 입고 있는 젖은 옷을 벗기고 올 테니까 잠깐 기다려요."

어머니는 로저샨에게 돌아갔다.

"이제 옷을 벗어 봐."

어머니는 이불을 들어 딸의 모습을 가렸다. 그녀가 옷을 다 벗자 어머니는 이불을 접어 딸의 몸에 둘러 주었다.

남자아이가 다시 어머니 옆으로 와서 말했다.

"저는 몰랐어요. 방금 먹었다고도 하시고, 배가 안 고프다고도 하셔서. 어젯밤에 제가 나가서 창문을 부수고 빵을 좀 훔쳐 왔어요. 그걸 아버지한테 억지로 먹였는데, 전부 토해 버렸어요. 그러고는 더 약해지신 거예요. 수프나 우유가 있어야 하는데. 우유 살 돈 좀 있어요?"

어머니가 말했다. "쉬. 걱정 마라. 우리가 방법을 생각해 볼게."

갑자기 아이가 소리쳤다. "저러다 우리 아버지 죽는단 말이에요! 굶어 죽어요."

"쉬."

어머니가 말했다. 그리고 아픈 남자를 응시하며 무력하게 서 있는 아버지와 존을 바라보았다. 이불을 두른 채 웅크리고 있는 샤론의 로즈도 바라보았다. 어머니의 시선이 샤론의 로즈의 눈을 지나쳤다가 다시 되돌아왔다. 두 여자는 서로의 눈을 한참 동안 바라보았다. 로저샨의 숨이 점점 가빠지기 시작했다.

"알았어요." 그녀가 말했다.

어머니가 미소를 지었다. "그래, 네가 그래 줄 줄 알았어. 그럴 줄 알았어!"

어머니는 무릎 위에서 단단히 깍지를 끼고 있는 자신의 손을 내려다보았다.

샤론의 로즈가 작은 소리로 말했다. "전부…… 전부 나가 줄래요?"

빗줄기가 지붕을 가볍게 두드렸다.

어머니는 허리를 구부려 딸의 이마에 헝클어져 있는 머리카락을 손바닥으로 쓸어 올리고 이마에 입을 맞췄다. 그리고 재빨리 일어섰다.

"가요, 다들." 어머니가 소리쳤다. "저쪽 농기구 창고로 가요."

루티가 뭐라고 말을 하려 하자 어머니가 말했다.

"쉬. 입 다물고 가."

어머니는 식구들을 문밖으로 몰아내고, 남자아이와 함께 밖으로 나가 삐걱거리는 문을 닫았다.

샤론의 로즈는 빗소리가 작게 들리는 헛간에서 잠시 가만히 앉아 있었다. 그러더니 지친 몸을 힘겹게 일으켜 이불을 여몄다. 그녀는 천천히 구석으로 가서 남자의 쇠잔한 얼굴을 내려다보며 겁에 질려 크게 뜨고 있는 그 눈을 들여다보았다. 그리고 천천히 그 옆에 누웠다. 남자가 느릿느릿 고개를 저었다. 샤론의 로즈는 이불 한쪽을 열고 자신의 가슴을 드러냈다.

"드셔야 해요."

그녀가 말했다. 그리고 몸을 움직여 가까이 다가가서 그의 머리를 끌어당겼다.

"자!" 그녀가 말했다. "자요."

그녀의 손이 그의 머리 뒤로 돌아가서 머리를 받쳤다. 그녀의 손가락은 그의 머리카락을 부드럽게 쓸어 주었다. 그녀는 시선을 들어 건너편 벽을 바라보았다. 그녀의 입술이 한데 모이더니 알 수 없는 미소를 지었다.

주렁주렁 열렸던 분노의 포도가
공동체에 대한 사랑으로

조철원(서울대 영문과)

1

존 스타인벡의 『분노의 포도』는 1939년 출판 당시 무려 43만 부나 팔리면서 미국 독자들에게 선풍을 일으켰다. 1930년대 초반 대공황 속에서 경제적으로 고통받고 아파하는 일반 미국인들의 모습을 적확하게 묘사한 수준급 작품으로 인정받게 되었다. 하지만 1960년대 이후 오늘에 이르기까지 『분노의 포도』는 문학작품의 근본이라 할 수 있는 '인간의 존재 자체'에 대한 진지한 통찰이나 문제 제기가 없는 선전물에 불과하다는 비판도 받고 있다. 『분노의 포도』에 나오는 대부분 등장인물들은 평면적으로 다루어지고 있고, 주 플롯이 전개되는 장(章)들 사이마다 끼여 있는 중간 장들은 작품 전체 구조와 연결되지 않고, 작품이 감상적으로 끝난다는 지적을 받기도 한다.

위의 지적들은 일리가 있기는 하지만『분노의 포도』의 한 면만을 지나치게 강조해서 작품의 진정 가치 있는 면모를 간과하고 있다. 하워드 리반트나 워렌 프렌치는『분노의 포도』가 선전물이라는 비평을 일축하면서,『분노의 포도』는 톰 조드를 포함한 조드 가족 모두의 정신적 성장을 세밀하게 그려낸, 스타인벡의 "완숙의 경지에 이른 예술작품"이라고 극찬을 했다. 중간 장들이 비록 본 작품의 플롯과 연결되지 않는 것처럼 보이더라도 자세히 살펴보면 서로 긴밀한 관계를 맺고 있고, 이런 중간 장이 있기에『분노의 포도』는 개별적인 조드 가족의 아픈 이야기가 아니라, 고통받는 인간이라는 보편적 주제를 다룰 수 있는 것이라고 주장하기도 한다. 세월이 지나면서『분노의 포도』의 작품성에 대해 이처럼 극단적인 논평이 거론되는 것은 여간 흥미로운 것이 아니다. 따라서 이 작품이 시사하는 의미를 시대 상황에 맞추어 끊임없이 재평가하고 재분석하는 작업이 필요한 것이다.

2

『분노의 포도』는 1차 세계대전이 끝나고 산업자본주의의 위력이 발휘되던 시기의 미국 농촌을 배경으로 하고 있다. 당시 일정 계층의 소수 미국인들은 전후 엄청난 부의 혜택을 누리고 있었지만, 자본이나 기술이 부족한 중산층 이하 도시민이나 농민들은 빈곤 속에서 허덕이며 암울한 하루하루의 삶을 연명해 가고 있었다. 이러한 시기에 미국 전역에 몰아친 대공황은 경제적, 정신적으로 피폐한 상황을 더욱더 악화하고 있었다. 당시 미국의 실업자가 천만 명에 이른다는 사실은 20세기 초 미국의 화려함 뒤에 혜택 받지 못한 가난한 자들의 좌절과 분노가 상존하고 있었다는 것을 증명해 주고 있다.

1933년부터 3년여에 걸쳐 미국 중부에 밀어닥친 한발과 모래 폭풍은 그러지 않아도 생존을 위해 피 말리는 고통을 감내해 오던 수천만 농민들을 더욱더 좌절감 속에 빠져들게 했다. 은행을 통해 비싼 이자로 농사 자금을 빌려 순간을 모면하려 했지만 지속되는 가뭄으로 농사는 흉작이었고 따라서 빌린 돈을 제때에 갚을 수 없었다. 담보로 맡긴 그들의 농지는 트랙터로 즉시 정리되었고, 토지를 빼앗긴 농민들은 난민이 될 수밖에 없었다. 『분노의 포도』는 이러한 농민들의 모습을 오클라호마에서 캘리포니아로 자신들의 의지와는 상관없이 이주해야만 했던 무기력한 조드 가족을 통해 생생하게 묘사하고 있다.

『분노의 포도』는 캘리포니아로의 이주 결심에 따른 뿌리 단절 과정, 이주 과정, 새로운 뿌리를 내리고자 하는 정착 과정의 3단계 구조를 갖고 있다. 삼대에 걸친 조드 가족은 가뭄과 모래 한파에 시달렸으며, 지주들의 횡포에 못 이겨 트럭으로 개조한 중고차를 타고 고향을 등지고 일자리가 있다는 캘리포니아로 떠났다. 고생스럽게 이동하는 과정에서 할아버지와 할머니는 죽고, 장남 노아와 사위 코니는 이주 행렬에서 이탈했으며, 나머지 가족원들은 목적지에 힘들게 도착하지만, 그들을 맞이한 것은 상상했던 것처럼 젖과 꿀이 흐르는 약속의 가나안 땅이 아니었다. 지배계급의 악랄한 노동력 착취가 만연한 또 다른 고통의 땅이었다.

1930년대 미국 전역에는 조드 가족과 같이 아무리 노력하고 발버둥 쳐도 인간으로서의 기본적인 생활조차 하지 못하는 수천만의 미국인들이 있었다. 이것은 성실한 노력으로 얼마든지 성공할 수 있다고 굳게 믿어 온 미국인들의 꿈의 신화가 여지없이 깨진 것을 의미한다. 20세기 초 산업자본주의라는 공룡 앞에 더욱 왜소해질 수밖에 없었던 하층민들은 신이 약속한 가나안 땅이라 믿고 찾아온 새 주거지에서 새로운 갈등과 고통으로 신음하면서 지옥 같은 삶을 영위해 나갈 따름이었다. 뜨거운 태양 아래 시뻘건 사막과 모래 폭풍이 휘몰아치는 가운데 농사를 짓거나 목화를 심어서 하루하루 목숨을 연명했던 농민들은 지주들의 노동력 착취와 이윤만을 챙기기에 급급했던 은행 등의 제도권의 횡포 앞에 무기력하게 굴복할 수밖에 없었다. 하루 노동으로 겨우 삶을 연명해 가던 농민들은 트랙터의 등장으로 졸지에 일자리와 집을 빼앗기고 거리로 내몰린다. 우리는 『분노의 포도』를 읽으면서 풍요로웠던 자연이 속속들이 파괴되고 인간답게 살고자 했던 인간의 원천적 소망이 여지없이 무너져 내리는 모습을 접하게 되는 것이다. 그 당시 급속히 이루어졌던 기계화로 인해 인간이 어떻게 비참하게 무너지는지가 다음 구절에서 잘 묘사되고 있다.

말이 일을 마치고 헛간으로 들어갈 때는 아직 생기가 남아 있게 마련이다. 말들이 숨 쉬는 소리가 들려오는 헛간에는 따스함이 있고, 말들은 짚자리 위를 서성이며 건초를 먹는다. 말들의 귀와 눈은 살아 있다. 헛간에는 생명의 따스함과 열기와 냄새가 있다. 그러나 모터가 멈추면 트랙터는 트랙터가 되기 전의 쇳덩어리처럼 죽어 버린다. 시체가 싸늘하게 식어 가는 것처럼 열기도 사라져 버린다. 트랙터 창고의 골함석 문이 닫히면 트랙터를 몰던 운전사는 차를 몰고 집으로 간다. 아마 집은 20마일이나 떨어진 시내에 있을 것이다. 운전사가 몇 주, 또는 몇 달씩 와 보지 않아도 상관없다. 트랙터는 죽어 있으므로. 너무 쉽고 효율적이다. 일에서 느끼는 경이가 사라져 버릴 만큼 쉽고, 땅을 경작하면서 느끼는 경이가 사라져 버릴 만큼 효율적이다. 경이가 사라지면 땅과 일에 대한 깊은 이해와 다정함도 사라진다. 트랙터를 모는 사람들의 마음속에는 땅을 알지 못하고 땅에 애정도 없는 이방인만이 느낄 수 있는 경멸이 자라난다. (중략) 기계를 다루는 사람, 자신이 잘 알지도 못하고 사랑하지도 않는 땅 위에서, 죽어 버린 트랙터를 모는 사람은 오로지 화학적인 특징밖에 이해하지 못한다. 그는 땅과 자기 자신을 경멸한다. 골함석 문이 닫히면 그는 집으로 간다. 그의 집은 땅이 아니다.(1권 227쪽~228쪽)

하루의 노동을 끝낸 후 '생명'이 넘치는 대지의 훈훈한 기운을 느끼면서 즐겁게 생활해 왔던 농민들을 몰아내는 것은 거대하고 무시무시한 기계라는 괴물이었다. 일이 끝나면 시체처럼 "싸늘하게 식어 가는" 쇳덩어리를 대해야만 하는 현실에 대한 비판의 강도는 소설이 진행될수록 더해진다. 거대한 산업화가 몰고 온 현실의 고통 속에서 조드 가족은 고향을 떠날 수밖에 없었고, 마침내 그들과 대지의 끈이 끊어지게 된다. 조드 할아버지의 죽음은 긴 여행에 따른 육체적 소진의 결과일 수도 있지만, 자신이 전 생애를 통해 소중히 가꾸어 왔던 고향의 땅을 빼앗긴 후 무력함이 좌절감으로 이어지면서 삶을 포기한 것으로 볼 수 있다.

이주민들이 캘리포니아로 가는 유일한 도로인 66번 도로는 지친 삶의 고통으로부터 벗어나 보려는 아수라장의 행렬을 상기시킬 뿐이다.

66번 도로는 도망치는 사람들의 길이다. 흙먼지와 점점 좁아지는 땅, 천둥 같은 소리를 내는 트랙터와 땅에 대한 소유권을 마음대로 주장할 수 없게 된 현실, 북쪽으로 서서히 밀고 올라오는 사막, 텍사스에서부터 휘몰아치는 바람, 땅을 비옥하게 해 주기는커녕 조금 남아 있던 비옥한 땅마저 훔쳐가 버리는 홍수로부터 도망치는 사람들. (중략) 66번 도로는 이 작은 지류들의 어머니며 도망치는 사람들의 길이다.(1권 231쪽~232쪽)

피난민들은 고향에서 극심한 가난으로 고통을 겪었기 때문에 그곳을 떠나기만 하면 캘리포니아라는 풍요로운 대지가 그들을 맞이할 것이라는 환상에 젖어 있었다. 캘리포니아에는 먹을 것이 충분하며, 그들에게 직업을 보장해 줄 비옥한 땅이 있다고 믿고 있었던 것이다. 그래서 66번 도로를 가는 도중에 그토록 고생이 극심했으면서도, 피난민들의 눈에 새로운 신천지인 캘리포니아는 지금까지의 고생을 충분히 보상하고도 남을 것이라는 장밋빛 기대로 인해 에덴동산의 모습으로 비추어졌을 것이다.

> 뒤쪽에서 해가 떠오르더니 갑자기 아래쪽에 거대한 계곡이 나타났다. (중략) 포도원, 과수원, 크고 평평하며 초록색으로 뒤덮인 아름다운 계곡, 줄지어 서 있는 나무들, 농가들. (중략) 멀리 보이는 도시들, 과수원 지대의 작은 마을들, 계곡을 황금빛으로 물들인 아침 햇살.(1권 446쪽)

광활하게 펼쳐진 캘리포니아를 처음 접하자 조드 가족은 "하느님 감사합니다. 우리 식구들이 여기까지 왔어요."라고까지 외쳤지만, 그들의 기대와는 달리 고생이 끝난 것이 아니라 새로운 형태의 더욱 심한 고난이 시작됨을 곧 알게 된다. 가진 자들에게서 착취당하면서 그들은 캘리포니아가 그들이 떠난 고향보다도 더한 고통의 장소임을 비로소 깨닫는다. 노력해서 입에 풀칠할 정도의 일자리를 찾았다 해도 대회사들의 그럴싸한 농간과 기하급수적으로 늘어난 노동자들의 과잉 공급으로 인해 임금이 깎이는 악순환이 거듭된다. 현지 주민들에게는 기생충보다도 못한 "오클라호마 놈들"로 불리기까지 했다. 그들은 극심한 아픔 속에서 비참한 생활을 연명하다가 결국은 항의 대열에 나설 수밖에 없게 된다.

"과실수들이 꽃을 피우는 계곡은 향기로운 분홍색을 띠고,

수심이 얕은 바다에는 하얀 물이 흐"르는 풍요롭게 보였던 땅은 지배 계층과 그들과 연계를 맺고 있는 상인들의 농간 때문에 더 이상 풍요로운 곳이 아니었다. 먹음직스럽게 영근 포도를 비롯한 온갖 과실들은 이들의 분노만을 일으키는 포도일 뿐이었다. 21장은 인간의 영혼에 "분노의 포도"가 자라고 있다는 냉소적인 표현으로 부정적이고 암울한 분위기를 자아내고 있다.

도로는 일자리를 구하기 위해 살인이라도 저지를 사람들로 북적거렸다.

기업들, 은행들도 스스로 파멸을 향해 가고 있었지만, 그들은 그것을 몰랐다. 농사는 잘되었지만 굶주린 사람들은 도로로 나섰다. 곡식 창고는 가득 차 있어도 가난한 집의 아이들은 구루병에 걸렸고 펠라그라병 때문에 옆구리에서는 종기가 솟아올랐다. 대기업들은 굶주림과 분노가 종이 한 장 차이라는 것을 몰랐다. 그들은 어쩌면 품삯으로 지불할 수도 있었을 돈을 독가스와 총을 사들이는 데, 공작원과 첩자를 고용하는 데, 블랙리스트를 만들고 사람들을 훈련하는 데 썼다. 고속도로에서 사람들은 개미처럼 움직이며 일자리와 먹을 것을 찾아다녔다. 분노가 끓어오르기 시작했다.(2권 113쪽~114쪽)

스타인벡은 이렇게 농민들의 고생이 아픔으로 바뀌고 그 아픔이 결국은 분노와 항의로 분출되는 숙명적인 과정을 생생히 묘사함으로써, 무시무시하고 비인간적인 기계화된 시스템

자체를 고발하기는 한다. 그러나 비평가 프렌치가 주장하고 있듯이 당장 무엇인가를 어떤 방향으로 새롭게 고쳐야만 한다는 당위성을 드러내지 않는다. 당시에 진행되고 있던 산업 자본주의의 폐해를 고발함으로써 독자들로 하여금 실천적 의지를 갖고 강력히 저항해야만 한다는 의도를 드러내고자 한 것이 스타인벡 문학의 본질은 아닌 것이다. 그보다는 오히려 읽는 이로 하여금 소외받은 계층이 겪는 아픔의 과정을 생생하게 느끼게 함으로써 그들의 고통을 진정으로 이해하고 함께 공유하면서 그늘을 마음으로 사랑할 수 있게 되는 깨달음의 경지를 그리고자 했던 것이다. 그것은 조드 가족이 캘리포니아에 도착한 후에 자신들이 겪는 수난과 불평등에 대해 처음에는 저항과 항거로 맞서지만 결국에는 고통에 신음하는 주위의 불쌍한 사람들에 대한 헌신적 사랑으로 승화시키는 과정에서도 잘 나타난다.

이런 깨달음은 이 작품의 주요 등장인물들이 어떻게 변화되어 가는가를 살펴보면 명료해진다. 설교사 짐 케이시는 작품 초반부에 조드 가족의 실질적 맏이인 톰이 감옥에서 나와 처음 만난 인물인데, 그의 가치관과 철학적 사상은 작품 내내 다른 등장인물들에게 영향을 미치고 있다. 스타인벡은 케이시를 통해 주위 사람들의 고통을 무시한 채 종교의식이나 개개인의 구원에만 열중하고 있는 당시 교회들의 허구성을 비판하고 있다. "죄는 없어. 미덕도 없고. 그냥 사람들이 하는 이런 저런 일들이 있을 뿐이야."라고 외치는 케이시는 더 이상 전통적인 의미의 기독교에 대한 믿음이 없어 보인다. 그러나 소설이 전개되는 과정을 면밀히 살펴보면 케이시의 내면에는 고통 속에 신음하는 주위 사람들에 대한 사랑과 그들의 아픔에 동참하고자 하는 인간적 고뇌가 절절함을 느낄 수 있다. 케이시의 고뇌는 무력할 수밖에 없는 노동자들을 단합시켜 사회의 불의에 맞서서 항거할 수 있도록 주도하는 실천적 의지로 마침내 빛을 발한다. 그의 예언자적 확신은 당시의 허구에 찬 교회의 기능을 대체할 만큼 큰 역할을 한다. 개개인의 존엄성에 궁극적 가치를 둠에 따라 개인 자신의 노력을 통해 신과 같이 될 수 있다는 케이시의 신념은 19세기 사상가 에머슨이 주창한 초절주의 사상이 뿌리박힌 종교인의 모습이다. 톰과 대화를 나누는 다음 구절은 그의 사상을 핵심적으로 보여 준다.

여러 가지 얘기들을 알고 있지만, 난 오로지 사람들을 사랑할 뿐이야. (중략) 어쩌면, 어쩌면 우리가 사랑하는 건 모든 남자와 모든 여자인지도 몰라. 어쩌면 그게 바로 성령인지도 몰라. 바로 인간의 정신. 사람들이 아무리 시끄럽게 떠들어 대도 말이지. 어쩌면 모든 사람이 하나의 커다란 영혼을 갖고 있어서 모두가 그 영혼의 일부인지도 몰라.(1권 49쪽~50쪽)

조드 가족 개개인에게 케이시의 초절주의적 신념의 내면화가 이 소설의 전개 과정이라 해도 과언이 아니다.

케이시의 신념은 이주해 가는 톰에게 전달되면서 내면화되어 간다. 캘리포니아에서의 톰의 모습은 오클라호마 때와는 전혀 다른 모습으로 나타난다. 감옥에서 금방 나왔을 때의 톰은 스스로를 방어하기에 급급해 이기적이고 미성숙했지만, 이 주 과정 동안에 톰은 굶주림과 지주나 대회사들의 횡포에 지쳐 고통받는 가족을 지켜보면서 자제력을 갖추게 되면서 남에 대한 사랑을 서서히 키워 간다. 케이시가 노동자의 파업을 막는 감시인에게 맞아 죽는 장면을 목격한 순간은 톰에게 깨달음의 성스러운 순간이었다. 그 후 톰은 개개인에 대한 맹목적 비난이나 복수심에서 벗어나 사회정의를 전파하는 짐 케이시—짐 케이시의 영문 이니셜 J. C.는 스타인벡이 의도적으로 예수 그리스도(Jesus Christ)의 영문 이니셜과 같게 만든 것으로 보인다—의 사도가 된다. 톰은 케이시를 죽인 감시인을 삽으로 내리쳐 죽였고, 마침내는 살인자로 그리고 파업 주동자로 몰리는 상황 속에서 어머니와 이별을 한다. 그때 그가 던진 말에는 노동자를 규합해서 사회의 부정에 대항해 싸우겠다는 실천 의지의 단순한 표현 이상의 단호한 의미가 담겨 있다.

어머니가 말했다. "이제 네 소식을 어떻게 듣지? 놈들이 널 죽여도 내가 모를 텐데. 놈들이 널 해칠 수도 있는데. 네 소식을 어떻게 듣지?"

톰이 불편한 웃음을 터뜨렸다. "뭐, 케이시 말처럼, 사람은 자기만의 영혼을 갖고 있는 게 아니라 커다란 영혼의 한 조각인지도 몰라요. 그렇다면……."

"그렇다면 뭐, 톰?"

"그렇다면 문제 될 게 없죠. 저는 어둠 속에서 어디나 있는 존재가 되니까. 저는 사방에 있을 거예요. 어머니가 어디를 보시든. 배고픈 사람들이 먹을 걸 달라고 싸움을 벌이는 곳마다 제가 있을 거예요. 경찰이 사람을 때리는 곳마다 제가 있을 거예요. 케이시 말이 옳다면, 사람들이 화가 나서 고함을 질러 댈 때도 제가 있을 테고, 배고픈 아이들이 저녁 식사를 앞에 두고 웃음을 터뜨릴 때도 제가 있을 거예요. 우리 식구들이 스스로 가꾼 음식을 먹고 스스로 지은 집에서 살 때도, 저는 거기 있을 거예요. 아시겠어요?" (2권 372쪽)

톰은 일시적인 세 규합보다는 인간의 힘을 믿는 자세를 지속적으로 견지하는 것이 무엇보다도 중요하다고 생각하게 된다. 물론 톰이 공동체의 힘을 빌려 불의에 대항해서 투쟁해 나갈 것임에는 의심의 여지가 없다. 그러나 스타인벡은 톰이 힘을 규합하여 실질적으로 투쟁해 나가는 과정을 드러내 놓고 보여 주기보다는 신념에 찬 그의 발언을 통해 숭고하기까지 한 종교적 믿음을 내면화한 새롭게 변신한 모습을 독자들에게 보여 주고자 한 것이다.

사회의 구조적 모순에 대해 치열하게 투쟁하는 모습을 보여 주기보다는 톰의 발언에 그치는 것이 어찌 보면 고통스러운 이주 과정을 통해 체득한 깨달음을 감상적인 말로 얼버무리는 것은 아닐까 하고 비판을 할 수도 있다. 그러나 '주위 사람들과 함께하겠다.'라는 톰의 단순하지만 확신에 찬 발언은 작품의 주요 주제인 '나'라는 개인에서 '우리'라는 공동체로 가는 시작의 표현으로 이해될 수 있다. 주위 사람들에 대한 사랑에서 우러나는 공동체 사랑에 대한 톰의 확신은 소설 초반 케이시의 신념과 일치하는 것이다. 톰이 어머니에게 이런 선언적인 말을 한 후의 행동을 소설은 더 이상 묘사하지 않는다. 우리는 독서를 마친 후 톰이 신념을 가지고 아파하는 민중을 위해 치열하게 싸우는 모습을 상상해 볼 수 있을 뿐이다. 이러한 면모가 때로는 이 작품의 한계로 지적되면서 인간의 신비로운 힘에 의존하여 결말을 맺었을 뿐 치열하지 못한 작품이라고 비난을 받기도 했다. 하지만 이러한 결말이야말로 독자들의 상상력을 작동시키는 여백을 가능케 하면서 독자들에게 감동으로 다가온다.

케이시의 철학적 사상이나 가치관이 어떻게 톰 조드에게 내면화되어 새롭게 그를 변화시켰는지를 이야기하다 보면, 우리는 톰 조드의 어머니가 지닌 힘—좀더 근원적이면서 삶의 뿌리를 지켜 내고자 하는 의지의 결정체—을 지적하지 않을 수 없다. 이 작품에서 케이시와 톰의 어머니의 역할은 상당한 대조를 이룬다. 케이시의 사상이 소설 처음부터 제시되면서 톰을 통해 계승되는 과정을 밝혔다면, 그에 반해 어머니가 주는 의미는 초반부에는 미약한 것으로 보이나 전체를 꿰뚫어 볼 수 있는 더욱 근원적이고 강력한 힘을 발휘하면서 가족 전체가 흐트러지지 않고 통합될 수 있게끔 하는 뿌리의 역할을 한다. 비록 톰이나 케이시처럼 웅변을 통해 그녀가 지닌 강력한 힘의 근원을 밝히고 있지는 않지만, 그녀의 의연함에 힘입어 조드 가족이 하나의 공동체로 아우러질 수 있었던 것이다. 케이시의 신념과 사상이 톰의 가족원 모두에게 영향을 미쳤고 마침내는 톰의 확고한 신념에 찬 선언에 함축되어 나타난 것처럼, 어머니의 강력한 생명의 힘 또한 소설 전체에 면면히 흐르면서 소설의 마지막에 그녀의 딸 로저샨의 내면에서 승화된 모습으로 드러난다.

어머니는 이주 과정 중 어떤 어려운 역경에 처했을 때도 용기를 갖고 의연히 대처한다. 가족이 갈라지려고 할 때마다 다시 하나로 합치게끔 하고, 기아의 고통과 분노 속에서도 모두가 죽지 않고 살아남도록 노력한다. "우리는 죽지 않아. 사람들은 나아가는 거야. 조금씩 변화한다 해도, 우리는 계속 나아가는 거야."라고 외치는 그녀는 작품 속에서 전체 구성원을 총괄하는 보이지 않는 힘으로 작용하는 것이다. 이는 작품 초반부에 묘사된 땅거북이 덥고 어려운 환경 속에서도 강인하게 살아남는 모습과 일맥상통하기도 한다. 고속도로를 가로질러 남서쪽으로 힘들게 기어가면서 끈질기게 살아남았던 땅거북과 같이 어머니는 꺾일 줄 모르는 끈기와 저력의 생명력을 가진 모습을 보이면서 가족원들이 살아남도록 하는 것이다.

임신 중인 로저샨은 늘 수동적인 모습으로 미래에 대한 두려움에 떨면서 고생하는 가족 구성원에게 불평만을 늘어놓을 뿐 가족 전체를 아우르는 어머니와 같은 여성적인 힘을 갖고 있지 않았다. 로저샨의 남편인 코니 역시 자기 멋에 취해 남을 배려할 줄 모르는 자기중심적인 사람이었고, 마침내는 불평을 늘어놓으면서 출산이 얼마 남지 않은 부인을 두고 떠나 버리기까지 한다. 그러나 로저샨은 이주 과정 동안에 자신의 어머니가 의연하게 대처하는 모습을 보면서 변화한다. 소설의 말미에 홍수로 인해 모든 것을 잃고 많은 가족들이 뿔뿔이 흩어졌을 때, 로저샨은 톰과 같이 성숙한 모습으로 변해 간다. 조드 가족을 포함한 많은 이주민들은 캘리포니아에서 일자리를 잃어버렸을 뿐 아니라, 그나마 살고 있는 보잘것없는 보금자리도 홍수에 떠내려가 버린 후 버려진 화차의 짐칸에 잠시 피신하게 된다. 이런 상황 속에서 모든 사람들은 가난에 찌든 상태로 힘들어 하고, 로저샨은 아이를 사산하고 마는 불행을 겪는다.

『분노의 포도』는 궁지에 몰린 이주민들이 결국은 포기하고 무기력하게 죽음을 맞을 것으로 끝맺지는 않는다. 세기말 미국 자연주의 작가들이 보여 준 허무주의에 동조하지 않는 것이다. 그렇다고 그런 막다른 상황에서 인간의 초월적인 의지에 힘입은 어떠한 실천적 행위의 모습을 그려 내는 것은 무리라고 스타인벡은 믿었다. 스타인벡은 감상적으로 보일 수는 있지만 좀 더 근원적인 힘이 인간에게 내재되어 있으며 결국 그것에 힘입어 다시 일어설 수 있을 것이라는 믿음을 시사하는 것이다. 어머니는 남아 있는 가족을 이끌고 사람의 자취가 있을 성싶지 않은 헛간으로 갔을 때, 뜻밖에도 죽어 가는 노인과 그 옆에서 어찌할 바를 모르는 아이를 발견하게 된다. 어머니는 딸 로저샨에게 의미 있는 눈짓을 보냈고 그 눈길을 받은 로저샨은 즉석에서 자신도 예상치 못했던 결심을 굳히게 된다.

어머니의 시선이 샤론의 로즈의 눈을 지나쳤다가 다시 되돌아왔다. 두 여자는 서로의 눈을 한참 동안 바라보았다. 로저샨의 숨이 점점 가빠지기 시작했다.

"알았어요." 그녀가 말했다.(2권 438쪽)

뒤이어 굶주림에 죽어 가는 늙은이와 로저샨만 남고 모두는 밖으로 나간다.

샤론의 로즈는 빗소리가 작게 들리는 헛간에서 잠시 가만히 앉아 있었다. 그러더니 지친 몸을 힘겹게 일으켜 이불을 여몄다. 그녀는 천천히 구석으로 가서 남자의 쇠잔한 얼굴을 내려다보며 겁에 질려 크게 뜨고 있는 그 눈을 들여다보았다. 그리고 천천히 그 옆에 누웠다. 남자가 느릿느릿 고개를 저었다. 샤론의 로즈는 이불 한쪽을 열고 자신의 가슴을 드러냈다.

"드셔야 해요."

그녀가 말했다. 그리고 몸을 움직여 가까이 다가가서 그의 머리를 끌어당겼다.

"자!" 그녀가 말했다. "자요."

그녀의 손이 그의 머리 뒤로 돌아가서 머리를 받쳤다. 그녀의 손가락은 그의 머리카락을 부드럽게 쓸어 주었다. 그녀는 시선을 들어 건너편 벽을 바라보았다. 그녀의 입술이 한데 모이더니 알 수 없는 미소를 지었다.(2권 439~440쪽)

그들의 삶을 보장해 줄 수 있는 유일한 끈인 대지를, 은행을 앞세운 자본가에게 무자비하게 빼앗긴 후, 캘리포니아로 이주하면서 할아버지의 죽음을 시작으로 불행이 끊임없이 계속 되는 것처럼 보인다. 하지만 소설 마지막에 로저샨이 노인에게 젖을 물리는 장면을 통해 스타인벡은 이들의 근성에 깊이 배어 있는 강한 생명으로의 회귀를 상징적으로 보여 주고자 한 것이다.

이러한 작품의 결말에 대해 많은 비평가들은 작품 전반에 걸쳐 체제의 구조적인 모순에 대한 비판이 치밀하게 전개되어 오다가 갑자기 너무나 신비롭고 감상적인 결론으로 치달아 버렸다고 비판했다. 그러나 좀 더 면밀하게 살펴보면 스타인벡의 의도는 확실해 보인다. 자연과 인간 모두를 파행으로 치닫게 하는 산업자본주의 체제, 대홍수와 같은 거대한 자연의 힘 앞에 무력해질 수밖에 없는 인간의 나약함 그리고 기아 상태에서의 허덕임, 이 모두가 인간의 삶을 무참히 짓밟는 것처럼 보이지만, 이 모든 불행을 견디어 내고 희생할 수 있는 질긴 인간의 생명력을 마지막 장면에서 상징적으로 표현하고 싶었던 것이다. 등장인물들이 겪어 내야 했던 고난과 역경은 거칠게 휘몰아쳐 대는 태풍과 같아서 그 앞에서 인간은 무력해질 수밖에 없었지만 이 모든 역경에 맞설 수 있는 유일한 힘은 인간에 대한 사랑과 그 사랑을 실천할 수 있는 용기로 생겨나는 공동체 의식뿐이라고 믿었던 것이다. 로저샨의 젖을 먹는 노인은 작품 초반부에서 죽은 조드의 할아버지가 생명으로 회귀한 것이고, 그 노인이 죽음의 문턱에서도 다시 회생할 수 있었던 것은 케이시의 사상을 실천으로 완성시킨 톰의 헌신적이고 이타적인 삶, 또 자신이 근원적인 뿌리의 역할을 해냄으로써 온 가족원 모두를 하나로 결속시킨 어머니의 강인한 힘으로부터 연유한 것이다.

『분노의 포도』는 사회문제를 고발하고 그로 인한 불평등과 불이익을 타결하기 위해 실천적 의지를 갖고 투사가 되어야 한다는 선동적인 혹은 고발성의 프롤레타리아 소설이 아니다. 오히려 작가는 인간 내면의 꺾일 수 없는 신비적이고 초월적인 힘을 신뢰하면서 작품 곳곳에 인간에 대한 작가의 종교적이라고 할 만큼의 숭고한 사랑을 그려 내고 있는 것이다. 작가의 이러한 사랑은 고통 속에 나약해질 수밖에 없던 등장인물 개개인이 결국은 자신 안에 내재되어 있는 그 초월적인 힘을 승화시켜 나가는 과정에서 면면히 드러난 것이다. 내가 우리로 통합될 때 생겨나는 공동체 의식만이 최고의 선이라는 스타인벡의 믿음은 20세기 초 헤밍웨이나 피츠제럴드 같은 작가가 흔히 즐겨 다루는 '개인의 인간소외'의 문제보다 오늘 이 시대를 살아가는 우리들에게 더욱 절실하게 요구되는 것이라 할 수 있겠다.

작가 연보

1902년   2월 미국 캘리포니아주 살리나스에서 태어났다.

1919년   스탠퍼드 대학교 입학.

1921년   오랫동안 학교에 나가지 않고 목장, 도로 공사장, 제당 공장 등에서 일하며 서민들의 생활 경험.

1922년   학교에 복학.

1924년   교내 잡지에 대학 생활을 풍자한 우화적 단편 발표.

1925년   학위를 받지 않은 채 자퇴.
　　　　　작가가 될 꿈을 품고 11월에 뉴욕으로 가서 신문기자로 활동하다 주관적인 기사를 쓴다는 이유로 해고된 뒤 막노동으로 생계를 이었다.

1926년   단편소설을 써서 출판하려 했으나 출판사의 인정을 받지 못해 실의에 빠졌다. 여러 곳을 전전하며 화물선 선원, 산장지기 등 여러 가지 일을 했다.

1929년   첫 번째 소설『황금의 잔(Cup of Gold)』출간.

1930년   캐럴 헤닝과 결혼.

1932년   캘리포니아를 배경으로 한 소설『천국의 목장(The Pastures of Heaven)』출간.

여름에 로스앤젤레스로 이사.

1933년   『미지의 신에게(To a God Unkown)』출간.

1934년   2월에 어머니 사망.

1935년   몬테레이 사람들의 이야기를 그린『토르티야 평원(Tortilla Flat)』출간. 이 작품을 통해 간신히 대중적 인기와 경제적 안정을 갖추게 되었다.

중고차를 사서 아내와 함께 멕시코 여행.

1936년   노동쟁의 문제를 다룬『승산 없는 싸움(In Dubious Battle)』출간. 좌우 양측으로부터 맹렬한 비난을 받았으나 책은 베스트셀러가 되었다.

5월에 아버지 사망.

1937년   『생쥐와 인간에 대하여(Of Mice and Men)』출간.

5월에 스웨덴 선적의 배를 타고 어머니의 고향인 아일랜드, 스웨덴, 소련 등 여행.

『생쥐와 인간에 대하여』를 3막의 희곡으로 각색해서 재출간. 11월에 이 작품이 뉴욕에서 초연되었다.

이 희곡을 쓴 뒤 차를 사서 오클라호마주 이주민들 속에 끼어 서부로 간 경험을 토대로 나중에『분노의 포도』를 집필.

1938년	단편집 『긴 계곡(The Long Valley)』 출간.
1939년	『분노의 포도』 출간. 이 작품으로 퓰리처상 수상.
1940년	『분노의 포도』와 『생쥐와 인간에 대하여』가 영화로 만들어져 호평을 받았다.
1941년	영화 시나리오 겸 사진집인 『잊혀진 마을(The Forgotten Village)』과 해양생물 채집기 『코르테스의 바다(Sea of Cortez)』 출간.
1942년	항공기지의 훈련을 다룬 르포 『폭탄 투하(Bombs Away)』 출간. 소설 『달이 지다(The Moon Is Down)』 발표. 집을 너무 자주 비운다는 이유로 부인에게 이혼당했다.
1943년	뮤지컬 여배우 그윈돌린 콩거와 재혼 후 뉴욕으로 이주. 《뉴욕 헤럴드트리뷴》의 종군기자로 북아프리카, 영국, 이탈리아 등을 돌아다녔다.
1944년	맏아들 토머스 출생.
1945년	『통조림 공장 골목(Cannery Raw)』 출간.
1946년	둘째 아들 존 출생.
1947년	『제멋대로 가는 버스(The Wayward Bus)』 출간. 『진주(The Pearl)』 출간. 《뉴욕 헤럴드트리뷴》과 계약을 맺고 소련 취재.
1948년	『러시아 기행(A Russian Journal)』 출간. 미국 예술원 회원으로 선출됨. 두 번째 아내와 이혼.
1950년	실험적인 희곡 「밝게 타오르다(Burning Bright)」 발표. 일레인 스코트와 세 번째 결혼.

1951년   『『코르테스의 바다』의 일지(The Log from the Sea of
         Cortez)』 출간.

1952년   『에덴의 동쪽(East of Eden)』 출간.
         아내와 함께 이탈리아, 아일랜드 등 여행.
         오 헨리 원작의 영화 「홀하우스」에 해설자로 출연.

1954년   『즐거운 목요일(Sweet Thursday)』 출간.

1955년   영화 「에덴의 동쪽」이 개봉.
         《새터데이 리뷰》에서 논설을 맡게 되었다.

1957년   『피핀 4세의 짧은 치세(The Short Reign of Pippin IV:
         A Fabrication)』 출간.

1958년   전쟁 르포 『옛날에 전쟁이 있었다(Once There Was a
         War)』 출간.

1960년   직접 캠핑카를 운전해 미국 대륙 일주.

1961년   『불만의 겨울(The Winter of Our Discontent)』 출간.
         10개월간 유럽 여행을 하다 처음으로 심장 발작을 일
         으켰다.

1962년   『미국을 찾아 떠난 찰리와의 여행(Travels with Charley
         in Search of America)』 출간.
         노벨 문학상 수상.

1963년   문화 교류의 일환으로 아내와 함께 소련 방문.

1965년   《뉴스데이》의 특파원 자격으로 유럽과 중동 여행.

1966년   『미국과 미국인(America and Americans)』 출간.
         《뉴스데이》의 특파원 자격으로 헬리콥터를 타고 베트
         남에 가서 참전 중인 둘째 아들 존을 만났다.

1967년   베트남 전쟁과 관련해서 소련의 기관지 《프라우다》의
         기사를 맹렬히 비난하는 반론을 썼다.
         5월에 베트남에서 귀국. 가을에 병석에 눕게 되었다.

1968년   심장마비로 뉴욕의 자택에서 사망.

1969년   『소설의 기록: 『에덴의 동쪽』의 편지(Journal of a Novel:
         The East of Eden Letters)』 출간.

1975년   『자파타 만세!(Viva Zapata!)』 출간.

1976년   『아서 왕과 그의 고귀한 기사들의 행동(The Acts of
         King Arthur and His Noble Knights)』 출간.

1989년   『일하던 시절: 『분노의 포도』 일지(Working Days: The
         Journals of The Grapes of Wrath)』 출간.

세계문학전집 175

분노의 포도 2

1판 1쇄 펴냄   2008년 3월 24일
1판 39쇄 펴냄   2024년 10월 29일

지은이   존 스타인벡
옮긴이   김승욱
발행인   박근섭, 박상준
펴낸곳   (주)민음사

출판등록   1966. 5. 19. (제 16-490호)
서울특별시 강남구 도산대로1길 62(신사동) 강남출판문화센터 5층 (우편번호 06027)
대표전화 02-515-2000 팩시밀리 02-515-2007
www.minumsa.com

한국어 판 ⓒ (주)민음사, 2008, 2022. Printed in Seoul, Korea

ISBN 978-89-374-6175-0 04800
ISBN 978-89-374-6000-5 (세트)

세계문학선집 목록

1·2 변신 이야기 오비디우스 · 이윤기 옮김 서울대 권장도서 100선

3 햄릿 셰익스피어 · 최종철 옮김 서울대 권장도서 100선 | 미국대학위원회 선정 SAT 추천도서

4 변신·시골의사 카프카 · 전영애 옮김 서울대 권장도서 100선

5 동물농장 오웰 · 도정일 옮김 미국대학위원회 선정 SAT 추천도서 | 《타임》 선정 현대 100대 영문소설

6 허클베리 핀의 모험 트웨인 · 김욱동 옮김 《뉴스위크》 선정 100대 명저

7 암흑의 핵심 콘래드 · 이상옥 옮김 미국대학위원회 선정 SAT 추천도서 | 《뉴스위크》 선정 10대 명저

8 토니오 크뢰거·트리스탄·베네치아에서의 죽음 토마스 만 · 안삼환 외 옮김 노벨 문학상 수상 작가

9 문학이란 무엇인가 사르트르 · 정명환 옮김

10 한국단편문학선 1 김동인 외 · 이남호 엮음 국립중앙도서관 선정 청소년 권장도서

11·12 인간의 굴레에서 서머싯 몸 · 송무 옮김

13 이반 데니소비치, 수용소의 하루 솔제니친 · 이영의 옮김 노벨 문학상 수상 작가

14 너새니얼 호손 단편선 호손 · 천승걸 옮김

15 나의 미카엘 오즈 · 최창모 옮김

16·17 중국신화전설 위앤커 · 전인초, 김선자 옮김

18 고리오 영감 발자크 · 박영근 옮김

19 파리대왕 골딩 · 유종호 옮김 노벨 문학상 수상 작가 | 《타임》 선정 현대 100대 영문소설

20 한국단편문학선 2 김동리 외 · 이남호 엮음

21·22 파우스트 괴테 · 정서웅 옮김 서울대 권장도서 100선 | 미국대학위원회 선정 SAT 추천도서

23·24 빌헬름 마이스터의 수업시대 괴테 · 안삼환 옮김

25 젊은 베르테르의 슬픔 괴테 · 박찬기 옮김 논술 및 수능에 출제된 책(1998~2005)

26 이피게니에·스텔라 괴테 · 박찬기 외 옮김

27 다섯째 아이 레싱 · 정덕애 옮김 노벨 문학상 수상 작가

28 삶의 한가운데 린저 · 박찬일 옮김

29 농담 쿤데라 · 방미경 옮김

30 야성의 부름 런던 · 권택영 옮김

31 아메리칸 제임스 · 최경도 옮김

32·33 양철북 그라스 · 장희창 옮김 노벨 문학상 수상 작가 | 서울대 권장도서 100선

34·35 백년의 고독 마르케스 · 조구호 옮김 노벨 문학상 수상 작가 | 서울대 권장도서 100선

36 마담 보바리 플로베르 · 김화영 옮김 서울대 권장도서 100선

37 거미여인의 키스 푸익 · 송병선 옮김

38 달과 6펜스 서머싯 몸 · 송무 옮김

39 폴란드의 풍차 지오노 · 박인철 옮김

40·41 독일어 시간 렌츠 · 정서웅 옮김

42 말테의 수기 릴케 · 문현미 옮김

43 고도를 기다리며 베케트 · 오증자 옮김 노벨 문학상 수상 작가 | 서울대 권장도서 100선

44 데미안 헤세 · 전영애 옮김 노벨 문학상 수상 작가

45 젊은 예술가의 초상 조이스 · 이상옥 옮김 서울대 권장도서 100선

46 카탈로니아 찬가 오웰 · 정영목 옮김

47 호밀밭의 파수꾼 샐린저 · 정영목 옮김 《타임》 선정 현대 100대 영문소설 | 미국대학위원회 선정 SAT 추천도서 | 《뉴스위크》 선정 100대 명저 | BBC 선정 꼭 읽어야 할 책

48·49 파르마의 수도원 스탕달 · 원윤수, 임미경 옮김

50 수레바퀴 아래서 헤세 · 김이섭 옮김 노벨 문학상 수상 작가 | 국립중앙도서관 선정 청소년 권장도서

51·52 내 이름은 빨강 파묵·이난아 옮김 노벨 문학상 수상 작가

53 오셀로 셰익스피어·최종철 옮김 서울대 권장도서 100선

54 조서 르 클레지오·김윤진 옮김 노벨 문학상 수상 작가

55 모래의 여자 아베 코보·김난주 옮김

56·57 부덴브로크 가의 사람들 토마스 만·홍성광 옮김 노벨 문학상 수상 작가

58 싯다르타 헤세·박병덕 옮김 노벨 문학상 수상 작가

59·60 아들과 연인 로렌스·정상준 옮김 《뉴스위크》 선정 100대 명저

61 설국 가와바타 야스나리·유숙자 옮김 노벨 문학상 수상 작가 | 서울대 권장도서 100선

62 벨킨 이야기·스페이드 여왕 푸슈킨·최선 옮김

63·64 넙치 그라스·김재혁 옮김 노벨 문학상 수상 작가

65 소망 없는 불행 한트케·윤용호 옮김 노벨 문학상 수상 작가

66 나르치스와 골드문트 헤세·임홍배 옮김 노벨 문학상 수상 작가

67 황야의 이리 헤세·김누리 옮김 노벨 문학상 수상 작가

68 페테르부르크 이야기 고골·조주관 옮김

69 밤으로의 긴 여로 오닐·민승남 옮김 노벨 문학상 수상 작가 | 미국대학위원회 선정 SAT 추천도서

70 체호프 단편선 체호프·박현섭 옮김

71 버스 정류장 가오싱젠·오수경 옮김 노벨 문학상 수상 작가

72 구운몽 김만중·송성욱 옮김 서울대 권장도서 100선 | 국립중앙도서관 선정 청소년 권장도서

73 대머리 여가수 이오네스코·오세곤 옮김

74 이솝 우화집 이솝·유종호 옮김 논술 및 수능에 출제된 책(1998~2005)

75 위대한 개츠비 피츠제럴드·김욱동 옮김 《타임》 선정 현대 100대 영문소설

76 푸른 꽃 노발리스·김재혁 옮김

77 1984 오웰·정회성 옮김 《타임》 선정 현대 100대 영문소설 | 《뉴스위크》 선정 100대 명저

78·79 영혼의 집 아옌데·권미선 옮김

80 첫사랑 투르게네프·이항재 옮김

81 내가 죽어 누워 있을 때 포크너·김명주 옮김 노벨 문학상 수상 작가

82 런던 스케치 레싱·서숙 옮김 노벨 문학상 수상 작가

83 팡세 파스칼·이환 옮김

84 질투 로브그리예·박이문, 박희원 옮김

85·86 채털리 부인의 연인 로렌스·이인규 옮김

87 그 후 나쓰메 소세키·윤상인 옮김

88 오만과 편견 오스틴·윤지관, 전승희 옮김 미국대학위원회 선정 SAT 추천도서

89·90 부활 톨스토이·연진희 옮김 논술 및 수능에 출제된 책(1998~2005)

91 방드르디, 태평양의 끝 투르니에·김화영 옮김

92 미겔 스트리트 나이폴·이상옥 옮김 노벨 문학상 수상 작가

93 페드로 파라모 룰포·정창 옮김

94 차라투스트라는 이렇게 말했다 니체·장희창 옮김 국립중앙도서관 선정 청소년 권장도서

95·96 적과 흑 스탕달·이동렬 옮김 국립중앙도서관 선정 청소년 권장도서

97·98 콜레라 시대의 사랑 마르케스·송병선 옮김 노벨 문학상 수상 작가 | BBC 선정 꼭 읽어야 할 책

99 맥베스 셰익스피어·최종철 옮김 서울대 권장도서 100선 | 미국대학위원회 선정 SAT 추천도서

100 춘향전 작자 미상·송성욱 풀어 옮김 서울대 권장도서 100선

101 페르디두르케 곰브로비치·윤진 옮김

102 포르노그라피아 곰브로비치·임미경 옮김

103 인간 실격 다자이 오사무·김춘미 옮김

104 네루다의 우편배달부 스카르메타·우석균 옮김

105·106 이탈리아 기행 괴테 · 박찬기 외 옮김

107 나무 위의 남작 칼비노 · 이현경 옮김

108 달콤 쌉싸름한 초콜릿 에스키벨 · 권미선 옮김

109·110 제인 에어 C. 브론테 · 유종호 옮김 BBC 선정 꼭 읽어야 할 책

111 크눌프 헤세 · 이노은 옮김 노벨 문학상 수상 작가

112 시계태엽 오렌지 버지스 · 박시영 옮김 《타임》 선정 현대 100대 영문소설 | 《뉴스위크》 선정 100대 명저

113·114 파리의 노트르담 위고 · 정기수 옮김 미국대학위원회 선정 SAT 추천도서

115 새로운 인생 단테 · 박우수 옮김

116·117 로드 짐 콘래드 · 이상옥 옮김 《뉴스위크》 선정 100대 명저

118 폭풍의 언덕 E. 브론테 · 김종길 옮김 미국대학위원회 선정 SAT 추천도서

119 텔크테에서의 만남 그라스 · 안삼환 옮김 노벨 문학상 수상 작가

120 검찰관 고골 · 조주관 옮김

121 안개 우나무노 · 조민현 옮김

122 나사의 회전 제임스 · 최경도 옮김 미국대학위원회 선정 SAT 추천도서

123 피츠제럴드 단편선 1 피츠제럴드 · 김욱동 옮김

124 목화밭의 고독 속에서 콜테스 · 임수현 옮김

125 돼지꿈 황석영

126 라셀라스 존슨 · 이인규 옮김

127 리어 왕 셰익스피어 · 최종철 옮김 서울대 권장도서 100선 | 《뉴스위크》 선정 100대 명저

128·129 쿠오 바디스 시엔키에비츠 · 최성은 옮김 노벨 문학상 수상 작가

130 자기만의 방·3기니 울프 · 이미애 옮김

131 시르트의 바닷가 그라크 · 송진석 옮김

132 이성과 감성 오스틴 · 윤지관 옮김

133 바덴바덴에서의 여름 치프킨 · 이장욱 옮김

134 새로운 인생 파묵 · 이난아 옮김 노벨 문학상 수상 작가

135·136 무지개 로렌스 · 김정매 옮김

137 인생의 베일 서머싯 몸 · 황소연 옮김

138 보이지 않는 도시들 칼비노 · 이현경 옮김

139·140·141 연초 도매상 바스 · 이운경 옮김 《타임》 선정 현대 100대 영문소설

142·143 플로스 강의 물방앗간 엘리엇 · 한애경, 이봉지 옮김 미국대학위원회 선정 SAT 추천도서

144 연인 뒤라스 · 김인환 옮김

145·146 이름 없는 주드 하디 · 정종화 옮김

147 제49호 품목의 경매 핀천 · 김성곤 옮김 《타임》 선정 현대 100대 영문소설

148 성역 포크너 · 이진준 옮김 노벨 문학상 수상 작가 | 퓰리처상 수상 작가

149 무진기행 김승옥

150·151·152 신곡(지옥편·연옥편·천국편) 단테 · 박상진 옮김 《뉴스위크》 선정 100대 명저

153 구덩이 플라토노프 · 정보라 옮김

154·155·156 카라마조프가의 형제들 도스토옙스키 · 김연경 옮김

157 지상의 양식 지드 · 김화영 옮김 노벨 문학상 수상 작가

158 밤의 군대들 메일러 · 권택영 옮김 퓰리처상 수상 작가

159 주홍 글자 호손 · 김욱동 옮김 서울대 권장도서 100선 | 미국대학위원회 선정 SAT 추천도서

160 깊은 강 엔도 슈사쿠 · 유숙자 옮김

161 욕망이라는 이름의 전차 윌리엄스 · 김소임 옮김

162 마사 퀘스트 레싱 · 나영균 옮김 노벨 문학상 수상 작가

163·164 운명의 딸 아옌데 · 권미선 옮김

165 모렐의 발명 비오이 카사레스·송병선 옮김

166 삼국유사 일연·김원중 옮김 서울대 권장도서 100선

167 풀잎은 노래한다 레싱·이태동 옮김 노벨 문학상 수상 작가

168 파리의 우울 보들레르·윤영애 옮김

169 포스트맨은 벨을 두 번 울린다 케인·이만식 옮김

170 썩은 잎 마르케스·송병선 옮김 노벨 문학상 수상 작가

171 모든 것이 산산이 부서지다 아체베·조규형 옮김 《타임》 선정 현대 100대 영문소설

172 한여름 밤의 꿈 셰익스피어·최종철 옮김 미국대학위원회 선정 SAT 추천도서

173 로미오와 줄리엣 셰익스피어·최종철 옮김 미국대학위원회 선정 SAT 추천도서

174·175 분노의 포도 스타인벡·김승욱 옮김 노벨 문학상 수상 작가 | 《타임》 선정 현대 100대 영문소설

176·177 괴테와의 대화 에커만·장희창 옮김

178 그물을 헤치고 머독·유종호 옮김 《타임》 선정 현대 100대 영문소설

179 브람스를 좋아하세요... 사강·김남주 옮김

180 카타리나 블룸의 잃어버린 명예 하인리히 뵐·김연수 옮김 노벨 문학상 수상 작가

181·182 에덴의 동쪽 스타인벡·정회성 옮김 노벨 문학상 수상 작가

183 순수의 시대 워튼·송은주 옮김 《뉴스위크》 선정 100대 명저 | 퓰리처상 수상작

184 도둑 일기 주네·박형섭 옮김

185 나자 브르통·오생근 옮김

186·187 캐치-22 헬러·안정효 옮김 《타임》 선정 현대 100대 영문소설

188 숄로호프 단편선 숄로호프·이항재 옮김 노벨 문학상 수상 작가

189 말 사르트르·정명환 옮김

190·191 보이지 않는 인간 엘리슨·조영환 옮김 《타임》 선정 현대 100대 영문소설

192 왑샷 가문 연대기 치버·김승욱 옮김 퓰리처상 수상 작가

193 왑샷 가문 몰락기 치버·김승욱 옮김 퓰리처상 수상 작가

194 필립과 다른 사람들 노터봄·지명숙 옮김

195·196 하드리아누스 황제의 회상록 유르스나르·곽광수 옮김

197·198 소피의 선택 스타이런·한정아 옮김 퓰리처상 수상 작가

199 피츠제럴드 단편선 2 피츠제럴드·한은경 옮김

200 홍길동전 허균·김탁환 옮김

201 요술 부지깽이 쿠버·양윤희 옮김

202 북호텔 다비·원윤수 옮김

203 톰 소여의 모험 트웨인·김욱동 옮김

204 금오신화 김시습·이지하 옮김

205·206 테스 하디·정종화 옮김 미국대학위원회 선정 SAT 추천도서 | BBC 선정 꼭 읽어야 할 책

207 브루스터플레이스의 여자들 네일러·이소영 옮김

208 더 이상 평안은 없다 아체베·이소영 옮김

209 그레인지 코플랜드의 세 번째 인생 워커·김시현 옮김 퓰리처상 수상 작가

210 어느 시골 신부의 일기 베르나노스·정영란 옮김

211 타라스 불바 고골·조주관 옮김

212·213 위대한 유산 디킨스·이인규 옮김 서울대 권장도서 100선 | BBC 선정 꼭 읽어야 할 책

214 면도날 서머싯 몸·안진환 옮김

215·216 성채 크로닌·이은정 옮김

217 오이디푸스 왕 소포클레스·강대진 옮김 서울대 권장도서 100선

218 세일즈맨의 죽음 밀러·강유나 옮김

219·220·221 안나 카레니나 톨스토이·연진희 옮김 서울대 권장도서 100선

222 오스카 와일드 작품선 와일드·정영목 옮김

223 벨아미 모파상·송덕호 옮김

224 파스쿠알 두아르테 가족 호세 셀라·정동섭 옮김 노벨 문학상 수상 작가

225 시칠리아에서의 대화 비토리니·김운찬 옮김

226·227 길 위에서 케루악·이만식 옮김 《타임》 선정 현대 100대 영문소설 | 《뉴스위크》 선정 100대 명저

228 우리 시대의 영웅 레르몬토프·오정미 옮김

229 아우라 푸엔테스·송상기 옮김

230 클링조어의 마지막 여름 헤세·황승환 옮김 노벨 문학상 수상 작가

231 리스본의 겨울 무뇨스 몰리나·나송주 옮김

232 뻐꾸기 둥지 위로 날아간 새 키지·정회성 옮김 《타임》 선정 현대 100대 영문소설

233 페널티킥 앞에 선 골키퍼의 불안 한트케·윤용호 옮김 노벨 문학상 수상 작가

234 참을 수 없는 존재의 가벼움 쿤데라·이재룡 옮김

235·236 바다여, 바다여 머독·최영미 옮김

237 한 줌의 먼지 에벌린 워·안진환 옮김 《타임》 선정 현대 100대 영문소설

238 뜨거운 양철 지붕 위의 고양이·유리 동물원 윌리엄스·김소임 옮김 퓰리처상 수상작

239 지하로부터의 수기 도스토옙스키·김연경 옮김

240 키메라 바스·이운경 옮김

241 반쪼가리 자작 칼비노·이현경 옮김

242 벌집 호세 셀라·남진희 옮김 노벨 문학상 수상 작가

243 불멸 쿤데라·김병욱 옮김

244·245 파우스트 박사 토마스 만·임홍배, 박병덕 옮김 노벨 문학상 수상 작가

246 사랑할 때와 죽을 때 레마르크·장희창 옮김

247 누가 버지니아 울프를 두려워하랴? 올비·강유나 옮김

248 인형의 집 입센·안미란 옮김

249 위폐범들 지드·원윤수 옮김 노벨 문학상 수상 작가

250 무정 이광수·정영훈 책임 편집 서울대 권장도서 100선

251·252 의지와 운명 푸엔테스·김현철 옮김

253 폭력적인 삶 파솔리니·이승수 옮김

254 거장과 마르가리타 불가코프·정보라 옮김

255·256 경이로운 도시 멘도사·김현철 옮김

257 야콥을 둘러싼 추측들 욘존·손대영 옮김

258 왕자와 거지 트웨인·김욱동 옮김

259 존재하지 않는 기사 칼비노·이현경 옮김

260·261 눈먼 암살자 애트우드·차은정 옮김 《타임》 선정 현대 100대 영문소설

262 베니스의 상인 셰익스피어·최종철 옮김

263 말리나 바흐만·남정애 옮김

264 사볼타 사건의 진실 멘도사·권미선 옮김

265 뒤렌마트 희곡선 뒤렌마트·김혜숙 옮김

266 이방인 카뮈·김화영 옮김 노벨 문학상 수상 작가 | 미국대학위원회 선정 SAT 추천도서

267 페스트 카뮈·김화영 옮김 노벨 문학상 수상 작가 | 국립중앙도서관 선정 청소년 권장도서

268 검은 튤립 뒤마·송진석 옮김

269·270 베를린 알렉산더 광장 되블린·김재혁 옮김

271 하얀 성 파묵·이난아 옮김 노벨 문학상 수상 작가

272 푸슈킨 선집 푸슈킨·최선 옮김

273·274 유리알 유희 헤세·이영임 옮김 노벨 문학상 수상 작가

275 픽션들 보르헤스·송병선 옮김 서울대 권장도서 100선

276 신의 화살 아체베·이소영 옮김

277 빌헬름 텔·간계와 사랑 실러·홍성광 옮김

278 노인과 바다 헤밍웨이·김욱동 옮김 노벨 문학상 수상 작가 | 퓰리처상 수상작

279 무기여 잘 있어라 헤밍웨이·김욱동 옮김 미국대학위원회 선정 SAT 추천도서

280 태양은 다시 떠오른다 헤밍웨이·김욱동 옮김 《타임》 선정 현대 100대 영문 소설

281 알레프 보르헤스·송병선 옮김

282 일곱 박공의 집 호손·정소영 옮김

283 에마 오스틴·윤지관, 김영희 옮김

284·285 죄와 벌 도스토옙스키·김연경 옮김 미국대학위원회 선정 SAT 추천도서

286 시련 밀러·최영 옮김

287 모두가 나의 아들 밀러·최영 옮김

288·289 누구를 위하여 종은 울리나 헤밍웨이·김욱동 옮김 노벨 문학상 수상 작가

290 구르브 연락 없다 멘도사·정창 옮김

291·292·293 데카메론 보카치오·박상진 옮김

294 나누어진 하늘 볼프·전영애 옮김

295·296 제브데트 씨와 아들들 파묵·이난아 옮김 노벨 문학상 수상 작가

297·298 여인의 초상 제임스·최경도 옮김 미국대학위원회 선정 SAT 추천도서

299 압살롬, 압살롬! 포크너·이태동 옮김 노벨 문학상 수상 작가

300 이상 소설 전집 이상·권영민 책임 편집

301·302·303·304·305 레 미제라블 위고·정기수 옮김

306 관객모독 한트케·윤용호 옮김 노벨 문학상 수상 작가

307 더블린 사람들 조이스·이종일 옮김

308 에드거 앨런 포 단편선 앨런 포·전승희 옮김 미국대학위원회 선정 SAT 추천도서

309 보이체크·당통의 죽음 뷔히너·홍성광 옮김

310 노르웨이의 숲 무라카미 하루키·양억관 옮김

311 운명론자 자크와 그의 주인 디드로·김희영 옮김

312·313 헤밍웨이 단편선 헤밍웨이·김욱동 옮김 노벨 문학상 수상 작가

314 피라미드 골딩·안지현 옮김 노벨 문학상 수상 작가

315 닫힌 방·악마와 선한 신 사르트르·지영래 옮김

316 등대로 울프·이미애 옮김 《타임》 선정 현대 100대 영문소설 | 《뉴스위크》 선정 100대 명저

317·318 한국 희곡선 송영 외·양승국 엮음

319 여자의 일생 모파상·이동렬 옮김

320 의식 노터봄·김영중 옮김

321 육체의 악마 라디게·원윤수 옮김

322·323 감정 교육 플로베르·지영화 옮김

324 불타는 평원 룰포·정창 옮김

325 위대한 몬느 알랭푸르니에·박영근 옮김

326 라쇼몬 아쿠타가와 류노스케·서은혜 옮김

327 반바지 당나귀 보스코·정영란 옮김

328 정복자들 말로·최윤주 옮김

329·330 우리 동네 아이들 마흐푸즈·배혜경 옮김 노벨 문학상 수상 작가

331·332 개선문 레마르크·장희창 옮김

333 사바나의 개미 언덕 아체베·이소영 옮김

334 게걸음으로 그라스·장희창 옮김 노벨 문학상 수상 작가

335 코스모스 곰브로비치·최성은 옮김

336 좁은 문·전원교향곡·배덕자 지드·동성식 옮김 노벨 문학상 수상 작가

337·338 암 병동 솔제니친·이영의 옮김 노벨 문학상 수상 작가

339 피의 꽃잎들 응구기 와 시옹오·왕은철 옮김

340 운명 케르테스·유진일 옮김 노벨 문학상 수상 작가

341·342 벌거벗은 자와 죽은 자 메일러·이운경 옮김 퓰리처상 수상 작가

343 시지프 신화 카뮈·김화영 옮김 노벨 문학상 수상 작가

344 뇌우 차오위·오수경 옮김

345 모옌 중단편선 모옌·심규호, 유소영 옮김 노벨 문학상 수상 작가

346 일야서 한사오궁·심규호, 유소영 옮김

347 상속자들 골딩·안지현 옮김 노벨 문학상 수상 작가

348 설득 오스틴·전승희 옮김

349 히로시마 내 사랑 뒤라스·방미경 옮김

350 오 헨리 단편선 오 헨리·김희용 옮김

351·352 올리버 트위스트 디킨스·이인규 옮김

353·354·355·356 전쟁과 평화 톨스토이·연진희 옮김

357 다시 찾은 브라이즈헤드 에벌린 워·백지민 옮김

358 아무도 대령에게 편지하지 않다 마르케스·송병선 옮김

359 사양 다자이 오사무·유숙자 옮김

360 좌절 케르테스·한경민 옮김 노벨 문학상 수상 작가

361·362 닥터 지바고 파스테르나크·김연경 옮김 노벨 문학상 수상 작가

363 노생거 사원 오스틴·윤지관 옮김

364 개구리 모옌·심규호, 유소영 옮김 노벨 문학상 수상 작가

365 마왕 투르니에·이원복 옮김 공쿠르상 수상 작가

366 맨스필드 파크 오스틴·김영희 옮김

367 이선 프롬 이디스 워튼·김욱동 옮김 퓰리처상 수상 작가

368 여름 이디스 워튼·김욱동 옮김 퓰리처상 수상 작가

369·370·371 나는 고백한다 자우메 카브레·권가람 옮김

372·373·374 태엽 감는 새 연대기 무라카미 하루키·김난주 옮김

375·376 대사들 제임스·정소영 옮김

377 족장의 가을 마르케스·송병선 옮김 노벨 문학상 수상 작가

378 핏빛 자오선 매카시·김시현 옮김

379 모두 다 예쁜 말들 매카시·김시현 옮김

380 국경을 넘어 매카시·김시현 옮김

381 평원의 도시들 매카시·김시현 옮김

382 만년 다자이 오사무·유숙자 옮김

383 반항하는 인간 카뮈·김화영 옮김 노벨 문학상 수상 작가

384·385·386 악령 도스토옙스키·김연경 옮김

387 태평양을 막는 제방 뒤라스·윤진 옮김

388 남아 있는 나날 가즈오 이시구로·송은경 옮김

389 앙리 브륄라르의 생애 스탕달·원윤수 옮김

390 찻집 라오서·오수경 옮김

391 태어나지 않은 아이를 위한 기도 케르테스·이상동 옮김 노벨 문학상 수상 작가

392·393 서머싯 몸 단편선 서머싯 몸·황소연 옮김

394 케이크와 맥주 서머싯 몸·황소연 옮김

395 월든 소로·정회성 옮김

396 모래 사나이 E. T. A. 호프만·신동화 옮김

397·398 검은 책 오르한 파묵·이난아 옮김 노벨 문학상 수상 작가

399 방랑자들 올가 토카르추크·최성은 옮김 노벨 문학상 수상 작가

400 시여, 침을 뱉어라 김수영·이영준 엮음

401·402 환락의 집 이디스 워튼·전승희 옮김

403 달려라 메로스 다자이 오사무·유숙자 옮김

404 아버지와 자식 투르게네프·연진희 옮김

405 청부 살인자의 성모 바예호·송병선 옮김

406 세피아빛 초상 아옌데·조영실 옮김

407·408·409·410 사기 열전 사마천·김원중 옮김 서울대 권장도서 100선

411 이상 시 전집 이상·권영민 책임 편집

412 어둠 속의 사건 발자크·이동렬 옮김

413 태평천하 채만식·권영민 책임 편집

414·415 노스트로모 콘래드·이미애 옮김

416·417 제르미날 졸라·강충권 옮김

418 명인 가와바타 야스나리·유숙자 옮김 노벨 문학상 수상 작가

419 핀처 마틴 골딩·백지민 옮김 노벨 문학상 수상 작가

420 사라진·샤베르 대령 발자크·선영아 옮김

421 빅 서 케루악·김재성 옮김

422 코뿔소 이오네스코·박형섭 옮김

423 블랙박스 오즈·윤성덕, 김영화 옮김

424·425 고양이 눈 애트우드·차은정 옮김

426·427 도둑 신부 애트우드·이은선 옮김

428 슈니츨러 작품선 슈니츨러·신동화 옮김

429·430 세계의 끝과 하드보일드 원더랜드 무라카미 하루키·김난주 옮김

431 멜랑콜리아 I-II 욘 포세·손화수 옮김 노벨 문학상 수상 작가

432 도적들 실러·홍성광 옮김

433 예브게니 오네긴·대위의 딸 푸시킨·최선 옮김

434·435 초대받은 여자 보부아르·강초롱 옮김

436·437 미들마치 엘리엇·이미애 옮김

438 이반 일리치의 죽음 톨스토이·김연경 옮김

439·440 캔터베리 이야기 초서·이동일, 이동춘 옮김

441·442 아소무아르 졸라·윤진 옮김

443 가난한 사람들 도스토옙스키·이항재 옮김

444·445 마차오 사전 한사오궁·심규호, 유소영 옮김

446 집으로 날아가다 랠프 엘리슨·왕은철 옮김

447 집으로부터 멀리 피터 케리·황가한 옮김

448 바스커빌가의 사냥개 코넌 도일·박산호 옮김

449 사냥꾼의 수기 투르게네프·연진희 옮김

450 필경사 바틀비·선원 빌리 버드 멜빌·이삼출 옮김

451 8월은 악마의 달 에드나 오브라이언·임슬애 옮김

세계문학전집은 계속 간행됩니다.